Abenteuer Halbmond

Ein Erlebnis-Roman

von

Evadeen Brickwood

Als ob Erwachsenwerden in den siebziger Jahren nicht schon schwierig genug wäre! Teenager Isabell Bertrand ist zu rebellisch und eine neue Behandlungsmethode mit Hypnose soll Abhilfe schaffen. Dr. Albrecht führt sie in ihre frühe Kindheit - und immer weiter - zurück. Kann diese in Seidensaris gekleidete Schönheit sie selbst gewesen sein? Musste sie sich damals wirklich zwischen zwei Männern entscheiden? Jahre später wird Isabell zu einer Hochzeit in Pakistan eingeladen und die Erinnerungen drängen sich ihr wieder auf. Mit unerwarteten Folgen.

Für Peter

„Abenteuer Halbmond“
In der deutschen Erstausgabe

Erste Ausgabe 2015 erschienen bei CreateSpace
Zweite Ausgabe 2016 erschienen in Südafrika
Dritte Ausgabe 2018 erschienen in Südafrika

ISBN: 978-1502732705 bei CreateSpace
ISBN: 978-0-9946916-8-2 bei der NLSA

Cover Design: Yvonne Less, www.art4artists.com.au
Bildquellen: 'Depositphotos.com' lizensiert
Buch-Layout: Birgit Böttner
Südafrikanische Ausgabe gedruckt in Kapstadt
Marketing: Alphalogic International

<u>Weitere Titel von Evadeen Brickwood</u>

In der Jugendbuchreihe über Zeitreisen:

„Children of the Moon" („Remember the Future" Buch 1)

„The Speaking Stone of Caradoc" („Remember the Future" Buch 2)

„The Secret of the Bird God" („Remember the Future" Buch 3)

in der deutschen Ausgabe:

„Kinder des Mondes" („Erinnerung an die Zukunft" Buch 1)

Weitere Romane:

„A Half Moon Adventure" (englische Ausgabe dieses Romans)

„Singende Eidechsen" (Ein Afrika-Abenteuer)

„Singing Lizards" (englische Originalausgabe)

„Der Nashorn Flüsterer" (Ein Afrika-Abenteuer)

„The Rhino Whisperer" (englische Originalausgabe)

„Charlie Proudfoot Murder Mysteries" (englische Serie)

Besonderer Dank und Anerkennung

Meinem Mann Peter und Phyllis Hyde für ihren Enthusiasmus, konstruktive Korrekturen und ihre ständige Unterstützung. Cobus Griesel dafür, daß er sein technisches Wissen unermüdlich zur Verfügung stellte, Dr. Brian Weiss, für seine Horizont-erweiternden Bücher über Hypnose-Therapie und Katerina Baumann für die Prüfung des griechischen Dialogs. Einen besonderen Dank auch an alle meine Testleser, befreundete Autoren und an die Familie, die mich als Teenager so freundlich im Pandschab aufnahm.

ERSTES KAPITEL

Eine warme Brise trägt mich ganz sanft hierhin und dorthin. Stille. Nichts. Nur Wärme. Eine Stimme dringt zu mir durch, holt mich zurück. Ruhig und bestimmt.

"Drei, Sie kommen zurück - zwei, Sie werden jetzt aufwachen - eins, Sie öffnen Ihre Augen und können sich an alles erinnern... "

Dr. Albrechts Stimme erreichte mich wie aus weiter Ferne. Die Bilder hinter dem Nichts verblassten. Dr. Albrecht - ich erinnerte mich an ihn. Er hatte mich hypnotisiert.

Gerade noch hatte ich mich als zwölfjährige Version meiner Selbst gesehen. Dunkelblond, schlank, mittelgroß, volle Lippen und graue Augen. Jung und verletzlich. Traurig. Eigentlich mochte ich mich mit zwölf.

"Das haben Sie gut gemacht, Isabell," lobte Dr. Albrecht und schaltete den Kassettenrecorder ab. Folgsam öffnete ich meine Augen und nahm einen tiefen Atemzug.

Dr. Albrecht sah auf seine Armbanduhr, dann auf die Wanduhr. Wahrscheinlich, um sicherzugehen, daß es tatsächlich schon so spät war.

Es wurde kühler, roch nach Bohnerwachs. Der bequeme Liegesitz, auf dem ich die letzte halbe Stunde verbracht hatte, drückte mich auf einmal hier und da.

"Mhmm." Ich reckte und streckte mich ausgiebig. Es dauerte immer eine Weile bis ich mich wieder an 'Heute' gewöhnt hatte.

'Heute' - das war im Sommer 1977, in meiner Heimatstadt Karlsruhe.

Ich war schon fünfzehn und meiner Meinung nach ein ganz gewöhnlicher Teenager. Ich machte Sport, mochte

Musik, hatte ab und zu einen Pickel und lehnte mich gegen meine Eltern auf. Deswegen war ich hier. Meine Eltern waren nämlich der Meinung, ich sei zu 'schwierig'. Rebellisch sogar. Dr. Albrecht sollte dem Abhilfe schaffen.

Verkehrslärm schallte zu uns herauf. Der Kaffee auf dem breiten Arztschreibtisch roch schal und die Uhr an der weißen Wand gegenüber zeigte 14.30 Uhr an. Eine Straßenbahn klingelte. Die Gegenwart hatte mich wieder.

Diese neuartige Hypnose-Behandlung dauerte nun schon ganze zwei Monate und förderte so einiges aus meiner frühen Kindheit zu Tage. In den siebziger Jahren wurden gern solche neuen Methoden ausprobiert - man fand das wohl modern. Mir sollte es recht sein.

"Wir haben noch Zeit, uns die wichtigsten Stellen auf dem Band anzuhören. Und ich habe da noch ein paar Fragen an Sie."

"Klar doch Doc," sagte ich keck.

Ich setzte mich auf und sah zu, wie er sich mit dem Kassettenrecorder zu schaffen machte. Soweit ich es beurteilen konnte, war Dr. Albrecht schon steinalt.

Mindestens dreißig. Sein schütteres Haar und die Krähenfüße um die bebrillten Augen waren ein klares Zeichen fortgeschrittenen Alters. Außerdem trug er einen weißen Arztkittel und sprach mich immer mit 'Sie' an. Er musste ziemlich clever sein und erinnerte mich an ein Poster von Albert Einstein. Nur daß er nicht so verrückte Haare hatte. Dr. Albrecht war der einzige Erwachsene, der mir richtig zuhörte.

Das mit der neuen Therapie war an sich 'ne tolle Sache. Am Anfang hatte ich natürlich keine Lust dazu gehabt, aber dann gewöhnte ich mich dran. Unter Hypnose erlebte ich alles genauso wie damals, nur daß ich eben dabei die Kontrolle hatte. Hinterher redeten wir immer darüber. Diesmal hatten die Erinnerungen mit einem Telefongespräch begonnen, das ich als Zwölfjährige mit meinem Vater führte.

'Papa, sie liegt einfach nur im Bett und sagt nichts und

starrt die Wand an. Ich hab' Angst. Komm' nach Hause!'

'Bist du sicher, daß sie nicht einfach nur wieder schmollt? Ich habe soviel Arbeit heute. Warst du wieder frech zu ihr?'

'Nein, ganz bestimmt nicht. Wir haben nichts angestellt.'
Meine ältere Schwester Evelyn fing zu heulen an und meine kleine Schwester Paula verkroch sich unter dem Esstisch.

'Hat sie was eingenommen?'

Das wussten wir nicht. Sie nahm immer so viele Pillen. Papa beeilte sich nach Hause zu kommen und ein Ambulanzfahrzeug nahm meine Mutter mit. Wir fühlten uns schuldig, weil Papa nicht mit uns redete. Meine Mutter war danach für zwei Monate in 'Kur' gegangen.

Während dieser Zeit schickte uns die Krankenkasse eine heftige Walküre von einer Pflegerin, die sich um die Familie kümmerte. Sie hatte eine unmoderne Hochfrisur und kommandierte uns mit schriller Stimme herum… Dr. Albrecht stoppte die Aufnahme.

"Wie empfanden Sie die Abwesenheit ihrer Mutter?" fragte Dr. Albrecht.

"Hmm, irgendwie schuldig und ich mochte die Pflegerin noch weniger als meine Mutter," meinte ich und beantwortete noch drei oder vier weitere Fragen. Ich hatte es gelernt meine Gefühle in Worte zu fassen. Das war gar nicht so übel.

"So, ich glaube das reicht für heute," sagte der gute Doktor auf einmal.

Ich sah verdutzt zur Wanduhr auf. Es war schon kurz nach drei. Höchste Zeit. Der Psychologe setzte noch einen letzten Kringel hinter seine Notizen und begab sich wie immer in den ledernen Stuhl hinter dem Schreibtisch.

"Tja, wir sind fast am Ende unserer Therapie angelangt," meinte er auf einmal und warf seinen Kugelschreiber in eine flache Glasschale. "Ein voller Erfolg. Sie können stolz auf sich sein, Isabell. Wir brauchen noch eine…vielleicht zwei Sitzungen."

"Ja, vielleicht. Ich muss jetzt gehen," sagte ich ungeduldig und schlängelte mich aus dem weichen Liegesessel heraus. "Morgen schreiben wir eine wichtige Klausur."

Dr. Albrecht schob seine Goldbrille zerstreut den Nasenrücken hinauf. Er wollte anscheinend noch etwas sagen. Ich pflanzte mich zappelig auf den Holzstuhl vor dem Schreibtisch und sah ihn erwartungsvoll an.

Kaum jemand wusste von der Therapie und ich spreche eigentlich nie mit meiner Familie darüber. Das war mir zu peinlich. Die Mädchen in meiner Klasse waren viel zu unreif, um sowas wie Hypnose zu verstehen. Die hätten sich bestimmt über mich lustig gemacht. Nur meine beste Freundin Renate wusste davon und war okay damit.

'Ist das nicht Klasse? Ein richtiger Psychologe,' hatte ich ihr nach der ersten Sitzung begeistert berichtet.

'Wozu brauchst du einen Psychologen?' Sie sprach das Wort aus, als handelte es sich um verdorbenes Essen.

"Na, du weißt ja, meine Mutter und der ganze Mist."

'Warum geht sie dann nicht zum Psychologen?'

'Vielleicht weil sie erwachsen ist?'

Vielleicht sollte ich nicht mal mehr Renate von meiner Mutter erzählen. Sie könnte noch denken, ich sei genauso verrückt.

'Das ist der einzige Grund? Erwachsene haben wohl immer recht, was?'

'Was denn sonst?'

'Wie bekloppt. Ich bin froh, daß meine Mutter einigermaßen Ok ist.'

Ihre Mutter war geschieden und arbeitete halbtags. Renate war ein Schlüsselkind, das von Vollzeit-Müttern gebührlich bedauert wurde.

'Ja, du hast's gut.'

'Trau' keinem über dreißig,' hatte Renate mich gewarnt. 'Du kannst das nicht alles für bare Münze nehmen was der Typ dir verklickert.'

Ich vertraute Dr. Albrecht aber trotzdem.

Renate war dünn und hatte lange dunkel-gefärbte Haare. Einfach toll. Das einzige Mädchen in der Klasse, das es wagte sich die Haare zu färben. Ihre dunklen Augen waren fast zu groß für das kleine Katzengesicht und der schmale Mund zeigte oft einen zynischen Zug. Das war eben ihre Art mit einer unfreundlichen Welt umzugehen.

Zynisch war gut. Renate war nicht so verbiestert wie andere Mädchen, nur ein wenig spröde eben. Es gab unserer Freundschaft genau die richtige Distanz.

'Frau Beilstein ist hier,' knarrte die Sprechanlage auf dem Schreibtisch. Dr. Albrecht drückte auf einen Knopf. "Danke Elisabeth. Eine Minute noch." Was mir der gute Doktor in dieser ‚Minute' sagte, war verblüffend: weil ich ein so gutes Subjekt sei, wolle er die Sitzungen fortsetzen. Inoffiziell. Wie bitte?

"Sie würden sich hervorragend für meine experimentellen Versuche eignen, Isabell. Als Erweiterung meiner Arbeit mit Jugendlichen möchte ich Patienten weiter zurückführen. Vielleicht haben Sie schon mal was von Regression gehört."

Ich dachte nach. "Nein, was ist das denn?"

Um die Sache zu beschleunigen, erklärte er es mir kurz und bündig. Wir hatten nur eine Minute Zeit! Ich rutschte auf dem Stuhl hin und her.

"Sie meinen – bevor ich geboren wurde?"

"Sozusagen. Ich werde ein Buch darüber schreiben."

"Sozusagen? Aber das ist doch unmöglich! Wir leben doch nur einmal."

Ich hatte mich schon mal kurz in einem Sari gesehen, als ich hypnotisiert war, aber Dr. Albrecht hatte mich schnell wieder zurückgeholt. Ich konnte mich nur noch daran erinnern, daß ich Rundungen hatte, aber das war's auch schon. Meinte er sowas?

"Das ist ja genau das, was ich erforschen möchte. Mit Ihrer Hilfe. Es gibt da schon einige dokumentierte Fälle in den Vereinigten Staaten. Dr. Stephenson zum Beispiel. Sie sind zwar noch minderjährig, aber wir könnten ihr Geburtsdatum und den Namen ändern. Nur zu Forschungszwecken."

Aha, ein Geheimnis! Das nahm ja eine interessante Wendung. Dr. Albrecht hatte wahrscheinlich jedes erdenkliche Buch zu dem Thema gelesen. Er erzählte mir von einer Frau, die sich doch tatsächlich an ein früheres Leben erinnerte. Das konnte ich bestimmt auch.

"Was ist, wenn man in...Timbuktu gelebt hat, spricht man dann auch..."

"Arabisch? Vielleicht. Das heißt *Xenoglossie*. Wenn man unter Hypnose in einer Fremdsprache spricht, die man nie gelernt hat."

Xenoglossie - ein ziemlicher Brocken von einem Wort. Daß es so etwas überhaupt gab! "Hmm, weiß nicht so recht. Hört sich 'n bisschen komisch an. Außerdem muss ich viel auf die Schule lernen," protestiere ich halbherzig.

"Ich überlasse Ihnen die Entscheidung. Wenn Sie nicht wollen, finde ich schon jemanden. Die Schule geht ja vor. Das ist vollkommen normal."

Ich hasste das Wort 'normal'.

"Warum ausgerechnet ich? Haben Sie die anderen Patienten auch gefragt? Ich bin doch erst Nummer 13 auf Ihrer Liste von 'schwierigen Jugendlichen'." Das war ironisch gemeint, das mit der 13.

"Ja, ich werde es auch mit anderen Patienten versuchen. Aber Sie eignen sich dazu bisher am besten, denke ich." Denkt er!

"Klasse, Ihr bestes Versuchskaninchen."

"Sozusagen."

"Ich muss mir das erst mal überlegen."

"Natürlich, nehmen Sie sich Zeit, Isabell. Nur nicht zu lange. Bis nächstes Mal? Elisabeth, Sie können jetzt —"

Das Gespräch hatte natürlich länger als eine Minute gedauert. Eher zehn. Ich war hervorragend geeignet und meine Mutter würde die Motten kriegen, wenn sie davon wüsste. Hah. "Ok, ich hab's mir überlegt," sagte ich schnell. "Ich mach' mit."

Der Doktor brauchte mich. Nicht als Patientin, sondern

als sein bestes Versuchskaninchen. Nicht die anderen. Mich. Die fünfzehnjährige Isabell. Ich würde in seinem Buch vorkommen. Das machte mich irgendwie stolz. Nur unter einem anderen Namen und älter, aber das war ja egal. Durfte sowieso niemand was davon wissen.

Wir vereinbarten noch einen Termin am folgenden Donnerstag um die gleiche Zeit. Dann drängte ich mich an der fleischigen Frau Beilstein vorbei und sauste die breite Treppe hinunter. Unten angelangt öffnete ich flugs das Schloss an meinem Fahrrad und wollte mich schon auf den Sattel schwingen, da musste ich an die gerundete Figur meines anderen Ichs denken.

Ich sah kritisch an mir herab. Von Rundungen und einem wohl entwickelten Busen war an meinem schlanken Körper nicht viel zu sehen. Zwei sanfte Wölbungen wo andere Mädchen in meinem Alter schon ordentlich was drauf hatten. Egal, beschloss ich, wenigstens kann ich Sport machen!

Als ich so auf meinem Fahrrad durch den Nachmittagsverkehr nach Hause strampelte, dachte ich nochmal über alles nach. Ich musste kichern und wäre fast bei Rot über die Ampel gefahren. Eine Straßenbahn klingelte wie wild.

Dr. Albrecht machte sich viel Mühe, die frühen Erinnerungen aus mir herauszulocken. Endlich interessierte sich mal jemand für meine Gefühle. Eine tolle neue Methode, das mit der Hypnose. Dabei hatte ich mich am Anfang total dagegen gesträubt. Die Fahrradreifen knatterten über die Bordsteinkante. Ich nahm eine Abkürzung und fuhr zu dicht an einer alten Frau vorbei, die ihren Dackel spazierenführte.

"He, du Lümmel!"

"Tschuldigung!" rief ich halbherzig zurück.

Hier in der Gegend gab es nur Wohnungen. Ich mochte die alten Sandsteinbauten entlang der breiten Straße lieber. Hier wohnten die Reichen.

Bestimmt waren die Räume groß und elegant mit

riesigen Fenstern und Balkonen, edlen Teppichen und Möbeln, von denen man nur träumen konnte. Wir dagegen wohnten in einer Sozialwohnung im billigen Viertel, weil meine Eltern drei Kinder hatten.

Ich bog um die vertraute Ecke in unsere Straße und dachte zum hundertsten Mal, wer wohl die idiotische Idee hatte das Haus Nummer 8 senfgelb anzustreichen. Wenn man hoch blickte bewegten sich Spitzengardinen von unsichtbarer Hand. Ich legte das Fahrrad an die Kette und stieg die Treppe hoch. Zwei Stufen auf einmal.

"Isabellsche!" Ich wäre fast in Frau Speidel hineingestolpert, die Tratschtante von ganz oben. Sie fügte meinem Namen immer ein -sche an. Eigentlich an die Namen aller, die sie als Kinder ansah. Frau Speidel gehörte zu der Gruppe Erwachsener, die es sich anscheinend zum Ziel gemacht hatten, mir mein Leben zu erschweren.

"Isabellsche! Wart e Momentle..."

Sie musste ihr halbes Leben im Treppenhaus verbringen, so oft wie man sie dort antraf. Das Treppenhaus war wie die Hauptstraße in einem senkrechten Dorf. Frau Speidel wusste so ziemlich alles über jeden im Haus. Ach was, alles über jeden in der ganzen Straße. Und über alle Filmschauspieler noch dazu.

"Oh, tut mir leid, wiederseh'n Frau Speidel."

Ich schaffte es, mich auf den nächsten Treppenabsatz zu retten. Außer Sichtweite war es leichter sich aus dem Staub zu machen.

"Also... habt ihr denn so lang Schul'?" rief sie neugierig hinterher.

"Ja."

"Also weisch,... zu meiner Zeit…" Da ließ ich schon die Tür zur Wohnung ins Schloss fallen. Der Geruch von Eintopf.

"Hast du was gegessen?" fragte meine Mutter aus der Küche. Sie wollte reden. "Ja," log ich und verzog mich schnell ins Kinderzimmer.

Ich konnte auf keinen Fall die Therapie diskutieren.

Nicht nur, weil ich keine Lust dazu hatte. Meine Eltern durften auch nichts von dem Experiment bei Dr. Albrecht erfahren. Mit denen konnte man sowieso nicht reden. Sie waren meiner Meinung nach total verbohrt. Konventionell und engstirnig.

Mit fünfzehn hatte ich schon eine gute Vorstellung davon, was das bedeutete. Schließlich redete jeder über Konventionen. Meine Eltern, das waren Walter und Hannelore Bertrand.

Kein ideales Ehepaar.

Papa arbeitete an der Technischen Universität und kam jeden Tag zum Mittagessen nach Hause. Abends reparierte er oft noch Fernseher, um mehr Geld zu verdienen. Drei Kinder waren ein teurer Spaß. Er gab seinem 'Vatersein' die Schuld an denen sich lichtenden Haupthaaren und die Kochkunst meiner Mutter war für seine füllige Mitte verantwortlich. Königsberger Klopse vor allem, seine Lieblingsspeise.

Am Anfang hatte ich sie auch mal gemocht, aber so oft wie die's bei uns gab, hatte ich meine Meinung jetzt geändert. Ich wollte Müsli.

Hinter der Bezeichnung 'technischer Angestellter' verbarg sich der wichtigste Mann an der Uni. Als wir noch jünger waren, sieben oder acht, hatte er Evelyn und mich manchmal mit zur Arbeit genommen. Sein Auto hatte einen angestammten Platz in der Tiefgarage und Papa hatte sein eigenes Büro mit Werkstatt. Bunte Kabel mit Klemmen hingen von Regalen voller Werkzeuge und Schrauben herab.

Er erklärte uns geduldig, was er so machte. Papa konnte einfach alles und wurde oft angerufen. Dann musste er gehen.

Wir drehten uns auf dem Schreibtischstuhl links und rechts und tranken Cola für 50 Pfennige aus dem Flaschenautomaten im gebohnerten Gang.

Die große schwenkbare Lupe über dem Schreibtisch war unser Lieblingsspielzeug. Wenn man die kleine Lampe daran anknipste, war darunter alles riesig zu sehen. Zigarrenstummel im Aschenbecher, Schrauben und Briefmarken. Papa hatte uns früher gern um sich gehabt. Etwas davon war manchmal noch zu spüren.

Er liebte seinen Schrebergarten, wo er in einem großen Beet die Atmosphäre von Masuren nachempfand. Mit Pflanzen aus dem nahen Schwarzwald. Papa war in Masuren aufgewachsen und sehnte sich oft nach seiner Heimat zurück. Der Schwarzwald erinnerte ihn an Masuren, sagte er.

Meine Mutter war Hausfrau. Eine, die immer adrette Schürzen trug, immer kochte und ständig unsere Vierzimmer-Wohnung putzte. Ihre blonden Haare hatten wohl mal füllig geglänzt, aber zu viele Dauerwellen, die jede anständige Hausfrau unbedingt benötigte, hatten ihnen den Garaus gemacht. Das Ergebnis erinnerte mich eher an Schafwolle. Manchmal kam ich aus der Schule nach Hause und fand das Wohnzimmer abgeschlossen vor.

'Ihr macht mir nur alles wieder schmutzig und ich habe mich den ganzen Morgen mit den Sofas abgeplagt,' sagte sie dann mit wenigen Variationen, und sowas wie 'Isabell, du kannst gleich den Mülleimer runtertragen und dann das Geschirr spülen. Komm, komm, keine Müdigkeit vorschützen!" sagte sie mit so vielen Variationen, daß ich schon gar nicht mehr zuhörte.

Sie putzte auch eifrig die Fassade der Familie, denn 'was sollen denn die Leute denken...'. Als ob das irgendwen interessierte.

Dabei war meine Mutter nicht immer Hausfrau gewesen. Sie trauerte ihren glorreichen Tagen als Oberschwester im Kurkrankenhaus Baden-Baden nach, von denen wir natürlich jede Einzelheit kannten.

'Ja, Emmerich Kalman war einer meiner Patienten. Da, die Vase hat er mir zum Abschied geschenkt.' Wir folgten ihrem Zeigefinger. 'Die mit den Fischen drauf. Nur die reichsten und wichtigsten Leute kamen zum Kuraufenthalt nach Baden-Baden.' Wir hatten keine Ahnung wer dieser Emmerich Kalman war oder die meisten anderen Namen, die sie immer einfließen ließ.

Unsere Mutter liebte so langweilige Radiomusik von Tschaikowsky und dem Holzschuhtanz, und sie liebte es, uns im Befehlston bei unseren häuslichen Pflichten anzutreiben. Am meisten hasste ich Fensterputzen. Sie duldete keine Widerrede.

Wenn wir es wagten krank zu werden, wurden wir tagelang ins Bett gesteckt und fachgerecht gepflegt. Wir bekamen Haferschleim und Kamillentee und Besuchszeiten waren begrenzt. Da war es besser gesund zu bleiben.

Mittlerweile wusste ich, daß meine Mutter wegen ihrer schwierigen Kindheit so war wie sie war. Anscheinend hatte sie so eine Art Vertrag mit Papa geschlossen, daß er sie immer gegen die Kinder unterstützen musste, egal was.

Wenn sie einen ihrer Wutanfälle bekam, hatte sich Klein-Isabell in Schränke verkrochen oder in der Speisekammer oder unters Bett. Bestimmt hatten meine Magenkrämpfe und Kopfschmerzen etwas damit zu tun. Dann begann ich mich einfach so zu verstecken, auch wenn sie mal wieder gute Laune hatte. Ich traute ihr einfach nicht über den Weg.

Als ich älter wurde, begann ich mich aufzulehnen.

'Du hast jedes Recht dich zu wehren,' hatte Renate gesagt, als ich ihr mal einen besonders blauen Fleck zeigte. "Warum sollst du ausgerechnet Fensterputzen, wenn du zu müde dazu bist und auf die Klausur lernen musst?"

Und das tat ich dann auch. Ich wehrte mich. Das heißt, ich flüchtete.

Bei jeder Gelegenheit fuhr ich mit meinem Klappfahrrad in den Schlosspark, der sich in meilenweiter Freiheit ausbreitete. Endlich Ruhe! Der Park nahm mich in seine grünen Arme, wenn ich Sorgen hatte, und tröstete mich.

Ich liebte die Ruhe, ich liebte die Anlagen, den See und die bunten Azaleenbüsche. Hier spielte ein paar geduldigen Zuhörern auf meiner Gitarre vor. 'If I had a Hammer' und 'Blowing in the Wind' und all so was.

Danach schwang ich mich wieder auf den Sattel und fuhr mit der baumelnden Gitarre am Lenker wieder nach

Hause. Am liebsten hätte ich ja im Park gewohnt. In einem schönen Haus, das natürlich viel kleiner war als das Schloss. In einem der kleinen Teehäuser, vielleicht. Auf die Größe kam es mir nicht an, solange es ein richtiges Zuhause war.

Meine Schwester Evelyn war ein Jahr älter als ich und schon fast genauso launisch wie meine Mutter. Paula war drei Jahre jünger und das verzogene Nesthäkchen. Beide hatten im Gegensatz zu mir eine helle, sommersprossige Haut und hellblonde Haare. Genau wie unsere Mutter.

Kein Wunder also, daß ich 'anders' war. Ich sah anders aus, war unfügsam und aufmüpfig und hatte mich zum schwarzen Schaf der Familie entpuppt. Ein Teenager, der sich einfach nicht anpassen wollte. Ein Rebell.

Wir Kinder stritten uns meist genau wie unsere Eltern, aber oft handfest und unfair, mit Kinnhaken und Haareziehen. Irgendwann würde ich mein eigenes Haus haben, träumte ich, wenn ich im Schlosspark war. Dort würde es ruhig sein. Friedlich. Streiten verboten.

Ich hatte die brillante Idee gehabt aus dieser Kriegszone wegzuziehen. Zu meiner Großmutter, die in einer kleinen Einzimmer-Wohnung zwei Häuser weiter wohnte.

Oma Bertrand war Papas 82-jährige Mutter. Eine ehrwürdige, calvinistische Witwe, die immer in lange schwarze Kleider und graue Schürzen gekleidet war.

Oma Bertrand kam uns Kindern fast wie ein Dinosaurier vor, so alt war sie. Ihr dünnes weißes Haar war zu einem streng geflochtenen Knoten hochgenadelt, ihre Haut war verrunzelt und voller Altersflecken, aber ich liebte sie.

Mir machte es nichts aus. Sie mochte mich und meinte oft, wie sehr ich der Familie ihres gefallenen Mannes glich. Wie konnte ich sie da nicht lieben? "Es waren französische Hugenotten, mein Kind. Adelige, denen der Preußenkönig Friedrich Wilhelm II vor Generationen Land in Ostpreußen gegeben hatte. Dann mussten wir alles zurücklassen und vor den Russen flüchten."

Die Geschichte mit der Flucht über die Danziger Bucht kannte ich schon auswendig. Angeblich waren die Bertrands ziemlich gutaussehende Adelige gewesen. Papa glich ein wenig einem jungen Marlon Brando. Das sagten zumindest alle. Nicht schlecht für mich.

Oma Bertrand lächelte zahnlos und seufzte, wenn sie sich an ihren Mann erinnerte, dem sie zehn Kinder geschenkt hatte. Sie sah dann fast wieder schön aus. In der Wohnung meiner Eltern ging derweil der Krieg für die Bertrands weiter.

"Sie zieht mir auf keinen Fall zu deiner Mutter. Du hast versprochen, sie in meinem Glauben zu erziehen. Außerdem ist Isabell viel zu jung, um auszuziehen," hörte ich meine Mutter eines Abends aufbrausen, als ich mal wieder im Flur lauschte.

Mein Herz sank. Ich durfte nicht zu Oma Bertrand ziehen.

"Na gut, Hannelore, wie du meinst." Papa hatte offensichtlich keine Lust sich auf ein Streitgespräch einzulassen. "Dann zieht sie eben nicht zu meiner Mutter."

"Vielleicht hat sie ja einen Gehirntumor." Ich schnappte nach Luft.

"Hannelore, sie ist in der Pubertät. Da ist es doch normal rebellisch zu sein. Die Schule ist wohl auch anstrengend. Der Stoff wird ja immer schwieriger." Papa faltete seine Tageszeitung zusammen und legte sie neben den Aschenbecher. Oje, ging jetzt wieder ein Streit los?

"Aber Evelyn und Paula schaffen ihre Schularbeit doch auch, und Magdas Tochter hat keine Probleme mit ihrer Schule. So ein braves Mädchen."

Magda Pfeiffer arbeitete bei der Post und war ungeheuer langweilig. Außerdem war sie die einzige Freundin meiner Mutter. Wahrscheinlich, weil sie ihr nie widersprach. Papa hielt das auch für das Beste.

"Hast du gesehen, wie zornig Isabell mich heute angeschaut hat?" fuhr sie fort, so richtig schön in Fahrt. "Nach allem was ich für die Kinder tue. Undank ist der Welten Lohn. Sie meinte doch tatsächlich, daß Adam und Eva in der Bibel nur symbolisch gemeint seien. Kannst du das glauben?” zeterte meine Mutter weiter. “Wo sie nur solche Sachen herhat? Vielleicht sollte ich morgen gleich einen Termin beim Arzt machen.”

Ich hatte den Verdacht, daß es dabei weniger um mich ging. Sie hatte eine Schwäche für Ärzte.

“Na gut, wenn du meinst es sei unbedingt notwendig unsere Isabell wieder zu irgendeinem Quacksalber zu schleppen, dann mach’ das. Du hörst ja doch nicht auf mich.” Papa zündete eine Zigarre an. Süßlicher Rauch durchzog den Flur.

“Walter, wie kannst du so etwas sagen? Ich höre zu.”

“Ich habe dir doch gerade gesagt, daß mit ihr nichts verkehrt ist. Nur weil sie eine andere Meinung ist, hat sie noch lange keinen Gehirntumor. Vielleicht solltest du sie einfach in Ruhe lassen, dann gehen die Kopfschmerzen schon wieder weg.”

“Aha, jetzt ist es also wieder meine Schuld. Isabell bringt es immer fertig sich zwischen uns zu drängen. Wir zanken uns schon wieder wegen ihr. Ich arbeite mich schließlich in Grund und Boden für dich und die Kinder. Da darf ich wohl ein wenig Respekt erwarten.”

Meine Mutter fing an zu schluchzen. Es ging auf die gefährliche Grenze zu. Ich musste mich einschalten, sonst würden sie sich wieder stundenlang in die Haare kriegen. Ich platzte ins Zimmer und fing an wie ein Rohrspatz zu schimpfen.

“Könnt ihr euch mal einen Tag nicht streiten? Verdammt, da kann sich ja kein Mensch beim Lernen konzentrieren!”

Die beiden sahen mich verblüfft an.

“Da hörst du’s Walter,” rief meine Mutter. “Sie flucht und schimpft als wäre ich ihre Dienstbotin. Ihr gehört eine ordentliche Tracht Prügel!”

Mein Vater schickte mich mit einer Kinnbewegung aus dem Zimmer und musste sie trösten. Das Schluchzen verstummte. Mein Eingriff hatte gewirkt. Immerhin ging das Gespräch jetzt in normalem Ton weiter.

"Ich bin mir nicht sicher, daß Prügeln da einen Unterschied macht. Um ehrlich zu sein, glaube es macht es alles nur noch schlimmer."

"Wieso? Mir hat das als Kind doch auch nichts geschadet."

Mein Vater hüstelte wissend, aber es war sinnlos mit ihr zu diskutieren.

"Ich sehe schon, ich rede doch nur gegen die Wand. Ich brauche jetzt meine Ruhe," sagte er. Papa nahm seine Pfeife und setzte sich hinten auf den Balkon, um wie so oft die Sterne anzusehen, während meine Mutter in der Küche mit dem Geschirr herumklapperte.

Nach ein paar Tagen setzte meine Mutter sich durch, weil sie angeblich mit ihren 'Nerven am Ende' war und ich musste wieder in die Klinik zu einer Untersuchung. Meine Patientenakte platzte sicher schon aus allen Nähten. Trotz der Schläge wollte sich mein schreckliches Benehmen einfach nicht bessern und außerdem ich hatte es gewagt, zurückzuschlagen. Das passte Papa wiederum nicht.

Alles nur wegen diesem blöden Buch.

Sie hatte doch tatsächlich das Buch 'Die gute Ehe', in dem Evelyn ein Kapitel über Sex entdeckt hatte, im Kühlschrank gefunden. Ich hatte es dort schnell versteckt, als sie zur Tür hereinkam. Über Sex wurde bei uns nie geredet und so mussten wir uns eben anderweitig informieren.

'Warum entschuldigst du dich nicht einfach?' hatte mir Evelyn mal wieder vorgeworfen. 'Du bist doch blöd, immer nur auf stur zu stellen.'

Die hübsche, blonde Evelyn schluckte ihren Ärger und Schmerz lieber hinunter, was sie dann später an mir auslieβ. Am liebsten verhöhnte sie mich vor ihren Freundinnen.

'Was ist denn schon so schlimmes daran ein Buch zu lesen, das sogar noch IHR gehört?'

'Darum geht es doch gar nicht. Du warst frech zu ihr. Willst du, daß sie Papa sagt, daß er dich schlagen soll, wenn er heute Abend von der Arbeit kommt?'

'Ich werd's ihm erklären. Du kannst von mir aus nachgeben, aber ich werde das nicht tun!' erwiderte ich trotzig und Evelyn gab seufzend auf.

'Ach, lass sie doch einfach," mischte sich Paula ein. "Die hat doch'n Knall.' Paula verstand es hervorragend ihre eigenen 'Sünden' auf uns ältere Schwestern abzuschieben und wir mussten dann alles ausbaden.

'Du musst gerade reden. Du Biest,' rief ich aufgebracht.

Wir waren jetzt schon zu alt, um uns noch zu raufen, aber ich gab ihr meinen giftigsten Seitenblick.

Wie erwartet rastete unsere Mutter abends aus. Sie wartete noch nicht mal bis Papa von der Arbeit nach Hause kam. Das konnte ich mir nicht mehr gefallen lassen. Ich schlug zum ersten Mal zurück und es blieb natürlich nicht beim Hausarrest.

Dummerweise hatte ich das Buch im Kühlschrank gelassen und es verschwand danach auf Nimmerwiedersehen. Unsere Aufklärung war damit noch lange nicht am Ende. Evelyn hatte schon ein anderes Buch über die Borgia-Päpste im Bücherregal entdeckt und es unter ihrer Matratze versteckt. Verwerflich, aber spannend. Meine Mutter schien nicht zu wissen, welcher Lesestoff da in ihrem Wohnzimmer lauerte. 'Die gute Ehe' war ein Kinderbuch dagegen.

Danach machte sie einen Termin, aber der Kinderarzt in der Klinik konnte nichts Ungewöhnliches finden. "Kopfschmerzen und Magenkrämpfe sagen Sie, Frau Bertrand? Vielleicht sind die Symptome bei ihr ja psychosomatischer Natur. Und das aggressive Verhalten ist ja heutzutage bei Jugendlichen nichts Neues. Gehen Sie mit Isabell zur Elternberatung, da kann man Ihnen vielleicht weiterhelfen."

"Ja wenn Sie meinen, Herr Doktor," säuselte meine Mutter. "Sie wissen ja wovon Sie sprechen."

Wie zu erwarten war, befolgte sie den Rat des charmanten Arztes und ich wurde vorgeladen.

Die Sozialarbeiterin, die sich auf 'schwierige Jugendliche'

spezialisierte, sah so ganz und gar nicht aus, wie ich mir eine Sozialarbeiterin vorstellte: im strengen Kostüm nämlich, mit hochgesteckten Haaren und verkniffenem Mund.

Diese Sozialarbeiterin in ihrem fließenden Kaftan, hatte lange blonde Haare und klingelnde Armreifen aus Messing und glich eher einer coolen Folksängerin wie Joan Baez. Zuerst musste ich alleine zu ihr ins Büro. Meine Mutter schnüffelte beleidigt, nahm dann aber die Hand meines Vaters und blieb folgsam im schmucklosen Wartezimmer sitzen.

"Isabell," begann Joan Baez nach einer kurzen Vorstellung, "versuche dich doch mal daran zu erinnern, wann du zum ersten Mal diesen tiefen Ärger empfunden hast."

"Weiß ich nicht," sagte ich verstockt. Warum wollte sie das wissen und wieso sollte ich ihr vertrauen?

"Das weißt du nicht oder du kannst dich daran nicht mehr erinnern?" Sie kritzelte etwas auf mein Formular und betrachtete mich eingehend über dem Rand ihrer riesigen Brille. Die gab ihr das Aussehen einer Eule.

"Ich habe doch gesagt, daß ich es nicht weiß," erwiderte ich noch einen Zacken patziger.

"Kein Grund zur Aufregung —" versuchte sie das schwierige Kind fachgerecht zu beruhigen und schrieb etwas auf, daß die Armreifen nur so klirrten. Dann rief sie meine Eltern herein.

Die Erwachsenen sprachen über mich, als sei ich garnicht anwesend und ich schaltete erst wieder ein, als meine Diagnose bevorstand: beginnende Depression durch ein unbestimmtes Trauma in der frühen Kindheit. Oder so was ähnliches. Joan Baez empfahl einen angesehenen Psychologen, der innovative Hypnotherapie praktizierte. Einen gewissen Dr. Albrecht.

Ein Psychologe? Hatte ich etwa die Probleme meiner Mutter geerbt? War ich drauf und dran so zu werden wie sie? Ich panickte in aller Stille und mein Magen schmerzte.

"Sie stehen nicht allein mit diesem Problem da, Herr und Frau Bertrand." Die Sozialarbeiterin sah ermunternd über den Rand ihrer Eulenbrille. *Sie sollte sich 'ne andere Brille zulegen,* dachte ich.

"Wir sind hier um Ihnen zu helfen. Ich weiß wie ungewöhnlich sich das anhört – Hypnotherapie. Aber die Zeiten haben sich geändert. Es gibt einfach zu viele rebellische Jugendliche und die alten Methoden greifen nicht mehr. Wir müssen neue Wege finden, um dem wachsenden Problem zu begegnen."

Pah, wachsendes Problem, blah, blah, blah! Brauchte man deswegen gleich einen Seelenklempner? Ich rollte mit den Augen und verkreuzte abwehrend die Arme.

"Oh, ich bin mir nicht so sicher, daß eine dieser neuen und teuren Hippie-Methoden es das richtige ist," sagte meine Mutter mit einem tiefen Seufzer. "Wir wollen doch nur das beste für unsere Tochter, wissen Sie. Isabell soll doch nur lernen sich richtig anzupassen."

Heuchlerin! Es war immer so einfach, Außenseitern was vorzuspielen. Mein Vater studierte den bunten Druck von Miró hinter der Frau und sagte, wie immer, nichts.

"Aber sicher, Frau Bertrand, das verstehen wir doch. Ich versichere Ihnen, Dr. Albrecht hat viel Erfahrung mit Jugendlichen." Die Messingreifen klingelten Beifall. "Diese neue Methode ist seriös und hat nichts mit Hippies zu tun. Sie steckt zwar noch im Anfangsstadium, aber die bisherigen Erfolge sind sehr vielversprechend." Die Sozialarbeiterin schielte ernsthaft. "Zwölf Jugendlichen konnte bisher damit geholfen werden. Mit ein wenig Glück wird es langfristig in unser Programm aufgenommen."

Dann war ich ja Nummer 13. *Eine Glückszahl*, dachte ich aufbegehrend. 'Hypnose' hörte sich ausreichend kontrovers an. "Ich würde sehr gern in eine Hypnose-Behandlung gehen," meldete ich mich zu Wort, um meine Mutter zu reizen. Die Erwachsenen drehten sich erstaunt zu mir um. Vielleicht hatten sie vergessen, daß ich noch da war.

"Wirklich? Die Krankenkasse trägt natürlich sämtliche Kosten," stammelte Joan Baez. Das brachte die Sache unter Dach und Fach. Meine Eltern nickten zustimmend und die

Sache nahm ihren Lauf.

"Ja wenn Sie meinen, daß es eine gute Behandlungsmethode ist... Sie kennen sich da ja sicher aus. Wir wollen doch nur das Beste für unsere Isabell." Oh, wie wütend mich das machte, daß ich so schnell ausgeliefert wurde! So ernst hatte ich es auch wieder nicht gemeint.

"Frau Bertrand, ich verspreche Ihnen, daß Dr. Albrecht sich gut um ihre Tochter kümmern wird."

Am Montag nach der Schule begann ich dann mit der Behandlung. Zunächst sah ich den Psychologen nur feindselig an. Der stand ja auf der Seite meiner Eltern. 'Wir verstehen Ihr Problem' hatte die Sozialarbeiterin gesagt. Pah!

Dann überzeugte er mich langsam. Seine Methode war nicht von schlechten Eltern. Ein Erwachsener wollte wissen wie ich mich fühlte! Wir redeten und Dr. Albrecht machte Notizen.

Danach kam die Hypnotherapie dran. Beim ersten Mal hatte es geradezu ein Erinnerungsfeuerwerk gegeben, was uns beide überraschte. Es dauerte nicht lange bis Dr. Albrecht mich sozusagen eingeschläfert hatte. Ich fand mich sofort als Keinkind wieder.

'Ich bin drei,' sagte ich in einem piepsigen Stimmchen. 'Mami hat mich in dem kleinen Zimmer bei der Küche eingeschlossen. Ich höre die Haustür zuschlagen.' Es war mir peinlich, als ich mich später in der Aufnahme selbst hörte.

'Was sehen Sie? Sie können sich an alles erinnern.' Dr. Albrechts Stimme war eintönig und beruhigend. Mein unsichtbarer Freund im Hintergrund, während ich als Kleinkind rote Knete in einen Elefanten quetschte und rollte.

'Evelyn ist im Kindergarten. Mir ist langweilig. In der Schublade ist eine große Schere. Mama braucht sie immer zum Nähen. Ich kann die geblümten Vorhänge damit schöner machen. Mami wird stolz auf mich sein. Die Schere ist schwer, aber ich schaffe es sie zu halten.' Ich lachte und betrachtete mich dabei, wie ich breite Fransen in den dicken Stoff schnitt. Es machte einige Mühe, aber bald waren die Vorhänge rundherum mit lustigen Fransen verziert.

'Mama kommt wieder und mag meine Fransen nicht. Papa wird böse sein, droht sie. Ich bin erschrocken.'

'Lösen Sie sich aus der Szene. Möchten Sie zurückkehren?'

'Nein.' Ich stürzte mich gleich in die nächste Erinnerung. 'Der Fernseher läuft und ich bin allein zu Hause. Schwarz-weiße Blumen öffnen und schließen sich im Zeitraffer." Ich war schon woanders 'gelandet'.

'Wie alt sind Sie?'

'Zwei. Mir ist langweilig. Dann kommt eine Tanzgruppe in weiten Hosen und bunten Hemden an die Reihe. Grün und schimmernd.' Ich betrachtete das einen Augenblick lang. Hübsch. 'Die Frauen haben einen roten Fleck zwischen den Augenbrauen.'

'Eine indische Tanzgruppe?'

'Vielleicht, ich weiß das nicht. Ich bin zu klein. Aber ich will mittanzen. Ich klettere aus meinem Hochstuhl. Da ist Mamis Lippenstift! Ich brauche auch so einen roten Fleck. Ich schmiere mir einen grell-roten Punkt auf die Stirn. Dann lege ich den Lippenstift in die Frisierkommode zurück und watschle in den Flur, wo ich mich im langen Spiegel betrachte. Ich tanze zu der Musik im Fernseher.'

'Warum lächeln Sie Isabell?'

'Ich bin so glücklich und tanze vor dem Spiegel.'

'Gut. Kosten Sie das Glücksgefühl aus… was geschieht als nächstes?'

'Ich lausche. Ich habe Angst. Schritte im Treppenhaus. Der Schlüssel dreht sich im Schloss. Ich flüchte zum Hochstuhl zurück, aber ich bin zu langsam…'

'Alles ist in Ordnung. Sie lösen sich aus der Szene. Gehen Sie zu einer anderen angenehmen Erinnerung zurück, wenn sie das möchten.'

'Ja, meine Mutter lacht mit uns und singt Kinderlieder. Sie liest Märchen aus einem Bilderbuch vor. Mein Vater lehrt Evelyn und mich lesen und malt kleine Hasen und Gesichter, um uns zum Lachen zu bringen. Wir pflücken zuckersüße rote Kirschen im Garten. Ich bin glücklich. Mutti sieht nicht so verkniffen und bitter aus.' Ich schwelgte in den angenehmen Erinnerungen.

'Das ist gut, das ist sehr gut.' Dr. Albrecht ließ mich verweilen.

'Meine Schwester Paula ist ein Baby,' sagte ich plötzlich. 'Evelyn und ich werden zu einem Nonnenkloster in den Schwarzwald verschickt. Ich höre Bad Dürrheim.'

'Sie sind… drei?'

'Ja, meine Mutter muss sich erholen und um das neue Baby kümmern. Sechs Wochen lang müssen wir Salzbäder nehmen und Grießbrei essen.'

Ich schüttelte mich. 'Ich bin in der 'Kleinen Gruppe' und sehe Evelyn nicht oft. Ich mag die Nonnen nicht. Sie haben einen der Jungs auf einen Stuhl gebunden und in den Gang gestellt, weil er vor Heimweh weint. Er schluchzt dort die ganze Nacht.' Mir stiegen Tränen in die Augen.

'Ich falle hin und mein Kopf tut weh. Die Nonnen nehmen mich in die Küche und holen ein riesiges Messer raus, um es auf die Beule zu drücken. Ich schreie und will davonlaufen, weil ich denke sie wollen mich erstechen.' Mir war eine Träne die Wange hinunter gelaufen und ich hatte den Kopf nach links und rechts gedreht, um die Nonnen abzuwehren. 'Lösen Sie sich aus dieser Szene. Sie sind in Sicherheit, niemand kann Ihnen etwas anhaben.' Ich beruhigte mich.

'Ich zähle jetzt rückwärts. Wenn ich bei eins angelangt bin, wachen Sie auf. Drei, Sie kommen zurück…'

Ich hatte eine Weile gebraucht, bevor ich begriff, daß ich kein Kleinkind mehr war. Die Kassette wurde zurückgespult und das mittlerweile altbekannte Gespräch mit dem guten Doktor fand statt.

"So, das war mehr als genug für den Anfang, Isabell," meinte der Psychologe.

"Wow, ich kann mich noch an alles erinnern," hatte ich gestaunt. "Genau wie Sie es gesagt haben."

"Ja, das ist meistens so. Wir werden beim nächsten mal mehr darüber reden." Von diesem Tag an fühlte ich mich nicht mehr so wütend und hilflos. Die Therapie funktionierte. Dr. Albrecht war ein echter Zauberer.

Als wir heimlich mit der Regressionen anfingen, war ich schon ein alter Hase, aber das hier war etwas ganz anderes.

Er schien beeindruckt zu sein. "Sie haben zwischendurch in einer Fremdsprache gesprochen. Vielleicht können Sie mir das ein oder andere noch erklären."

"Wirklich?" sagte ich verträumt. "Ok."

Ich wusste ja, daß Leute manchmal in mittelalterlichem Französisch redeten, auf Quetschua oder auch Chinesisch. Ich war stolz, daß ich sowas konnte. Wie immer spielte Dr. Albrecht hinterher das Band ab. Die Bilder erschienen wieder vor meinem inneren Auge und ich befand mich mehr dort als hier und hatte Tränen in den Augen, als ich auf meine verträumte Stimme lauschte.

'Ich trage eine... Uniform. Wir kommen in Warna an. Noch jung, vielleicht achtzehn und ich habe braune Haare. Mein Name ist Adam...'

Nach der Beschreibung des kurzen Lebens eines britischen Soldaten während des Krimkrieges, der an gebrochenem Herzen litt und sich deshalb absichtlich in Schusslinie begeben hatte, fand ich mich auf einmal an einem noch fremdartigeren Ort wieder.

Hügel mit spärlichen, rauen Grasbüscheln breiteten sich rings um mich herum aus. Aber nicht dort wo ich stand. Hier umgaben mich prachtvolle, farbige Blüten, gepflegte Rasenflächen, Springbrunnen und Bäume.

Ich sah die junge Frau wieder mit ihren hellbraunen, geflochtenen Haaren, schön, wenn auch ungewöhnlich, mit grünen Mandelaugen und hohen Wangenknochen. Sie hieß Nusrat, die junge Frau. Das wusste ich einfach. Ich wusste auch, daß ich selbst irgendwie Nusrat war.

Sie saß auf einer geschnitzten Bank an einem klaren Fischteich, in dem sich Blätterschatten im Sonnenlicht spiegelten. Mandarinenten zogen ihre Kreise. Der Garten war von hohen Mauern umgeben.

Im Alter von fünfzehn Jahren fand ich mich selbst ziemlich unhübsch. Aber ich wusste einfach, daß ich es war, die auf dieser Bank saß. Ich konnte das Holz fühlen, roch den würzigen, harzigen Duft.

Es gab da eine gewisse Ähnlichkeit zwischen uns. Ihr Haar war auch hellbraun. Nur meine Augen waren graublau und kein bisschen mandelförmig. Leider hatte ich auch nicht ihre vollen Körperformen. Ich besaß den schlanken Körper eines Teenagers, der Sport liebte. Besonders Rudern.

Nusrat trug ein farbenfrohes Wickelgewand aus bestickter Seide und ziemlich viel teuer aussehenden Schmuck. Ich selbst trug als Schmuck nur einen billigen Anhänger aus grünem Glas an einem dünnen Lederband um den Hals.

Teurer Schmuck bedeutete mir nichts. Mir gefiel einfach, wie Sand und Meereswellen das Glas rund geschliffen hatten. Ich versuchte mich wieder auf die Tonaufnahme zu konzentrieren und der Raum in dem ich mich befand verschwand im Hintergrund.

'Ich höre Radschput. Radschput,' sagte ich auf Deutsch. 'Imran ist ein Freund aus Kindertagen. Wir haben manchmal heimlich draußen vor den Dorfmauern mit Pfeil und Bogen gespielt. Ich bin ein Mädchen und er gehört nicht zu unserer Kaste, aber wir sind noch so jung. Nicht einfach... die Dienstboten passen auf, aber wir sind gewitzt.'

Ich konnte fühlen, wie ich innerlich lächelte, als ich die Worte aussprach. 'Mein Vater ist großzügig. Er hat keinen Sohn und lehrt mich sogar mit dem Khanda Schwert zu kämpfen. Mein Pferd heißt Kalyan. Wir gehören einem wichtigen Zweig des Klans an.'

Danach entstand eine längere Pause. Da war dieser junge Mann, mit dem ich mich unterhielt und der Imran hieß. Ich wusste einfach was gesagt wurde. 'Wir sprechen. Es gibt ein Problem. Ich bin sechzehn und muss bald heiraten. Es geht um die Ehre der Familie. Ich bin die einzige Tochter.' Sie war nur ein Jahr älter als ich, sah aber schon fast erwachsen aus. Und Nusrat musste heiraten!

'Was bedeutet Radschput?' fragte Dr. Albrecht ruhig auf Band.

'Ich weiß nicht... unsere Familie, unser Klan... Krieger... Adelige vom Chandra Vamsch,' stammelte ich, dann fuhr ich in einer fremd klingenden Sprache fort.

'Die Villa gehört meinem Vater und Dienstboten halten sich im Schatten der Bäume auf, um ein Auge auf mich zu haben. Die Schatten werden schon länger.'

Was ich da gesagt hatte wusste Dr. Albrecht noch nicht, weil er natürlich nichts verstanden hatte. Ich sprach ja Ausländisch.

"Können Sie denn noch verstehen, was Sie da sagen?" Dr. Albrecht stoppte die Aufnahme und sah mich erwartungsvoll an. Ich sagte ihm was ich wusste. "Ich glaube nicht, daß man das 'verstehen' nennen kann. Ich weiß es einfach." Besser konnte ich es nicht erklären.

Die Worte klangen guttural. Da waren Gefühle. Traurigkeit, Herzschmerz. Ich hatte einen Kloß im Hals. Davon erzählte ich dem Therapeuten aber nichts. Sie waren mir ungeheuer peinlich. Diese ganzen Gefühle.

Die Kassette spielte weiter.

'... darf dich nicht länger sehen,' brachte ich gequält hervor. 'Mein Vater hat uns ein letztes Treffen erlaubt.'

Der junge Mann trug einen einfachen weißen Turban auf dem Kopf, wie es sich ziemte. Ein langes, weißes Seidenhemd, dunkle Brokatweste und weite Hosen. Unerfüllte Leidenschaft...

"Imran stammt aus einer guten Mogulen-Familie und wir lieben uns. Jedenfalls denken wir das," erklärte ich Dr. Albrecht.

Was wusste ich schon von Leidenschaft? Renate hatte wenigstens schon Erfahrung mit Küssen. Ich wurde rot.

Dr. Albrecht bemerkte mein Unbehagen und hielt die Kassette an. "Möchten Sie weitermachen oder wird es zu schwierig?"

"Ich weiß nicht. Man kann das nicht so genau übersetzen."

"Das ist ja auch gar nicht notwendig. Ich will ja nur wissen, um was es so ungefähr geht. Wollen es mir sagen?"

"Ja Ok. Ich kann ihn nicht länger sehen, weil ich heiraten muss."

"Aha." Dr. Albrecht schrieb und schrieb. Die Kassette lief. Es war eine Weile still. Ich konnte mich atmen hören und Imrans Stimme.

'Ich werde sterben, wenn dein Vater darauf besteht.' Imrans *Ton war zornig. Seine nußbraunen Augen blitzten.*

'Wir haben nichts dabei zu sagen. Das weißt du doch. Unsere Sitten sind anders. Du bist Moslem. Wir dürfen nicht heiraten. Ich bin Mansur versprochen und muss mich an das Gesetz des Klans halten.'

'Was sehen Sie jetzt?' wollte Dr. Albrecht auf Band wissen. 'Versuchen Sie es zu beschreiben.'

Die Worte machten nicht mehr so viel Sinn. 'Bin mir nicht sicher. Er ist wütend.' Ich redete wieder auf Deutsch. Dann wurde es still. Ich war zu sehr mit Imran beschäftigt. Die Kassette surrte.

'Dann werde ich Mansur herausfordern müssen – zu einem Duell,' sagte Imran hitzköpfig. 'Ich werde dich nicht aufgeben. Nicht an einen Mann, den du nicht liebst.'

Hey, das war ja hochromantisch. Ein Duell!

'Nein, Imran, Mansur ist ein guter Mann. Sie werden dich umbringen. Dann kommt es zur Blutfehde. Willst du das?'

'Dann muss ich eben fortgehen und vor Einsamkeit sterben.'

Imran legte seine Hand auf meine Schulter und schoss einem der Dienstboten mit dem Namen Pratap, einen kommandieren Blick zu. Pratap hielt sich in unserer Nähe auf, um mich zu beschützen. Um wie seit meinen Kindestagen meine Ehre zu schützen. Der graubärtige Mann zog sich weiter in den Baumschatten zurück...

Swisch, Klick. Der Doktor hielt die Kassette an. Er fragte was ich erlebt hatte und kritzelte Notizen auf seinen Schreibblock.

"Hochinteressant. Daß Sie das noch verstehen können…," staunte er. "Mein erster Fall von Xenoglossie. Das muss ich im Wörterbuch nachsehen – dieses Wort *Radschput*, das sie erwähnen. Dann noch *Mogulen* und *Chandra Vamsch*. Möglicherweise ist das in Indien… wirklich hochinteressant."

Über Indien hatte ich mir noch nie Gedanken gemacht. Lag das nicht irgendwo bei China? Wo genau lag China…?

"Kennen Sie diesen jungen Mann Imran?"

"Nein, ich kenne ihn nicht," erwiderte ich bestimmt.

Die Frage war bei dieser Art von Hypnose üblich. Dr. Albrecht meinte damit die Möglichkeit, ob ich Imran in der Gegenwart als eine andere Person erkannte.

Zum Beispiel hatte ich einfach gewusst, daß ein Kamerad aus dem Krimkrieg einer meiner jetzigen Lehrer war. Einer von zwei Lehrern, die ich einigermaßen mochte.

Ich kann nicht sagen, ob es die Augen waren oder der Gesichtsausdruck. Ich wusste es einfach. Das würde komisch werden in der Schule, wenn ich ihn wiedersah. Leider war mir dieser Imran noch nicht untergekommen. Schade, er sah wirklich gut aus.

Ich war in Gedanken vertieft, als ich die Praxis von Dr. Albrecht verließ. Wie verabredet wartete Renate im Café Wolf unten auf mich.

"Ist ja total stark!" staunte sie, nachdem ich ihr alles brühwarm erzählt hatte. Sie wusste ja noch nichts von den Regressionen, die wir jetzt machten. Aber ich musste es einfach jemandem sagen.

"Ja, nächste Woche gehe ich wieder hin. Er will 'rausfinden was für ein Land das sein könnte. Dann machen wir wohl weiter," erwiderte ich langsam.

"Wieso passiert mir nie sowas Cooles? Am liebsten würde ich Fliege an der Wand spielen und mir das ansehen, wie du in einer fremden Sprache redest und so."

"Angeblich Radschput. Hast du schon mal was davon gehört?"

"Nein, ich kann's aber 'rausfinden. In der Bibliothek."

Renate war mir etwas zu begeistert. Hoffentlich hielt sie dicht. Alles was ich jetzt brauchte, waren dumme Bemerkungen in der Schule. Ich beschloss abzuwiegeln. "Besser nicht. Was ist, wenn das alles gar nicht stimmt. Vielleicht habe ich ja mal einen Film über so was gesehen."

"Klar, es kommen ja auch dauernd Filme über Radschput im Fernsehen." Renate zog ihren Mundwinkel hoch, wie immer, wenn ihr was nicht passte.

"Hey, man weiß nie." Natürlich machte Renate sowieso, was sie wollte.

Bei der nächsten Sitzung befand ich mich sofort wieder am gleichen Ort und fing an Ausländisch zu reden. Dr. Albrecht stoppte mich diesmal sofort. 'Sie verlassen die Szene. Sie sprechen Deutsch... Sie könn—'

Ich sah dabei zu, wie Dr. Albrecht die Kassette vorspulte. Gut, ich konnte nämlich auch nicht mehr richtig verstehen was ich da sagte. *'Ich sehe Imran nicht wieder.'*

Ich sprach tatsächlich wieder Deutsch in der Aufnahme.

'Oh, oh, er fordert meinen Verlobten heraus. Aber einer seiner eigenen Cousins erdolcht ihn, bevor das Duell stattfindet. Man sagt mir nichts davon... Ich verstehe erst später. Meine Schwiegermutter hatte die beiden aufgewiegelt. Ich habe sie noch nicht kennengelernt. Mansurs Familie lebt woanders. Es bricht mir das Herz. Ich denke Imran ist fortgegangen. Ich tue meine Pflicht.'

Meine Stimme war kaum noch hörbar und Dr. Albrecht spulte die Kassette weiter vor. Die quietschte unschön.

'...nicht mehr wehtun. Gehen Sie weiter zum nächsten wichtigen Ereignis in diesem Leben,' summte die einfühlsame Stimme des Psychologen. 'Was sehen Sie jetzt?'

'Ich heirate Mansur und lerne ihn zu lieben. Er ist Radschput. Wir essen kein Fleisch. Mansur ist nach dem Mann benannt, der seinem Vater einmal das Leben rettete. Ein Muslim. Mein Leben ist gut. Es fehlt mir an nichts. Uns sind drei hübsche

Söhne beschert. Die Klan-Ältesten hatten eine gute Entscheidung getroffen. Das verstehe ich jetzt. Es gibt hier auch einen herrlichen Garten. Ich liebe die roten Blumen...'

Die roten Blumen lenkten mich eine Weile ab.

'Sehen oder hören Sie einen Ortsnamen oder ein Datum?' unterbrach der Doktor meinen Redefluss, *'irgendetwas, was darauf hinweist, wo sie sind?'*

'Nein, nichts. Es ist lange her,' kam meine Antwort.

'Gehen Sie weiter zum letzten Tag ihres Lebens als Nusrat. Zu Ihrem Todestag.' Die Szene erschien momentan.

'Ich liege auf einem Kissenhügel und muss dauernd husten,' keuchte ich. Meine Brust schmerzte.

'Sie können jetzt wieder atmen. Sehen Sie sich die Szene von oben an, wenn Ihnen das leichter fällt.'

Mein Atem wurde ruhiger.

'Man hat ein Bett auf die Veranda gestellt. Ich bin alt... Falten im Gesicht und Altersflecken... ich sage den Dienstboten sie sollen die Kletterpflanzen beschneiden. Ich liebe Blumen. Mein Blick schweift zu den grünen Zweigen hinüber, die sich um die Pfeiler ranken. Die Nachmittagssonne wärmt mich. Meine Söhne und deren Familien sind hier.' Ich wusste das noch, wie ich mir die Szene so von oben ansah.

'Alle schauen ernst drein. Die Vögel zwitschern im Frangipanibaum. Die Blüten riechen so gut, aber es tut weh, wenn ich atme. Mein Kopf schmerzt. Alles schmerzt.'

'Sie haben keine Schmerzen mehr, Sie können wieder ganz normal atmen,' hörte ich die Anweisungen des Doktors auf Band. *'Beschreiben Sie, was geschieht.''*

'Ich schwebe nach oben. So leicht. Alle weinen. Ich schwebe nach oben... Lasse sie zurück. Ich sehe nach oben. Dunkelblau, schönes dunkelblau. Da ist jemand... ein Licht das größer wird und heller.'

Dann zählte Dr. Albrecht rückwärts und ich war aufgewacht. Das Anhören der Kassette hatte etwa 20 Minuten gedauert. Puh, das war ja vielleicht was! "Bin ich gestorben?" wollte ich wissen.

"Es scheint so. Fast alle berichten von einem Licht und jemand, der auf sie wartet," erklärte mir der gute Doktor.

"Hmm."

Schade, daß ich den Namen des Landes und des Ortes nicht kannte. Nicht mal eine Jahreszahl. Ich wusste nur, daß ich nahe des Himalayagebirges gelebt haben musste. Die Villa stand in einem Tal im Vorgebirge. Von der Veranda aus konnte ich die schneebedeckten Bergspitzen über den Dächern des Dorfes erkennen.

"Faszinierend," sagte Dr. Albrecht nur und schrieb.

"Kann das wirklich so gewesen sein?" platzte ich heraus. "Ich meine, daß ich jemanden kannte, der Imran hieß, und… daß ich einmal reich und schön war und dann gestorben bin?"

Dr. Albrecht sah verdutzt drein. Er kratzte sich hinterm Ohr, wie so oft, wenn er auf meine impulsiven Fragen keine Antwort wusste. "Hmm, das weiß man noch nicht so genau. Es scheint aber gesundheitliche Probleme zu heilen."

"Was? Was für gesundheitliche Probleme? Woher weiß man denn, ob das alles stimmt? Vielleicht ist es nur meine Einbildung."

"Sie haben in einer Fremdsprache geredet und konnten das danach noch verstehen. Unwahrscheinlich, daß das nur Ihre Fantasie war. Vielleicht können Sie sich nächstes Mal an mehr Einzelheiten erinnern. Wir werden dieses Leben noch ein wenig weiter erkunden."

"Kann ich jetzt diese Sprache sprechen und mich unterhalten und all sowas?" wollte ich wissen.

"Das glaube ich weniger. Das scheinen Ihre Erinnerungen zu sein. Aber vielleicht werden Sie sich jetzt mehr dafür interessieren."

"Ja, ich kenne sowieso niemanden, der so redet."

Dr. Albrecht sah auf seine vielen Notizen und ich starrte ihn an. Er sah auf. "Möchten Sie noch über etwas anderes reden?"

"Ich wünschte ich könnte meiner Schwester Evelyn helfen. Sie ist jetzt auch in Therapie, ist selbst zur Beratungsstelle gegangen. Sie verbrennt ihren Arm mit Zigaretten. Evelyn hat mir die roten Stellen gezeigt."

Er kratzte sich wieder hinterm Ohr. "Ich wünschte ich könnte Ihnen helfen, aber mir sind die Hände gebunden." Er war dabei besagte Hände zu wringen. "Sie sind meine Patientin und Ihre Schwester ist ja schon bei einem anderen Therapeuten. Wenn Sie sich mit Zigaretten verbrennen würden, wäre das etwas anderes."

Ich verstand nicht, wieso das etwas anderes war. Erwachsene waren immer so kompliziert. Wenigstens begann sich mein eigenes Leben zu verändern.

Zunächst hörten die Schläge auf. Das hatte zweifellos an Dr. Albrechts Abschlussbericht gelegen. Ich musste nicht mehr so sehr kämpfen und das mit der Schule ging wieder aufwärts. Meine Mutter war stolz auf ihre tolle Leistung endlich die richtige Medizin für mich gefunden zu haben.

In den Sommerferien bekam ich auch endlich meinen ersten Kuss. Ich fuhr mit dem Stadtjugendausschuss für sechs Wochen nach Frankreich. Es fiel mir jetzt leichter neue Freunde zu finden und in der Haute Savoie vergaß ich fast, daß meine Mutter meine geliebten Meerschweinchen kurz vorher an den Zoo verschenkt hatte.

'Du kümmerst dich nicht richtig um die Viecher. Im Zoo sind sie besser aufgehoben,' meinte sie nur lakonisch.

'Wie konntest du das machen? Sie werden doch dort an Schlangen verfüttert.'

'Ich hab' genug von der Schweinerei. Es ist besser so.'

'Ich hasse dich, hasse dich!" schrie ich und wusste doch, daß es sich nicht ändern ließ .

In Frankreich blieb nicht viel Zeit für dunkle Gedanken. Unsere langhaarigen, jungen Betreuer hielten uns auf Trab. Wir lernten Selbstverteidigung, Ikebana und wie man Masken aus weißem Gips machte.

Wanderungen zum Fluss standen auf dem Plan und eine Fahrt zum Markt nach Annecy. Bei einer unserer wöchentlichen Discos geschah es dann. Ich bekam meinen ersten recht feuchten Kuss von einem sechzehnjährigen

Franzosen mit dem Namen Jean-Paul.

Er sah so welterfahren aus, mit seinen wuscheligen braunen Haaren und dem offenen Lachen, daß mir der feuchte Kuss fast gar nichts ausmachte. Noch nie war ich einem Jungen so nahe gewesen. Endlich konnte ich mitreden.

Auch bei unserem Ruderclub schienen mich die Jungs neuerdings zu bemerken.

Ein Jahr zuvor hatte mich ein Mädchen aus meiner Klasse gefragt, ob ich nicht ihrem Ruderclub am Rheinhafen beitreten wolle. Meine Eltern waren darüber hocherfreut gewesen und zahlten anstandslos den geringen Jahresbeitrag.

Ich bekam sogar ein Clubhemd und ein paar neue Sportschuhe.

"Sport wird dich von Dummheiten abhalten," hatte Papa damals gesagt. "Mit Jungen zu flirten bringt nur Probleme mit sich." Ich hatte keine Ahnung wie man flirtete und war Jungs höchst selten begegnet. Aber ein Jahr später war ich auf einmal nicht mehr unsichtbar.

Dann kam alles noch besser. Ich durfte zu meiner Dinosaurier-Oma Bertrand ziehen. Sie lebte jetzt in ihrer eigenen Welt, voll verstorbener Verwandter und den faszinierenden Leben berühmter Stars und Adeliger, die Frauenzeitschriften und das Fernsehen bevölkerten. Wir lebten in getrennten Welten, aber das machte nichts.

Ein billiger Radiorecorder, den ich zum Geburtstag bekommen hatte, wurde zu meinem Verbündeten. Ich beeilte mich von der Schule nach Hause zu kommen, um in der winzigen Küche den Beginn des 'Pop Shop' auf Rundfunk 3 nicht zu verpassen.

Es gab eine Stunde lang Musikhits aus den sechziger Jahren, die ich auf billige Kassetten aufnahm. Das war meine Welt. Die Musik umgab mich für den Rest des Tages wie ein unsichtbarer Kokon.

'Ha, ha said the Clown', 'Bridge over Troubled Water' und 'Ticket to Ride'. Ich sang meine Lieblingslieder, als ich so am Nachmittag mit dem Fahrrad zum Ruderclub radelte. Ich sang richtig laut, wenn ich wusste, daß niemand zuhörte.

Der Ruderclub am Rheinhafen war mein zweitliebster Zufluchtsort, gleich nach dem Schlosspark. Es roch oft komisch dort. Der Geruch kam von einer Mayonnaisenfabrik, aber ich gewöhnte mich daran.

Mir gefielen die elegant auf dem Wasser dahingleitenden Ruderboote und die Ruhe dort. Manchmal skullte ich an Entenfamilien vorbei und manchmal musste ich den Wellen, die die Schiffe verursachten, ausweichen.

Ich war schrecklich schüchtern und wurde rot, wenn mich jemand auch nur anschaute. Meine Wirkung auf Jungs blieb mir trotz der Erfahrung mit Jean-Paul schleierhaft.

Bei einer Club-Party wurde mir Werner vorgestellt. Werner war schlank und hochgewachsen und zwanzig. Es störte ihn nicht, daß ich rot wurde, sobald er mich ansprach. Er küsste mit erfahrenen Lippen und hörte sich geduldig meine verzagten Geschichten über Schule und Eltern und nervige Schwestern an.

"Warum heißt du eigentlich Isabell," wollte er wissen. "Ist das nicht französisch?"

Ich fand es toll, daß er sich für meinen Namen interessierte.

"Ja, mein Vater stammt von Hugenotten ab. Angeblich haben sie mich nach einer Großtante genannt. Meine Schwestern haben ihre Namen auch von Großtanten: Evelyn und Paula. Eine ziemlich große Familie auf beiden Seiten."

"Eine große Großtanten-Familie," scherzte Werner.

"Ha, genau," lachte ich unbeschwert. "Isabell ist aber immer noch besser als Irene. Meine Mutter wollte mich erst so nennen. Hast du eigentlich Geschwister?"

"Ja, einen Bruder, Dieter. Der ist viel älter als ich. Wir kennen uns kaum…"

Werner wurde mein bester Freund und nach einer Weile hörte sogar das Rotwerden auf. Wir radelten zum blühenden Stadtpark und standen stundenlang an sonnigen Straßenecken herum, lehnten uns an unsere Fahrräder und unterhielten uns über anspruchsvolle Dinge.

Ich vertraute Werner genug, um ihm von Dr. Albrecht zu erzählen. Er fand es erstaunlich, daß eine derartige Therapie schon empfohlen wurde.

"Dieser Dr. Albrecht ist seiner Zeit weit voraus. Hypnose!" staunte er. "Aber er scheint ja Erfolg zu haben. Von einem psychologischen Standpunkt aus leidet deine Mutter wahrscheinlich an manisch-depressivem Verhalten," erklärte er mir, als wir mal wieder auf einem niedrigen Gartenmäuerchen saßen.

Werner liebte es zu fachsimpeln. Er war nämlich Medizinstudent und wusste über solche Dinge Bescheid. Andere Jungs spielten Fußball und schwärmten für die Bay City Rollers - und mein Freund studierte Medizin. Werner wollte sich später mal auf Psychiatrie spezialisieren. Ein richtiger Experte.

"Gibt es denn nichts was man dagegen tun kann?" fragte ich.

"Deine Mutter bekommt doch sicher Medikamente, oder?"

"Ich denke schon. Sie spricht nie darüber."

"Typisch. Das muss schwierig sein für dich."

"Sie hat mir schon oft gesagt, daß ich nicht normal bin und daß sie die einzige normale Person ist, die sie kennt. Sie will immer alle kontrollieren."

"Oh je! Da stimmt ja so einiges nicht."

"Ich hab' mich dran gewöhnt."

"Lass dich nur nicht unterkriegen."

"Werd' ich schon nicht. Ich sehe sie nicht mehr so oft, jetzt wo ich bei meiner Oma wohne und zum Ruderclub gehe."

Nach solchen Diskussionen schwangen wir uns wieder auf unsere Räder und fuhren zum Park und küssten uns an einem stillen, dunklen Ort.

Dann waren die Ferien zu Ende und Werner musste an seine Universität in Ghent zurück.

Ghent war in Belgien. Ich war verzweifelt. Warum musste ich nur so jung sein? Fünfzehn! Ich war zu jung, um nach Belgien zu reisen und Werner zu besuchen. Verdammt!

Zudem war meine Mutter sauer auf mich. Ihre Freundin

Magda hatte uns zusammen gesehen. Wie wir auf der Straße Händchen hielten.

"Was habe ich dir über Jungs gesagt?" konfrontierte sie mich heftig.

"Jungs? Daß sie alle nur das eine wollen?"

"Musst du immer so vulgär sein? Keine Männerbekanntschaften bis nach der Ausbildung. Denk an deinen guten Ruf. Was sollen denn die Leute denken?"

Sie wollte wohl, daß ich mein Leben als traurige, alte Jungfer beendete. "Männerbekanntschaften? Ich bin erst fünfzehn und hab' noch gar keinen Ruf. Händchenhalten ist doch keinen scharlachroten Buchstaben wert."

"Scharlach —? Was soll das schon wieder? Ich mein' es doch nur gut mit dir."

"Ja sicher," sagte ich müde. "Du wirst dich freuen. Werner ist wieder in Belgien. Er studiert dort nämlich."

"Er ist ein Student? Isabell, du bist fünfzehn!"

Ich schwieg dazu und ging lieber zu Oma Bertrand rüber. Eine Träne kullerte, dann noch eine. Ich vermisste Werner.

Mit der Zeit verschwand er aus meinem Bewusstsein, aber Gottseidank gab es da noch den guten Dr. Albrecht.

Andere Teenager interessierten sich nur für so 'n öden Kram wie 'Saturday Night Fever' und Discos, zu enge Klamotten und Jungs. Nicht für sowas Interessantes wie Hypnose. Ok, für Jungs interessierte ich mich auch.

Ich wurde bald sechzehn und zuhause gab es anscheinend auch ohne mich Probleme. Evelyn wurde dafür bestraft, daß sie einen Jungen geküsst hatte. Sie beneidete mich um meine Unabhängigkeit, den Ruderclub und überhaupt um alles.

"Ich bin immer an allem schuld und du kriegst was du willst. Ich wünschte ich hätte deinen Mut!"

"Du vergisst wohl, wer hier das schwarze Schaf der Familie ist," verteidigte ich meine Ehre. "So einfach ist es nun auch wieder nicht."

Paula war verwöhnt wie immer und interessierte sich

nur für sich selbst. Den beiden konnte ich nichts von meinem Leben erzählen. Mein kostbares Privatleben musste unter allen Umständen privat bleiben.

Während den Regressionen bei Dr. Albrecht war ich jetzt für kurze Zeit in das Leben von Adonia eingetaucht.

Adonia war eine junge griechische Frau, die bei einer Flutwelle 1563 B.C. ums Leben gekommen war. Ich kannte das genaue Datum. Adonia verblasste nach einer einzigen Sitzung, genau wie der Soldat Adam getan hatte. Ich sprach nur noch Deutsch in den Sitzungen.

Dr. Albrecht war trotzdem begeistert.

"Ich werde Ihnen ein ganzes Kapitel in meinem Buch widmen, Isabell," sagte er und ich war stolz.

Das ganze wurde zu einem Hobby, ganz so wie Rudern, und ich begann mich so nebenbei für andere Länder zu interessieren.

Als unser Schulteam die Regionalregatta gewann, durften wir zur landesweiten 'Jugend trainiert für Olympia' Meisterschaft nach Berlin fliegen. Wie aufregend, zum ersten Mal in einem Flugzeug zu reisen! Ich wurde von Minute zu Minute welterfahrener.

Die Mädchen im Schlafsaal quasselten ununterbrochen von Jungs und Klamotten und Make-up und ich bekam kaum Schlaf. Mir blieb gar nichts anderes übrig als mitzumachen.

"Oh sieh' dir nur diesen süßen Minirock an, Nicole. Das passt so gut zu dem orangenen T-Shirt," jubelte Tina.

"Wahnsinn! Das musst du heute abend anziehen. Unbedingt. Wir treffen die Jungs in der 'Eierschale' um sieben. Da braucht man was Schnuckeliges." Nicole lies einen Kaugummiballon zerplatzen.

"Soll ich den blauen Lidschatten tragen oder nur schwarzen Kajal?" fragte Tina.

"Beides!"

"Ich hab' gar kein Make-up," meinte ich kleinlaut.

"Oh, Isabell. Du musst unbedingt Lidschatten auflegen! Hier, nimm' welchen von mir."

Nicole und Tina nahmen mich unter ihre Fittiche als sei ich eine arme Verwandte. Ich ließ es mir gefallen, nur bei den Klamotten weigerte ich mich einen hellgrünen Mini zu tragen. Wir gingen shoppen und in Discos für die wir nicht zu jung waren. Sport war so ziemlich Nebensache.

Nach Berlin begann mich das Hypnose-Experiment von Dr. Albrecht zu langweilen. Ich wollte unkompliziert sein und unkomplizierte Dinge tun, wie andere Teenager auch.

Reinkarnation war alles andere als unkompliziert.

"Wir sollten herausfinden, warum Sie immer wieder zu diesem Radschputen-Leben zurückkehren." Dr. Albrecht war mittlerweile in der Bibliothek fündig geworden. Radschputen waren eine hohe Kaste der Hindus im Norden Hindustans. Irgendwo zwischen Afghanistan und Pakistan.

"Es muss einen Grund dafür geben, warum dieses Leben so wichtig für Sie ist. Vielleicht finden wir ja hier die Ursache für ihre Magenschmerzen."

"Ja vielleicht," antwortete ich lustlos. "Aber im Moment habe ich einfach keine Zeit für sowas."

Dr. Albrecht sah enttäuscht drein. Das ließ sich nicht ändern.

"Ich verstehe schon. Lassen Sie mich wissen, wenn Sie weitermachen wollen, Isabell. Es wäre schade, wenn wir das nicht zu Ende bringen."

"Mach' ich wohl. Danke für alles, Doc." Eigentlich hatte ich nicht vor wiederzukommen, aber man konnte nie wissen.

Bald wurde mir der Ruderclub auch zu langweilig. Das tägliche Training war anstrengend und ich weigerte mich in den Nationalkader aufzusteigen wie ein paar andere Mädchen in meiner Altersgruppe.

"Chrissie und Daniela haben den Kader geschafft," meinte Heinz bei der nächsten Club-Disco. Er strich sich die langen blonden Haare aus dem Gesicht.

"Aha, deshalb sehen sie so langsam wie Kleiderschränke aus," kicherte die eher zierliche Tina. "Ich bin froh, daß mich der Trainer nicht für den Kader vorgeschlagen hat."

"Puh, da hast du recht," stöhnte ich.

Ich beobachtete Chrissie, wie sie an der Bar stand und Cola bestellte. Ihre Schultern waren jetzt mindestens so breit wie die von Heinz.

"Dazu hab' ich auch keine Lust. Alles dreht sich nur noch ums Training und Proteinshakes und sowas. Am Wochenende immer nur Regatten. Man hat gar keine Freizeit mehr. Rudern kann doch nicht alles im Leben sein." Ich jedenfalls wollte mehr vom Leben.

Ich hatte begonnen für die 'Beatles' zu schwärmen und hing mir ein 'HELP' Poster übers Bett. Renate und ich gingen abends aus. Großmutter Bertrand duldete meine abendlichen Ausflüge und die Beatles-Phase.

Vielleicht bekam sie es gar nicht so genau mit. Sie war nun schon fast taub und sah am liebsten mit Kopfhörern fern.

'All you need is love…Hey Jude…A ticket to ride…'

John und Paul waren so sensibel. Sie verstanden mich, sangen für mich. Leider verstand ich kaum Englisch. Trotzdem versuchte ich im Park die Lieder auf meiner Gitarre nachzuspielen.

"Kannst du nicht mal von was anderem reden?" Renate hatte einen anderen Musikgeschmack. "Das ist doch so von gestern! Hast du noch nie was von Gerry Rafferty gehört oder von Foreigner?"

"Ja, ja, die kenn' ich. Fleetwood Mac mag ich auch - und Pink Floyd. Aber die Beatles sind schon Klasse. Schade, daß sie sich getrennt haben, findest du nicht?"

"Nein." Renate stand vor dem Spiegel und trug sorgfältig blauen Lidschatten auf. Ich rieb übelriechende Fönlotion in meine Haare, um die modische Außenwelle hinzukriegen. Der Fön brummte los, aber meine Oma sah nicht mal auf.

"Ach komm' schon, ich könnte mir 'Ticket to Ride' stundenlang anhören," meinte ich eigensinnig.

"Ich aber nicht. Bist du endlich fertig?"

"Gleich." Ich schaltete den Fön aus. "Tschüss Oma, wir geh'n jetzt." Oma Bertrand tätschelte meine Hand und sah gebannt auf den Bildschirm.

"Weiß sie was du gesagt hast?" wunderte sich Renate.

"Keine Ahnung, sie ist schon sehr alt."

"Hast du deine Schlüssel?"

"Ja."

Meist spazierten wir nur mit italienischen Eiskremtüten die Kaiserstraße rauf und runter oder setzten uns auf eine Cola in den 'Burger King'. Manchmal schauten wir auch in Discos 'rein, aber nur am Wochenende. Discos waren teuer.

Im September wechselten wir von unserem Mädchengymnasium auf eine gemischte Schule. Ich hatte guten Grund dazu. Renate ging mit aus Solidarität.

Mein Grund war, daß Herr Konrad, unser Lateinlehrer mich schikanierte. Ich war zwar lange die Beste in Latein gewesen, aber weil ich immer zum Rudern ging, hatte ich wenig Zeit zum Lernen.

Das nahm Herr Konrad mir äußerst übel und ließ die ganze Klasse wissen, was er davon hielt.

"Bücher auf. 'De Bello Gallico' Seite 32 dritter Absatz. Isabell, wir würden ja alle sooo gerne ihre Übersetzung hören."

Seit meinem 'Sündenfall' - eine vier in der Klassenarbeit - war ich in die erste Reihe befördert worden und sah nun direkt in das bärtige Gesicht des gestrengen Lehrers. Sein flammendroter Bart verbarg nur schlecht den verächtlichen Gesichtsausdruck.

Erst später wurde mir klar, daß Herr Konrad nach Alkohol roch und nicht nach Aftershave.

"Ich habe nur die Konjugation der Verben gemacht. Ich war nicht da, als Sie uns das mit der Übersetzung —"

"Habe schon bessere Entschuldigungen gehört."

"Aber…"

"Nichts aber. Sie hätten eine Ihrer Mitschülerinnen fragen können. Marion, würden Sie nicht liebend gerne Isabell hier die Hausaufgaben mitteilen, wenn es ihr gefällt danach zu fragen?"

"Ja natürlich, Herr Konrad. Liebend gern." Marion grinste in meine Richtung. Zumindest konnte ich das

Grinsen auf meinem Hinterkopf spüren.

Als sich Herr Konrad der Tafel zuwendete, traf mich ein Papiergeschoss an der Schulter. Dann noch eins. Irgendwann hatte ich genug. Nicht, daß die neue Schule viel besser gewesen wäre.

Die Lehrer waren raubeinig und zynisch, aber zumindest musste ich mich nicht mehr mit Herrn Konrad und Papiergeschossen herumärgern. Ich konnte auch raubeinig und zynisch sein, wenn ich musste.

Es gab richtig nette Jungs in unserer Klasse. Walter schielte leicht und hatte eine Hakennase. Er war groß und ungelenk, aber hilfsbereit und angenehm normal. Tarek war Deutsch-Algerier, hübsch, modebewusst und reserviert.

Wahrscheinlich verwirrte es ihn, daß er eigentlich Jungs mochte. Tarek wohnte mit seiner Mutter in einer Wohnung in der Straße beim Bundesverfassungsgericht.

Das war nicht weit von der Schule und wir verbrachten dort oft die Freistunden.

Zu unserer Gruppe zählte auch Angie. Leider mochte die Großmutter, bei der sie wohnte, weder moderne Kleidung noch die psychedelische Kultur der siebziger Jahre. Angie war plump, trug eine altmodische Brille und wollte endlich ausziehen.

"Wir hatten doch gestern noch Cola." Tarek kramte im Kühlschrank der engen und sehr sauberen Küche herum. Vier saubere Gläser standen schon auf dem Tablett.

"Apfelsaft tut's auch," sagte Angie gutmütig.

Wir saßen meist in seinem aufgeräumten Zimmer und redeten darüber, wie sehr uns die Lehrer auf die Nerven gingen. Der Lehrer, der angeblich Adams/mein Kamerad während des Krimkrieges gewesen war, hatte sich versetzen lassen.

Am liebsten hätte ich mehr über Tareks Kultur erfahren und ihm von meinem Radschputen-Erlebnis erzählt. Aber mit Algerien wollte Tarek nichts zu tun haben, und Reinkarnation war bestimmt auch nicht seine Sache. Wir vier bildeten bald eine Clique aus der Renate sich 'raushielt.

"Ne, ich mach' lieber mein eigenes Ding," sagte sie, als ich ihr von unseren Freistunden erzählte.

"Solange du mir nicht den Kopf abreißt, wenn ich mal keine Zeit für dich habe," sagte ich.

"Sei nicht albern," meinte sie zornig und stapfte davon.

Leider hatte ich zuhause begeistert von unserer Gruppe erzählt und außer dem Thema Jungs fuchste meine Mutter eine andere Sache noch mehr. "Ich bin ja froh, daß du endlich Freunde gefunden hast, aber warum müssen es denn unbedingt Mohammedaner sein?" Sie meinte natürlich Tarek damit.

"Wieso denn nicht?" Ich rollte mit den Augen.

"Die sind eben… anders."

"Für dich sind alle Leute anders. Ich bin nicht so wie du. Mir macht das nichts aus. Außerdem ist Tarek kein praktizierender Moslem. Sein Vater ist Arzt in Hamburg und seine Mutter ist Deutsche."

Ich konnte mir ein wenig Sarkasmus nicht verkneifen.

"Sogar, wenn er es wäre. Keine Angst, ich werde nicht so schnell einen Mohammedaner heiraten und dich vor 'den Leuten' blamieren," stichelte ich. "Auch, wenn ich mit siebzehn schließlich heiraten kann, wen ich will."

Sie klagte immer öfter, was die Leute über dies oder jenes sagen könnten. Paula, die zuhörte, prustete etwas zu übertrieben vor Lachen und Mutti machte ein beleidigtes Gesicht. "Wirst du schon wieder frech, Isabell? Das habe ich überhaupt nicht gemeint."

"Egal," wehrte ich ab. "Muss' jetzt sowieso geh'n."

Zu Oma Bertrands Wohnung. Da konnte ich so sein wie ich wollte. Oma fragte mich nie danach, wer meine Freunde waren. Sie war nur froh, wenn ich da war.

Als ich mich gerade in der neuen Schule eingelebt hatte, passierte etwas ganz unfassbares: Papa wurde krank und starb.

ZWEITES KAPITEL

Das winterliche Begräbnis erschien mir wie ein nebeliges Gewirr an unwirklichen Aktivitäten. Tanten und Cousinen machten viel Getue um meine Mutter. Wir Kinder wurden ignoriert und mussten nett zu allen sein. Da war keine Zeit zum Trauern.

Eine Woche bevor Papa starb, konnte ich dieses seltsame Gefühl nicht abschütteln, daß etwas Schreckliches passieren würde. Er lag bewusstlos im Krankenhaus. Angeblich auf dem Weg der Besserung. Mein Onkel fuhr uns nach einem Besuch dort nach Hause.

"Was willst du mit dem Auto machen, wenn er stirbt," fragte er meine Mutter gedankenlos.

Hieß das etwa, sie wussten etwas, das ich nicht wusste? Heiße Wut-Lava stieg in mir hoch.

"Was fällt die ein, so zu reden?" fuhr ich ihn an. "Noch ist er nicht tot. Ihr seid alle so materialistisch! Alles woran ihr denken könnt ist Geld und Materielles. Habt ihr denn gar kein Herz?"

Meine Mutter starrte mich schuldbewusst an und ihr Bruder wusste nicht was er sagen sollte. Meine Schwestern schwiegen. Das machte mich noch wütender. "Halt' an. Lass' mich hier 'raus," forderte ich.

Bevor meine Mutter mich zurechtweisen konnte stand ich schon im Schneematsch draußen. Es war mir egal, daß ich ganz taub wurde vor Kälte, als ich durch die verschneiten Straßen zum Park eilte. Meinem vertrauten Zufluchtsort.

Die Rasenflächen waren etwas aufgetaut und der Boden war sumpfig. Es war mir egal. Ich heulte ziemlich viel, als ich so durch das matschige Grass watete. Es war besser alleine zu sein beim Heulen.

Als ich halb-erfroren zu Hause ankam, war Oma Heydenreich, meine Großmutter mütterlicherseits, schon da und klapperte geschäftig in der Küche herum. Sie stellte schweigend einen Teller heiße Suppe vor mich hin. Niemand erwähnte den Vorfall im Auto. Es wurde nicht viel geredet bei den Heydenreichs.

Dafür gab es immer Essen.

Das Telefon klingelte und wir hörten gedämpfte Stimmen im Flur. Das Krankenhaus. Papa war gerade gestorben…

Am nächsten Morgen machte ich mich wieder Richtung Schlosspark auf, aber ich machte nicht halt.

Ich ging weiter durch den Wald, dann über die schneebedeckten Felder. Es hatte wieder geschneit über Nacht. Ich stapfte durch den weichen Schnee, der mich tröstend einhüllte.

Danach hatte ich die Trauer im Griff.

Zum Entsetzen aller war ich stundenlang unterwegs gewesen. Meine Mutter schien weniger gefasst. Ich sah sie kaum noch bis zur Beerdigung und meine Schwestern sogar noch weniger. Wir sprachen nicht darüber was passiert war.

Nur meine alte Oma Bertrand und ich trösteten uns gegenseitig, entfernt von all den Tanten und Cousinen. Auf den Gedanken mit Dr. Albrecht zu sprechen kam ich erst gar nicht.

Oma Heydenreich war rundum freundlich und pragmatisch. Sie hatte schon viele Angehörige begraben. Bekam man da Übung mit der Zeit?

Leider reichte ihre Großherzigkeit nicht ganz für Menschen anderen Glaubens aus. Vor allem nicht, wie sich herausstellte, für die Familie meines Vaters.

Wenn sie aus ihrem kleinen Dorf bei Heidelberg zu Besuch kam, hatte sie entweder gerade eine Wallfahrt nach Lourdes hinter sich oder war gerade dabei eine solche zu planen. Sie brachte Naschereien für ihre Enkelkinder mit, die ein cleverer Geschäftsmann an die Frommen dort verscheuerte. Eine Flasche Weihwasser durfte auch nicht fehlen.

Sie erzählte uns mit Vorliebe von alten Damen in

Rollstühlen, die durch das Wasser geheilt wurden, von Päpsten und Heiligen und Stigmata.

Aber Oma Heydenreich hatte eine Vergangenheit. Viele junge Frauen vom Lande arbeiteten in der Stadt, um vor der Heirat die Kunst der Haushaltsführung zu erlernen.

Während sie mit siebzehn im Haushalt einer wohlhabenden jüdischen Familie in Frankfurt gearbeitet hatte, ereignete sich das Unaussprechliche, was in der Geburt meiner Mutter resultierte. Der Anfang aller Schmähungen, die meine Mutter in dem kleinen Dorf erdulden musste, und der zu Oma Heydenreichs lebenslanger Sündentilgung führte.

Sie hatte danach den erstbesten Mann geheiratet, den sie für geeignet hielt, ihre angeschlagene Ehre wieder auferstehen zu lassen. Der war gewalttätig und schenkte ihr zum jährlichen Hochzeitstag einen neuen Sohn, bevor er im Krieg verstarb.

Sechs Söhne insgesamt, was ihr ein silbernes Mutterkreuz einbrachte. Wenn Oma Heydenreich mal nicht gerade ihren Heiligenschein polierte, regierte sie den Haushalt vom Schrein ihrer Küche aus.

"Hanne, du kannst doch die Trauerfeier nicht in einer evangelischen Kirche abhalten. Das kommt gar nicht in Frage," kommandierte sie meine Mutter herum.

Sie duldete keinen Widerspruch, wie sie so in sanft zischelnden Töpfen rührte.

"Aber was ist mit Oma Bertrand…" seufzte meine Mutter.

"Ach Papperlapapp, Oma Bertrand und ihre… Familie!" Oma Heydenreich machte an dieser Stelle das Kreuzzeichen. "Sie müssen entweder zu einer richtigen Kirche mitkommen oder sie können von mir aus ganz fortbleiben."

"Ich muss doch ihre Wünsche respektieren. Walter war schließlich ihr Sohn," versuchte meine Mutter zu verhandeln.

"Respektieren? Was wissen diese Menschen schon von Respekt vor unserem Herrn. Ich war ja immer dagegen, daß du diesen Walter – Gott habe ihn selig – geheiratet hast."

Die beiden gingen bald einkaufen – es musste für

Verpflegung für die bucklige Verwandtschaft gesorgt werden. Mir wurde befohlen, die Stellung zu halten, falls noch mehr Verwandte kamen.

Es klingelte. Ich erwartete eine unbekannte Tante oder Cousine, die ich auf einmal küssen sollte. Es stand aber eine ältliche Kundin meines Vaters vor der Tür. Sie wollte uns mitfühlenderweise wissen lassen, wie unzuverlässig die heutigen Krematorien doch seien - und vielleicht zur Trauerfeier eingeladen zu werden.

"Man kann nie sicher sein, ob die Asche der richtigen Person in der Urne landet oder net, wisse se." Hatte ich richtig gehört?

"Ach…" Ich war sprachlos.

"Ja, wisse se," fuhr sie eifrig fort. "Als der Vadder meiner Freundin Else kremiert wurde, war sie davon überzeugt, daß Körperteile einer anderen Leiche mit dabei waren… ein Arm oder ein Bein… Die schmeiße oifach alles zamme, diese Beerdigungsinschtitute."

Es fiel mir schwer ihrem Wortschwall zu folgen. Woher nahm diese Fremde das Recht mich zu belästigen?

"Wie konnte Else da sicher sei, daß was sie in der Urne mitbekam wirklich ihr Vadder war, frag' ich Sie?"

Ich hatte meine Stimme wiedergefunden. "Ja, also… es tut mir leid, aber ich muss jetzt gehen. Viel zu tun. Danke für Ihren Besuch."

Ich musste die Frau buchstäblich zur Tür hinausschieben. Dann lehnte ich mich gegen die Wand und heulte.

Ein reicher Großonkel zahlte nach der Trauerfeier in der katholischen Kirche, die durch die Abwesenheit der meisten Angehörigen meines Vaters glänzte, für den Leichenschmaus mit Kaffee und Kuchen.

Zur Enttäuschung meiner Mutter hatte ich mich geweigert, in den Sarg zu schauen. Ich wollte Papa lebendig in Erinnerung behalten und nicht als Leiche. Meine Mutter wollte in der Kirche keine Szene machen, aber ich konnte ihr das Missvergnügen ansehen.

Der Priester hielt eine nichtssagende Rede. Er hatte meinen Vater nicht gekannt. Wusste nichts vom Blumenbeet und seiner Sehnsucht nach Masuren. Wusste nichts von seiner Enttäuschung am Leben. Die meisten Leute in der Kirche hatten Papa nicht gekannt. Verdammt, ich hatte ihn ja selbst kaum gekannt.

Das fühlt sich alles so falsch an, dachte ich. So sollte sich eine Beerdigung doch nicht abspielen.

Zwar hatte ich keinerlei Erfahrung mit Trauerfeiern – keine – aber ich wurde das Gefühl nicht los, daß etwas fehlte. Sollte es da nicht ein vernünftiges Ritual geben? Eine Prozession, ein Scheiterhaufen oder angemessenen Gesang.

'Ram nam satya hai...' Die monotonen Worte drängten sich mir auf, aber ich wusste nicht was sie bedeuteten. 'Ram nam satya hai...' Ja, nicht schlecht. Ich summte während der ganzen Veranstaltung vor mich hin.

Auf dem Weg zur Straßenbahnhaltestelle nahm ich mich in acht, nicht auf gebrochene Pflastersteine zu treten. Wenn ich schon nichts anderes unter Kontrolle hatte, dann wollte ich wenigstens auf heile Platten treten. Ram naja…

"Hört sich wie ein Hippie-Lied an," sagte meine neueste Freundin Doris. Wir hatten uns nach der Kirche in einem Café in der Stadt verabredet.

"Was für ein Hippie-Lied denn? Hast du das schon mal gehört?"

Ich war längst aus meiner Beatles-Phase herausgewachsen. Doris war irgendwie anders. Intellektuell und kantig und sie sah ein wenig wie Morticia Addams von der Addams Family aus. Ich mochte sie.

Im meinem Freundeskreis machte anscheinend nur Doris das Thema Sterben und Trauerfeiern nichts aus. Im Gegenteil. Sie mochte morbide Themen. Spinnen und ansteckende Krankheiten und solche Sachen.

"Hmm, 'Hair' vielleicht oder warte - 'Ougenweide'. Die benutzen immer so komische Worte in ihren Liedern. Wie in den

'Merseburger Zaubersprüchen': Eirissa suhn didisie..." Sie summte die Melodie.

Im Herbst erst waren wir zusammen bei einem Konzert der Folk-Gruppe 'Ougenweide' gewesen und ich ging oft in den Plattenladen, um mir Folk Musik anzuhören.

Schließlich hatte ich kein Geld, um Langspielplatten zu kaufen. Ougenweide, hmm. Ich war von der Erklärung beeindruckt.

"Du hast recht. Wahrscheinlich habe ich das Lied irgendwo gehört." Aber so ganz glaubte ich nicht daran.

"Ich hasse Beerdigungen im Winter," beschwerte ich mich bei Doris. "Alles ist so dunkelgrau und nasskalt. Das macht alles nur noch viel schlimmer." Ich schluckte ein paar Tränen hinunter. "Warum muss das so morbide sein? Die Leute benehmen sich so verrückt und heucheln Anteilnahme"

"Beerdigungen sind immer so. Alles ist tierisch morbide. Passend eigentlich," sagte Doris nüchtern. Ich erzählte ihr von der alten Frau mit dem Krematorium.

"Das ist ja echt ätzend. Wie kommt die Frau dazu dir sowas zu sagen?" regte sich meine neue Freundin auf.

"Keine Ahnung. Meine Mutter wollte auch, daß wir in den offenen Sarg schauen. Total makaber."

"Wirklich? Sie wollte, daß du dir deinen toten Vater anschaust?" Doris nahm einen Schluck heißen Kaffees und fegte ihre dunkle Mähne nach hinten, damit der junge Mann schräg gegenüber sie gebührend bewundern konnte. Ich sah, daß ihr Manöver funktionierte.

"Ja, gleich hinten im Altarraum. Ich bin nichtmal 'reingegangen. Sie hat uns das mal wieder einfach so vor'n Latz geknallt ohne darüber zu reden."

"Ich glaube ich hätte das gemacht," Doris biss sich auf die Unterlippe und starrte vor sich hin.

"Was? Na schönen Dank auch. Es handelt sich ja auch nur um meinen Vater, nicht um Stalin oder eine ägyptische Mumie." Ich schüttelte mich.

"Ja, klar ist das nicht das gleiche. Nicht sehr nett von deiner

Mutter," erwiderte Doris schnell und spielte mit dem Teelöffel. Sie tanzte noch den Zuckerstreuer auf dem Tisch herum, dann warf sie ihre Haare wieder spielerisch nach hinten.

"Ach, die macht das immer so. Über nichts wird vorher gesprochen," beklagte ich mich noch ein bisschen.

"Ich glaube, ich würde mir meinen Vater anschauen." Doris starrte verträumt vor sich hin, als stünde der Sarg ihres Vaters tatsächlich vor ihr. "Ich war noch nie bei 'ner Beerdigung. Ich frag' mich, ob das so ist wie in 'Harold and Maude'."

"Wir können gerne tauschen, wenn du willst." Ich winkte vor ihrem Gesicht hin und her, bis sie mich wieder ansah. "Das ist in Wirklichkeit nicht so wie im Film. Das ist ein richtiger Mensch, den man gut kennt... gekannt hat. Es ist als ob er noch da wäre und alles ist gar nicht wahr."

"Ich frage mich, ob die Leiche wirklich noch der Mensch ist oder ob der Mensch gar nicht mehr drin steckt."

Oje.

Vielleicht hätte ich Doris von Dr. Albrechts Regressionstherapie und Reinkarnation und allem erzählt sollen; aber dann hätte ich ihr alles erklären müssen und das konnte ich jetzt einfach nicht.

Insgeheim wünschte ich mir, daß Papa in einem Himmel gelandet war, der wie Masuren unendliche Wälder mit Pilzen und Beeren hatte, und einen großen See, in dem er endlos angeln konnte.

"Hast du schon mal was von Karma gehört," fragte sie mich nach einer Pause, in der wir unsere heißen Getränke schlürften und ein Stück Käsekuchen teilten.

"Ne, was ist das denn?"

"Man muss für seine schlechten Taten im Leben geradestehen, wenn man stirbt - oder so ähnlich. Jedenfalls bezahlt man irgendwann für seine schlechten Taten."

"Du meinst wie in der Kirche. Man muss Gott, dem Richter, Rede und Antwort stehen und dann wird das Gute gegen das Schlechte abgewogen. Haben wir im Katechismus gelernt."

"Wirklich? Ich glaube das mit dem Karma kommt eher

aus Indien."

Wie auf Befehl kamen zwei Frauen in bunten Saris und Wintermänteln zur Tür herein geweht und brachten einen eisigen Luftzug mit. Sie sagten etwas zueinander und ich starrte sie an, verstand aber nichts.

Die Tür schloss sich schnell wieder mit einem Klingeln und die beiden nahmen ihre breiten wollenen Schals ab. Die jüngere Frau lächelte mich an, dann stiegen die beiden die Treppe zur Galerie hinauf.

"Was?" I sah Doris an. Sie hatte mich etwas gefragt. "Wie die wohl die Kälte in so dünnen Kleidern aushalten?"

"Weiß ich nicht. Mir ist auch kalt. Komm', lass uns geh'n. Ich bin todmüde und draußen wird's schon stockdunkel." Ich zählte ein paar Münzen auf den Bistrotisch. "Oma Bertrand wird sich wundern, wo ich abgeblieben bin."

Ich hatte das komische Lied bald wieder vergessen, und auch das Gefühl, daß die Trauerfeier anders hätte sein müssen. Zumindest nicht wegen des nicht vorhandenen Scheiterhaufens oder einer Prozession und so 'nem verrückten Zeug.

Nach der Beerdigung jammerte meine Mutter tagein und tagaus. Sie bekam Medikamente, aber ich hatte da so meine Zweifel an deren Wirksamkeit.

"Warum hat er mich auf der Welt allein gelassen? Wie konnte er mir so etwas antun?" jammerte sie. "Ich wünschte er hätte mich mitgenommen."

"Wir sind doch auch noch da. Was sollten wir denn ohne dich tun?" fragte Evelyn traurig.

"Daß ihr immer nur an euch denkt! Versetze dich doch mal in meine Lage."

Der Stich traf Evelyn. Ihr standen Tränen in den Augen. "Dann wälzt dich doch in deinem blöden Selbstmitleid," sagte ich barsch. "Ändert sich doch sowieso kaum was bei dir."

"Ich habe wirklich keine Nerven für dein schlechtes Benehmen, Isabell. Ach, warum hat er mich nicht mitgenommen? Jetzt muss ich mich allein mit euch dreien 'rumplagen."

Das war ihr voller Ernst. Meist bemerkte sie uns kaum und wir ließen sie in Ruhe.

Was sie auch nicht merkte war, wie Paula sich veränderte. Sie kam oft spät nach Hause, verkroch sich in ihr Bett, wollte mit niemandem reden. Die verwöhnte Paula schlug langsam über die Stränge. Vielleicht litt sie auf ihre Weise.

Im Krankenhaus hatte sie Papa auf der Intensivstation nicht sehen dürfen, weil sie erst dreizehn war. Keine Ausnahmen. Niemand hatte sich seitdem um sie gekümmert und ich war zu Oma Bertrand geflüchtet.

Als alle Verwandten und Trauerkrähen wieder fortgezogen waren, knöpfte Mutti sich meine Dinosaurier-Oma vor. Es gab keinen Platz mehr für sie hier. Oma Bertrands wohlhabende Tochter Bertha kam am Monatsende und holte sie ab, als ich gerade in der Schule war.

Alles was ich wusste war, daß sie in der Nähe von Kassel wohnte. Unsere Fragen blieben unbeantwortet. Alles was wir erfuhren war, daß unsere Mutter 'endgültig genug' gehabt hatte. Mir blieb nichts anderes übrig, ich musste wieder zu meiner Mutter ziehen.

Evelyn rauchte jetzt Kette und zog bald zu ihrem Freund. Sie war achtzehn und sehr hübsch, aber es haperte mit dem Selbstbewusstsein.

Trotz ihrer Intelligenz schaffte sie die Schule nicht mehr und ich sah, daß sie sich wieder die Arme mit Zigaretten verbrannte. Wir sahen uns nur noch selten.

Ich hatte Glück im Unglück und fand über die Pinnwand an der Universität ein Zimmer in einer Wohngemeinschaft. Der Zettel hing direkt vor meiner Nase:

'30m2, Innenstadt, 120 Mark/ Monat warm. Tel.: 457 782' Fantastisch. Ich rief die Nummer an.

"Das Zimmer ist noch zu haben," sagte ein Physikstudent namens Ingmar. "Ein geräumiges Zimmer mit Waschbecken im vierten Stock. Da gibt es auch noch eine riesige Küche, die wir teilen und eine winzige Toilette. Manfred studiert Meteorologie und ist ziemlich ruhig."

Ich radelte sofort hin und – sie mochten mich.

Mein neuer Wohnsitz war auf der obersten Etage eines alten Bürgerhauses an einer der lautesten Hauptstraßen in Karlsruhe. Es war einfach herrlich und ich bemerkte den Lärm kaum. Die beiden Studenten waren vollkommen zuverlässig und konservativ. Kein bisschen Hippies.

Ingmar war ein schmächtiger Physikstudent im dritten Semester, mit dicker Brille und dickem Motorrad. Manfred war breit und langweilig, aber nett genug, das Telefon in seinem Zimmer mit mir zu teilen. Solange ich den Betrag zahlte, den er jeden Monat haarklein ausrechnete.

Auf einmal hatte ich zwei große Brüder. Wer brauchte schon doofe Schwestern, wenn man zwei große Brüder haben konnte?

Ich war gerade mal siebzehn, aber meine Mutter hatte nichts gegen die Wohngemeinschaft einzuwenden. Ich war endlich frei und fühlte mich schrecklich erwachsen.

Die bescheidene Waisenrente, die ich erhielt, reichte gerade für die Miete und etwas Essen aus. Was ich durch Latein-Nachhilfestunden mit Fünftklässlern verdiente, ging für Bücher und Kleidung drauf. Einmal wöchentlich wusch ich Wäsche bei meiner Mutter. Meist, wenn sie nicht da war. Es ging.

Ich genoss die ungestörte Ruhe, trotz des stinkenden Ölofens neben dem Waschbecken und dem leckenden Dach. Nach einer Weile verstummte sogar die kritische mütterliche Stimme in meinem Kopf. Endlich durfte ich meine eigenen Gedanken denken.

Ich konnte zu Partys gehen oder Renate bei mir übernachten lassen oder studieren oder Musik hören oder alleine sein, ganz wie es mir gefiel.

Nach ein paar Wochen herrlichen Freiseins erfuhr ich, daß meine jüngste Schwester Paula sich in gefährlichen Kreisen herumtrieb. Sie begann Drogen zu nehmen. Mit dreizehn. Zwar war sie noch zu jung, um auszuziehen, aber sie tat was ihr passte.

Unsere Mutter hatte keine Ahnung davon und als sie sich

impulsiv entschied, die erste Auszahlung der Lebensversicherung in einer Mittelmeerkreuzfahrt anzulegen, war Paula begeistert.

Drei Wochen sturmfreie Bude!

Ich tat mein bestes, sie unter Kontrolle zu halten, aber Paula war starrköpfig und sah keinen Grund darin, mir zu erklären, wo sie nachts wieder gewesen war. Sie glitt mir immer wieder durch die Finger.

"Mit wem hängst du schon wieder 'rum?"

"Lass' mich zufrieden, Isabell. Du bist stinklangweilig," gab sie zur Antwort. "Du hast gut reden. Isabell der Rebell."

Ich versuchte an ihren Kleidern zu riechen. Der süßliche Rauch sprach Bände. "Geht dich 'n Furz an. Du bist nicht meine Mutter."

"Ja, Gottseisgebimmelt! Gehst du heute Abend wieder in den 'Omnibus Club'?" fragte ich und sah zu, wie Paula Müsli in sich hineinschlürfte.

"Ja Ok, und zum 'One Stop Café'. Wieso?"

"Weil ich das wissen muss. Du bist erst dreizehn."

"Aber ich sehe viel älter aus. Sagt jeder. Hans denkt ich sollte Fotomodel werden." Hans war ihr neuester Freund und mindestens achtzehn.

"Versuch' doch mal dein Gehirn anzustrengen, Paula. Ein Model mit dreizehn? Was weiß Hans denn schon von sowas?"

"Er hat mich diesem Kerl vorgestellt. Der ist Fotograf und will Bilder von mir machen und sogar dafür bezahlen."

"Hast du noch alle Tassen im Schrank? Hast du Mutti davon erzählt? Du wirst auf keinen Fall zu irgendeinem Fotografen gehen, der dich bezahlen will, verstanden?!" Ich keuchte hilflos und hatte absolut keine Ahnung, wie ich sie davon abhalten sollte.

"Ach ja? Du kannst ja mal versuchen mich zu stoppen, Mami." Paula ging natürlich zu dem Fotografen. Und der gab ihr Kokain. Das war alles, was sie mir erzählte.

"Sag' Mutti nichts davon oder du bist schuld wenn sie einen Herzinfarkt bekommt," quakte sie am nächsten Tag. Ihre

Augen waren verheult.

"Du hast verdammt Recht, ich werde es ihr nicht erzählen! Weil du ihr das nämlich selbst sagen wirst. Was ist, wenn du jetzt drogenabhängig wirst?" schnauzte ich sie an.

"Ach was, ich bin doch nicht drogenabhängig! Ich hab' auch schon mal Heroin mit Ute zusammen genommen. Ich rauch' nur 'n bisschen Hasch und so. Weiß doch jeder, daß das nicht abhängig macht." Dagegen kam ich nicht an.

Mindestens die Hälfte meiner Mitschüler rauchten ab und zu Haschisch und hielten mich wegen meines eigensinnigen Widerstands gegen Drogen für einen totalen Spielverderber.

Nach drei Wochen kam unsere Mutter quietschvergnügt von ihrer Kreuzfahrt wieder. Frau Speidel vom vierten Stock, war sehr beeindruckt vom Seidenteppich aus der Türkei und den Keramikvasen aus Griechenland.

"Aber das muss doch ein Vermögen gekostet haben..." staunte ich.

"Was geht dich das an? Es ist schließlich mein Geld. Ich hab' mir noch nie etwas gegönnt. Immer sparen müssen wegen der Kinder. Immer nur harte Arbeit und Kinder aufziehen."

"Ja übrigens, was das angeht..." Paula hatte ihr natürlich nichts von ihren Eskapaden erzählt. "Paula hat öfters die Schule geschwänzt. Sie ist immer mit ihrer Freundin Ute unterwegs und mit ihrem Freund Hans. Hans hat sie neulich einem Fotografen vorgestellt, der ihr Kokain gegeben hat. Der hat er irgendwelche Fotos von ihr gemacht. Ute ist heroinabhängig und zudem noch schwanger und Paula wohnt meist in einer Drogenwohngemeinschaft in der Südstadt." Ich holte übertrieben tief Luft. "Ich dachte du solltest das wissen."

"Hast du dir das etwa alles ausgedacht?"

"Nein."

Ihr Gesicht wurde feuerrot. "Du solltest dich doch um sie kümmern! Kann ich mich nicht mal auf dich verlassen?" schnappte sie und einen Moment lang dachte ich tatsächlich, sie bekäme einen Herzinfarkt.

"Wieso ist das meine Schuld? Sie ist dreizehn und du solltest sie nicht so lange allein lassen. Ich bin siebzehn und Evelyn ist sonstwo."

"Was fällt dir ein so mit mir zu reden? Ich habe es verdient, ein wenig Zeit für mich zu haben. Nach allem, was ich mitgemacht habe. Zeige gefälligst Respekt!"

"Respekt muss man sich verdienen."

"Fängst du wieder mit dem Unsinn an, jetzt wo wir alle zusammenhalten sollten? Willst du, daß ich die Sozialarbeiterin anrufe?" Sie warf mir einen drohenden Blick zu.

"Was würde die wohl zu Paulas Verhalten sagen."

"Ach so ist das, ich bin nicht gut genug als Mutter?" Was sollte ich dazu sagen. Sie war die einzige Mutter, die wir hatten.

Danach redeten wir ein paar Wochen nicht miteinander und ich musste mir eine Hasstirade von Paula gefallen lassen. Das war ja nichts Neues. Es kam aber noch schlimmer.

Eines Abends rief mich eine betretene Paula an. Sie war naiv genug gewesen, ihrem mit Drogen dealenden Freund ein Stück Haschisch, das sie in einem Nutellaglas versteckt hatte, ins Gefängnis mitzubringen. Jetzt brauchte sie auf einmal wieder meine Unterstützung.

"Bist du verrückt geworden?" fuhr ich sie verzweifelt an.

"Oh Isabell, ich war ja so doof. Ich hätte Pfeffer in das Plastiktütchen tun sollen, dann hätten die Spürhunde es nicht entdeckt."

"Ja, das ist genau das Problem. Nicht, daß es kriminell ist, Drogen in ein Gefängnis zu schmuggeln. Nein, du hättest es professioneller anstellen sollen! Was hast du dir bloß dabei gedacht?"

"Weiß ich nicht. Hans hat mir gesagt, was ich tun soll."

Die Sache landete vor Gericht. Der Richter gab meiner mittlerweile vierzehnjährigen Schwester eine strenge Verwarnung und brummte ihr achtzig Stunden Sozialdienst in einem Kinderheim auf. Meiner Mutter befahl er, sich gefälligst um ihre minderjährige Tochter zu kümmern.

Mutti war zutiefst beschämt. Was sollten die Leute bloß denken - und ihre Familie erst?

Dann beschloss sie es niemandem zu erzählen. Wir durften es natürlich auch nicht, dabei hatten wir so gut wie keinen Kontakt mit den 'Leuten'.

Als ich mich eines Nachmittags gerade mit meiner sauberen Wäsche aus dem Staub machen wollte, hörte ich wie sich meine Mutter in ihrem Schlafzimmer rührte. Ich wollte ihr nicht begegnen und beeilte mich so leise wie möglich aus der Wohnung zu kommen.

Wir gingen uns zur Zeit nämlich wieder aus dem Weg. Ich sprang über die gesprungene Treppenstufe im zweiten Stock und versuchte dabei nicht auf das kaputte Glasfenster direkt zu sehen. Dann lief ich ausgerechnet Frau Speidel in die Arme!

"Guten Tag." Ich versuchte zu flüchten, aber das war gar nicht so einfach.

"Gudde Tag, Isabellsche, so spät noch bei der Mutter?" schrillte Frau Speidel.

"Ja, Wäsche waschen. Ich muss jetzt schnell nach Hause, um auf eine Klausur zu lernen," log ich. "Wiederseh'n."

"Aha. Geht's denn gut mit derre Schul'? mach'sch denn auch dei Arbeit?" Sie schielte mich Verdacht schöpfend an.

"Ja, gut. Wiedersehen." Ich wartete nicht auf Frau Speidels Antwort und war zur Haustür hinaus, bevor sie mich in ein Gespräch verwickeln konnte.

"Tststs, die junge Leit heitzudaag…" hörte ich sie noch schwach hinter mir.

Es war besser, wenn ich mich nicht auf derartige Gespräche einließ. Frau Speidel würde meiner Mutter sowieso brühwarm erzählen, daß ich in der Wohnung gewesen war. Verdammt! Schließlich hatte ich schon genug am Hals.

Mit der Zeit wurde ich unabhängiger, arbeitete, schrieb gute Noten, bezahlte Rechnungen und wusch meine Wäsche lieber bei Renate zu Hause.

Im Frühjahr ging ich übers Wochenende zu einem Schulseminar aufs Land. Mein Ethik-Lehrer hatte mich zusammen mit drei anderen Schülern vorgeschlagen. Nett von ihm. Wir waren insgesamt dreißig Schüler aus dem ganzen Bundesland.

Ich teilte mir ein Zimmer mit Kathrin. Für siebzehn war sie schon sehr erwachsen, rauchte Zigaretten und hatte einen festen Freund. Ihre geschiedene Mutter hatte angeblich nichts dagegen. Das fand ich einfach fabelhaft. Eine moderne Mutter!

Wir kauften hinter dem Rücken der Lehrer ein Päckchen Zigarillos im Dorf und pafften es auf unserem gemeinsamen Zimmer.

Ich kam mir durch das kleine Geheimnis sehr erwachsen vor, aber eigentlich mochte ich Rauchen nicht besonders und Zigarillos schon gar nicht. Um ehrlich zu sein wurde mir schlecht davon.

Als wir wieder in Karlsruhe waren, kannte Kathrin mich plötzlich nicht mehr und ich rührte keine Zigarillos mehr an. Sie erinnerten mich zu sehr an Papas Zigarren.

DRITTES KAPITEL

Erwachsen werden war gar nicht so einfach. Niemand erklärte mir das Leben im allgemeinen und schon gar nicht was es mit Jungs auf sich hatte. Aber die Jungs hatten begonnen, mich zu plagen.

Warum wollten die mit mir ausgehen? Schuljungen waren in meinen Augen langweilig und sie konnten mir mal gestohlen bleiben. Ich beschloss, daß es einfacher war, wenn ich mich von ihnen fernhielt.

Ich konnte es kaum abwarten nach dem Abitur endlich meine eigenen Wege zu gehen. Ich hatte feste Pläne, wollte Medizin studieren oder Anthropologie.

Meine Unlust mit der Schule machte mich bei Lehrern nicht besonders beliebt, aber eine scharfe Zunge hielt Widersacher im Zaum. Renate war mit der Methode auch ganz erfolgreich.

Noch genoss ich eine gewisse Gnadenfrist, da mein Vater vor kurzem gestorben war, nur leider klappte das nicht immer. Ich wurde mal wieder ins Büro des Rektors zitiert.

"Fräulein Bertrand, es ist nicht möglich, daß Sie den Ethik-Unterricht besuchen, wenn Sie katholisch sind! Sie müssen in den Katechismus-Unterricht gehen und Schluss," wetterte der Rektor, Herr Mandel.

"Ich möchte aber nicht in den Katechismus-Unterricht gehen. Es ist schrecklich langweilig. Der Ethik-Unterricht ist viel interessanter," widersprach ich. Der Rektor war nicht an Widerspruch gewöhnt. Er wurde rot im Gesicht und die Ader auf seiner Stirn begann gefährlich zu pulsieren.

"Wieso lehnen Sie sich eigentlich immer gegen sämtliche Regeln auf, Fräulein Bertrand? Diese Regeln gibt es aus gutem Grunde. Wenn jeder machen würde, was er wollte - ja wo kämen wir denn da hin? Ich leite eine respektable Schule und dulde keine Skandale dieser Art. Haben Sie verstanden?"

Er stand drohend über mir. Es war ein Skandal, wenn man am Ethik-Unterricht teilnehmen wollte? Ich überlegte einen hitzigen Moment lang.

"Ich habe Sie schon verstanden. Regeln, respektabel, und so weiter. Das ändert aber nichts daran, daß ich nicht mehr in den Katechismus-Unterricht gehen werde."

"Seien Sie doch nicht so störrisch, Fräulein Bertrand! Wir meinen es doch nur gut mit Ihnen."

"Kann ich den Ethik-Unterricht besuchen wenn ich nicht katholisch bin?"

Herr Mandels Mund schnappte wie ein Fischmaul und er musste sich setzen. "Sie meinen, Sie wollen…"

"Ja, aus der Kirche austreten."

"Sie sind doch noch viel zu jung dafür und überhaupt…"

"Eigentlich bin ich alt genug. Ich glaube, man muss sechzehn sein, und das bin ich ja schon eine Weile," meinte ich fröhlich.

"Fräulein Bertrand, ich warne Sie. Machen Sie keinen Ärger. Diese Schule ist eine anständige Institution. Wenn Sie unseren guten Ruf gefährden…"

"Guter Ruf? Wieso, ist das denn nicht mein Grundrecht?"

"Werden Sie nicht frech. Gehen Sie jetzt, bevor ich mich vergesse. Aber ich warne Sie," wiederholte der ehrwürdige Rektor und fuchtelte wild mit seinen Armen. "Wenn Sie soweit gehen, werden Sie es bereuen."

Ich drehte mich um und ging an der erstaunten Sekretärin vorbei aus dem Büro. Dann begab ich mich schnurstracks zum Standesamt und kündigte meine Mitgliedschaft in der Kirche.

"Is' ja vielleicht ätzend. Was will er denn mit dir machen, der Mandel?" fragte mich Renate später am Telefon.

"Weiß ich nicht. Vielleicht will er mich heimlich von einem Hitman umbringen lassen oder den Löwen zum Fraß vorwerfen."

"Du nimmst das wohl kein bisschen ernst."

"Ich hab' die Hosen voll, das kannst du mir glauben, aber wie kann ich bei soviel Sturheit nachgeben? 'Die Schule nicht in Verruf bringen… blahblah...' Wieso denn Verruf? Ich will nur nicht bei der langweiligen Frau Rabe im Katechismus 'rumhängen und meine Zeit vergeuden."

"Pass auf, daß er den Lehrern nicht sagt, daß sie dir schlechte Noten geben sollen." Ich dachte einen Moment lang nach.

"Kann der Mandel das?"

"Ich hoffe nicht." Er konnte, aber das war mir egal.

Meine Mutter erfuhr natürlich von meiner Missetat und hatte einen Wutanfall. "Wie kannst du mir so etwas antun? Wo soll ich dich denn jetzt begraben. Nicht in gesegnetem Boden, das steht fest. Du bist ja eine Ketzerin."

"Aus welchem Jahrhundert stammst du eigentlich?"

Sie ignorierte meinen Einwand. "Wenn die Leute davon erfahren, ich darf gar nicht daran denken! Und Oma Heydenreich." Sie musste sich setzen.

Das war nachdem sie sich wieder beruhigt hatte.

Das war mir auch egal. Ich hielt mich für ziemlich tough. Wer lebte schon allein und auf eigene Kosten?

Nur war das um einiges schwieriger, als Teenager allein zu leben als ich es mir eingestehen wollte. Ich hatte keine Zeit, mich mit solchen Einzelheiten aufzuhalten.

Ich war neugierig, wollte alles über andere Menschen wissen und wie sie lebten. Der Ethik-Unterricht war einfach zu gut und den ganzen Ärger mit Sicherheit wert.

Ich zog auch außerhalb der Schule größere Kreise. Zuerst traf ich Pam Mayer bei einer Party der Fakultät für Physik, zu der mich Ingmar eingeladen hatte.

Sie war Engländerin, dreiunddreißig und von ihrem deutschen Mann frisch geschieden. Pam steckte voller Widersprüche. Egoistisch, aber großzügig, offen, aber oft depressiv. Sie arbeitete als Animierdame im Rotlichtviertel, weil es mehr einbrachte in einer Bar zu sitzen als an der Kasse im Supermarkt.

"Wie kannst du nur in einer Bar arbeiten," fragte ich sie verblüfft. "Macht dir das nichts aus?"

"Die Männer, die in die Bar kommen, kaufen nur teure Getränke und wollen ein bisschen quatschen. Das ist mein Job. Oft können sie zuhause nicht mit ihren Frauen reden. Der Barbesitzer passt auf wie ein Schießhund, daß sich in den Separees ja nichts abspielt," versicherte mir Pam. "Es gibt weder Pornos zu sehen, noch andere schmutzige Sachen, wie in vielen anderen Bars."

Pam besaß Selbstwertgefühl, deswegen arbeitete sie in dieser Bar. Das sagte sie zumindest.

Zunächst hielt ich mich von ihrem Arbeitsplatz fern. Dann gewann meine Neugier die Oberhand und ich besuchte Pam ab und zu nach der Schule in der dunklen verrauchten Fisch-Bar in der Innenstadt.

Es war eine interessante Szene, hier in der Bar. Ich interviewte sogar mal ein Straßenmädchen, das auf eine Cola hereinkam und ein Gesicht wie gekneteter Teig hatte. Das Diadem auf ihrer Perücke war irgendwie fehl am Platz. Sie hieß bei allen nur 'die Prinzessin'.

"Hast du denn auch mal hier gearbeitet?" fragte ich sie.

"Als ich jünger war, hab' ich alle untern Tisch getrunken. Die Männer haben tonnenweise Piccolos gekauft. Ich habe 'n Haufen Geld verdient damals." Sie lachte und neigte sich verschwörerisch zu mir herüber. "Ich trug immer so hohe Lackstiefel, und in die hab' ich den Sekt gekippt. Keiner hat was gemerkt. Dann ging ich raus und kippte den Sekt ins Klo. Wenn das jemand gemerkt hätte, hätte es ordentlich Stunk gegeben."

'Die Prinzessin' betastete eine Narbe am Kinn und rückte das verrutschte Diadem wieder zurecht. "Jetzt will mir keiner mehr Sekt kaufen, deshalb muss ich 'Spazierengehen'. Die wollen alle nur so 'n junges Gemüse wie die da." Sie zeigte auf zwei Thaimädchen an der anderen Seite der ovalen Theke.

Ich kam mir wie eine Reporterin vor, die einen Artikel über's 'Milieu' schrieb. Der Gedanke gefiel mir.

Ich begriff allerdings schnell, daß ich mich besser nicht in diesen Kreisen aufhalten sollte. Es gab Männer, die unzweideutiges Interesse an mir zeigten.

Pam war mal wieder mit einem Kunden in eines der verrauchten Separées verschwunden und ich wartete draußen, um frische Luft zu schnappen. Es war ein ungemütlicher Tag, aber es war mir lieber auf dem Gehsteig zu warten als drinnen in der dunklen, verrauchten Bar.

Ein Mann im schwarzen Anzug und Krawatte hielt mit seinem schicken Auto an. Er kurbelte das Fenster herunter. "He Kleine, willste mitkommen? Ich zahl' das Doppelte."

Sollte ich mich geschmeichelt fühlen? "Nein danke," meinte ich höflich."Ich warte hier draussen nur auf meine Freundin."

"Bist wohl lesbisch, was? Du kannst deine Freundin gern mitbringen."

"Nein! Lassen Sie mich gefälligst in Ruhe."

"Ich bin dir wohl nicht gut genug, was?" Er machte Anstalten auszusteigen. Die Tür zur Bar flog auf. Ich drehte mich um und der aufdringliche Geschäftsmann fuhr davon.

"Isabell, komm' mal 'rein, dieser eine Kerl möchte dich kennenlernen."

"Aber... ich will ihn nicht kennenlernen... du hast doch versprochen..."

"Er ist bereit mir 200 Mäuse mehr zu zahlen, wenn ich dich mitbringe. Du weißt doch, daß ich meine Miete für'n letzten Monat noch nicht..."

"Pam, das ist mir zu heikel! Warum hast du ihm denn von mir erzählt?"

"Er hat dich vorhin drinnen gesehen. Ach komm' schon, sei nicht so. Wir teilen uns das Geld. Brauchst du denn keine Kohle?" Sie tat ihr Bestes, mich zu überreden.

"Ich will lieber kein Geld und ich arbeite ja nicht mal hier. Das was du machst hat nichts mit mir zu tun. Wir wollten doch jetzt auf die Ami-Messe geh'n."

"Ja, ich verstehe schon, aber es ist doch nur dieses eine Mal. Dann gehen wir gleich zur Ami-Messe."

Ich rollte mit den Augen und ging mit Pam ins Separée. Der Kunde saß erwartungsvoll auf seinem Platz an einem billigen Tisch und grinste wie ein fetter Buddha.

Wir müssen schon ein ulkiges Bild abgegeben haben. Pam war eine kleine Frau in einem Minirock und Killer-Absätzen und ich war wenigstens einen Kopf größer als sie. Ein Schulmädchen mit Zöpfen und selbst gefärbten Malerhosen. Mein Instinkt schrie auf, als ich das Plakat über dem Separée sah. Es zeigte eine rundliche, halbbekleidete Blondine in kompromittierender Stellung.

"Wenn dieser Schleimpilz denkt, daß er mich kaufen kann, dann hat er sich aber geschnitten," zischelte ich rebellisch.

"Stell dich nicht an, sei bloß nett zu ihm." Pam stieß mich von der Seite an und lächelte, daß selbst ich fast einen Krampf gekriegt hätte.

"Ah, die junge Dame ist hier," begrüßte uns der Schleimpilz.

"Sie meinen vermutlich Frischfleisch." Pam schoss mir einen wütenden Blick zu. Pampige Antworten waren nicht der Weg zur Brieftasche des Kunden.

"Ho, ho, ein streitlustiges junges Ding. Das ist ja mal 'ne Herausforderung." Die Hintergrundmusik ging mir auf die Nerven. Jennifer Rush und die Bee Gees.

"Ich mag heiße Bräute, die sich nicht alles gefallen lassen."

"Was geht mich das an?"

Der Mann lachte auf so eine ölige Art und spielte mit seiner Zunge herum, daß ich ihm am liebsten eine geknallt hätte. "Willst du dir nicht ein bisschen extra Geld verdienen?" flüsterte er im Einklang mit 'How deep is your Love' aus dem Lautsprecher.

"Ich höre," schaltete sich Pam eifrig ein.

"Deine kleine Freundin und du, ihr könnt mich beim Park treffen, wenn die Spelunke hier zumacht. Ich zahle gut."

"Wie viel? Da läuft nichts unter 500 Mäusen. 300 im

Voraus und dann noch die 200 für den anderen Deal." Ich sah Pam verstört an, aber sie ignorierte mich.

"Ho, ho. Eine, die weiß was sie will, was Süße?" Ich machte ein angeekeltes Gesicht und der Schleimpilz fuhr zurück.

"Es geht hier ums Geschäft, oder?" flüsterte Pam. Dann rief sie: "Noch einen Piccolo, Fritz."

Die teure Sektflasche wurde sofort zum Tisch gebracht und der Mann zahlte anstandslos. Dann wechselten Geldscheine unter dem Tisch den Besitzer und Pam steckte sie sofort in ihren BH.

Ich ging, schwang mich aufs Fahrrad und radelte allein zur Ami-Messe raus. Pam nahm ein Taxi und versuchte mir das Geld aufzudrängen. Ich lehnte heroisch ab. Am nächsten Tag rief sie an. Ich setzte mich auf den Boden in Manfreds Zimmer. Zum Glück rumorte der gerade in der Küche herum.

"Bist du hingegangen?" fragte ich sie.

"Ach was, der war mir zu gefährlich."

"Aber du hast doch gestern sein Geld genommen."

"Na und? So geht das eben. Das ist halt sein Risiko. Idiot."

"Hast du sowas schon mal gemacht?" Ich setze mich anders hin und meine Beine begannen zu kribbeln.

"Manchmal kriegt man schon so einen. Warum auch nicht?"

Ich konnte kaum glauben, daß Pam so berechnend war." Was passiert, wenn er zur Bar zurückkommt und sein Geld wiederhaben will? Du hast es ihm doch gestohlen."

"Fritz wird ihm schon was verklickern. Ist ja alles unethisch was er gemacht hat," sagte sie voller Überzeugung.

"Und was du gemacht hast, das ist in Ordnung?"

"Man muss schließlich leben," sagte sie trocken.

"Was ist mit denn ehrlicher Arbeit? Du könntest Schreibmaschine lernen. Oder geht's dir nur ums schnelle Geld?"

"Nein, natürlich nicht, Isabell," meinte Pam beleidigt. "Wie kannst du sowas von mir denken? Wir sind doch Freunde, oder? Und du hast mir nur mal kurz geholfen ein bisschen Geld zu verdienen, das ist alles."

Ich hätte ihr einen Haufen Gründe nennen können, warum das nicht in Ordnung war.

"Das ist mir einfach zu blöd. Dein Chef hat mich doch gestern tatsächlich gefragt, ob ich nicht auch ab und zu animieren möchte."

"Wirklich? Aber du bist doch meine einzige Freundin, Isabell. Magst du mich denn nicht mehr?"

"Ich mag nicht was du tust, Pam. Ich will damit nichts zu tun haben."

"Mach' doch nicht so 'ne große Sache draus."

"Hmm, lass mal sehen," ich machte eine kurze Pause. "Ach ja, es ist eine große Sache, wenn man zusammengeschlagen wird oder noch schlimmer..."

Manfred kam mit einem Teller Wurstbrote zurück und ich hängte auf. Danach hörte ich nie wieder von Pam. *Auch gut*, dachte ich, *das war ja vielleicht was*. Meine Neugierde war fürs erste befriedigt.

Ich ging wieder öfter in den Park und traf dort einen ägyptischen Ballett-Tänzer mit dem Namen Magdy. Es gefiel ihm, in einem schwarzen Umhang durch die Gegend zu schreiten und ich hatte ihn schon ein paarmal gesehen. Ganz wie Graf Dracula. Er lauschte eine Weile meinem Gitarrenspiel und fragte mich dann, ob er nicht eine Hebefigur mit mir demonstrieren könne. Ich fand die Idee lustig.

Magdy ließ seinen Umhang theatralisch zu Boden gleiten und stemmte mich auf seine Schulter hoch. Ich sollte mich aufstellen und elegant auf einem Bein stehen. Einfacher gesagt als getan.

"Du musst dich ganz steif machen, Isabell," sagte Magdy.

Ich konnte mich vor Lachen nicht mehr halten und fiel nach einer endlosen Minute von der Schulter herunter. Die Zuschauer applaudierten trotzdem.

Im Park war immer etwas los. An einem warmen Tag im August spielte ich mit einer Gruppe junger Amerikaner Frisbee auf dem großen Rasen hinter dem Schloss.

Raymond Hewitt fiel mir besonders auf. Er war

achtzehn und nicht der cleverste Junge, den ich kannte. Aber mit Sicherheit war er mit seinem kurzen dunklen Haar und erstaunlich blauen Augen der bestaussehendste.

Ich musste immer wieder zu ihm hinübersehen, wie er den Frisbee mit lässigen Bewegungen mühelos auffing. Nicht nur sah er in Jeans und kariertem Hemd anziehend athletisch aus, er hatte auch gute Manieren.

Das fand ich erstaunlich. Die meisten deutschen Jungs, die ich kannte, hatten zerrissene Jeans und lange Haare und versuchten immer so cool wie nur möglich zu wirken.

Wir spielten Frisbee in der Sonne und hörten Musik von den 'Eagles' im Schatten. Als seine Freunde nach und nach gingen, nahmen sie den Kassettenrecorder mit. Nach einer Weile blieben nur Raymond und ich zurück. Er erzählte mir, daß sie sich als Austauschschüler für drei Monate in Deutschland aufhielten.

Sein Deutsch war noch nicht fließend und mein Englisch war auch nicht gerade fantastisch. Wir unterhielten uns so gut es ging und auf einmal war es dunkel und die Parktore waren geschlossen. Wir mussten unsere Fahrräder über die Mauer heben und dann selbst hinüberklettern. "Achtung, hier kommt es." Raymond schob mein Klappfahrrad über einen Teil der Mauer, der keine eisernen Spitzen hatte.

"Ok, ich hab's." Ich zog das Rad zu mir hinüber und setzte mich drauf, während Raymond sich geschickt von der Mauer nach unten herabließ. Wir gingen langsam zur Straßenbahnhaltestelle.

"Möchtest du noch einen Hamburger essen gehen?" fragte ich ihn und wusste genau, daß ich mir keinen leisten konnte.

"Ich muss nach Ettlingen gehen. Zu die Gastfamilie," sagte er und sprach jedes Wort mit Bedacht aus.

"Es ist sowieso schon zu spät und wir schreiben Mathe morgen," meinte ich als ob es mir egal wäre.

"Sehe ich dir wieder morgen?" fragte Raymond und stieg mit seinem Rad in die Straßenbahn Nummer 5.

"Klar, nach der Schule vielleicht. Ich komme öfter zum Park."

Und so sahen wir uns wieder. Nach der Sache mit Pam war es erfrischend mit anderen jungen Leuten was zu unternehmen. Ich stellte sie sogar Walter, Angie und Tarek vor, aber je mehr Zeit ich mit Raymond verbrachte, desto weniger sah ich unsere Clique. Ich begann mit einem winzigen gelben Schulwörterbuch herumzulaufen und versuchte den New Yorker Slang zu erlernen.

"Was geht eigentlich an zwischen dir und deinem Ami?" fragte mich Tarek scharf, als wir auf dem Weg zum Kunstsaal waren.

"Wir gehen einfach ab und zu aus. Ganz harmlos. Wieso, bist du eifersüchtig?" ich lachte verhalten und sah ihn schräg von der Seite an.

"Ich und eifersüchtig? Pah!" Tarek schüttelte sich.

"Aber du könntest zur Abwechslung mal Zeit mit uns verbringen," warf Angie ein, die hinter uns ging. "Ich vermisse unsere kreativen Kochversuche."

Sie schob die schwere Tür zum Kunstsaal auf und Licht durchflutete den dunklen Gang.

"Also gut, dann lass uns das machen. Morgen Nachmittag, gleich um 3 Uhr? Bringt was ihr mögt. Nur kein Fleisch. Dann kochen wir was das Zeug hält." Ich war zur Zeit Vegetarier.

"Fleisch ist sowieso zu teuer." Angie setzte sich neben mich.

"Bist du sicher, daß du uns sehen möchtest?" Tarek saß in der Bank vor uns. Er nahm seine Stifte und Farben aus der Tasche und legte sie ordentlich auf den Tisch.

"Na klar," erwiderte ich fröhlich. "Lasst uns am besten Pfannkuchen mit Füllungen machen. Das war doch ein voller Erfolg, letztes Mal."

"Nur wenn du die Pfannkuchen machst, Isabell. Das kannst du viel besser als wir. Wir kümmern uns um die Füllungen."

"He, Angie, soweit kommt's noch. Du bist an der Reihe."

"Aber..."

Herr Linke eilte herein und setzte sich an sein Pult. So

blieb es dabei, daß Angie die Pfannkuchen zuständig war.

Meine Freunde hatten natürlich recht. Ich verbrachte eine Menge Zeit mit Raymond. Er hatte zeitweilig ihren Platz eingenommen, ich wollte es nur nicht zugeben.

Unsere Beziehung war fast ganz platonisch. Raymond hatte mehr Erfahrung im Küssen als Werner und Jean-Paul zusammen, aber dabei blieb es dann auch. Ich glaube er war ein wenig religiös.

Egal, das war mir sowieso zu kompliziert mit Beziehungen und er würde ja bald wieder in die Staaten zurückkehren. Die Jungs in seiner Gruppe waren ein wenig neidisch, daß er sich ein deutsches Fräulein geangelt hatte und Raymond ließ sie in dem Glauben.

Ich strickte ihm einen Wollpullover mit einer Prozession aus Elchen und Sternen um die Brust herum. Am liebsten in Herrn Teichmanns Mathestunden, wo die Hälfte der Klasse strickte.

Anfang November 1979 musste Raymond wieder nach New York zurück. Er trug den Elch-Pullover und bot mir an, ein Flugticket zu schicken, damit ich Weihnachten mit ihm in Albany verbringen konnte.

Ich war entzückt. Weihnachten mit Raymond in Amerika!

Es gab da nur ein klitzekleines Problem: Ich war noch keine achtzehn Jahre alt und meine Mutter weigerte sich radikal den Visum-Antrag zu unterschreiben. Ich hatte sie seit meinem skandalösen Kirchenaustritt nicht mehr gesehen und das machte die Sache noch schwieriger.

"Das werde ich auf keinen Fall unterschreiben. Soweit kommt es noch! Was ist, wenn du nicht zurückkommst, um deine Schule zu beenden? Vielleicht willst du diesen Mann ja heiraten," regte sie sich auf. "Du weißt doch wie wichtig eine Ausbildung ist, bevor man heiratet. Ich hatte eine Karriere als Krankenschwester, als ich deinen Vater kennenlernte und ich musste das Geld verdienen, damit er zu Ende studieren konnte. Ich wäre auch gerne gereist, aber damals hatte ich die Möglichkeit nicht dazu."

Ja, ja, das hatte ich schon tausendmal gehört. Sie wusste nur das nötigste über Raymond, nämlich, daß er ein Austauschstudent war.

"Das hat doch alles nichts mit meiner Amerika-Reise zu tun. Wer weiß wann ich wieder die Gelegenheit bekomme?"

Aus der Küche ertönte ein durchdringendes Schrillen. "Oh, ich muss schnell die Schneckennudeln aus dem Ofen nehmen. Du wirst doch bestimmt eine Schneckennudel mitessen, oder?"

Ich musste zugeben, daß es köstlich nach Vanille und Zimt roch, und nickte. Backen war Muttis neuestes Hobby.

Sie klagte in der Küche weiter. "Natürlich ist dir das egal. Es scheint dir ja Spaß zu machen, mich ständig zu blamieren. Was sollen die Leute denken? Frau Speidel liegt mir jetzt noch in den Ohren wegen deinem Lebenswandel."

Ich hatte gelernt, nicht auf solch provozierende Bemerkungen einzugehen. Was ich wollte war diese Unterschrift. Ich brauchte nur ihre Unterschrift auf dem Antragsformular.

"Wieso sollte Frau Speidel etwas von meiner Reise erfahren? Ich bin froh, wenn ich ihr nicht begegne. Auf eine Unterhaltung mit ihr habe ich schon gar keine Lust."

"Du könntest wenigstens höflich zu den Leuten sein. Vielleicht liegt es daran, daß du das mittlere Kind bist. Du musst dich einfach durchsetzen, nicht wahr Isabell?" Meine Mutter kam mit einem Teller duftender Schneckennudeln herein und stellte sie vor mich hin. "Ich muss unbedingt Frau Speidel einen Teller hochbringen. Ihr Mann liebt Selbstgebackenes."

Herr Speidel war kugelrund. Wir kamen aber vom Thema ab. *Denke nach, Isabell, denke nach*! Ich wollte die kurze Freiheit einer amerikanischen Weihnacht erleben und dazu brauchte ich die Unterschrift meiner Mutter. Ganz einfach.

"Hmm... die Schneckennudeln sind lecker."

Zu meiner großen Überraschung änderte meine Mutter ihre Meinung und unterschrieb den Antrag. Sie erzählte dann 'allen Leuten', daß ich für zwei Monate als Austauschschülerin nach New York ging. Meinetwegen.

Natürlich waren meine Schwestern neidisch. "Du kriegst immer was du willst! Wie hast du sie bloß wieder rumgekriegt? Weißt du was da alles passieren kann auf so 'ner Reise? Du kennst diesen Typen ja kaum," keifte Evelyn. Paula gab auch ihren Senf dazu. "Ach, die hört ja doch nicht zu. Isa muss immer 'ne Extrawurst haben."

"Warum auch nicht? Ich finde, ich hab' 'ne Extrawurst verdient. Außerdem hat mir Raymond schon die Flugkarte geschickt. Wollt ihr nicht auch mitkommen?" Evelyn zögerte eine Sekunde lang. Dann antwortete sie heftig. "Du hast wohl'n Rad ab. Hab' sowieso schon was vor."

"Ich hab' auch was Besseres zu tun über Weihnachten. Hans ist aus der Haft entlassen worden," sagte Paula und zwinkerte uns zu. Wir sahen sie erschrocken an.

"Was denn? Ist doch nur'n Witz." Evelyn und ich waren uns da nicht so sicher. "Ich will auf mindestens drei Partys gehen."

Diesmal würde ich kein Auge auf sie haben können, das war Evelyns Job. Ich zählte die Tage bis zum Abflug nach New York! Es gab niemanden, den ich kannte, der weiter gereist war als nach Italien oder an die Costa Brava. Ausser Raymond, natürlich.

Dann war es soweit. Nach dem längsten Flug meines Lebens landeten wir in heftigem Schneegestöber auf dem John F. Kennedy Airport.

'Bitte werfen Sie alle Lebensmittel in die bereitgestellten Tonnen," wurden die Passagiere von einer Lautsprecherstimme angeherrscht. "...und begeben Sie sich zum Ausgang D."

Ausgang D, Ausgang D...noch einmal rechts um die Kurve und dann weiter vorne. Ich würde jeden Moment Raymond wiedersehen, wenn ich es schaffte durch die Schiebetüren am Ende des langen Ganges zu kommen.

Der Gang war sehr lang. Ich fragte mich, was mit den ganzen Äpfeln und Orangen passieren würden, die in den Tonnen verschwanden and warf meine zwei Mandarinen 'rein. Ein Sicherheitsbeamter in Uniform winkte mich zur Seite. "Hier entlang, bitte. Wir möchten Ihnen ein paar Fragen stellen." Hatte ich etwas falsch gemacht?

"Ich?" Hinter der Schiebetür wartete Raymond auf mich. Ich hatte keine Zeit jetzt ein paar Fragen zu beantworten.

"Hier entlang, Ma'am. Routinekontrolle." Routinekontrolle?

Mir blieb nichts anderes übrig und so trottete ich hinter dem Beamten her, der mich in eine Glaszelle führte. Er hatte fettige Haare und einige Strähnen waren über seine Glatze gekämmt.

Vielleicht hatte man die kleine Sprühdose mit CS Gas in meiner Handtasche entdeckt, als ich sie durch die Röntgenmaschine schieben musste. Es war gegen die Regeln.

Ein anderer älterer Sicherheitsbeamter mit ergrauendem Backenbart wartete schon in der Glaszelle an einem abgenutzten Tisch. Er schob eine Fantadose von sich und studierte die Seiten in meinem Pass.

"Wen haben wir denn da? Fräulein Bertrand," murmelte er ohne aufzusehen und begann gelangweilt Routinefragen von einem Fragebogen abzulesen. Sein Gesicht sah müde und verquollen aus und seine Hände suchten die Brusttasche nach einer Schachtel Zigaretten ab.

"Wie lange werden Sie in den Vereinigten Staaten bleiben?"

"Über Weihnachten und Neujahr. Ich besuche nur einen Bekannten," antwortete ich.

Ich war ordentlich eingeschüchtert. Wie lange würde dieses Verhör wohl dauern? Raymond wartete auf mich in der Ankunftshalle auf der anderen Seite der Schiebetüren.

"Werden Sie bei dieser Adresse in Albany wohnen?" fragte der verquollene Beamte. Er kritzelte rastlos mit seinem Stift auf dem Rand des Fragebogens herum. Der Sicherheitsbeamte mit den fettigen Haaren stand hinter mir. Ich sah in den Glasscheiben, die sein Ebenbild vervielfachten, wie er

Ankömmlinge draußen musterte. Er löste sich von der Glaswand und setzte sich zu uns an den Tisch.

"Wahrscheinlich. Deswegen habe ich sie auf das Ankunftsformular geschrieben. Mein Bekannter wohnt dort."

Zum ersten Mal sah er mich richtig an. "Planen Sie diesen Bekannten zu heiraten?" Hatte er heimlich mit meiner Mutter gesprochen?

"Ich? Nein… nein natürlich nicht," lachte ich nervös. "Ich bin ja erst siebzehn und gehe noch zur Schule. Er ist nur ein guter Bekannter von mir. Ein Austauschstudent." Ich betonte das Wort und saß ganz steif vor Empörung.

" Es passieren noch seltsamere Dinge, Fräulein Bertrand, glauben Sie mir. Sie wissen ja, daß wir Sie ins nächste Flugzeug setzen könnten." Er pfiff durch die Zähne und beschrieb mit seiner Hand einen Bogen durch die Luft. "Schwupp, zurück nach Hause."

Der verquollene Beamte grinste und nahm eine Zigarette aus der Schachtel in seiner Brusttasche, ohne sie anzuzünden. Denen machte es Spaß, mich zu ärgern.

"Nein, ich hatte keine Ahnung, daß Sie alle allein reisenden Teenager, die Ihr Land über Weihnachten besuchen möchten, so in Empfang nehmen." War das zu frech gewesen?

Der Verquollene sah mich hämisch an und las die nächste Standardfrage ab. "Fräulein Bertrand, haben Sie vor, den amerikanischen Präsidenten zu ermorden?"

Ich schnappte nach Luft. Wie bitte, hatte ich richtig verstanden? Ein Lachen kitzelte mich im Hals. Reiß dich zusammen, ermahnte ich mich. Ich wollte nichts raus aus dieser Glaszelle. Ich sehnte mich nach frischer Luft und einem freundlichen Gesicht. Raymonds Gesicht.

"Warum sollte ich denn so etwas tun?" fragte ich empört.

"Vielleicht haben Sie eine Antwort für uns, Fräulein Bertrand."

"Ich habe darauf aber keine Antwort. Ich weiß noch nicht mal wie der Präsident heißt oder wo er wohnt. Ich bin siebzehn und will nur mit Bekannten Weihnachten in

Amerika feiern."

"Beantworten Sie die Frage." Der verquollene Beamte spielte mit seiner Zigarette herum.

"Nein, natürlich nicht," antwortete ich so ernsthaft wie möglich.

"Sind Sie da ganz sicher?"

Ich verkniff mir eine sarkastische Antwort, die mir auf der Zunge saß. "Ja, ganz sicher!"

"Vielen Dank, Ma'am, das wäre dann alles."

Ich war frei. Einfach so. Ich durfte bleiben. Man würde mich nicht mit dem nächsten Flugzeug nach Deutschland zurückschicken und ich würde auch nicht in einem Gefängnis für freche Teenager enden, die sich des Möchtegern-Präsidenten-Mordes verdächtig gemacht hatten.

Ich wurde unzeremoniell aus der Glaszelle entlassen und wankte benommen den dunklen Korridor entlang, bis ich zu den rettenden Schiebetüren kam. Ich fühlte mich unerklärlicherweise schuldig. Es dauerte nur einen Augenblick.

"Wo warst du denn so lange?" Raymond nahm mich in die Arme. "Ich dachte schon du bist nicht im Flugzeug, aber sie sagten, dein Name steht auf der Liste."

Ich erzählte ihm von der Glaszelle und, daß die Sicherheitsbeamten mich nach Frankfurt zurückschicken wollten, falls ich vorhatte den amerikanischen Präsidenten zu ermorden.

"Wie kommen die bloß auf die Idee, daß ausgerechnet du eine Attentäterin sein könntest?" Eine ganz in grelles Rot gekleidete Frau sah uns giftig an. Wir sprachen Deutsch.

"Wenn ich das mal wüsste."

"Vielleicht suchen sie nach einer Frau, die wie du aussiehst."

"Ein deutsches Schulmädchen?"

"Ja, hört sich irgendwie crazy an."

"Ja, genau. Vielleicht mochten die nicht wie ich aussehe."

"Oh well, ich mag wie du aussiehst," lachte Raymond und meine Stimmung hellte sich auf. "Ich entschuldige mich hiermit im Namen des amerikanischen Volkes für den schäbigen Empfang in unserem wunderbaren Land."

"Vielen Dank Mr. Hewitt," sagte ich ebenso förmlich und machte eine kleine Verbeugung.

"Nichts wie weg hier. Wir müssen heute Abend noch einen Bus zum Amtrak Bahnhof finden."

Wir holten meine Tasche vom Fließband und verließen endlich den unfreundlichen Flugplatz.

New York war kalt gewesen, aber als wir in Albany ankamen, schneite es so sehr, daß man kaum was sehen konnte. Die Straßen waren mit Eis und Schnee bedeckt und als wir endlich im Stadtbus zu Raymonds Wohnkomplex fuhren, schneite es sogar noch mehr.

Bald wurde es auch noch dunkel. Ich war erschöpft und hungrig.

Mrs. Hewitt, eine Frau um die vierzig, lebte mit ihren jüngsten Kindern in einer großen Erdgeschosswohnung in dem Komplex - und sie mochte mich nicht.

Raymonds Geschwister fragten mich sofort aus. 'So, du bist also nicht für die Nazis in Deutschland?' und 'Wieso hast du kein hellblondes Haar?'

Was sollte man darauf antworten?

Ich versuchte zu erklären, daß nicht alle Deutschen hellblonde Haare haben und, daß Nazis mittlerweile Schnee von gestern waren.

"Aber in Spielfilmen sind Deutsche doch immer hellblond und hässlich und Nazis," widersprach Raymonds zwölfjähriger Bruder David.

"Das sind doch nur alte Filme. In Deutschland haben wir eine demokratische Regierung und die Menschen haben alle möglichen Haarfarben - ganz bestimmt."

"Bist du sicher, daß es keine Nazis in Deutschland mehr gibt? Die sehen so echt aus im Fernsehen," sagte der jüngere Hewitt und mein Lächeln gefror.

"Meinst du das im Ernst?" entgegnete ich etwas irritiert. "Wie kann man alte Kriegsfilme so ernst nehmen? Die sind doch nicht echt." Die kleinen Schwestern, die neben mir saßen, machten große Augen.

"David, lass' Isabell in Ruhe. Sie war doch noch nie in den Staaten. Was soll sie denn davon halten, wenn du solche Sachen sagst? Meine Gastfamilie war freundlich und auch keine Nazis. Also bitte!"

Beim Essen waren alle sehr schweigsam und die Kinder gingen gleich auf ihre Zimmer.

"Tut mir echt leid," entschuldigte sich Raymond.

"Schon gut. Da kann man nichts machen."

"Weißt du Isabell, es ist so wahnsinnig kalt hier. Ich habe mir überlegt, ob es nicht besser wäre, meine Tante in St. Petersburg zu besuchen. Das ist in Florida. Was meinst du? Dann siehst du auch was vom Land."

"Hört sich gut an. In Florida ist es bestimmt wärmer als hier in New York, oder?"

"Viel wärmer."

Es war so eisig draußen, daß wir die Wohnung nur selten verlassen konnten, doch drei Tage später hatte Raymond ein Auto organisiert, dessen Besitzer nach Miami geflogen war. Wir mussten nur das Auto hinfahren, das Benzin bezahlen und bekamen nach Ablieferung sogar noch ein Taschengeld. Eine billige und bequeme Art zu reisen.

Am nächsten Morgen machten wir uns in einem ziemlich neuen Dodge Richtung Süden auf. Ich war mir ziemlich sicher, daß Raymonds Mutter erleichtert war, als ich wieder ging.

Seit unserer Ankunft hatte sie kaum drei Worte mit mir gewechselt. Es ging immer die Ostküste entlang und kurz vor Philadelphia begann das Wetter wärmer zu werden. Je weiter wir kamen, desto tropischer wurde die Landschaft.

Nach und nach wanderten die dicken Jacken, Pullover und schweren Stiefel in den Kofferraum. Amerika war verwirrend und groß und einfach wunderbar. Während der Fahrt machte ich die Bekanntschaft von Thunfischsalat, Coleslaw und Pecan-Pie. Das Essen hier war reichhaltig und billig.

Unsere erste Übernachtung war in einem Motel in Maryland. Einfach aber sauber. "Haben Sie in Deutschland denn schon Telefone?" fragte mich doch tatsächlich der neugierige Besitzer, als wir uns ins Gästebuch eintrugen.

"Ja sicher. Wieso fragen Sie das?"

"Es ist doch bekannt, daß Deutschland nach dem Krieg zerstört war. Wir haben die Krauts ordentlich bombardiert damals!"

Unglaublich! Raymond kniff mich warnend in den Arm.

"Und?"

"Amerika hat natürlich Telefon und Haushaltsgeräte wie Kühlschränke und Mixer, aber was machen die in Deutschland? Dort gibt es doch so etwas noch nicht, oder?"

"Ja natürlich gibt es sowas," meinte ich verwirrt. "Haben Sie noch nie was von Bosch oder AEG gehört. Deutschland stellt Qualitätsgeräte her."

"Ach wirklich? Und wie ist das mit —"

"Wir müssen jetzt unsere Sachen aufs Zimmer bringen," unterbrach ihn Raymond. "Können wir bitte den Schlüssel haben?"

"Von welchem Planeten kommt der denn?" fragte ich ihn aufgebracht, als wir die Tür hinter uns schlossen. "Der lebt ja noch in den vierziger Jahren." Es standen zwei Betten vor uns und eine Bibel lag auf dem Nachttisch in der Mitte. Das war Standard.

"Nimm's den Leuten nicht übel. Es gibt viele ignorante Menschen wie ihn, die noch in der Vergangenheit leben. Ich wusste es auch nicht besser, bevor ich nach Deutschland kam. Wir sollten früh schlafen gehen. Morgen fahren wir bei Tagesanbruch weiter."

Wir schliefen brav in unseren getrennten Betten. *Auch gut*, dachte ich, *wir sind schließlich kein richtiges Pärchen.*

In Nord Carolina gab es ausladende Blue-Gum Bäume, von deren Ästen Moosbärte herabhingen. Eine stolze Herde kastanienbrauner Pferde graste in einem Gehege neben der

Landstraße. Ihr Anblick weckte in mir eine unbestimmte Sehnsucht über Stock und Stein zu galoppieren.

Die Dezemberluft war mild und in Florida fuhren wir an Zitrus-Plantagen vorbei. Zwischen dunkelgrünen Blättern konnte man richtig große, saftige Orangen hängen sehen.

Wir lieferten den Dodge in Miami ab und beschlossen anschließend in einer Jugendherberge zu übernachten.

"Wieso ist hier überall Stacheldraht?" fragte ich Raymond als wir unsere Pässe durch ein kleines Fenster in der roten Stahltür reichten.

"Vielleicht müssen sie sich schützen. Ich glaube das ist keine besonders gute Gegend," meinte Raymond verlegen.

"Na wunderbar."

"Das wusste ich leider nicht. Ich kenne mich in Miami nicht aus. Aber woanders könnte es noch schlimmer sein."

"Du willst also hierbleiben?"

"Wir sind nicht weit vom Strand entfernt. Vielleicht ist es besser erstmal hier zu bleiben. Wir können gleich zum Strand 'runtergehen und den Tag genießen."

"Haben Sie sich angemeldet?" Fragte eine mürrische durch das kleine Fenster. Wir sahen uns zweifelnd an.

"Ja, ich habe vor einer halben Stunde mit Marilyn telefoniert," antwortete Raymond.

"Gut, dann kommen Sie 'rein." Die schwere Stahltür sprang auf.

"Ist ja nur für eine Nacht," versuchte ich mich selbst zu beruhigen. Als wir zum Meer hinuntergingen war das alles schon wieder vergessen.

Es war warm und sonnig und so viele Palmen hatte ich noch nie gesehen. Das Meer war ungeheuer blau.

"Oh, ich bin ja so froh, daß wir nach Florida gefahren sind," rief ich und hüpfte begeistert in den weichen Sand.

Raymond sah selbstzufrieden aus, wie wir den Strand entlang Richtung Süden wanderten. Im Sand fanden wir Sand-Dollars und Muscheln und wir assen gefrorenen Joghurt an einem Eiskrem-Stand.

So stellte ich mir die perfekte Freiheit vor: einfach in den Tag hineinleben. Als es dunkel wurde, spazierten wir oben an der Straße zurück zur Jugendherberge. Ein junges Pärchen kam uns entgegen.

"Hi, seid ihr neu in Miami?" fragte der Beachboy in Shorts und T-Shirt.

"Warum, macht ihr auch gerade Urlaub hier?" fragte Raymond zurück.

"Nein," antwortete das Mädchen im knappen Bikini-Top etwas zu schnell, was mich aufhorchen ließ . "Wir kommen aus Gainsville. Tim sucht einen Job und wir sind nur ein paar Tage hier. Mein Onkel hat ein Häuschen am Strand unten." Sie schien etwas nervös zu sein.

"Ach so," meinte ich uninteressiert und kratzte den letzten Rest des gefrorenen Joghurts aus meinem pinken Becher. "Das ist ja praktisch."

"Wo kommst du denn her, du bist doch keine Amerikanerin."

"Ich komme aus Deutschland."

"Ach wirklich? Mein Onkel ist auch Deutscher," sagte Tim schnell.

"Ich dachte es ist *ihr* Onkel," bemerkte Raymond, sah auf das Mädchen und ging instinktiv einen Schritt zurück.

"Unser Onkel. Ich bin Susies Bruder."

"Aha."

"Es ist nicht weit von hier, das Strandhaus. Ihr könnt ja mitkommen und unterwegs kaufen wir noch 'n paar Hamburger. Der Sonnenuntergang ist dort ganz fabelhaft zu sehen."

Ein brauner Pickup Truck hielt auf einmal neben uns. Hinter dem Steuer saß ein dunkelhaariger Beachboy. "Kommt, steigt ein. Wir fahren erst zum Diner und kaufen ein paar Hamburger." Woher wusste er davon?

"Wir haben aber schon für das... Hotel... bezahlt," sagte Raymond vorsichtig. "Und eigentlich haben wir keinen Hunger."

"Da könnt ihr doch später noch hin. Kommt erstmal mit zum Strand, das macht viel mehr Spaß. Ihr könnt eure Sachen aus dem Hotel holen. Im Strandhaus ist genug Platz für uns alle und es kostet nichts."

Der dunkelhaarige Beachboy sah Susie vielsagend an.

"Besser nicht. Wir wollen noch wohin. Komm' Isabell, wir müssen uns beeilen," lehnte Raymond so ruhig wie möglich ab.

Ein breites Polizeiauto hielt neben uns. "Alles in Ordnung Ma'am?" fragte mich der Polizist am Steuer. Ich setzte zur Antwort an.

"No Problem, Officer," meinte der blonde Beachboy, der Tim hieß, bevor ich etwas sagen konnte. "Wir unterhalten uns nur."

Der Polizist schien ihm das nicht so ganz zu glauben, denn der parkte an der Tankstelle auf der anderen Straßenseite und behielt ein Auge auf uns.

"Kommt," sagte der dunkelhaarige Beachboy zu Tim und Susie. "Lasst uns gehen. Da hinten sind noch mehr Greenhorns."

Die drei ließen uns verdutzt zurück und fuhren mit dem Pickup Truck die lange Promenade entlang, bis sie außer Sichtweite waren. Das Polizeiauto folgte ihnen langsam.

In der Jugendherberge sagte man uns später, daß die Polizei gerade eine Miami-Gang dingfest gemacht hatte, die auf Touristen lauerte und seit Wochen am Strand ihr Unwesen trieb.

"Wirklich?" sagte Raymond verwundert und wir erzählten was uns auf der Promenade passiert war und wie komisch wir das fanden.

"Ihr hattet Glück," meinte Andy, der die rote Stahltür bewachte. "Die locken Touristen mit genau solchen Geschichten an einen abgelegenen Strand und rauben sie dann aus. Ein junger Mann wurde sogar schon ermordet, als er sich wehrte. Drogenabhängige natürlich."

Jedes Paradies hatte wohl seine Schattenseiten.

Wir nahmen den Bus nach St. Petersburg und ich konnte

mich kaum an den großen Häusern und tropischen Gärten in den Vorstädten sattsehen. Es gab hier weniger Palmen als in Miami, dafür aber jede Menge Orangenbäume.

Raymonds Florida-Tante Molly war pummelig und fröhlich und schloss mich gleich in ihre fleischigen Arme. "Welcome to the Sunshine State!"

Sie war das genaue Gegenteil ihrer spindeldürren Schwester Amy in Albany und gratulierte Raymond zu einer so netten Freundin – deutsch oder nicht. Seine letzte Freundin war offenbar hübsch, aber ganz grässlich gewesen. Die gute Tante schüttelte sich.

"Ach Tante Molly, du musst doch Isabell sowas nicht erzählen. Ich hatte immer nur nette Freundinnen wie sie, nicht wahr?"

Tante Molly lachte, daß ihr der Bauch nur so schwabbelte. "Ja sicher, mein Junge, wenn du es sagst. Iss doch noch ein wenig Kürbistorte, mein Mädchen. Du bist ja viel zu dünn. Du lässt das arme Ding gar nicht zur Ruhe kommen, Ray. In vier Tagen die Küste hinuntergefahren. Ich wette es gab unterwegs nur ungesundes Futter im Diner. Hier, nimm noch ein wenig Sahne drauf."

Tante Molly garnierte das stattliche Stück Kuchen mit Sahne aus der Sprühdose und beaufsichtigte dann das Verspeisen der Konstruktion. Die ganze Familie liebte gutes und viel Essen und ich lernte wie man Pot Roast zubereitete und, daß die beste Füllung für den traditionellen Weihnachts-Truthahn aus Esskastanien bestand.

Dann waren es nur noch zwei Tage bis Weihnachten. Draußen waren es warme 20°C, aber drinnen liefen die Heizungen auf Hochtouren. So hatte ich Weihnachten noch nie erlebt.

"Hier, mein Kind, du musst unbedingt meinen Pecan-Pie probieren." Tante Molly schob den Pie vor mich hin.

"Der beste Pecan-Pie südlich von Georgia," pflichtete ihr wohlbeleibter Mann Herb ihr bei und bediente sich ausgiebig. Der Pecan-Pie war einfach göttlich.

An Weihnachten gab es Truthahn, Maiskolben, Süßkartoffeln und Preiselbeer-gelee und ich aß bis ich schier platzte und glaubte, nie mehr einen Bissen essen zu können.

Wenn da nur Bullet nicht gewesen wäre. Bullet, der schwarze Familienkater, hatte es sich zur Gewohnheit gemacht, Hausgästen hinter der Badezimmertür aufzulauern und sie mit scharfen Krallen zu attackieren. Er erwischte mich zweimal. Das tat aber meinem essensreichen, warmherzigen Florida-Besuch keinen Abbruch.

"Oh, ich hoffe es macht dir nichts aus, Darling. Wir nehmen ihn schon einmal die Woche zum Tierpsychologen, wegen diesem unmöglichen Verhalten," entschuldigte sich Tante Molly. Zu einem Tierpsychologen? Von so etwas hatte ich noch nie was gehört. Ich musste an Dr. Albrecht denken. Liessen sich Tiere hypnotisieren?

"Kannst du ihn nicht eine Weile aussperren, Tante Molly?" fragte Raymond.

"Oh nein," meinte Tante Molly. "Bullet gehört ins Haus. Er ist doch eine Hauskatze." Hauskatze oder nicht, als Bullet sich zum dritten Mal in Raymonds Waden krallte und eine handvoll Cashewnüsse gegen den Fernseher prasselten, schloss Onkel Herb das ungesellige Haustier in die Besenkammer ein. Von da ab feierten wir krallenfreie Weihnachten.

Bald war es Januar und wir nahmen den Greyhound Bus nach Albany zurück. Es machte aber nicht halb so viel Spaß wie die Hinfahrt im Dodge.

Ich flog aus einem nicht mehr ganz so unwirtlichen New York nach Deutschland zurück. Kein Verhör am Flughafen. Gottseidank. Meine Reise endete mit Jetlag und selbstgemachten Chocolate Chip Cookies aus der Tüte, die ich um drei Uhr morgens aus dem Ofen holte.

Auf einmal war ich wieder allein und es dauerte noch eine Woche, bis die Schule anfing. Es gab niemanden, mit dem ich über die verrückten Erlebnisse in Amerika reden und lachen konnte. Ich vermisste Raymond.

Im Februar rief er an und meinte er hätte sich

entschlossen nach Deutschland zu ziehen, um mit mir zusammen zu sein.

"Aber wieso denn? Ich dachte du wolltest in New York aufs College geh'n, und wir sind doch kein richtiges Paar. Du wolltest ja nie…" stammelte ich verwirrt.

"Ich könnte doch in Karlsruhe studieren und nebenbei arbeiten. Wir sollten dann natürlich heiraten und uns eine richtige Wohnung suchen."

Das war zu viel!

"Oh Ray, einen Moment mal. Ich glaube nicht, daß das gut gehen würde. Ich muss die Schule fertigmachen und was ist mit deinem Stipendium? Und ausserdem bin ich noch viel zu jung zum Heiraten."

"Aber ich möchte mit dir zusammen sein," jammerte er.

"Ich weiß noch nicht mal selbst wer ich bin und dann schon mit einem Mann zusammenleben. Das möchte ich nicht. Ich brauche meine Freiheit."

Es entstand eine längere Pause. War die Leitung unterbrochen? "Raymond, bist du noch da?"

"Ich vermisse dich so sehr. Es gibt hier ein College, das Fernstudiengänge anbietet. Bist du nicht dieses Jahr mit der Schule fertig?" Er hatte sich das alles ja schön zurechtgelegt.

"Ich vermisse dich auch, Ray. Man geht hier aber 13 Jahre lang zur Schule. Also noch bis einschließlich nächstes Jahr. Und danach will ich studieren. Das lässt mir nicht viel Zeit dafür, verheiratet zu sein."

"Das wird schon irgendwie gehen. Ich will mit dir zusammen sein."

"Was ist, wenn du keinen Job findest? Was dann? Ich kann es mir nicht leisten uns beide durchzubringen."

"Ich kann etwas Geld besorgen. Mein Onkel wird mir sicher was dazugeben." Ray hatte einen reichen Onkel in New York, mit dubiosen Beziehungen.

"Das ist doch nicht genug, Ray. Leben ist teuer. Wenn das Geld ausgegeben ist, was dann? Wir sollten warten," sagte ich bestimmt.

"Wie soll ich das nur ohne dich aushalten?"

"Du wirst es schon aushalten."

Natürlich hielt Raymond es aus. Er schrieb mir oft von seinem Maschinenbau-Studium in New York und wie er immer noch vor hatte, mich in Deutschland zu besuchen. Das dauerte ungefähr ein Jahr.

Er hatte nie genug Geld zu kommen. Später zog er nach Texas und heiratete ein nettes texanisches Mädchen, das Tante Mollys Essen zu schätzen wusste.

Das war in Ordnung so. Eigentlich war ich nicht sehr in Raymond verliebt gewesen. Ich wusste irgendwie, daß ein anderer Mann irgendwo auf mich wartete. Wenn ich sah, wie andere Mädchen sich mit Beziehungskisten rumplagten, war es mir ganz recht keinen Freund zu haben.

Meine Schwester Evelyn hatte sich von ihrem Freund Marko getrennt und war in ein winziges Zimmerchen in Mühlburg gezogen. Sie hatte auch aufgehört sich mit Zigaretten zu verbrennen. Gut.

"Alles, nur nicht nach Hause zurück," stöhnte sie bei einem ihrer seltenen Besuche. "Wenn du meinen Rat hören willst, halte dich von nichtsnutzigen Männern fern. Da kommt nie was gutes bei raus."

Dann hielt sie sich aber nicht an ihren eigenen Rat und vergeudete ihre Zeit mit anderen nichtsnutzigen Männern.

Paula hatte ihre Drogenkarriere aufgegeben und wohnte nur noch ab und zu bei unserer Mutter. Den Rest der Zeit verbrachte sie mit zwei verschiedenen Freunden, die nichts voneinander wussten. Sie war jetzt fünfzehn.

Ich kam auch nicht ganz glimpflich davon. Der ketterauchende Rüdiger aus der Nachbarklasse versuchte mir vor einer Klausur mit mäßigem Erfolg Physik einzutrichtern. Danach hatte er mir gleich einen Antrag gemacht. Wir unterhielten uns noch unten in seinem Treppenhaus, als er mich damit überfiel.

"Nein Rüdiger, wirklich nicht. Eine Beziehung ist mir zu kompliziert."

Rüdiger zertrat seine dritte Zigarette auf dem gekachelten Fußboden. Das Ganze wurde ihm sichtlich peinlich.

"Du bist immer so unnahbar, Isabell," klagte er. "Du gibst jedem eine Abfuhr. Hältst du dich für was besseres wegen deiner Hugenotten-Vorfahren?"

"Was? Nein! Wer hat dir denn davon erzählt? Eigentlich weiß davon nur..."

"Renate," sagten wir beide gleichzeitig. Na großartig, wer wusste wohl noch von den Hugenotten?

"Sie hat mir nichts gesagt. Ich hab' gehört, wie sie mit Tarek darüber sprach, daß deine Familie so 'ne Art Adelige waren. Außerdem warst du gerade in Amerika und das ist doch mal was anderes."

Ich schnappte nach Luft. Das war schon ein starkes Stück: 'mal was anderes!'

"Danke, aber nein danke. Ich muss wohl mal ein ernsthaftes Wörtchen mit Renate reden. Aber das hat rein gar nichts mit dir zu tun. Ich will einfach keinen Freund. Mein Leben ist schon kniffelig genug."

Rüdiger mochte mich danach nicht mehr so gerne und ich musste mir einen anderen Physik-Nachhilfelehrer suchen.

Alle Mädchen quasselten ununterbrochen von ihren Freunden, von der Pille und Beziehungskisten. Es war einfach zum Auswachsen!

Sogar Renate hatte sich mit einem Drummer aus Atlanta eingelassen, der hier in der Army gewesen war. Mit diesem Steve hatte sie eine dramatische Heiß-Kalt-Beziehung, von der ich mir jede Einzelheit anhören musste. Ich verstand sie nicht. Jungs waren für mich wieder an die Peripherie gerückt und störten eigentlich nur.

"Ich bin eben ein Spätzünder," wiegelte ich spottende Bemerkungen ab.

Für mich war es wichtig, fürs Abitur zu lernen und mich auf ein geordnetes Leben vorzubereiten. Ich wusste, daß ich Medizin studieren wollte, wenn ich es schaffte die Schule zu überleben. Ja, von jetzt ab würde ich auf derselben Schiene fahren, wie alle anderen auch: Schule beenden, studieren, arbeiten, heiraten, Kinder, Rentenversicherung. Ich wollte eine glückliche Familie, so wie die von Tante Molly. Na ja, vielleicht nicht mit ganz soviel Essen.

Es hatte sich herumgesprochen, daß ich zwei Monate in Amerika gewesen war und auf einmal interessierten sich die populären Kids an der Schule für mich. Rüdiger hatte wahrscheinlich etwas damit zu tun. Ich hatte mir den Ruf einer verwegenen Globetrotterin eingehandelt: unnahbar und nicht länger unsichtbar.

Ich genoss die Aufmerksamkeit für eine Weile, dann ging auch diese Phase zu Ende.

Ich konzentrierte mich hartnäckig auf die Schule, aber das mit derselben Schiene wie alle anderen, war irgendwann auch nicht mehr so attraktiv.

Ich konnte nicht anders. Ich musste einfach meinen eigenen Weg gehen. Dr. Albrechts Hypnotherapie war fast vergessen, und so waren Nusrat und Imran und mein vermeintliches Radschputenleben. Ich suchte mir einen Aushilfsjob und plante meine nächste Reise - nach London.

Dann mittendrin machte ich die Bekanntschaft von Altaf Khan.

VIERTES KAPITEL

Es hielten sich mehr und mehr Fremde in der Stadt auf, vor allem an der Universität und im Park. Man sah jede Menge junge Leute aus anderen Kulturen.

Es fiel mir nicht schwer, Freunde zu finden und es war schließlich das Zeitalter des Wassermanns: Love, Peace and Understanding.

Es war daher nichts Besonderes, jemanden wie Altaf Khan zu treffen. Ich hatte ihn schon öfter in der Menge gesehen und einmal hatte er sogar ein rothaariges Mädchen im Arm gehabt, das ihn anzuhimmeln schien.

Altaf Khan war schwer zu übersehen: groß und gutaussehend, mit einer mediterranen Ausstrahlung, glänzenden Augen, gewelltem Haar und sonnengebräunter Haut. Deshalb war ich erstaunt als er mir erzählte, daß er aus dem fernen Pakistan stammte.

Altaf war zwanzig und hatte ganz jung als Maschinist auf einem griechischen Schiff in Karatschi angeheuert. Jetzt arbeitete er für eine Karlsruher Firma, die Heizkessel herstellte. Er sprach mich vor einem Kaufhaus gegenüber der Hauptpost in leichtem Karlsruher Akzent an, was ich witzig fand, und die Unterhaltung floss mühelos dahin.

"Wozu brauchst du denn einen Sieblöffel?" fragte ich ihn nach einer kurzen Vorstellung.

Er trug den neu erstandenen Löffel wie ein Mikrofon vor sich her. "Oh, den brauch' ich, um die Pakoras aus dem heißen Öl 'rauszufische."

"Was sind denn Pakoras?"

"Ach, die sinn so aus Blumekohl und anderem Gemüse

gemacht, mit Curryteig außenrum."

"Du kochst? Das ist ja interessant. Ich koche auch manchmal mit meinen Freunden aus der Schule," sagte ich. "Wir treffen uns bei mir zu Hause, weil wir so eine große Küche haben. Ich teile mir die Wohnung mit zwei Studenten. Wir haben letztes mal Pfannkuchen mit Salat gemacht. Im Moment mag' ich aber kein Fleisch. Außerdem ist es teuer."

"Pfannkuchen? Ich teil' mir auch eine Wohnung in der Südstadt mit zwei anderen Pakistanis. Wir kochen oft und machen Pfannkuchen, die Tschapattis heißen. So wie Brot. Ich kann dir mal zeigen wie's geht."

"Ja vielleicht. Ich hab' viel zu tun." Ich musste an das rothaarige Mädchen denken, das an Altafs Arm gehangen hatte.

"Aber du triffst dich doch auch mit deinen Freunden von der Schule zum Kochen."

Altaf klemmte den langen Löffel unter den Arm und rieb seine klammen Hände zusammen. Der Tag war grau und kalt und die Fußgänger verteilten feuchten, grauen Schneematsch auf dem Gehweg um uns herum.

"Na ja, wir studieren hinterher immer noch. Wir machen nächstes Jahr Abitur,"sagte ich stolz.

"Studierst du gerne?"

"Das kann man nicht gerade sagen, aber ich hab' keine andere Wahl."

Meine Straßenbahn war verspätet und wir sprachen über dies und das, bis sein höflicher Freund Latif kam, um ihn abzuholen. Latif sah genauso aus, wie ich mir einen Pakistani vorstellte. Dunkel, mit glatten schwarzen Haaren. *Wieso steckst du Menschen in solche Kategorien?* Schalt ich mich. Dann kreischte auch schon die Straßenbahn Nummer 3 um die Ecke.

Es vergingen mehrere Monate, bis ich Altaf zufällig wiedertraf. Bei einer Fakultätsparty an der Uni, zu der mich Evelyns neuer Freund eingeladen hatte. Dort stellte mir Altaf zwei Ingenieursstudenten aus Nigeria und Afghanistan vor. Eddie Adeyemu aus Nigeria war kurz davor seine Freundin Dagmar zu heiraten.

"Wir haben eine sechs Monate alte Tochter. Sie heißt Yemissi. Ich will die beiden zu meiner Familie nach Lagos mit nehmen, damit meine Familie sie kennenlernt. Dagmar will das aber nicht. Sie sagt, vielleicht benehme ich mich anders, wenn ich nicht in Deutschland bin. Sie vertraut mir nicht."

Eddie hatte schweren Herzens aufgegeben, sie zu überzeugen und seine Familie in Lagos musste sich mit Fotos begnügen.

Der andere Student hieß Atesch und kam aus Kabul. Er war der einzige Sohn seiner wohlhabenden, gebildeten Eltern. Seine Schwester Afshan studierte Medizin in Frankfurt. Seine Mutter lebte da und sie war die Anwältin für Menschenrechte.

"Mein Vater ist noch immer in Kabul," klagte Atesch. "Aber wir möchten, daß er auch nach Deutschland kommt. Wir haben ein Exportgeschäft in Kabul, aber seit die Russen in Afghanistan eingefallen sind, ist es sehr schwer dort zu leben. Der Widerstand ist stark und es sind meist sehr traditionelle Männer vor allem aus dem Hindukusch, die kämpfen. Sie sind noch zusammen mit der afghanischen Armee, aber wer weiß was passiert, wenn der mal Krieg gewonnen ist."

"Ist Afghanistan nahe bei Pakistan?" wollte ich wissen.

"Aber ja, wir haben eine gemeinsame Grenze im Osten und viele Paschtunen sind schon vor den Russen nach Pakistan geflüchtet," meinte Atesh und Altaf nickte.

"Aha." Ich wusste weder wer die Paschtune waren, noch wo der Hindukusch war, aber Afghanistan tat mir leid. Später erfuhr ich, daß Ateschs Vater bei einem Bombenangriff auf Kabul ums Leben gekommen war.

Ich sah Altaf zwar noch ein paarmal in der Stadt mit Atesch, aber es wurde wieder Winter, als Altaf mir seine Telefonnummer auf die Hand schrieb. Ich rief ihn nie an. Ich mochte ihn, es war mir aber wichtiger herauszufinden, was ich eigentlich im Leben wollte. Und auf eine Beziehungskiste wollte ich mich noch immer nicht einlassen.

Beim nächsten Mal tauchte Altaf neben mir auf, als ich mein Fahrrad gemächlich durch die Fußgängerzone schob.

"Oh, Hallo Altaf. Ich hab's eilig heute," sagte ich und machte einen Fluchtplan. "Muss gleich zum Sportunterricht in die Schule zurück und will noch schnell was besorgen."

Er lächelte charmant. "Oh, du wirst doch sicher fünf Minuten für nen alten Freund haben. Du wolltest mich doch anrufen."

"Ja, leider habe ich mir die Hände gewaschen damals," meinte ich schnippisch. Altaf schien den Unterton nicht zu bemerken. Warum konnte er nicht einfach gehen? Ich brauchte noch ein neues Buch und Wolle für einen Schal. Wie sollte ich mich auf Wollfarben konzentrieren, wenn er mir auf der Pelle hing?

Er trottete mir erst in den Buchladen und dann ins Wollgeschäft hinterher, während er mir seine Geschichte erzählte. Er hatte so etwas Unschuldiges und Freundliches an sich, daß ich ihn einfach erzählen ließ .

Und dann begann ich zuzuhören.

Altaf kam aus dem Fünfstromland im nördlichen Pakistan, dem Pandschab. Ich hatte noch nie was davon gehört. Er war vor seinem sechzehnten Geburtstag aus dem Land geflüchtet, als er in die Armee eingezogen werden sollte.

"Mit fünfzehn? Ist das nicht zu jung für die Armee? Du erzählst mir doch was vom Pferd, oder?!"

"Nein, ernsthaft! So war das damals nach dem Putsch."

"Ok..."

Einer seiner Onkel hatte einen gefälschten Pass mit einem anderen Geburtsdatum besorgt, der sein Alter als achtzehn ausgab. Dann hatte er auf einem griechischen Frachter angeheuert. Der etwas grobschlächtige, aber gutmütige Kapitän und seine Frau hatten ihn unter ihre Fittiche genommen und zum Maschinisten ausgebildet. Er war schon viele Male in Afrika und Südamerika gewesen.

Auf einmal fand ich Altaf interessant. Hier war jemand, der die Welt gesehen hatte! Um einiges mehr als ich.

Während der nächsten Monate hatten wir eine kleine Romanze, die nie richtig aufblühte. Mir war das recht so. Ich nahm es wie es kam und studierte weiter auf mein Abitur.

Altaf schien die Sache ernster zu nehmen. Vielleicht wurde seine Leidenschaft für mich durch mein Nichtreagieren nur noch angefacht. Ich war recht unerfahren und vermutete nichts dergleichen. Es war aber bemerkenswert, wie oft wir uns zufällig in der Stadt trafen.

Wenn Renate nicht dabei war, gingen wir in die Pizzeria oder eine Eiskrem essen oder wir unterhielten uns nur einfach während ich mir Schaufensterauslagen in der Kaiserstraße ansah. Nach einer Weile war ich davon überzeugt, daß ich noch einen Bruder dazugewonnen hatte. Manfred und Ingmar zählten auch dazu.

Wir wurden beste Freunde. Mit Ausnahme meiner Busenfreundin Renate natürlich; sie war mir immer noch wichtiger. Ihr Schlagzeuger-Boyfriend Steve spielte mit seiner Band 'Hotstix' am Wochenende im Jugendzentrum und ich ging mit Altaf zur Vorstellung.

"Da drüben, siehst du? Der mit der roten Jacke, das ist Steve," klärte ich ihn auf, als wir uns vor der Bühne aufstellten.

"Der Schwarze in der roten Jacke?" fragte er nach.

"Ja."

"Sie hat einen schwarzen Freund?"

"Wieso denn nicht? Ich bin sicher er meint es ernst. Renate hat mir erzählt, daß sie heiraten wollten, sobald sie mit der Schule fertig ist. Zumindest ist das der generelle Plan."

"One, two, three, four…" dröhnte es durch die Lautsprecher und die Band begann zu spielen.

Ja, Renate hatte vor zu heiraten, obwohl es zwischen ihr und Steve öfters übel funkte. In der Zwischenzeit verdiente sie sich Geld als Bedienung in einer Kneipe, weil sie von den Unterhaltszahlungen ihres Vaters unabhängig sein wollte.

Ich jobbte jetzt auch manchmal in einem Buchladen, wenn gerade Bedarf bestand. Vor den Osterferien beschlossen Renate und ich spontan zu verreisen. Nach London. Wir nahmen den Zug bis Calais, dann die Fähre nach Hull und während der Überfahrt wurde mir hundeelend.

Wir kamen abends an. Natürlich hatten wir das Ganze nicht richtig geplant und keine Unterkunft gebucht. Alles was wir hatten, war die Adresse eines Jugendhotels in Kensington.

Das Jugendhotel stellte sich als eindrucksvolle Stadtvilla heraus und weil es so eine Art Geheimtipp war, bekamen wir gleich ein Doppelzimmer.

Es war einfach großartig. Wir schlossen uns anderen Jugendlichen an und tourten durch London. Madame Tussauds Wax Museum, die Tower Bridge und Windsor Castle. Wir konnten uns nicht viel mehr als 'Fish and Chips' zum Abendessen leisten, aber das tat der Reise keinen Abbruch.

Wir kamen beschwingt zurück. Altaf machte mir Vorwürfe. "Ich hätte dir mehr zeigen können, wenn wir zusammen gefahren wären. Ich hab' Familie in London und in Newcastle."

"Ja, aber diesmal wollte ich halt mit Renate was unternehmen."

"Es ist nicht ungefährlich, wenn zwei Frauen allein verreisen…" meinte er.

"Wieso? Macht doch heutzutage jeder. Wir hatten keine Probleme."

"Aber es gibt genug Männer, die nur auf sowas warten."

"Ach was, wir können schließlich Selbstverteidigung und das ist hier doch nicht Saudi-Arabien oder so."

"Ja sicher, Europa ist da anders."

"Eben." Damit war der Fall erledigt.

Wir hatten eine sehr ungewöhnlich Freundschaft, Altaf und ich. Fast so, als seien wir verwandt.

In der Wohngemeinschaft genoss ich weiterhin meine Freiheit. Hier konnte ich es mir aussuchen, ob ich meine Ruhe haben oder die Zeit mit Freunden verbringen wollte.

Davon hatte ich mittlerweile eine Menge. Meine

Freundeskreise waren sehr verschieden und ich traf mich mit ihnen meist getrennt. Sie sollten auch so langsam Altaf kennenlernen.

Doris und Renate mochten sich nicht sehr (außerdem wäre Doris auf Altaf eifersüchtig gewesen) und Angie und Tarek waren zu sensibel für Renates Widerborstigkeit. Das wurde mir zu kompliziert. Deshalb stellte ich Altaf erstmal nur Renate und Steve vor.

Es ging überraschend gut und Altaf gewöhnte sich schnell daran, daß Steve schwarz und Amerikaner war.

Ich besuchte Altaf manchmal in seiner Wohngemeinschaft. Er teilte sich eine Wohnung mit anderen jungen Pakistanis.

Es war eine vollkommen andere Art von WG. Latif hatte ich schon kennengelernt und da waren noch Sahir und George. George hatte in England gelebt und wir unterhielten uns über London, bis uns der Gesprächsstoff ausging. Sie kochten oft zusammen und luden Freunde zum Essen ein.

Von den scharfen Gewürzen bekam ich zuerst einmal Schluckauf. Es dauerte eine Weile bis ich mich an die Unmengen von Chili und Garam Masala gewöhnt hatte. Die Jungs brachten mir auch bei, wie man Fladenbrot zubereitete. Dazu musste man den Teig in kleine Bälle formen und flachklopfen. Genau wie bei Pizzas.

"Das machst du gut," lobte mich Altaf. "Jetzt leg' das in die Pfanne."

Das Fladenbrot, das sie Tschapatti nannten, buk man in einer flachen Eisenpfanne. Dann wurde es über eine Gasflamme gehalten, bis es sich ordnungsgemäß zu einem kleinen Ballon aufblies.

"Ich zeige dir jetzt, wie man Saalen macht. Wir brauchen ja nicht so viel Chilipulver 'reintun. Dann kannst du mitessen."

Saalen, den scharfen, öligen Eintopf aus Kartoffeln und Rindfleisch, mochte ich nicht besonders. Pakoras, in

Curryteig ausgebackene Gemüsestücke, schmeckten mir dafür besser als Pommes.

"Wo bekommst du eigentlich die ganzen Zutaten her?" wollte ich wissen. "Im Supermarkt habe ich noch nie Garam Masala gesehen."

"Hinter dem Rotlichtviertel gibt's 'ne Menge türkische Geschäfte. Die haben meistens was wir brauchen. Atchar gibt's da auch. Schau', ich habe hier im Regal Atchar aus Mangos und eins aus Zitronen." Atchar hatte in Pakistan den gleichen Status wie Tomaten-Ketchup im Westen.

Trotz Altafs Bedenken, verreiste ich gern allein. Wenn es ging, so billig wie möglich. Es war mir egal, daß ich kein Geld hatte, ich wollte die Welt sehen!

Im Sommer ging es wieder nach London, wo ich mich auf einem internationalen Campingplatz für junge Leute mit Bekannten aus Marokko traf. Wir hatten uns Ostern im Jugendhotel in Kensington kennengelernt.

Zohra war eine dunkelhäutige Schönheit mit langen schwarzen Haaren. Ihre Cousins Hassan und Mohammed sahen dagegen eher wie Südeuropäer aus.

Zohra erklärte mir, daß sie zum Stamm der Berber gehörten, und daß man oft ein ganzes Spektrum an Hautfarben bei einer einzigen Familie antraf. Warum das so war, wusste sie nicht.

Mit ihnen konnte ich mein Französisch üben, während wir vor ihrem massiven Caravan saßen und Pfefferminztee tranken. Es kamen auch andere Touristen vorbei, um an der Teezeremonie teilzunehmen: Tunesier, Iren und Franzosen.

Die beiden Jungs behielten die anmutige Zohra fest im Auge, da sie einiges Aufsehen erregte. Überhaupt durften marokkanische Frauen nicht ohne männliche Begleitung verreisen, geschweige denn allein ausgehen. Die drei hatten Ferienjobs in einer Fabrik in East Acton, um sich den Urlaub leisten zu können. So zog ich eben allein los.

"Es wäre besser, wenn wir öfter was unternehmen könnten, beklagte ich mich bei Zohra nach einem Ausflug in die Stadt. "Während der Woche ist es langweilig ohne euch."

"Wir machen doch immer was am Wochenende und in den letzten zwei Wochen der Ferien arbeiten wir nicht mehr."

Dann hatte Zohra eine zündende Idee. "Isabell, warum arbeitest du nicht auch in der Fabrik? Die Arbeit ist nicht schwierig und du kannst dir Geld dazuverdienen. Pourquoi pas?" Ich dachte nach.

"Ja, warum eigentlich nicht. Für eine Woche oder so kann ich das ja mal versuchen. Was muss man denn da machen?"

"Ach weißt du, das kommt darauf an, wo du eingeteilt wirst. Ich arbeite mit den Waschmaschinen im ersten Stock."

"Waschmaschinen?"

"Ja, es ist nicht kompliziert. Vielleicht können wir in der gleichen Schicht arbeiten." Ihre Augen glänzten.

"Na gut, überredet," sagte ich.

"Bien, d'accord. Montag früh nehmen wir gemeinsam den Bus nach East Acton. Die Fabrik ist nahe bei der Station."

Die 'Fabrik' war eine riesige Reinigung, wo Hotels und Restaurants in der Umgebung ihre schmutzige Wäsche waschen ließen.

Ich musste Stoffservietten nach Farben und Fleckenarten sortieren. Keine sehr anspruchsvolle Arbeit, für die ich 4,70 £ die Stunde bekam. Ein Haufen Geld für die Inderinnen mit denen ich arbeitete. Die älteren Damen waren angetan von mir und hatte eine Menge unverheirateter Neffen.

"Hey, pretty girl!" rief Aischa während der Kaffeepause. Sie war eine stattliche Matrone und Anführerin der Brigade. "Du musst mir dein Foto geben. Mein Neffe wird dich mögen. Er sucht eine Frau. Der ist Ingenieur und verdient gut. Wie alt bist du, Isabell?"

"Ich bin achtzehn, Aischa," sagte ich verlegen.

"Ah, achtzehn. Schon etwas alt, aber ich bin sicher er wird sich in dein Bild verlieben." Sie lachte gackernd und die anderen stimmten ein.

"Ich will aber nicht, daß sich dein Neffe in mich verliebt. Ich will doch nicht heiraten," protestierte ich jetzt.

Aischa lächelte nur und wackelte mit dem Kopf hin und her.

Zunächst hielt ich das alles für einen Scherz und gab ihr ein altes Passfoto von mir. Bevor ich wusste wie mir geschah, wurde ich nach Southall zu einem Alu Gobi Abendessen eingeladen, wo man mich anderen älteren Damen vorstellte.

Glücklicherweise war besagter Neffe Aischas zur Zeit in Indien, aber angeblich waren andere Neffen auch interessiert. Das ging zu weit und ich lehnte weitere Einladungen höflich ab. Zohra und ich saßen während der Mittagspause oft zusammen, was den Umgang mit den Matronen weiter einschränkte.

Abdul, ein Marokkaner, der auf dem Campingplatz wohnte und nicht mit Zohra verwandt war, erklärte sich irgendwann zu meinem Beschützer. Das ließ das rege Interesse an meiner Person ganz abflauen und ich erhielt mein Foto wieder.

Ich arbeitete zehn Tage in der Reinigung, dann begann ich mich zu langweilen und kündigte. Es machte mir mehr Spaß, in Hyde Park die Redner auf ihren Seifenkisten zu beobachten, wie sie gegen die Regierung wetterten und in Southall oder Nottinghill zu bummeln.

Als ich ein paar Wochen später nach Karlsruhe zurückkehrte, kam auch schon der erste Brief von Zohra an. Sie lud mich ein, im nächsten Jahr nach Marokko zu kommen. *Keine schlechte Idee,* dachte ich und sagte vorläufig zu.

Ich erzählte Altaf, wie gut es mir London gefallen hatte und er bat mich sofort, mit ihm zu Weihnachten nach Athen zu fahren.

"Die Bahnfahrt dauert etwa 24 Stunden, aber im Winter ist es schön warm in Griechenland," lockte er mich. "Deutschland ist so schrecklich kalt im Winter. Meine griechischen 'Eltern', der alte Kapitän Costa und seine Frau Elephteria leben in Athen. Unten, am Hafen von Piräus. Ich möchte sie so gern mal wieder besuchen."

Athen! Es war schon lange mein Traum gewesen, Griechenland zu sehen. Das Land von Sokrates und so ziemlich allen großen Wissenschaftlern der Antike. Mehr von der Welt sehen und größere Kreise ziehen fand ich unwiderstehlich. Da brauchte ich nicht lange überlegen und sagte zu.

Zohra und ich hatten uns in Southall zum Spaß Seidensaris gekauft und ich begann meinen Sari ab und zu in der Schule zu tragen. Das brachte mir einige schräge Blicke ein. Egal. Ich mochte meinen Sari und ans 'Anderssein' hatte ich mich schon lange gewöhnt.

Das ging gut bis es im Winter zu kalt dafür wurde. An einem verfrorenen Morgen im Dezember ging ich in meinem wärmsten afghanischen Kleid, Stiefeln und Lammfell-jacke zur Schule und bereitete mich innerlich erneut auf einen langweiligen Tag vor. Vielleicht konnte ich ja Doris dazu überreden, sich während der Freistunden mit mir auf eine heiße Schokolade im 'Krokodil' zu treffen.

In jeder Ecke standen Schüler mit Transistorradios herum und schauten drein als würde die Welt untergehen. Ich stapfte die breite Treppe zu zweiten Stock hinauf.

Vielleicht sollte ich wieder nach Hause gehen und mich noch eine Stunde schlafen legen.

"Warum sieht hier eigentlich jeder so deprimiert aus?" fragte ich Doris, die schon vor dem Physikraum wartete.

"Du weißt noch nicht was passiert ist? Hörst du denn morgens kein Radio?" Sie sah mich fassungslos an, als wir uns mit der Masse in den Raum drängten. Dr. Mohlmann war noch nicht da.

"Was soll ich denn gehört haben?"

"Es ist überall in den Nachrichten!"

Wir setzten uns auf unsere üblichen Plätze. Jemand hatte ein Radio mitgebracht und ein paar Schüler bildeten einen Halbkreis darum. Ich sah unbehaglich zu ihnen hinüber.

"Na gut, ich bin eben ein Hinterwäldler, aber was ist denn

los? Spuck's schon aus! Ist jemand gestorben?" Doris sah zur Seite.

"Oh nein, wer ist gestorben? Dr. Mohlmann?" stöhnte ich.

"Ach Quatsch! John Lennon ist in New York erschossen worden."

"Was?" rief ich entgeistert. "Das ist doch unmöglich. Das ist doch nur ein blöder Witz, oder?"

Sollte ich in Gelächter auszubrechen? John Lennon war unsterblich wie alle Beatles. Er war mein Idol. Er konnte nicht tot sein.

"Bist du verrückt mir so 'n Schrecken einzujagen?" Ich wollte Doris schon einen Klaps auf den Arm geben, als ich einen Nachrichtenfetzen aus dem Radio aufschnappte:

'...*Die New Yorker Polizeibehörde hat bestätigt, daß John Lennon, Gründungsmitglied der Popgruppe 'The Beatles' auf der Straße vor seinem Apartmentgebäude letzte Nacht erschossen wurde. Es ist unklar, ob der Schütze...*"

Ich saß wir betäubt da, konnte es nicht glauben. Das musste ein Fehler sein. Solche Sachen passierten doch nicht!

"Jetzt werde ich nie die Mutter seiner Kinder werden!" rief die dämliche Melanie. "Ich will sterben. Oh John, nimm' mich mit dir!"

"Ach, halt' die Klappe!" sagte Rüdiger verärgert. "Sie haben gerade gesagt, daß der Mörder gefangengenommen wurde und wahrscheinlich verrückt ist. Jetzt habe ich seinen Namen nicht verstanden."

"Der muss schon verrückt sein, um John Lennon zu erschießen," meinte Tarek verachtungsvoll.

"John Lennon ist letzte Nacht von einem Irren erschossen worden?" plapperte ich kindlich nach.

"Ja doch."

"Ganz sicher?" fragte ich schwach. Mir wurde ganz flau im Magen. "Vielleicht ist er ja nur verletzt." Gut, daß ich schon auf meinem Stuhl saß.

"Das haben sie doch gerade in den Nachrichten gebracht!"

"Guten Morgen!" Dr. Mohlmanns Stimme schnitt durch die betretene Atmosphäre und alle begannen übereinander zu krabbeln, um auf ihre Sitze zu kommen.

"Genug mit dem Geschwätz. Rüdiger, wisch' das scheußliche Gekritzel von der Tafel. Machen Sie sofort das Ding aus!"

Ein paar Takte von 'Yellow Submarine', die durch den Physikraum drifteten erstarben augenblicklich.

Ich war am Boden zerstört. Ich befand mich mal wieder in Trauer. Noch dazu im Winter.

Es war grau und hatte angefangen zu schneien. Passend. Konnte der Tag noch trüber werden? Zum Glück durfte ich mich auf zwei Wochen Griechenland freuen. Eine willkommene Ablenkung. Im Nu waren die Weihnachtsferien da.

*

Der Zug verließ den Karlsruher Bahnhof bei eisiger Kälte und wir kamen einen ganzen Tag später im Sonnendurchwärmten Athen an.

Ich war hundemüde. Wir hatten vergessen, genügend Verpflegung mitzubringen und auf den ausgezogenen Sitzen zu schlafen, war eine Qual gewesen. Jetzt stand ich auf griechischem Boden. Athen war staunenswert, mit seinen altertümlichen Straßenzügen und dem brummenden Verkehr.

Die Sprache war anders, die Gerüche, die Gebäude, das Essen. Alles war aufregend! Altaf manövrierte uns gekonnt durch das Gewimmel und fragte in fließenden Griechisch nach dem Busbahnhof.

Der Bus hielt direkt vor dem Haus in Piräus. Kapitän Costa und seine Frau Sie waren bodenständige Leute, auch wenn sie ein seltsames Paar abgaben.

Der Kapitän war um die fünfzig, hatte eine Glatze, eine ansehnlichen Wampe und man konnte sein dröhnendes Lachen bis auf die Straße hinunter hören. Elephteria war dagegen ein nervöses, dünnes Stöckchen von einer Frau, noch obendrein mit wasserstoff-blonden Haaren und

102

schriller Stimme.

Costa ertrug gutmütig die Launenhaftigkeit seiner Frau, während sie ihm sein grobes Seemannsgehabe und Gefluche nachsah. Eine gute Ehe also.

"Efprosdektos, kalosorisma! Pretty girl, elkystiki, eycharisti stim emfamisi!" Die Worte sprudelten nur so aus ihr heraus, als Altaf mich vorstellte. Er musste übersetzen.

"Sie heißt uns willkommen und denkt, daß du sehr nett bist."

"Oh, danke. Vielen Dank. Eycharisto parapoli!" antwortete ich.

Altaf hatte mir während der Reise notdürftiges Griechisch beigebracht, was ich jetzt gut gebrauchen konnte.

Allerdings gab dies Elephteria wohl den Eindruck, daß ich sie perfekt verstehen konnte. Sie schnatterte munter drauflos, bis sie merkte, wie verständnislos ich sie anstarrte.

"Parakalo, parakalo, koritsi." Dann dreht sie sich nach ihrem Mann um und zeigte auf unser Gepäck. "Ela, to etero mou imisy!"

"Sie hat ein Zimmer für uns vorbereitet," erklärte mir Altaf. "Komm, es ist hier drüben. Kapitän Costa nimmt unser Gepäck." In dem Zimmer stand ein großes Bett.

Ein einzelnes Bett! Ich war entgeistert. "Aber Altaf, wir können doch nicht im selben Bett schlafen. Sag' ihr das bitte."

"Das kann ich ihr nicht sagen."

"Warum denn nicht?"

"Sie wird einen Wutanfall kriegen, weil sie denkt wir seien verlobt."

"Warum denkt sie das wohl? Ich bin ja noch nicht mal deine Freundin," sagte ich ungehalten. Elephteria sah verstört auf. War das Bett nicht gut genug? Brauchte ich irgendwas?

Altaf zuckte nur mit den Schultern und schenkte ihr ein charmantes Lächeln. Mir blieb nichts anderes übrig, als mich brav zu bedanken.

Natürlich dachten die beiden, daß Altaf und ich ein Paar waren! Er hatte ihnen das erzählt. Ich wollte nicht den ganzen Griechenlandurlaub ärgerlich verbringen, aber ich schlief immer auf der äußersten Kante des Doppelbettes.

Elephteria machte ein großes Gehabe um die deutsche Verlobte von Altaf und hatte die Absicht mich einer Schar von Verwandten vorzustellen. Aus irgendeinem Grund kam es aber nie dazu, da wir ständig unterwegs waren. Ich wollte so viel wie möglich von der Stadt und dem Land sehen.

Altaf schlug vor, daß wir die Fähre nach Salamina nehmen sollten. Salamina war eine der nahegelegenen kleinen Inseln, die er von früher her kannte.

Wir hatten vor, dort zu übernachten und am nächsten Tag wieder die Fähre nach Piräus zu nehmen. Leider wurde mir auf der schaukeligen Überfahrt dermaßen übel, daß nichts daraus wurde. Altaf erzählte mir später die nicht sehr schmeichelhaften Einzelheiten, wie mein Gesicht plötzlich grün wurde und ich begann die Fische zu füttern.

Ein junger Bursche grinste höhnisch zu mir herüber und ich kotzte in die andere Richtung weiter. Ich setzte mich zitternd auf die grobe Holzbank.

"Altaf, mir ist so schlecht. Was sollen wir nur machen?"

"Das wird gleich besser werden, wenn wir an Land sind."

Es wurde aber nicht besser. Ich stieg aus dem Boot und kotzte gleich auf dem steinigen Strand weiter.

"Komm' Isabell setz' dich da auf den Stein." Altaf gab mir einen Schluck aus der Colaflasche, die wir am Hafen gekauft hatten.

"Oh, mir wird schon wieder schlecht," jammerte ich.

"Wir sollten uns auf den Weg zum Dorf machen. Es dauert nicht lange, dann wird es dunkel."

Kein Mensch in Sicht. Niemand den man nach dem Weg zu einer Pension hätte fragen können. Uns blieb nichts anderes übrig als zum Anlegesteg zurückzukehren und die letzte Fähre nach Piräus zu nehmen. Die allerletzte.

Mein Magen beruhigte sich erst wieder mithilfe eines Gläschen Ouzos in einer Hafenspelunke, bevor wir die Straße zu Kapitän Costas Wohnung hinaufstiegen.

Am nächsten Morgen war ich wieder putzmunter und

Kapitän Costa lachte so sehr, als er von meinem Missgeschick erfuhr, daß ihm die Tränen herunterliefen. Elefteria gab mir heißen, starken Kaffee zu trinken und belehrte mich in rapidem Griechisch.

Wir besuchten die Akropolis und das alte Viertel um den Tempelhügel herum. Die ganze Zeit hatte ich das Empfinden von Déja-vu, das ich mir nicht erklären konnte. So als sei ich schon mal hier gewesen.

Wir besuchten auch Altafs Freund Adil, der in einem Dorf mit einem langen, unaussprechlichem Namen in der Nähe Athens wohnte. Altaf schien überall Leute zu kennen. Ein ansehnliches Netzwerk.

Adil teilte sich ein bescheidenes Häuschen mit anderen Pakistanis. Das 'Badezimmer' bestand aus einem angebauten Schuppen mit einer Handpumpe. Meine erste Erfahrung wie man ohne fließendes Wasser auskam.

Das Weihnachtsfest verbrachten wir in Piräus mit einer lebhaften Menge draußen auf der zentralen Piazza. Es gab Calamari, Lamm am Spieß und ein riesiges Feuerwerk um Mitternacht. Unsere beiden Gastgeber waren sehr lustig und sehr betrunken.

Am Neujahrsmorgen erwartete mich dann eine Überraschung ganz besonderer Art. Elephteria stellte einen Kochtopf mit Kräutersuppe vor mich hin. In der Suppe schwamm ein halbierter Schafschädel. Sie reichte mir einen Löffel und forderte mich mit lebhaften Gesten dazu auf das Schafgehirn zu essen. Das rosa Gehirn, das von dunklen Äderchen durchzogen war.

"Troo to peridromo, koritsi," sagte sie ermunternd.

Ich ließ fast den Löffel fallen und lehnte das rosa Gehirn so höflich wie möglich ab. Mein Magen weigerte sich ganz einfach. Auf die heftige Reaktion meiner Gastgeberin war ich allerdings nicht vorbereitet.

Elephteria weinte vor Enttäuschung und rief aufgeregt: "Ti krima! Ich habe mein Bestes getan. O Theos to xeri. Gott ist mein Zeuge, aber es ist nicht gut genug. Ich bin eine schreckliche Köchin. De ime kalli mayirissa!"

Was sollte man da tun?

"Nein, nein, Elephteria, du bist eine fantastische Köchin. Ich kann nur nicht, ich meine ich habe noch nie…" Der gespaltene Schafskopf grinste mich an. "Ich bin nur nicht hungrig," verbesserte ich mich.

Altaf kam mir nicht zur Hilfe. Er und Kapitän Costa hatten alle Hände voll zu tun, die beleidigte Hausfrau zu beruhigen, die jetzt auf dem Boden saß und mit den Armen hysterisch in der Luft fuchtelte.

"Unser Essen ist nicht gut genug für sie," klagte sie immer wieder. "De ime kalli mayirissa!"

Als sie sich einigermaßen beruhigt hatte, hielt sie den silbernen Löffel ihrem Mann hin. "Hier mein Mann, du musst den ersten Löffel essen. To etero mou imisy. Und hier, einen Löffel für meinen kleinen Altaf. Esst, esst euch satt!"

Kapitän Costa hielt es danach für das Beste, daß wir bis zu unserer Heimfahrt in eine kleine Pension zogen. Die Aufregung war zu viel für seine Frau. Ich fühlte mich schuldig, aber es gab nichts, was man tun konnte.

Obwohl die Reise in einem enttäuschenden Tiefpunkt endete, sehnte ich mich im Zug wieder nach der warmen Sonne Griechenlands und der Nähe des Meeres.

Von Belgrad an ging es mit dem Wetter bergab. Es schneite ununterbrochen und man konnte nicht mal mehr was von der vorbeihuschenden Landschaft erkennen.

Der kalte deutsche Winter, den wir zurückgelassen hatten, hatte sich im Januar zu einem höllischen Nordpol-Winter ausgewachsen. In Karlsruhe wurden wir von Eis und dichtem Schnee begrüßt.

Das Taxi kroch durch die außerirdisch anmutenden Straßen und lud uns vor Altafs Wohnung in der Südstadt ab. Dann bekam ich sofort Grippe.

Noch nie hatte ich so etwas erlebt. Ich konnte mich weder bewegen noch sprechen, die Kopfschmerzen waren unerträglich und ich zitterte trotz der vielen Decken. An essen war nicht zu denken.

Altaf tat für mich was er konnte und gab mir Tee zu trinken. Die Straßen waren unpassierbar, selbst ein Notarzt wäre wohl nicht gekommen. Als sich das Wetter lichtete, musste er wieder arbeiten und ich lag allein auf seiner Couch und bemühte mich, gesund zu werden. Als ich mich wieder aufrecht halten konnte, rief ich meine Mutter an.

"Wo bist du gewesen?" ratterte sie los. "Treibst dich mal wieder in der Weltgeschichte herum. Du vergisst alles andere. Deine Familie, deine Schule… Der Herr Schulrektor rief mich an und drohte, daß er dich durchfallen lassen wird, wenn du nicht sofort in die Schule zurückkommst. Jetzt schwänzt du auch noch die Schule…" Mein Kopf tat weh.

"Das stimmt doch so gar nicht," krächzte ich, als ich endlich zu Wort kam. "Ich bin schon seit Tagen in Karlsruhe und war furchtbar krank. Ich habe Grippe. Wahrscheinlich der Klimaunterschied. Ich lag die ganze Zeit im Bett und konnte nicht aufstehen. Ich konnte noch nicht mal ans Telefon gehen, bis jetzt. Hust, hust."

"Ach wirklich? Du konntest nicht aufstehen und deine Mutter anrufen? Oder dich bei deiner Schule melden? Wo bist du überhaupt? Paula war bei deinem Zimmer und du warst nicht da. Warum konnte dein feiner neuer Freund mich nicht anrufen?"

Zum Glück hatte ich eine Kopfschmerztablette genommen.

"Er hatte deine Nummer nicht. Ich war zu krank, um mit ihm zu sprechen."

"Du hast wohl eine Antwort für alles, oder?"

"Das ist die reine Wahrheit. Hust. Ruf' doch bitte die Schule an. Ich nehme später ein Taxi nach Hause."

"Warum gehst du nicht zum Arzt? Du machst immer was du willst. Wo soll das noch hinführen?"

"Ich fühl' mich zu krank, um zum Arzt zu gehen."

Meine Mutter zeterte noch ein wenig weiter, dann gewann die Krankenschwester in ihr die Oberhand. "Na gut, lege dich ins Bett. Ich komme später vorbei, wenn der

Schnee nachlässt. Ich werde bei deiner Schule anrufen. Dieser Husten hört sich nicht gut an."

"Ach wirklich? Hust, hust. Dabei habe ich den Husten tagelang geübt."

Natürlich glaubte mir keiner die Geschichte von der plötzlichen Grippe. Wer hatte denn schon jemals von so etwas gehört? Ne nette kleine Erkältung vielleicht, aber eine schwere Grippe? Dafür war ich schließlich zu jung.

Im Hinblick auf die bevorstehenden Abiturprüfungen, sah Herr Mandel aber netterweise von einer Bestrafung ab. Wahrscheinlich hatte meine Mutter ein gutes Wort für mich eingelegt.

Sobald ich konnte, begann ich mich fieberhaft auf die schriftlichen Prüfungen vorzubereiten. Der Stammbaum des Pferdes, der Lebenslauf von Cézanne, alles musste auswendig gelernt werden. Als die Prüfungen zwei Wochen später begannen, war ich wieder gesund und alles lief wie am Schnürchen. Herr Mandel und Co würden schwer enttäuscht sein. Nach der Biologieklausur fragte mich Altaf, ob ich ihn zur Hochzeitsfeier seines Bruders nach Pakistan begleiten wolle.

"Faruk lebt seit Jahren in London und arbeitet in Slough in einer Schokoladenfabrik. Er hat endlich genug Geld zusammen-gespart, um seine Verlobte Nasra zu heiraten. Eine Liebesheirat. Sehr ungewöhnlich in unserer Familie, aber sie kennen sich schon lange."

"Werden sie sich nicht wundern, wieso ich mitkomme? Ich bin ja noch nicht mal deine Freundin."

"Faruk kennt sich mit den westlichen Gebräuchen aus. Er versteht das schon. Nasra ist in London zur Schule gegangen und sie werden nach der Hochzeit nach England ziehen."

"Na gut, aber du musst mir genau erzählen, was ich tun soll."

Erst Amerika, dann Griechenland und nun Pakistan. Ich wurde immer welterfahrener und hätte ein Buch übers Globe-trotten schreiben können! Nur, daß ich mir dieses exotische

Land nicht so richtig vorstellen konnte.

Ich überzeugte mich letztendlich selbst. Nach den Anstrengungen der letzten paar Wochen hatte ich eine Pause nötig, außerdem waren die mündlichen Prüfungen erst für Mai angesetzt. Man konnte ja schließlich nicht die ganze Zeit mit Lernen verbringen, oder?

"Du willst wohin verreisen - nach Pakistan? Wo ist eigentlich Pakistan, ist das nicht so ein mohammedanisches Land im Mittleren Osten? Willst du diesen Menschen etwa heiraten? Was werden bloß die Leute sagen?" Meine Mutter musste sich setzen.

"Mutti, er heißt Altaf. Wir sind nicht verlobt und ich werde für lange Zeit nicht heiraten. Vor allem nicht Altaf. Und ich will sowieso nicht heiraten. Ich bin einfach nur zur Hochzeit seines Bruders in Pakistan eingeladen. Das ist alles. Und ja, Pakistan ist ein islamisches Land, aber es liegt zwischen Afghanistan und Indien. Und was die Leute sagen ist mir eh schnuppe."

"Hast du nicht schon genug Ärger mit dem Schuleschwänzen im Januar gehabt?" Sie murmelte wieder vor sich hin, was die Leute wohl denken sollten.

Ich seufzte ergeben. "Ich habe die Schule nicht geschwänzt. Ich hatte G r i p p e ."

"Und du bist katholisch. Mohammedaner sind zu anders. Du gehst mir nicht in dieses Land. Schluss und aus!" Sie lenkte ab. "Hier nimm noch ein Stück von dem Russischen Zupfkuchen." Ich nahm ein Stück und sie sah besänftigt aus. Ein gutes Zeichen.

"Du weißt doch, daß ich nicht mehr katholisch bin. Was macht das denn überhaupt für einen Unterschied? Außerdem scheinen sie dort die Briten nicht besonders zu mögen und die Amerikaner auch nicht. Aber ich bin Deutsche, kein Problem also. Der Flug ist schon gebucht. Sonderpreis außerhalb der Saison und das Geld habe ich gespart. Ich gehe gleich nach meinem Geburtstag im März. Herr Mandel hat sogar schon seine Erlaubnis gegeben." Das stimmte tatsächlich.

Ich hatte dem leidgeprüften Schuldirektor erklärt, daß die Reise eine einmalige Gelegenheit war und mit meinem Studienwunsch zu tun hatte.

"Ach so ist das: du fragst deinen Herrn Schuldirektor um Erlaubnis, aber nicht deine Mutter? Wie nett. Das machen all diese gottlosen Einflüsse da draußen. Du solltest wieder nach Hause ziehen. Ein alleinstehendes junges Mädchen wie du…"

"Mutti, ich bin fast neunzehn. Warum sollte ich dich wegen irgendwas um Erlaubnis bitten?"

"Undank ist der Welten Lohn. Von meiner Seite hast du diesen Eigensinn nicht! Die Heydenreichs können sich einordnen. Du bist ganz wie deine Tante Bertha. Diese rebellischen Protestanten - immer alles anzweifeln!"

"Ich bin kein Protestant. Ich bin nichts mehr."

"Das auch noch: meine Tochter ist Atheist. Dein Großvater würde sich im Grab umdrehen."

"Über den reden wir besser nicht," seufzte ich.

Sie stutzte, aber nur einen Augenblick lang. "Der andere natürlich. Was werden bloß die Leute denken? Erst wirst du Atheist, dann gehst du in ein mohammedanisches Land. Ogottogott, mein eigen Fleisch und Blut."

"Du kannst den Leuten erzählen was dir gefällt. Das machst du doch sowieso immer. Frau Speidel wird von mir sicher nichts erfahren."

Meine Mutter spann irgendeine Story für die Leute: daß ich zur Vorbereitung der mündlichen Abiturprüfung einen Kurs in Bayern machte. Oder so ähnlich.

Dann kam's noch dicker: Herr Mandel änderte drei Wochen vor dem Abflugdatum seine Meinung. Ich wurde während der großen Pause ins Rektorat gerufen. Mein schriftlicher Antrag auf zwei Wochen verlängerte Ferien lag auf dem massiven Schreibtisch vor ihm.

"Fräulein Bertrand," grüßte er mich mit gestellter Höflichkeit. "Warum überrascht es mich nicht, daß wir uns wiedersehen? Welche Sorgen machen Sie mir heute wieder? Ach ja, Sie wollten nach P a k i s t a n reisen." Herr Mandel sprach das Wort übertrieben aus. Er machte sich über mich lustig.

"Aber Sie hatten doch zugestimmt, daß…"

Seine Augen folgten mir mit verstohlener Verachtung. "Sie scheinen ja eine ausgesprochene Vorliebe für ausländische Herren zu pflegen, Fräulein Bertrand." Am liebsten hätte ich ihm eine Ohrfeige gegeben, aber natürlich tat ich das nicht und versuchte mich so würdevoll wie möglich zu geben.

"Sie lügen mir etwas von einem Studiengang vor…" sagte er unterkühlt, "…zu dessen Vorbereitung sie diese Reise benötigen und…"

"Wie bitte? Wie kommen Sie denn auf so eine Idee?"

"Ich habe soeben ein Gespräch mit ihrer Mutter geführt. Sie hat mir die Wahrheit gesagt. Eine Hochzeit."

"Die Wahrheit? Ich weiß nicht was sie Ihnen erzählt hat, aber ich versichere Ihnen…"

"Sind Sie nicht schon genug verreist, sagen Sie? Und dann auch noch in ein mohammedanisches Land. Und ich darf Sie daran erinnern, daß Sie ungenehmigterweise Ihren Griechenlandaufenthalt verlängert hatten? Sollten Sie sich nicht lieber um ihr Abitur kümmern?"

Das war schon ein starkes Stück.

"Herr Mandel," begann ich, "… erstens bin ich volljährig, zweitens hatte ich nach der Griechenlandreise Grippe. Drittens ist Altaf nur ein Bekannter, der mich zur Hochzeit seines *Bruders* eingeladen hat…"

Gab's da noch ein viertens? "…und die Gelegenheit etwas über andere Kulturen zu lernen, gibt's nicht alle Tage. Ich habe meine Prüfungen mit Bravur bestanden und…" Herr Mandel unterbrach mich. Ruhig bleiben, ruhig bleiben…

"…Fräulein Bertrand, ich habe Ihnen schon mal gesagt, daß wir solch extravagantes Verhalten nicht tolerieren. Sie zeigen einfach nicht die nötige Vernunft und ich habe mich entschlossen die Genehmigung zu Ihrer Reise zurückzuziehen."

Ich stand langsam auf. Der Stuhl krächzte über den Parkettfußboden. "Gut, dann gehe ich eben ohne ihre Genehmigung."

"Das werden Sie nicht wagen!"

"Wollen wir wetten?" meinte ich und stand fest auf beiden Beinen. Die Ader an seiner Stirn pulsierte.

"Das letzte Wort in der Sache ist noch nicht...!"

Ich sah ihm kalt in das rote, gehässige Gesicht mit der pulsierenden Stirnader und schloss die Tür hinter mir. Es reichte mir. Niemand konnte mich zurückhalten.

Die Reisevorbereitungen verliefen allerdings nicht ohne Zwischenfall. Ich hatte dummerweise meinen Schlüssel bei Altaf vergessen und war auf halbem Wege wieder umgekehrt.

Altaf war ausgegangen, aber nach einigem Klingeln öffnete Latif die Tür. Er sah mich erschrocken an, fiel augenblicklich auf die Knie und bat mich um Vergebung.

"I'm so sorry, so sorry," bettelte er.

Ich stand wie angewurzelt da und starrte ihn an, wie er sich vor mir verbeugte und seine Ohrläppchen rieb. Ein Zeichen der Entschuldigung.

"Was ist los mit dir, Latif?" fuhr ich ihn an. "Spinnst du oder was? Ich hab' doch bloß meine Schlüssel vergessen."

Latif verbeugte sich weiter. Das Ganze wurde immer peinlicher. Aber ohne Schüssel konnte ich nicht wieder gehen. Was wohl passiert war? Ich ging an ihm vorbei ins Gemeinschaftszimmer.

"Ach du liebe Güte," entfuhr es mir.

In der Mitte des Raumes stand eine Magnumflasche mit Brandy. Drei Pakistanis saßen mit gefüllten Gläsern herum. Sie waren schon ziemlich angesäuselt. Latif stand hinter mir und entschuldigte sich immer noch. Die Männer starrten mich an, als ob sie von mir irgendwelche Perlen der Weisheit erwarteten oder vielleicht, daß ich züchtigte.

"Latif, das hier hat nichts mit mir zu tun. Ihr solltet euch aber was schämen," meinte ich irritiert.

"Ah, du bist aber wie eine Schwester für mich. Ja, ich schäme mich. Ich wollte nie Alkohol trinken. Aber der Teufel ist stärker als ich," jammerte er.

Die halbleere Flasche erzählte eine andere Geschichte.

"Hör' auf zu heulen! Das ist ja nicht zum Aushalten. Räum' die verdammte Flasche weg, oder noch besser, gieße sie aus. Dann kommst du nicht wieder in Versuchung das Zeug anzurühren." Ich entdeckte meine Schlüssel. "Ah, da sind ja. Ich gehe jetzt. Tschüss," sagte ich, war zur Tür hinaus und die Treppen hinunter geeilt.

"Ich dachte immer, Mohammedaner dürfen keinen Alkohol trinken," meinte Walter beim nächsten Cliquentreffen.

"Es wird oft heimlich gemacht," klärte uns Tarek auf. "Die Macht des Verbotenen. Ich weiß nicht was schlimmer ist: es heimlich zu tun oder daß man sich öffentlich in Kneipen besaufen darf."

"Ausgerechnet Latif hat mir von der Tugendhaftigkeit der Moslems vorgeschwärmt hat all sowas!" sagte ich betreten.

"Was sagt denn Altaf dazu?" fragte Angie.

"Ich bin mir nicht sicher, was er denkt. Er zuckte nur mit den Schultern, und meinte, daß man hier nicht so genau drauf schaut. Sie beten nicht immer, wenn sie sollen und Alkohol ist eben überall erhältlich. Nur beim Schweinefleisch zieht er die Grenze. Er meint, davon bekommt man Pickel."

"Pickel? Ich bin seit zwei Monaten Vegetarierin und schau dir mein Gesicht an." Angie betastete sich entsetzt. "Meinst du er tut nur hier so tugendhaft, und in Pakistan ist er ganz anders?"

"Keine Ahnung. Eddie Adeyemus Frau hat ja Angst vor so was gehabt. Aber die waren letztes Jahr mit Yemissi in Lagos. Alles ging wunderbar über die Bühne."

Tarek schaltete sich wieder ein. "Ich glaube wenn ihr in Pakistan seid, wird er sich auf jeden Fall an die Regeln halten müssen was Alkohol und sowas angeht."

"Ich habe ihn noch nie trinken sehen," wagte ich eine schwache Verteidigung.

"Das muss nichts heißen," meldete sich Walter wieder zu Wort. "Was besagt das, wenn man Alkohol nur dann nicht trinkt, wenn man es nicht kaufen kann. Schwaches Bild!"

"Genau, eigentlich sollte man das aus Prinzip nicht machen, aber Leute brechen eben gerne Regeln." Tarek war manchmal so weise.

"Ach ja? Ich werde immer dafür bestraft wenn ich mich gegen Regeln auflehne und ich trinke nie Alkohol," müpfte ich auf.

"Das ist ja was anderes."

"Wieso ist das was anderes? Manche Regeln sind halt unsinnig."

"Was willst du machen?" fragte Angie besorgt.

"Ich kann jetzt schlecht einen Rückzieher machen, nur wegen so 'ner Sache. Und ich fahre ja nicht mit Latif nach Pakistan, sondern mit Altaf."

"Sollen wir 'n Bier trinken gehen?" Wir starrten Walter an. "Nur ein Scherz. Kommt schon, ha ha…"

Ich konnte ihm doch sicherlich vertrauen. Altaf. Er war ein wahrer Freund, hatte sich um mich gekümmert, als ich Grippe hatte und in Griechenland hatte er sich trotz Doppelbett nicht daneben benommen. Renate war da anderer Meinung.

"Bist du vollkommen durchgeknallt?" Sie war fuchsteufelswild. "Frauen zählen doch null in solchen Ländern. Wenn er bezahlt und ihr streitet euch, was machst du dann? Du hast kein Geld, was auf eigene Faust zu machen."

Renate und Steve waren über Weihnachten gemeinsam nach Washington DC geflogen, um seine Familie zu besuchen. Es war nicht ganz so verlaufen wie sie es sich vorgestellt hatte.

"Aber ich bin doch schließlich Deutsche. Ich bin sicher, es gibt eine Botschaft in Islamabad, das ist die Hauptstadt. Wir sind immerhin in den achtziger Jahren." Renate sah mich provozierend an.

"Komm' schon. Ich bin nicht gerade die typische Fußmatte. Also bitte. Und Altaf ist nicht irgendsoein Macho-Pascha."

"Wo ist deine Selbstachtung abgeblieben? Hier seid ihr Freunde, aber du kannst mir nicht erzählen, daß ihr da gleichgestellt seid."

"Oh, Renate, hör' schon. Wann bekommt man schon mal die Chance in so ein Land wie Pakistan zu reisen?"

"Ich kann drauf verzichten. Weißt du überhaupt wie das ist, wenn sich Frauen und Männer nur getrennt unterhalten?" Sie rollte mit den Augen.

"Du meinst wie bei Steves Familie?"

"Richtig. Seine Schwestern empfingen uns am Flughafen mit Lockenwicklern in den Haaren. Mit Lockenwicklern! Dauernd saßen wir in der Küche rum. Die ganze Zeit ging's übers Kochen und über Babys und den letzten Tratsch. Ich und kochen!" Wir lachten. Renate war eine schaurige Köchin.

"Ich saß nur da und wusste nicht was ich sagen sollte. Politik oder Bücher. Pffff. Bloß Klatsch und Tratsch über die Nachbarn und was weiß ich noch wen. Steve benahm sich wie der letzte Macho, wenn seine Familie dabei war. Danach hat er sich immer entschuldigt. Am liebsten hätte ich ihn gleich sitzen lassen."

Ich hatte mir das alles schon etliche Male angehört und Renate war immer noch wütend. Die Heiratspläne waren vorläufig auf Eis gelegt.

Aber das mit Pakistan war ja wohl was anderes.

"Schau mal, ich will doch nur das Land sehen."

"Wenn du meinst. Du lässt dir aber nichts gefallen, ist das klar?" Sie sah mich streng an.

"Klar wie Kloßbrühe."

Zohra, meine marokkanische Freundin, war nicht so negativ wie Renate. Trotzdem warnte sie mich auf Französisch durch eine miserable Telefonleitung.

"Versuche Männer nicht zu sehr... zu fordern. Knack, knack. Sieh' nach unten, wenn du ihnen in der

Öffentlichkeit begeg... Raschel. Und bedecke deine Haare mit einem Tuch oder Schlei... Du bist ziemlich blon..."

Die Verbindung wurde schwächer. Zohra rief aus Hassans Büro in Casablanca an. Sie war gerade zu Besuch dort. Hassan arbeitete als Ingenieur für eine französische Firma und verdiente gut.

"Danke für den Tipp, Zohra. Ich ruf' dich an, wenn ich zurück bin." Sie sagte noch etwas anderes, aber das Knistern und Knacken in der Leitung war zu laut.

Dann begann ich auf einmal ausgerechnet von Nusrat zu träumen. Zuerst war es nur ein flüchtiges Gefühl. Ein Gefühl von Stolz und Pflicht der Familie gegenüber. Ich war stolz auf meine Herkunft. Das Gefühl begleitete mich für ein paar Tage. Dann längere Traumfetzen.

Imran sagte etwas Komisches und ich lachte etwas länger und intensiver als notwendig. Ich sah ihn ganz offen an und er schaute mir tief in die Augen. Ein Blick, der meine Seele berührte... Das war einfach zu viel. Ich wusste nicht einmal, wer dieser Imran eigentlich war. Und warum träumte ich ausgerechnet jetzt davon?

Ich rief in Dr. Albrechts Praxis an. "Moment, ich verbinde." Elisabeth stellte mich durch.

"Interessant, Isabell. So was ist mir noch nicht vorgekommen," sagte die vertraute Stimme tröstend. "Das ist noch recht unerforscht. Wir hatten ihr Leben als Nusrat nie richtig abgeschlossen, nicht wahr?"

"Aber es muss doch eine Erklärung geben, warum das ausgerechnet jetzt passiert. Ich kann nicht einfach dauernd von solchen Sachen träumen. Es macht mich schon ganz kirre." Ich krakelte Bildchen auf den Schreibblock in Manfreds Zimmer. Dreiecke mit Punkten außenrum, Blümchen mit drei, vier, fünf Blättchen.

"Irgend etwas hat sie besonders zu diesem Leben hingezogen. Es muss einen Auslöser dafür geben. Wir können versuchen diesen Auslöser zu finden. Ich kann dann mit einer Suggestion arbeiten, um die Träume zu stoppen."

Ich war erleichtert. "Ja, wunderbar. Genau was ich brauche. Wann können wir anfangen?"

"Bleiben Sie am Apparat, ich werde sie mit Elisabeth zurückverbinden. Machen Sie mit ihr einen Termin aus."

"Ja Ok. Bis bald dann."

Es klickte ein paarmal, als der Anruf wieder an die Rezeption ging. Elisabeths Stimme klang gutgelaunt. "Hallo, Isabell, sind Sie noch dran? Dr. Albrecht meint, sie brauchen einen dringenden Termin. Ich hab' gerade seinen Terminkalender vor mir. Dr. Albrecht ist so ziemlich ausgebucht. Wie wäre es am vierzehnten März?"

Unmöglich. "Geht's nicht früher? Ich fliege am zwölften schon nach Pakistan."

"Tut mir leid, ich kann sie auf die Warteliste setzen, aber im Moment kann ich da nichts machen."

"Naja, wenn das so ist..." Ich war enttäuscht.

"Ich werde Sie anrufen, wenn ein Termin frei wird. Patienten sagen manchmal kurzfristig ab," schlug sie vor.

"Ja gut, danke."

Es dauerte ein paar Tage. Vielleicht war der ganze Spuk nur Examensstress gewesen und die Träume hörten von ganz alleine auf. Vielleicht sollte ich mal wieder in den Schlosspark fahren. Der Park trug schon sein Frühlingskleid. Blumen blühten und die grünen Rasenflächen waren einigermaßen trocken.

Bald blühen die gelben Forsythien und der blaue Flieder, dachte ich. Hoffentlich gab es in Pakistan Blumen.

Als Elisabeth mich schliesslich anrief, musste ich einen Test schreiben und dann flog ich auch schon nach Karatschi. Es ließ sich nicht ändern.

Kurz nach meinem Geburtstag im März 1981, befand ich mich in einer russischen Aeroflot Maschine auf dem Weg nach Moskau. Meine Gitarre war im Gepäckfach über den Sitzen verstaut und ich notierte Urdu und Pandschabi Begriffe in ein kleines schwarzes Buch. Ich glaube, wir schwebten gerade über Polen hinweg.

"Was heißt 'sprechen', Altaf?" Ich stieß meinen dösenden Reisegenossen an. Er setzte sich auf. "Sprechen heißt… 'bolt'. Du würdest sagen 'me Urdu bolti hum', weil du ein Mädchen bist. Ein Mann würde sagen 'me Urdu bolta hum'."

"Aha, Danke." Ich kritzelte drauflos.

Eine russische Stewardess stampfte an meinem Sitz vorbei und das wackelige Flugzeug wackelte noch mehr.

In Moskau warteten wir acht Stunden in der Transithalle. Die Schlange bei der Passkontrolle war lang. Bloß keine Eile!

Als ich an die Reihe kam, starrte der Beamte mich angestrengt an, kopierte meinen Pass, studierte mein Gesicht und die Ohren, während ich versuchte nicht zu kichern. Dann glotzte er mich trübsinnig an und fragte:

"Woher kommen Sie?"

Jetzt nur nicht lachen, nicht lachen! ermahnte ich mich. Wenn man das Falsche sagte oder tat, konnte man in Teufels Küche kommen. Sogar, wenn man alles richtig machte. Der Gedanke war ernüchternd. "Ich komme aus Deutschland. Sehen Sie, mein Pass." Ich zeigte durch das dicke Glasfenster auf meine Reisedokumente.

Altaf stand direkt hinter mir in der Schlange und sah ernsthaft drein, ganz so als würden wir uns nicht kennen. Er wollte offenbar keine Aufmerksamkeit auf seinen gefälschten Pass ziehen.

Der Passbeamte nahm keine Notiz von ihm. Er starrte mich wieder an und fragte mich etwas auf Russisch. Ich verstand ich ihn natürlich nicht. Er notierte sich meine Passnummer und sprach eine Weile am Telefon. Die Passagiere hinter uns wurden ungeduldig. *Warum müssen die immer auf mir herumhacken?* Dachte ich genervt.

Auf dem JFK Flughafen in New York, hatten mich zwei von der Sorte eine halbe Stunde lang in einem Glaskasten gegrillt. Ich hatte nicht die geringste Lust in einem russischen Glaskasten gegrillt zu werden und begann ausdruckslos vor mich hinzustarren. Es wirkte.

"Alles in Ordnung." Der Beamte legte meinen wertvollen grünen Ausweis in die Schublade zurück. Ich atmete auf.

"Warum hat er mich bloß so lange angestarrt?" fragte ich Altaf hinterher.

"Vielleicht siehst du nicht typisch deutsch aus."

"Warum nicht? Ich habe helle Haare und helle Augen."

"Keine Ahnung, was er sich dabei gedacht hat. Möchtest du was trinken? Wir haben noch gute zwei Stunden Zeit."

Die pakistanische Luftlinie flog uns über Taschkent nach Karatschi. Die PIA Maschine war im Vergleich zu ihrer Aeroflot-Schwester der reine Luxus.

Die Motoren gaben nur ein sanftes Schnurren von sich und die eleganten Stewardessen lächelten hinter ihren dünnen Schleiern.

Als wir Pakistan anflogen, gab es sogar noch eine essbare Mahlzeit. Soweit war ich noch nie geflogen! Irgendwann musste ich eingeschlafen sein.

Ich war in Dâkân. In der Thikana meines Mannes Mansur. Die Dächer des Dorfes waren in der klaren Luft gut zu erkennen. Ich ging zu einem Schrein beim hinteren Gartentörchen. Die Pferde grasten auf dem Feld. Der Name Pir Panjal ging mir durch den Kopf. Pir Panjal. Ich befand mich wieder im Garten meines Vaters. Meine Cousine und ich jagten uns um die Aprikosenbäume herum. Wir setzten uns auf eine Holzbank und assen reife, orangene Aprikosen. Ich konnte die süße Frucht schmecken, sie riechen...

Altaf rüttelte mich wach. Wir befanden uns im Landeanflug auf Karatschi.

FÜNFTES KAPITEL

Die kurze Distanz im Bus über das Rollfeld ließ keinen Zweifel daran, daß Karatschi heiß und staubig war. Das Flughafengebäude war schlecht beleuchtet und nicht sehr sauber. Wir nahmen unsere Gepäckstücke vom Karussell und warteten mit den anderen Passagieren in einer Schlange.

Eine gestrenge Beamtin mit Kopftuch durchsuchte das Gepäck mit bemerkenswerter Gründlichkeit. Aus irgendeinem Grunde mochte sie meine Gitarre nicht.

Sie überzeugte sich davon, daß es sich dabei um ein harmloses Musikinstrument handelte und nicht um ein Maschinengewehr. Anscheinend reichte das nicht aus, um uns gehen zu lassen.

Wir hatten zu warten, bis die letzten Passagiere unseres Fluges am Checkpoint abgefertigt waren.

Ich war jetzt die einzige Europäerin weit und breit. Altaf sprach eine Weile mit der Kontrollbeamtin, dann wurde das Gespräch zunehmend hitziger.

Es war klar, daß die Frau eine Bezahlung forderte. Alles was ich verstand war 'Dollars, Dollars'. Altaf weigerte sich glattweg und fragte nach ihrem Vorgesetzten.

Ein anderer Beamter erschien und schlichtete den Streit. Zugunsten von Altaf. Ich nahm müde meinen Koffer und die Gitarre vom Tisch und trottete hinter ihm aus dem Flughafengebäude.

Die stechenden Blicke der Kontrollbeamtin folgten uns, aber sie ließ uns ziehen. Aus dem Augenwinkel sah ich wie schon die nächste Schar Passagiere auf das Karussell zueilten.

"Was wollte die Frau denn?" fragte ich, als Altaf versuchte eine Rikscha zu ergattern. Eigentlich kannte ich die Antwort schon.

"Geld," antwortete er kurz und verhandelte mit dem gewieften Rikschafahrer. Wir quetschten uns mit dem Gepäck in die Rikscha.

Der Fahrer legte los und wir stürzten uns augenblicklich in ein Tollhaus voll staubiger Vehemenz.

Ein Moped knatterte vorbei und dröhnende Busse hupten sich den Weg frei. Ich hatte noch nie solche Busse gesehen: mit kreischend bunten Bildern und gehämmerten Blechen verziert. Es gab massenhaft Rikschas in allen Farben, die sich gewagt durch den chaotischen Verkehr fädelten.

Fußgänger und Mopeds drängelten sich dazwischen. Außer mir trugen alle Frauen eine Pandschabi Tracht aus weiten Hosen und Tunika, mit einem Schleier über den Schultern.

Unsere Rikscha zoomte die breite Straße entlang ins Stadtzentrum hinein. Schreiende Plakate boten Coca Cola und Radios an. Ich schloss die Augen. Alles was ich wollte war heißes Wasser, Seife und ein sauberes Bett.

In einer Seitenstraße hielten wir vor einem Haus an, das schon bessere Zeiten gesehen hatte. Die schmutzige Farbe blätterte in langen Streifen von der vernachlässigten Fassade ab und eine grüne Flagge mit weißem Halbmond hing schlapp und staubig über dem Eingang.

"Ein Hotel," sagte Altaf.

"Das soll ein Hotel sein?" Meine Stimmung sank.

"Es ist billig. Wir bleiben einen Tag hier, während ich versuche meinen Onkel Chacha Kasim zu erreichen. Er ist anscheinend umgezogen."

"Ach so. Wieso heißt er eigentlich Chacha? Hört sich wie ein Tanz an."

"Nein, Isabell. Chacha heißt Onkel." Altaf musste lachen. "Und Chachi heißt Tante. Er ist in eine Gegend gezogen, die ich nicht kenne. Das hier ist leider alles was ich mir leisten kann."

Unser Zimmer lag im ersten Stockwerk. Die Wände schienen aus brauner Pappe zu bestehen. Braune Kakerlaken bevölkerten jeden Winkel des Zimmers und glotzten uns argwöhnisch an.

Es war laut. Ein Radio plärrte Lieder in den höchsten Tönen und aus dem Innenhof drang ein Ehestreit durch die offenen Fenster.

Wegen der Hitze konnte man die blinden Fenster nicht schließen und der Deckenventilator funktionierte nicht. Der rostige Wasserhahn gab bräunliches Wasser her und das offene Klo stand mitten im Raum. Es gab zwei Einzelbetten, aber die spotteten jeder Beschreibung.

"Willst du mich auf den Arm nehmen?!" fragte ich mit zitternder Stimme. "Die Toilette hat ja gar keinen Sitz."

"Man muss sich hinhocken und hinterher waschen. Davon habe ich dir doch schon erzählt. Da, du nimmst diese Plastikkanne und füllst sie mit Wasser und die Seife liegt hier, siehst du?" Natürlich war die Kanne braun.

Ich hatte kein Plumpsklo mehr benutzt, seit Oma Heydenreich vor Jahren eine Toilette mit Spülung in ihrem Dorfhäuschen installiert hatte.

Nein Moment mal, als wir in Griechenland waren. Adil hatte ein Plumpsklo hinten im Garten gehabt. Aber ohne sich hinsetzen zu können, das war etwas anderes. Ich wusste, daß man nur seine linke Hand benutzen durfte, weil sie als unsauber galt. Essen usw. war der rechten Hand vorbehalten.

"Aber da ist ja noch nicht mal Toilettenpapier."

Daran konnte ich mich nicht so schnell gewöhnen. Wahrscheinlich musste ich hinterher Millionenmal meine Hände waschen. Ich wusste noch nicht, daß eine Toilette ohne Sitz besser war als überhaupt keine Toilette.

"Isabell, versuche dich auszuruhen. Wasch dich und schlafe so gut es geht. Ich bin gleich wieder da."

"Ja klar, ein Kinderstück. Waschen und Schlafen wäre nicht schlecht. Aber ich habe ziemlichen Hunger."

"Na gut dann. Ich besorge was zum Essen. Bis gleich."

Altaf schloss mich in das feindselige, braune Zimmer ein und stürzte sich wieder in das lärmende Gewühl der staubigen Straße.

Ich versuchte seinen Vorschlag zu befolgen und döste ein wenig. Es wurde dunkel und ein erneuter Streit schallte durch den Hinterhof. Ich las ungefähr hundertmal die Zeitschrift, die ich auf dem Frankfurter Flughafen gekauft hatte. Altaf schloss das Zimmer auf, als ich gerade wieder eingedöst war. Es war dunkel im Zimmer. "Isabell?"

"Du hast gesagt, du kommst gleich wieder!" schmollte ich.

"Sei nicht böse. Ich habe jemanden in der Straße getroffen, den ich kenne, und wir haben bei ihm zuhause zu Mittag gegessen."

"He, vielen Dank auch. Hast du schon wieder vergessen, daß ich auch Hunger habe?"

"Wir können jetzt nach unten gehen. Wir finden schon was zu essen für dich."

"Ich dachte du wolltest mir was mitbringen. Es ist so heiß und ich brauch' unbedingt was zu trinken. Ich steh' nicht so auf braunes Wasser."

"Ach komm' schon, streite dich nicht."

So langsam begriff ich warum sich die Leute im Hinterhof ständig stritten. Mir war auch danach zumute.

"Was erwartest du von mir? Ich bin gerade hier angekommen und kenne mich nicht aus. Ich spreche die Sprache nicht, bin müde, hungrig und durstig. Aber ich muss mich nicht streiten, wenn du mich hier in diesem Rattenloch stundenlang alleine lässt?"

"Alright, alright. Es ist ja nur für eine Nacht. Mein Freund, mit dem ich zu Mittag gegessen habe, hat mir Chacha Kasims neue Adresse gegeben."

"Wenigstens etwas," knurrte ich.

Wir gingen aus. Wir gingen aus. In der Stadt herrschte

am Abend einen vollkommen andere Stimmung. Das wilde Chaos hatte sich gelegt und die Menschenmenge bewegte sich langsamer durch die Straßen.

Die Hitze hatte abgenommen und es war fast gemütlich so zwischen den Essensständen herumzuspazieren. Ich verschlang feurige Samosas und trank Sprite dazu und war so hungrig, daß ich mir keine Gedanken um Hygiene machte. Altaf kaufte eine Schale mit Rosenwasser-Eiskrem und Glasnudeln und wir teilten sie. Ich begann mich besser zu fühlen. Dieses Kulfi war anscheinend eine kulinarische Spezialität.

Ich beobachtete, wie ein sonnenverbrannter Mann im Lendentuch ein großes eisernes Rad geschickt mit einem Handhebel drehte. "Wofür werden denn diese Pressen gebraucht?"

"Damit macht man Zuckerrohrsaft. Es ist grade Saison. Siehst du die langen grünen Stangen? Das ist Zuckerrohr. Hier kann man es auch stückweise kaufen."

Die langen Stangen kamen hinten ganz geplättet wieder raus. Altaf bezahlte für eine handvoll Zuckerrohrstücke und ich kaute darauf herum, während wir an den Ständen vorbei-schlenderten.

Manche Leute starrten auf meine westlichen Klamotten. Weiße Jeans und blau geblümte Bluse. Ich versuchte die Blicke zu ignorieren. Die weiten Hosen und Hemden wirkten auf mich wiederum wie ein Uniform. Ab und zu blitzte dazwischen ein bunter Sari hervor. Vielleicht hätte ich meinen Seiden-Sari aus London einpacken sollen!

"Wir kaufen dir morgen ein paar richtige Klamotten."

"Gute Idee."

Wir kamen an Soldaten vorbei, die bis an die Zähne bewaffnet die Straße patrouillierten. Mit richtigen Maschinengewehren! In der Dunkelheit sahen sie sehr gefährlich aus.

"Verdammt Altaf, wo sind wir denn hier gelandet?"

"Sorry, ich dachte du wüsstest von dem Militärputsch."

"Was für ein Militärputsch denn? Woher soll ich denn

sowas wissen?"

Alles was Altaf bisher erwähnt hatte, war daß ein General mit dem Namen Zia ul-Haq vor kurzem an die Macht gekommen war. Den demokratisch gewählten Präsidenten Zulfikar Ali Bhutto hatte man abgesetzt. Ich dachte, *das* hätte er mit Putsch gemeint.

etzt erfuhr ich, daß das Militär die demokratische Regierung gestürzt hatte. Der Präsident und andere Mitglieder der Pakistan People Party waren hingerichtet worden. Ich machte große Augen.

"Jetzt regiert der hohläugige General Zia ul-haq das Land. Du kannst sein Bild überall sehen. Es gibt noch manchmal Unruhen, deshalb patrouilliert die Armee die Straßen."

"Na schönen Dank auch, daß du mir das erst jetzt erzählst."

"Sorry, Isabell. Wärst du mitgekommen, wenn ich dir das so erzählt hätte?" Altaf lächelte charmant.

"Wahrscheinlich nicht."

"Siehst du! Es ist aber viel besser auf dem Land. Du wirst seh'n, im Pandschab ist es ruhig."

Altafs Heimatdorf lag im Pandschab. Ein große ländliche Region im Norden des Landes. Karatschi lag im Süden an der Küste.

"Das freut mich. Es würde mir nicht so gut gefallen, wenn mich ein waffenverrückter Soldat im Urlaub erschießt."

Altaf hörte die Ironie nicht heraus. "Das wird sicher nicht passieren," meinte er ernsthaft. "Bitte sprich nicht mit Chacha Kasim über Politik. Er ist eine hohes Tier in der Armee."

"Ach wirklich… hat er auch ein Maschinengewehr?"

"Nicht, daß ich wüsste."

"Gut."

Ich schlief unruhig auf der dünnen Matratze, die unter meinem Gewicht durchhing. Die Bezüge waren gewaschen, rochen aber nicht besonders gut, und die ungewohnten Geräusche ließen mich immer wieder aufschrecken. Altaf schien das alles nicht zu stören.

Wenn man jahrelang auf einem Schiff gelebt hatte wie er, war das hier sicher alles ganz puppig.

Am nächsten Tag war der Albtraum erstmal vorbei. Wir fuhren nicht gleich zu Chacha Kasims Wohnung, sondern schauten uns erst ein wenig in der Stadt um. Das Gepäck schlossen wir im Zimmer ein.

Die Hitze machte mir zu schaffen. Trotzdem hielten wir bei einem Park mit Mausoleum an, um auf einen anderen Bus zu warten. Keine Soldaten. Dann ging es weiter zu Kleidergeschäften, um eine anständige Pandschabi Tracht für mich zu kaufen.

"Meine Güte ist das schwül!" stöhnte ich, als wir wieder auf der Straße standen und auf einen anderen Bus warteten.

"Das kommt daher, daß Karatschi am Arabischen Meer liegt," meinte Altaf. "An manchen Tagen ist die Luft schrecklich feucht."

Der Bus kam und Altaf setzte sich mit mir vorn ins kleinere Frauenabteil. Das war anscheinend in Ordnung. Frauen durften sich jedoch nicht in den Hauptteil des Busses setzen, der für Männer reserviert war. Wir fuhren an einer Moschee vorbei und ich bestaunte die Pracht des Gebäudes.

"Wir können übermorgen zum Strand 'runtergehen, wenn du möchtest. Es weht dort immer eine Brise."

Ich wischte mir die feuchte Stirn. "Können wir nicht jetzt gleich zum Strand gehen?"

"Das geht nicht. Chacha Kasim und Chachi Sabeda warten auf uns." Er hatte den Onkel angerufen und uns angekündigt.

Also holten wir das Gepäck ab und machten uns zum neuen Wohnviertel der Defence Force auf. In der ganzen Gegend lag staubbedecktes Baumaterial herum und manchmal endete eine Straße im Nichts.

Der Bus hielt neben einem Haufen Betonröhren. Ein winziges Einkaufszentrum war nahebei. Ganz neu. Sonst nur unverputzte Wohngebäude. Zum Glück fanden wir die

Adresse sofort. Eine junge, hübsche Frau öffnete die Tür und begrüßte uns überschwänglich.

Sabeda war Altafs Cousine. Drei kleine Kinder drängten sich lautstark nach vorne. Die Frau sprach mit Begeisterung ein paar Brocken Englisch und war ganz entzückt, eine europäische Frau kennenzulernen.

"Good morning, good morning! You are Germaan?"

"Yes, yes. Mera naam Isabell hé," sagte ich stolz auf Urdu.

Sie sah mich verdutzt an. "Ah, tu Urdu bolti hé?" Du sprichst Urdu?

"Ahó." Ja.

"Me want speak Angrezy," sagte die junge Frau nachdrücklich. "My name Sabeda."

"Angrezy dann, Chachi Sabeda. We can speak English. No problem." Ich war einigermaßen überrascht. Tante Sabeda war alles andere als die ehrwürdige alte Dame, die ich erwartet hatte. So jung und schon die Mutter zweier Töchter und eines Sohnes!

Onkel Kasims Wohnung war luftig kühl und geräumig. Eine Gruppe neugieriger Frauen gluckte zusammen auf dem blanken Zementfußboden in der Küche. Sie wuschen und schnitten und brieten, während sie mich verstohlen beobachteten. Das Gemüse glich kleinen Gewürzgurken. Großartig, ich kannte Gewürzgurken.

Eine der Frauen servierte uns starken, süßen Chai, den Altaf gnädig mit einem Grunzen und einer Handbewegung entgegen nahm.

Die neugierigen Frauen in der Küche schnatterten miteinander um die Wette und konnten sich anscheinend nicht von meinen Haaren losreißen. Ich hörte das Wort 'Baal'. Haar. Sabeda berührte vorsichtig meinen Pferdeschwanz und nickte zustimmend. Die Frauen lachten. Die Haare waren echt!

Dann kam Sabedas um einiges älterer Ehemann nach Hause und die Stimmung änderte sich schlagartig. Die Frauen verschwanden augenblicklich und Sabeda zog sich mit den Kindern in ein anderes Zimmer zurück.

Chacha Kasim war ein lauter, raubeiniger Soldat mit Schnurrbart und Wampe. Das schlichte Mädchen aus Altafs Dorf war mit sechzehn an den Cousin ihres Vaters verheiratet worden. Er war zudem mit Altafs Vater verwandt und so eine Art Fregattenkapitän. Er schien auch seinen Haushalt mit eiserner Faust zu regieren.

"Salam Aleikum!" dröhnte er und schlug Altaf auf die Schulter.

"Aleikum e Salam," antwortete Altaf und verzerrte ein wenig das Gesicht. Der Onkel grölte.

"So Altaf, das ist also deine Verlobte aus Deutschland?"

"Ja, Chacha Kasim. Das ist Isabell Bertrand. Isabell, das ist mein Onkel Chacha Kasim," stellte er uns vor.

"Freut mich sehr Sie kennenzulernen," sagte ich und verkniff es mir, ihm die Hand zu reichen. Danach sprachen die beiden eine zeit lang auf Urdu miteinander. Wir saßen auf Bodenkissen. Zwei Männer und ich, die europäische Frau.

Das Abendessen wurde aufgetragen. Eine Platte mit Tschapatti, eine Art Gulasch, das grüne Gewürzgurkengemüse und so einiges mehr. Von Sabeda wurde nicht erwartet, daß sie anwesend war. Sie aß getrennt von uns mit den Kindern in einem anderen Raum.

"Das ist Karela." Altaf deutete auf das grüne Gemüse. "Eine Spezialität."

Ich war stolz darauf, wie gut ich die Essenskunst beherrschte: nämlich mit Brotstücken, die ich vom dünnen Tschapatti abriss, den Gulasch aufzuschaufeln und elegant in den Mund zu schieben. Ohne mir die Finger schmutzig zu machen. Chacha Kasim schien das für selbstverständlich zu halten.

"Warum gesellt sich Sabeda nicht zu uns?" wollte ich wissen. Chacha Kasim sah mich verdutzt an.

"Pakistanische Frauen sind wohlerzogen. Sie gesellen sich nicht zu Männern."

"Aber ich bin doch auch eine Frau," wand ich ein.

Chacha Kasim lachte. "Das ist doch etwas ganz anderes. Europäische Frauen sind wie Männer. Sie benehmen sich wie Männer. Keine Scham."

"Wie bitte?"

Ich musste plötzlich husten und hätte mich fast übergeben. Das grüne Gewürzgurkengemüse war bitter! Ungeheuer, unerträglich bitter!

An der Wand gegenüber machte sich ein hohläugiger, schnurrbärtiger Zia ul-Haq in seinem Holzrahmen über mich lustig. Ich konnte nicht anders als den ganzen Mund voller Gemüse wieder auszuspucken. Ich versuchte mich zu entschuldigen, während ich ein Glas Wasser gereicht bekam. "Das ist ja so …bitter!" keuchte ich und nahm noch einen Schluck Wasser.

Chacha Kasim sah mich kritisch an und grunzte. Dann gab seine Meinung zu westlichen Frauen ab. "So, du bist also schon neunzehn und noch in der Schule?" fragte er, als sei ich etwas zurückgeblieben.

"Ja, ich möchte studieren und hinterher arbeiten."

"Ich würde meiner Frau nie erlauben zu arbeiten," sagte er kauend. "Frauen, die arbeiten haben früher oder später mit den Männern am Arbeitsplatz Sex. Das wird von ihnen erwartet, egal ob die Frau verheiratet ist oder nicht. Wir sehen uns hier auch westliches Fernsehen an. J.R. Ewing, Dallas."

Ich hätte mich fast wieder verschluckt. "So ist das doch nicht bei uns. Serien im Fernsehen übertreiben solche Sachen doch immer, damit die Leute sich das angucken."

Chacha Kasim lachte und schlug nach einem Moskito, das auf seinem haarigen Vorderarm gelandet war. Er rief nach Insektenspray und Sabeda kam sofort mit einer Spraydose angelaufen.

"Das weiß ich nicht nur vom Fernsehen. Ich habe Erfahrung aus erster Hand," sagte er stolz. "Die Frauen, die man in westlichen Häfen antrifft, haben keinerlei Anstand. Sie versuchen so schnell wie möglich mit Männern Sex zu haben."

Ich war einigermaßen schockiert, daß er mit einer jungen Frau über solche Dinge sprach. Aber dann war ich ja in seinen Augen keine richtige Frau, sondern so eine Art Mann. Konnte ein Mann seines Alters tatsächlich so vulgär und gleichzeitig so naiv sein?

"Das liegt wahrscheinlich daran, daß es Prostituierte sind, die sich an die Matrosen verkaufen," sagte ich betont scharf. "Gibt es denn keine Prostituierten in pakistanischen Häfen?"

"Diese verdammte Moskitos," brüllte der Onkel und sprühte über unser Essen. Auf einmal hatte ich keinen Appetit mehr. Altaf legt seine Hand auf meinen Arm und ich schluckte eine Antwort hinunter.

Altaf war während dieser seltsamen Unterhaltung überhaupt ungewöhnlich stumm. Chacha Kasim war der Onkel, der ihm den falschen Pass besorgt hatte. Er war ihm eine gewisse Loyalität schuldig.

"So etwas gibt es hier in Pakistan nicht. Frauen müssen rein sein und ihrem Mann die Treue halten. Pak bedeutet rein. Pakistan ist das 'Land der Reinen'," belehrte er mich.

Chacha Kasim beendete seine Schmährede auf westliche Frauen und war sehr zufrieden mit sich selbst. Was sollte man dazu sagen?

Ich war mir sicher, daß er log. Prostituierte gab es doch bestimmt überall. Es fiel mir schwer, nichts zu sagen, aber Chacha Kasim war unser Gastgeber und ein einflussreicher Militarist. Er war nicht die Sorte Mensch, die gern andere Meinungen hörte.

Nach dem Essen konnte ich mich endlich in einem sauberen Badezimmer – das sich abschließen ließ – mit heißem Wasser und Seife waschen. Selbst wenn es nur einen Topf mit heißem Wasser und einen Plastikkrug gab, in den man kaltes Wasser aus dem Hahn laufen ließ . Sauber und mit gewaschenen Haaren schlief ich sofort trotz der Hitze auf dem Sofa ein.

Am nächsten Morgen kleidete ich mich in die weiten

Hosen und das hellblaue Tunikakleid, das wir am Vortag gekauft hatten. Den passenden Schleier verknotete Sabeda auf meinem Rücken. Der Schleier hieß Dabatta.

"Das ist in der Stadt in Ordnung. Wenn dich jemand anstarrt, ziehst du dir den Dabatta über die Haare. Sieh' nach unten, wenn dich ein Mann anschaut. Es ist besser wenn sie nicht sehen, daß du helle Augen hast."

Altaf musste für mich übersetzen. Den Rat hatte Zohra mir auch gegeben. Sabeda nahm mich in einen kleinen Stauraum, der ihre gesamte Aussteuer beherbergte, und drückte mir einen oliv-grünen Pandschabi-Anzug mit silberner Saumstickerei in die Hände.

"Hier, das ist für dich," übersetzte Altaf. "Lege das in deinen Koffer."

Ich war dankbar für die Geste. "Dankeschön, Sabeda, Shukria Merbani," stammelte ich gerührt.

"Sage meinem Mann nur nichts davon," antwortete sie durch Altaf. "Er ist ein guter Mann, nur etwas ungehobelt. Nimm es ihm nicht übel, wenn er so über Frauen spricht. Ich mag dich wirklich gerne," sagte Sabeda. Sie hatte also gelauscht! Diese Frau war alles andere als eine fügsame Fußmatte. Sie hatte ihre eigene Meinung.

"Wenn wir allein sind, kannst du mir von deinem Leben erzählen und ich dir von meinem. Altaf wird schon nichts sagen." Altaf zwinkerte mir zu.

"Da ist noch eine Sache," fuhr sie fort. "Du hast eine Gitarre mitgebracht und ich würde so gerne ein Lied hören. Kannst du mir etwas vorspielen?"

Von den neugierigen Nachbarinnen, den Frau-Speidels von Karatschi, war noch nichts zu sehen. Gut so. Ich wagte es auch nicht, vor Chacha Kasim zu singen. Er könnte ja denken ich sei eine aberrufene Sängerin aus einer westlichen Hafenspelunke.

Ich tat Sabeda gern den Gefallen und es tat mir gut, mich in den vertrauten Melodien zu verlieren. Sabedas Gesicht leuchtete auf als sie so dasaß und meiner Version von 'Yesterday' zuhörte. Dann lief sie los, um nach ihrem schreienden Söhnchen zu sehen.

"Komm' lass uns gehen," drängte Altaf. "Wir wollen noch was von Karatschi sehen, bevor es dunkel wird. Erst die Moschee in der Stadt, dann gehen wir zum Strand runter."

"Wir müssen auch noch Postkarten verschicken. Atesch wollte ein Bild von der afghanischen Grenze haben."

"Das können wir in der Stadt machen. Es gibt da Unmengen von Postkarten. Du schickst sie besser jetzt ab, sonst kommen sie erst nach deiner Rückkehr in Deutschland an."

Die Memon Moschee, die gepflasterten Plätze und Grünanlagen waren wunderschön. Alles war so sauber und ordentlich angelegt und überall wehten grüne Halbmond-Flaggen an langen Stangen.

Natürlich durfte ich nicht in die Moschee hineingehen, also kauften uns etwas zu essen und setzten uns auf eine Gartenbank. Ich beobachtete die bunte Menschenmenge und dachte an den Kurzurlaub in Athen.

"Weißt du," sagte ich. "Eigentlich ist es hier gar nicht so anders als in Athen. Ich meine, der Verkehr ist noch chaotischer und die Leute ziehen sich anders an, aber ich verstehe die Straßenzeichen und die Sprache genausowenig. Hier gibt's auch 'ne Menge Touristen."

"Was hattest du denn erwartet?"

"Wahrscheinlich, daß es vollkommen anders ist. Ach, ich weiß auch nicht genau."

"Es gefällt die also?"

"Was mir nicht gefällt sind die vielen Bettler, die auf den Gehwegen im Schmutz sitzen. Viele haben keine Hände oder Füße. Die tun mir wirklich leid. Ich dachte Pakistan ist das Land der Reinen."

Wir hatten hier und da ein paar Paizas in eine ausgestreckte Hand gedrückt. Nicht alle hatte zwei Hände.

"Laut islamischem Recht wird einem für Diebstahl erst die linke Hand abgeschlagen, dann die rechte, dann den linken Fuß und so weiter. Hinrichtungen gibt es nur bei sehr schweren Verbrechen," erklärte Altaf.

"Das kann nicht dein Ernst sein!"

"Doch, das ist hier so. Manchmal sind die Leute so arm, daß sie sich selbst verstümmeln, um mehr Mitleid zu erregen."

Ich betrachtete den Vorplatz der Moschee. Ich sah genauer hin. Einer der Polizisten, die für Ordnung sorgten, schwang einen langen dünnen Stock und hieb auf einen einsamen Bettler ein, der auf dem Platz saß.

"Sieh doch nur, er schlägt den Mann!"

So etwas konnte ich nicht mitansehen. Altaf sah mir überrascht hinterher als ich schnurstracks auf den schnurrbärtigen Polizisten zulief.

"Das können Sie doch nicht machen! Sie können doch Menschen nicht einfach so schlagen!" Ich war außer mir. Der Polizist sah mich verdutzt an und vergaß für einen Moment, daß *er* eigentlich die Autoritätsperson hier war.

"Hören Sie sofort damit auf. Ich meine es ernst! Ich möchte nicht, daß sie den Mann schlagen." Ich zeigte auf die makellose Moschee. "Das ist Allahs Haus. Ein Ort Gottes. Allah will so etwas bestimmt nicht vor seinem Haus sehen."

Der abgebrühte Polizist senkte den langen Stock und sah mich betreten an. "Es tut mir leid, Madam, ich habe meine Anweisungen, daß kein Bettler auf dem Platz vor der Moschee sitzen darf. Sie belästigen die Touristen." Es tat ihm wirklich leid. Der Bettler hatte die Gelegenheit ergriffen und sich aus dem Staub gemacht.

"Aber die Touristen wollen sowas doch nicht sehen. Finden Sie bitte einen anderen Weg ihre Arbeit zu tun." Ich sah dem Mann fest in die Augen. Was ich sah war Respekt.

Altaf hatte mich inzwischen eingeholt. Einige Passanten glotzten. Er sprach mit dem Polizisten und erklärte ihm irgendwas. Der Polizist verbeugte sich leicht und schlich davon.

"Bist du verrückt geworden? Du kannst doch mit Polizisten nicht so reden!" rief er gleich.

"Warum denn nicht? Man sollte mit Menschen nicht so umgehen. Das ist einfach nicht richtig! Außerdem ging's doch gut. Er hat immerhin aufgehört, den Bettler zu schlagen."

"Was ist, wenn er dich verhaftet hätte? Wir sind nicht in Deutschland."

"Wieso verhaftet?"

"Das kann schnell gehen." Da erklärte mir Altaf, was er zu dem Polizisten gesagt hatte.

In einer traditionsreichen Gesellschaft wie der indischen, wusste man nie so genau, mit wem man es zu tun hatte. Eine Frau aus dem Volke hätte es nie gewagt sich so zu benehmen. Der Polizist dachte daher, ich gehörte zu einer reichen, einflussreichen Familie. Altaf hatte ihn in dem Glauben gelassen.

"Bitte tu' sowas nie wieder. Du weißt nicht was das bedeutet. Man wird hier im Gefängnis misshandelt." Er schauderte. Ich sah ihn an. War Altaf schon mal im Gefängnis gewesen?

Seine Stimmung besserte sich, als wir in der Rikscha Richtung Marine Parade saßen. Es gab ungeheuer viele Mangrovensümpfe an der Küste. In der Hitze war die Brise einfach himmlisch.

Wir gingen am Meer entlang spazieren und ich zerquetschte den feuchten Sand zwischen meinen Zehen und ließ das Seewasser meine Füße umspülen. In Miami hatte ich das auch getan.

"Es ist ziemlich heiß für die Jahreszeit," entschuldigte sich Altaf für das Wetter. "Wir sollten so bald wie möglich aus Karatschi fortgehen. Auf dem Weg zurück in die Wohnsiedlung können wir am Bahnhof anhalten und Fahrscheine nach Lahore kaufen. Von dort aus nehmen wir den Bus nach Jhelum. Man muss seinen Platz rechtzeitig reservieren."

"Warum nicht." Ich beobachtete eine Gruppe von Frauen, die in Saris gekleidet, bis zum Bauch ins Wasser gingen. Sie spritzten sich gegenseitig Wasser ins Gesicht und lachten fröhlich. "Warum haben die keine Badeanzüge an?"

"Das gehört sich nicht. Frauen dürfen sich in der Öffentlichkeit nicht in Badeanzügen zeigen."

"Deshalb gehen sie in ihren Klamotten schwimmen? Ist das nicht ziemlich ungesund den ganzen Tag in nassen Sachen 'rumzulaufen?"

"Ha, bei der Hitze? Saris trocknen schnell. Warum gehst du nicht in deinen Klamotten baden?" schmunzelte Altaf.

"Ich? Nein danke. Aber was ist mit dir?"

Wir bespritzten uns übermütig mit Seewasser und jagten uns den steinigen Strand entlang, bis wir außer Atem waren. Ein strafend dreinblickender Mann in langem Gewand ließ uns nur noch mehr lachen.

Es sollte der unbeschwerteste Tag meiner Pakistanreise bleiben.

Am Bahnhof war es schier unmöglich, sich bis zum Ticketschalter durchzuboxen. Noch nie hatte ich so viele Menschen gesehen, die sich pausenlos drängten und anstießen. Wenigstens fiel ich in Schalwar-Kamise, wie Sabeda Hemd und Hose nannte, nicht sehr auf. Als ich es kaum noch aushielt, waren wir auch schon am Fahrkartenschalter.

"Er meint, daß wir keine erste Klasse mehr buchen können," informierte mich Altaf lauthals. "Zweite Klasse gibt's noch. Wenigstens sind da die Sitze gepolstert."

"Oh wie schön."

"Ja, wenn wir dritte Klasse reisen, bekommen wir nicht viel Schlaf. Erste Klasse gibt's erst in einer Woche wieder."

Altaf kaufte zweite-Klasse-Karten bis Lahore und wurde sofort von der Theke weggedrängt. Ich schwitzte und bekam schlecht Luft.

"Komm' hier lang!" rief Altaf und wir drängten mit der Menge nach vorne. Irgendwie kamen wir zum Eingang zurück. Ich holte tief Luft und wünschte mir, ich könnte sofort in einen Zug einsteigen und diesen erstickenden Ort verlassen.

Am nächsten Tag war es soweit.

Die einheimische Kleidung war bequem und ich hatte mit Sabeda geübt, wie man die Hose beim auf und zubinden festhielt, sonst wäre es im Zug peinlich geworden. Ich musste nämlich ständig auf die Toilette.

"Was ist bloß los mit mir, Altaf? Ich muss etwas Schlechtes gegessen haben," klagte ich.

"Das ist 'Karatschi Belly'," lachte mich Altaf aus. Karatschi-Bauch. "Hier, Sabeda hat mir Tabletten für dich mitgegeben."

Er selbst hatte natürlich keine Probleme mit seiner Verdauung. Ich pries im geheimen die weise Voraussicht der jungen Frau. Die Tabletten, die ich mit Cola hinunterspülte schienen zunächst kein bisschen zu helfen und der schwankende Zug machte es nicht leicht auf dem Stahlboden zu hocken und gleichzeitig die weite Hose hochzuhalten.

Die lange Zugfahrt war genauso heiß und staubig wie ich es mir vorgestellt hatte. Die Sitze in dem langen Abteil waren vollgepackt und die Menschen saßen auf dem Boden auf ihrem Gepäck. In einem Käfig gackerten Hühner. Kinder weinten und Männer unterhielten sich lautstark von einer Seite des Abteils zur anderen.

"Es wird besser werden, wenn wir aus den Vorstädten rauskommen," meinte Altaf. Er behielt recht.

Wir ließen die Vorstädte hinter uns. Die Zahl der Passagiere nahm ab und es wurde erträglicher. An jeder Haltestelle liefen Essensverkäufer am Wagon auf und ab und schrien "Lassi, lassiii, lassi, lassiii." Viele Passagiere kauften das erfrischende Joghurt-Getränk.

"Möchtest du auch ein Glas?" fragte mein Reisebegleiter.

"Nein, nicht wirklich. Eher ein paar Flaschen abgefüllte Cola und Sprite. Ich habe schrecklichen Durst und mein Kopf tut weh." Erst dachte ich, 'Hotel Kakerlake' wäre das schlimmste was mir auf 'Planet Pakistan' zustoßen könnte und jetzt war ich auch noch krank. Ich wollte mich aber nicht wie ein verwöhntes Kind beschweren und schlief die meiste Zeit an Altafs Schulter. Stunden später erreichten wir Lahore und machten uns sofort zum Bushalteplatz auf.

Dort mussten wir erstmal im roten Staub neben einem Denkmal herumstehen. In der heißen Sonne war das kein Zuckerschlecken. Eine Zeit lang stand ich alleine bei unserem Gepäck, während Altaf mal wieder nach Ess- und Trinkbarem suchte.

Ich merkte wie Blicke auf mich gerichtet waren. Keine der anderen Frauen war so groß und hell wie ich. Als der Schleier auch noch von meinen Haaren rutschte, raunte die Menge. Ich warf ihn mit gelernter Handbewegung wieder zurück. Das Raunen hörte auf.

"Mann, bin ich froh, daß du wieder da bist!" flüsterte ich als Altaf wieder neben mir mit einer Tüte Samosas und Colaflaschen auftauchte.

"Warum, fühlst du dich nicht gut?"

"Das auch. Die Leute starren mich so an."

"Ja sicher. Die bekommen ja nicht alle Tage eine Frau wie dich zu sehen. Wahrscheinlich denken sie, du bist so eine Art Filmstar. In meiner Familie gibt es einige helle Leute, aber die fahren gewöhnlich nicht mit dem Zug oder Bus."

"Sondern?"

"Die fliegen meistens und werden mit dem Auto abgeholt. Aber wir sind zu arm, um uns ein Flugticket leisten zu können." Er machte die Colaflasche für mich auf.

"Ich wünschte, die Grenze zu Indien wäre geöffnet, dann könnten wir uns da ein wenig umsehen. Aber die Regierungen streiten sich mal wieder, deswegen ist sie geschlossen."

"Ich bin sowieso zu müde," seufzte ich, "Und mir ist heiß." Meine Knie gaben nach und ich musste mich auf den roten Koffer setzen. Ich biss ein Stück von meinem zweiten Samosa ab, kaute lustlos darauf herum und sah mir die aufwändig verzierten Busse an. Sie waren sogar noch bunter als die Busse, die ich in Karatschi gesehen hatte.

Bald rollten mehrere Busse in einer roten Staubwolke und mit viel Gehupe auf den Platz. Wir stiegen in den Bus Richtung Jhelum ein und unser Gepäck wurde auf dem Dach verstaut.

Meine Gitarre behielt ich aber bei mir. Wer weiß, was damit oben auf dem Busdach zwischen Koffern und Kisten passieren würde. Wieder saßen wir stundenlang und zum Glück benahm sich mein Bauch. In den Überlandbussen nahm man es mit der Männer-Frauen Trennung nicht so genau und ich saß auf einem normalen Sitz neben Altaf.

"Muss denn die Musik so laut sein?" quengelte ich.

"Ja, sonst hört man nur noch Hupen." Das stimmte. Die Busfahrer konnten anscheinend ohne ein Arsenal an höllischen Hupwerkzeugen nicht auskommen.

"Warum wird denn nur soviel gehupt?"

"Das ist eben so. Ich glaube, die Busfahrer wollen sich damit wichtig machen, oder Hallo sagen."

"Wie putzig."

Wann immer der Bus anhielt, kletterten geschäftstüchtige Menschen an Bord, um ihre Waren anzupreisen. Der Busfahrer bekam seinen Anteil und sie stiegen an der nächsten Haltestelle wieder aus.

Ein chinesischer Zahnklempner vermarktete seine Dienste mit einer Auswahl an falschen Zähnen, Zangen und Spiegeln, die auf einem mit rotem Filz bezogenen Bauchladen ausgestellt waren. Zettel wurden verteilt, die ich nicht lesen konnte.

An der nächsten Bushaltestelle wurden Gepäckstücke von oben in den Staub hinunter geworfen. Draußen schrie jemand: "Lassi, lassiii, lassi, lassiiiii!" und Geld und Gläser wurden durch die offenen Fenster hin- und her gereicht.

Im Gang des Busses spielten sich die üblichen Werbespiele ab. Ein Junge trug auf der Schulter etwas, was wie ein winziger Mensch mit rasiertem Kopf aussah.

"Schau' mal!" Ich schubste Altaf an.

Es war ein rasierter Affe, der wie ein Mensch angezogen war und ein Halsband mit einer Kette um den Hals trug.

Der Junge hielt die Kette fest, während das Kerlchen ihm von einer Schulter auf die andere kletterte.

Der Affe machte kleine Kunststücke, stand aber meist auf beiden Beinen, während der Junge den Gang auf und ab lief und von den Passagieren Geld einsammelte.

"Gib' ihm doch auch was!" drängte ich Altaf.

"Na gut, eine Rupie ist genug." Er winkte den Jungen zu sich und drückte ihm einen Geldschein in die Hand. Der winzige Menschenaffe umarmte den Jungen und gab ihm kleine Küsschen auf die Stirn. Ich sah den beiden hinterher, bis sie die Treppe hinuntergeklettert waren und im nächsten Bus verschwanden.

"Der hatte aber einen hässlichen Bruder," meinte Altaf trocken.

"Komm' schon, das war doch ein Affe."

Altaf grinste nur. Der Busfahrer hupte und wir fuhren weiter auf der holprigen Landstraße Richtung Westen.

"Willst du was essen?" fragte mich Altaf und hielt die ölige Tüte mit den Samosas hoch, die er in Lahore gekauft hatte.

"Nein, ich will lieber noch Cola. Es ist so schrecklich heiß hier drin." Im Handumdrehen war ich wieder eingedöst.

"Wach' auf, Isabell, wir sind fast in Jhelum."

"Sind wir bald da?" gähnte ich.

"Es ist noch ein ganzes Stück bis Khadriala."

Der Bus hielt am Rand der Stadt und ich stieg mit wackligen Beinen aus. Unser Gepäck wurde vorsichtig vom Dach hinuntergereicht. Ich kaute noch immer an meinem Samosa, als wir am staubigen Straßenrand vor einer Reihe kleiner Läden standen. Wir gingen in einen Laden, um etwas zu trinken zu kaufen. Ich musste die Pillen nehmen, die Sabeda mir mitgegeben hatte.

Ein paar Kinder stellten sich vor mich und zeigten kichernd auf meine Haare. Ich zog den Dabatta fester um meinen Kopf und drehte mich weg. Die Kinder zupften an meinen Ärmeln.

"He, chalo chalié!" rief Altaf und die Kinder liefen davon. Er sprach schon mit einem Rikschafahrer. Anscheinend fuhr kein Bus in sein Dorf und wir durften keine Zeit vergeuden.

Die Sonne stand schon tief am Horizont.

"Wir müssen sofort los. Der Rikschafahrer weigert sich, in der Dunkelheit in die Stadt zurückzufahren."

"Ok dann schnell," sagte ich schwach und saß auch schon auf dem Rücksitz.

Altaf hatte während der Reise nicht viel gesprochen, aber als wir mal wieder eingequetscht zwischen unserem Gepäck hinten in der Rikscha saßen, wurde er gesprächiger. Die Rikscha knatterte über eine holprige Dreckstraße durch Weizenfelder und an einer Ziegenherde vorbei.

Dann ging es an einem breiten Kanal entlang. Die Ziegen hielten uns zeitweilig auf und der Fahrer rief und winkte ungehalten.

"Weißt du, der Kanal ist dazu da, die Felder zu bewässern. Das Wasser wird aus dem Jhelum-Fluss abgeleitet. Mein Dorf liegt ziemlich nahe am Fluss. Er ist riesig und fließt manchmal über, aber wir haben einen tiefen Graben ums Dorf und eine dicke Mauer."

"Ach ja?" Ich trank aus einer Sprite-Flasche und sah wie die Sonne langsam hinter den Bäumen versank. Der Rikschafahrer knatterte die Straße hinunter, was das Zeug hielt.

"Chacha Kasim hat sicher angerufen," meinte Altaf. "Es gibt keine Telefone in Khadriala, aber mein Onkel in Jhelum hat eins bei der Arbeit und er hat bestimmt jemanden mit der Nachricht nach Hause geschickt. Sie werden schon auf uns warten."

"Solange ich nicht mehr weit laufen muss…" Ich war müde, aber das dem Gerumpel machte Schlafen unmöglich. Sehr zum Unmut des Fahrers mussten wir anhalten, damit ich kurz zwischen dem grünen Weizen verschwinden konnte. In Jhelum war dafür keine Zeit gewesen.

Wir schafften es nicht bis zum Dorf, bevor es dunkel wurde.

Der Rikschafahrer hielt etwa einen Kilometer vor dem Dorf an und weigerte sich uns auch nur einen Meter weiterzufahren.

Altaf wollte einen Teil seines Geldes wiederhaben, und die beiden stritten sich eine Weile, dann warf der Fahrer unsere Koffer aus der Rikscha.

"Was ist los?" fragte ich matt. Ich konnte ja kein Wort verstehen.

"Er will nach Jhelum zurück, aber er will mir kein Geld zurückgeben. Jetzt müssen wir unsere Koffer noch ein Stück bis zum Dorf tragen."

Ich war entgeistert. "Wie weit ist es denn noch?"

"Vielleicht noch zwanzig Minuten."

"Was?!" Die Rikscha hatte schon umgedreht und bald konnte man nur noch ein schwaches Knattern hören. Altaf fluchte hinter dem herzlosen Mann hinterher.

"Ich kann ja hier sitzen bleiben und du holst jemand, der uns beim Tragen hilft," schlug ich vor.

"Das ist nicht sicher genug. Wir fangen besser an zu laufen."

"Aber ich bin so erschöpft. Ich kann meinen Koffer nicht so weit schleppen."

"Warte, ich nehme den Koffer, der ist schwerer als meiner."

Was blieb mir anderes übrig, als mit einer Tasche und dem kleineren Koffer, die Gitarre auf dem Rücken, hinter Altaf durch die Dunkelheit herzustolpern? Immer hinter dem roten Koffer her, bis ich ihn fast nicht mehr sehen konnte.

Als ich meinte, keinen Schritt mehr vor den anderen setzen zu können, sah ich hinter einem Erdwall, durch den sich ein enger Trampelpfad schnitt, die Umrisse einer hohen Mauer. "Wir sind da. Das ist Khadriala. Setz dich am besten hier hin, ich hole Hilfe."

"Ja gut, ich kann schon nicht mehr," stöhnte ich.

Ich setzte mich auf den roten Koffer, umarmte meine Gitarre und wartete gehorsam in der stillen Dunkelheit. Ganz allein. Nur ein paar Kühe muhten verschlafen.

Khadriala schien von einer sehr hohen, sehr dicken Mauer umschlossen zu sein. Man konnte nicht einmal die Dächer der Häuser drinnen sehen… Hatte ich da etwa eine nasse Schnauze an meiner Hand gespürt?!

Ich erstarrte. Gab es hier etwa streunende Hunde oder vielleicht sogar Tiger?

Der Gedanke erschreckte mich. Ich hatte keine Fußstapfen gehört! Ein Blick genügte. Es war nur eine feuchte Blüte, die meine Hand gestreift hatte. Es wurde nun stockdunkel und ich überlegte, ob ich mich schlafen legen sollte. *Nein, wach bleiben*, ermahnte ich mich.

Nach einer schier endlosen Weile, flammten Fackeln auf. Ich sah, wie sich ein massives, eisenbeschlagenes Tor auftat.

Eine Zugbrücke wurde herabgelassen. Eine Zugbrücke? W*ie im Mittelalter,* dachte ich. Dann kamen auch schon Dorfbewohner den Pfad auf mich zugelaufen. Erleichterung. Hände halfen mir auf die Beine und ein paar Jungs trugen unser Gepäck über die hölzerne Brücke in die Festung hinein.

"Salam Aleikum," hörte ich rings um mich herum. "Salam Aleikum."

"Aleikum e Salam. Shukria merbani," bedankte ich mich.

Wir erreichten das riesige Tor und ich fand mich innerhalb der Mauern auf holprigem Kopfsteinpflaster wieder. Die schmalen Straßen waren von Fassaden eingerahmt, an denen Fackeln in eisernen Ringen steckten. Sie leuchteten den Weg bis zu Altafs Haus. Kleine Mädchen liefen neben mir her und wollten wenigstens einen Finger meiner Hand halten. Ich zog instinktiv die Hand zurück.

"Lass' sie ruhig deine Hand halten. Sie haben hier noch nie eine weiße Frau gesehen. Du bist schon was besonderes in Khadriala."

"Wie bitte, die haben noch nie jemanden wie mich gesehn?" staunte ich.

"Die Leute hier kommen nicht viel 'raus."

Eine ältere Frau machte Anstalten, mir eine

Blumengirlande um den Hals zu legen und ich musste den Kopf neigen. Ich war um einiges größer als die Frauen im Dorf. Dann begrüßte sie mich mit festlichen Worten, die ich nicht verstand.

"Shukria, shukria merbani," bedankte ich mich und das Geschnatter um mich herum hob wieder an. Altaf bekam auch eine Blumengirlande umgehängt. Wie in Hawaii. Auf einen derart überschwenglichen Empfang war ich nicht vorbereitet gewesen.

"Warum hast du mir denn nicht gesagt, daß ich hier so etwas Besonderes sein würde? Du liebe Güte. Ich fühl mich wie eine Promi!" Meine Energien waren am Schwinden und hätte mich am liebsten hingesetzt. Ich stolperte aber weiter über das Kopfsteinpflaster und lächelte den strahlenden Gesichtern zu. Hände streckten sich mir entgegen, um mich zu stützen.

"Wer sind denn um Himmels willen diese ganzen Leute?"

"Familie, ich bin mit dem ganzen Dorf verwandt," meinte Altaf, als sei es das normalste auf der Welt.

"Mit dem ganzen Dorf?"

"Ja."

Es war unwirklich, aber irgendwie kam mir das alles bekannt vor: die Begrüßungsrituale, die Fackeln und die Girlanden. Nur anders irgendwie. Wir liefen an beleuchteten Häuserfassaden und hölzernen Toren vorbei, bis wir durch ein offenes Tor geführt wurden.

Das musste das Haus von Altaf sein. Das Haus seiner Eltern. Vor uns lag eine dunkle überdachte Passage und dahinter ein schwach erleuchteter Innenhof.

"Sind wir da?"

"Ja, hier lang. Siehst du die Tür rechts bei der kleinen Treppe?"

Die Tür war gleich beim Tor. "Ja."

"Das ist das Gästezimmer, da müssen wir 'rein."

Ich warf einen letzten Blick auf den Innenhof. Man konnte außer ein paar Türen nicht viel erkennen. Dann ging ich durch die grüne Flügeltür in einen weiß getünchten Raum. In der Mitte stand ein Bett, das sofort gegen eine Wand geschoben wurde.

Direkt unter ein Bild des grinsenden, hohläugigen Präsidenten des Landes.

"Setz' dich aufs Bett," ordnete Altaf an.

"Das musst du mir nicht zweimal sagen." Ich wollte jetzt nur noch meinen Kopf auf ein Kissen legen und die Augen schließen, aber dazu kam es nicht.

"He, du kannst doch jetzt noch nicht schlafen. Wir müssen erst die Besucher begrüßen," rief Altaf.

"Warum das denn?" Besucher - mitten in der Nacht! Ich konnte nicht verstehen, warum Altaf mich nicht auf solche Sachen vorbereitet hatte.

"Das ist hier so üblich."

"Kann ich wenigstes etwas zu trinken bekommen?" bettelte ich.

"Muschtak!" Ein etwa fünfzehnjähriger Junge erschien sofort in der Tür.

"Das ist mein jüngster Bruder, Muschtak," stellte Altaf ihn vor. Der Junge grinste und schaute schüchtern weg.

"Bringe uns bitte etwas Tschapatti und Tschai."

"Ja, großer Bruder."

Er musste durch die Menschenmasse, die versuchte sich ins Zimmer zu drängen. Ich bekam es mit der Angst zu tun.

"Ist das dein Ernst? Was wollen die denn von mir? Geht das nicht morgen auch noch? Es ist doch schon spät."

"Die Leute sind neugierig. Wir müssen wenigstens die Dorfältesten begrüßen. Das kann eine Weile dauern. Morgen früh geht's weiter."

"Oh nein! Kann ich mich wenigstens waschen? Ich muss auch dringend… na ja, du weißt schon."

Altaf rief eine junge Frau herein, die Schirin hieß. Sie begleitete mich durch den dunklen Gang zu einem dunklen Raum, in dem eine Wasserpumpe stand. Sie stellte die Lampe auf den Boden und ließ mich allein. Das

Badezimmer hatte einen Zementfußboden und eine Pumpe, das war alles. Schirin wartete draußen. Ich wusch mich notdürftig beim schwachen Schein der Lampe. Das schmutzige Wasser lief in einer Rinne nach draußen.

Als ich die Tür öffnete, hielt Schirin die Lampe hoch und starrte bedrückt auf die Rinne. Sie holte einen Eimer und spülte das Unaussprechliche nach. Anscheinend durfte man hier nicht seine Notdurft verrichten.

Aber wenn nicht hier, wo dann?

"Hier, iß und trink etwas," sagte Altaf, als ich mich wieder neben ihn im Schneidersitz auf das Bett setzte.

Er hatte keine Zeit Fragen zu beantworten. Die vielen Menschen, die an uns vorbeidefilierten, stellten ihm eine Frage nach der anderen und betrachteten mich verstohlen. Ich verstand nichts und kaute müde auf einem Stück Tschapatti herum.

Eine Tasse mit stark gesüßtem Tschai wurde eingeschenkt und auf ein verziertes Tischchen gestellt. Ich trank durstig und wurde dann einer Gruppe älterer Leute vorgestellt.

"Salam Aleikum."

"Aleikum e Salam." Ich lächelte was das Zeug hielt und ertrug die neugierigen Blicke. Irgendwann konnte ich mich nicht mehr wachhalten, bettete meinen Kopf auf ein Kissen und fiel in einen tiefen, traumlosen Schlaf.

SECHSTES KAPITEL

"Morgen!" Altaf war schon wach. Jemand hatte eine Decke über mir ausgebreitet und Altaf war im Bett neben mir eingeschlafen. *Komisch*, dachte ich. In Onkel Kasims Wohnung hatten wir in getrennten Zimmern geschlafen. Die moralischen Sitten waren streng. Schließlich waren wir nicht verheiratet. War das auf dem Lande etwa anders?

Bei Tageslicht sah ich, daß das Gästezimmer kleine Fenster zur Straße hin hatte, und daß ein Stoß gerahmter Bilder hinter einer Kommode zwischen den Fenstern versteckt war.

"Ach, das hat was mit Politik zu tun," erklärte mir Altaf. "Die Bilder kommen nur dann raus, wenn es sein muss. Wie geht's dir heute?"

Ich fühlte einen Moment in mich hinein. "Besser, denke ich. Ich habe Durst. Meinst du ich könnte etwas zu trinken bekommen?"

Jemand brachte uns Frühstück. Dann hämmerten auch schon die ersten Besucher an die Tür. "Savaar. Salam Aleikum."

"Aleikum e Salam."

Wie zu erwarten war, verstand ich nichts von dem Wortwechsel. Muschtak schickte eine Gruppe hinaus und die nächste Gruppe drängte sich auch schon ins Zimmer. Er brachte uns mehr Tee.

"Sollte ich mich nicht wenigstens bei deinen Eltern vorstellen?" fragte ich und trank meine dritte Tasse Chai. Der Schwarztee wurde mit Milch, Zucker und Kardamom dicklich aufgekocht. Ich gewöhnte mich langsam daran.

"Das hat Zeit, außerdem haben sie dich schon gestern

gesehen."

"Wirklich? Ich kann mich nicht an sie erinnern. Warum wollen uns diese Menschen bloß so dringend sehen? Ich fühle mich wie ein Politiker auf Staatsbesuch oder eine Zirkusattraktion oder sowas."

"Du bist hier eben was Besonderes."

"Was, die sind alle meinetwegen hier? Ich dachte, sie wollten dich sehen!"

"Wieso denn nicht? Das habe ich dir doch gestern schon erklärt," meinte Altaf stolz und fügte hinzu: "Es können jetzt nicht mehr so viele sein."

Der Besucherstrom riss aber bis zum späten Morgen nicht ab. Zwischendurch schaffte ich es sogar mal zur Badestube.

Zu guter Letzt schickte Altafs Mutter, eine beleibte Matrone mit sanften Augen und kräftiger Stimme, die letzten Dorfbewohner fort. Die Schlange draußen löste sich nur allmählich aus. Die Greise sahen beleidigt drein, aber Amma hatte Autorität, sogar bei älteren Männern.

"Vaqt hé, chalo. Zeit zu gehen."

Ich mochte sie auf Anhieb. Wenn sie lachte, formten sich zwei kleine Apfelbäckchen zu beiden Seiten ihrer fleischigen Nase. Amma lachte viel und gerne.

Amma schloss die roten Vorhänge. Zwei kichernde Mädchen brachten eine Schüssel mit heißem Wasser ins Zimmer und Altaf ging hinaus. Ich lächelte ihnen dankbar zu, was die beiden noch mehr zum Kichern brachte.

War ich wieder eingeschlafen? Ich öffnete langsam die Augen. *Imran und Nusrat liefen in das Wäldchen außerhalb der Dorfmauern. 'Ich kann besser zielen als du," rief sie, nahm einen Pfeil aus dem Köcher und schoss ihn in einen schmalen Baumstamm. 'Gut gemacht, Nusrat, jetzt komme ich dran...'* Ich schlummerte wieder ein.

"He Isabell, wach auf, es ist schon spät."

Der Raum war in ein sanftes rotes Licht gebadet und vollkommen still. Kaum zu glauben, daß sich hier gerade noch Menschen die Türklinke in die Hand gegeben hatten.

Ich setzte mich mit einem Ruck auf. "Wie spät ist es denn?"

"Es ist drei Uhr nachmittags. Du musst aufstehen. Hakim ist hier," sagte Altaf.

"Wer ist Hakim?"

"So eine Art Dorfarzt. Er wird dir etwas für deinen Bauch geben. Amma hat ihn gerufen."

Ich zog schnell den grünen Anzug an, den mir Sabeda geschenkt hatte. Es klopfte sachte an der Tür.

"Atscha!" Komme herein.

Zwei Mädchen kamen mit einem Tablett Tschapattis und Tschai ins Zimmer, und einer Metallschüssel voll dampfendem Wasser. Eines der Mädchen war nicht besonders hübsch. Sie hatte einen Oberlippenbart und störrische Haare, die unter dem Schleier hervorquollen. Sie blickte grimmig vor sich hin und stellte ihr Tablett auf dem kleinen Tisch ab.

"Salam Aleikum."

Sie warf Altaf einen bewundernden Blick zu, aber er beachtete sie überhaupt nicht. Dann sah sie mich hasserfüllt an. Ich zuckte zurück.

"Schertan!" zischelte sie. "Schertan!". Ich kannte das Wort 'Schertan' - Teufel!

"Schukria Merbani," bedankte ich mich, was mir einen noch hasserfüllteren Blick einbrachte und eine Flut zorniger Worte. Wo war nur Altaf abgeblieben? Amma öffnete die grüne Flügeltür. "Hai, Saïda, chalo!" Sie hatte den Dorfarzt mitgebracht.

Saïda warf mir einen letzten feindseligem Blick zu. Ohne ein weiteres Wort, bedeckten die beiden Mädchen ihre Haare mit Schleiern und schlichen sich hinaus.

Ich trank ein wenig Tschai und konnte nur hoffen, daß die zornige Saïda nicht hineingespuckt hatte.

Hakim sah ganz und gar nicht wie ein Arzt aus. Er war glatzköpfig und hatte schwarze, gewiefte Augen, die sich sofort der nötigen Tatsachen vergewissert hatten. Seine

Ohrläppchen waren ungeheuer langgezogen und in den Schlitzen hingen schwere Ringe aus Metall.

Altaf kam wieder herein und dolmetschte.

"Wann fing das Problem an?" wollte der Dorfarzt wissen.

"Drei Tage nach meiner Ankunft in Pakistan."

"Ahó, und war Erbrechen dabei?"

"Nein, nur Durchfall."

"Wo tut es weh?" Ich zeigte ihm, wo mir der Bauch schmerzte.

Er verlangte nicht, daß ich mich auszog. Hakim legte nicht einmal Hand an mich. Er dachte nach und sprach dann schnell mit Altaf und seiner Mutter. Die beiden nickten und gaben ihm die gewünschte Auskunft. Hakim verabschiedete sich und ging.

"War das schon alles?" fragte ich überrascht.

"Er wird dir später Medizin schicken. Sie muss erst noch gemischt werden. Das wird dir sicher helfen."

"Nichts Giftiges hoffe ich."

"Nein, Hakim ist ein guter Heiler, sonst wäre er schon lange nicht mehr im Dorf. Ich kenne ihn, seit ich ein kleiner Junge war."

"Was hat er denn gesagt?" wollte ich wissen.

"Das kann ich nicht so erklären."

"Ok, ich glaube ich sollte mir mal die Zähne putzen." Ich sprang auf. "Mein Bauch scheint im Moment Ruhe zu geben."

"Gut, ich muss sowieso gehen. Ich sehe dich später," sagte Altaf und wollte schon wieder gehen.

"Hey, Moment mal! Was war gerade mit dieser Saïda los? Warum war sie so zornig auf mich?"

"Ach, ignorier' sie einfach." Bevor ich Altaf noch mehr Fragen stellen konnte, war er auch schon zum Tor hinaus verschwunden.

Ich stöhnte frustriert, aber was sollte ich tun? Ich putzte mir die Zähne und beschloss nach draußen zu gehen. Das große Tor zur Straße stand sperrangelweit offen. Vielleicht sollte ich einen Spaziergang machen und mir das Dorf ansehen. Ich ging vorsichtig auf das Kopfsteinpflaster hinunter. Auf der anderen Seite führte der Gang in den gepflasterten Hof, um den sich längliche Räumen gruppierten. Amma musste irgendwo im Hof sein.

An einer offenen Feuerstelle hockten Frauen und machten Tschapattis in flachen Pfannen. Eine Frau schöpfte geklärten Butterschmalz aus einer großen Dose in einen Kochtopf. Ich wusste schon, daß man diesen Ghee zum Kochen benutzte. Allein schon vom Zusehen verstopften sich meine Arterien.

Ich nahm meinen Mut zusammen und ging auf die Gruppe zu. "Salam Aleikum."

"Aleikum e Salam," grüsste mich ein Chor freundlicher Stimmen zurück.

Hinten an der Mauer saß das unfreundliche Mädchen, das mich nicht leiden konnte. Sie sagte nichts und starrte nur böse vor sich hin. Es sah so aus als wollte sie mich steinigen. Schirin sprang auf und sprach mich in gebrochenem Englisch an.

Sie hatte ein freundliches, rundes Gesicht und ihre Augen blitzten intelligent unter den langen Wimpern hervor.

"Hallo Schirin, wir kennen uns ja schon," grüßte ich sie. "Ich bin Isabell." Sie roch nach Jasmin-Haaröl. Süß und intensiv. Das konnte ich aus einer Palette von fremden Düften herausriechen.

Schirin sah mich verwirrt an. "Ja, Isabella. Not Urdu…? Ich kann Englisch. Wir sprechen."

"Danke, das ist nett von dir. Leider kann ich kein Pandschabi oder Urdu sprechen," erwiderte ich.

"Oh, Dankeschön, ja." Sie überlegte. "Ich will nach London gehen."

"Nach London?" Ich war vollkommen überrascht.

"Ja, kannst du mir helfen nach London… gehen?"

"Ich… glaube, ich kann das nicht. Warum willst du denn da hin?"

"Ich will die Welt sehen... wie du. Bevor ich heirate."

Ich wusste nicht, was ich dazu sagen sollte. "Willst du mir nicht die anderen Frauen hier vorstellen?" Die Frauen sahen Schirin bewundernd an. Sie konnte sich mit der Fremden verständigen!

\Saïda knurrte etwas und wurde ignoriert.

"Ich sagen Namen von Frau hier," sagte Schirin.

Sie stellte mich den anderen Frauen vor. Es war nicht einfach die ganzen Namen zu behalten, und obwohl ich jeden einzelnen wiederholte, vergaß ich sie ziemlich schnell wieder.

Amma, Altafs Mutter, hatte ich ja schon kennengelernt. Dann waren da noch die beleibte Mira, Altafs Schwägerin mit ihrer kleinen Tochter Miri und drei Frauen, deren Namen ich mir beim besten Willen nicht merken konnte.

"Mira ist verheirat mit Altafs alter Bruder. Er ist Hauptmann in der Armee. Kommt für Schadi – Hochzeit, Urlaub," sagte sie.

"Aha, er kommt noch?"

"Ja, er kommt von Armee. Sie haben eine Wohnung hier." Schirin zeigte auf einen Eingang gleich neben der Passage. Man hörte ein Baby schreien und Mira verschwand in ihrer Wohnung. Sie kam mit ihrem kleinen Sohn auf dem Arm wieder.

"Er heißt Aschraf, wie seine Vater," erklärte mir Schirin, aber wir hatten die Einführung noch nicht beendet. Das missmutige, schnurrbärtige Mädchen kam als nächste dran. "Das ist Saïda." Das wusste ich schon.

"Hallo Saïda," sagte ich freundlich, aber sie sah nur betont uninteressiert zur Seite.

Die Frauen reagierten betreten und ich fragte mich wieder, was es wohl mit dieser Saïda auf sich hatte. Vielleicht mochte sie Europäer einfach nicht.

Schirin zeigte schon auf eine andere junge Frau, die gerade mit zwei kleinen Jungen durch die Passage hereinkam. "Das hier ist Mandira und Kind. Sie ist Frau von Altafs Cousin. Sie wohnt in der Straße." Schirin deutete in Richtung Tor.

Mandira sah Schirin mit ihrem freundlichen runden Gesicht sehr ähnlich. Sie war aber schüchtern und wagte es kaum, mich anzublicken. Die Jungs hatten erstaunlich blaue Augen und dunkelblonde Lockenköpfe.

"Das ist Altafs Vater Babu," beendete Schirin die Runde.

Der Mann war mir noch nicht aufgefallen. Babu saß ruhig im Schatten vor einer der Türen, auf einem Bettgestell mit einer aus Schnüren geflochtenen Liegefläche.

Er sah aus wie eine viel ältere Version von Altaf, nur sehr abgemagert und er schien mich nicht zu bemerken.

"Salam Aleikum. Mera naam Isabell hé," sprach ich ihn höflich an. Babu sah mich aus leeren Augen an und sagte nichts. Später erfuhr ich, daß man ihn nach Altafs Verschwinden festgenommen hatte. Seitdem war er nicht mehr derselbe.

Die Frauen lachten. Sie versuchten meinen Namen zu wiederholen. "Isaba, Isa, Isabella,"

"Ja, fast: Isabell," wiederholte ich. Die Frauen lachten sich schief. Sogar die mürrische Saïda konnte sich ein Lächeln nicht verkneifen.

"Du hast schöne Haar. Chubsuret," platzte Schirin heraus und die Frauen kicherten wieder. Nur Saïda nicht. Chubsuret hieß schön. Das hatte ich schon in Karatschi gelernt. "Warum schneidest du deine Haar?"

Meine Haaren waren keineswegs kurz. Sie fielen bis über die Schultern, aber in Pakistan konnten sie mit der langen Haarpracht der Frauen nicht mithalten. Schirins Haare reichten ihr bis zur Hüfte.

"Das ist nicht kurz wo ich herkomme," antwortete ich.

Schirin übersetzte was ich gesagt hatte. Die Frauen uuhten und aahten über diese neue Art Haare zu frisieren. Sie wechselten sich dabei ab, meine Haare zu berühren.

Miri brachte eine Haarbürste und zwei Plastik-Klipse an, mit denen sie meine Haare nach oben feststeckte. Ich hatte nichts dagegen, auch wenn es ab und zu zwickte.

"Deine Augen sind blau."

"Ja, ich weiß. Aber hier gibt es doch auch Leute mit blauen Augen und blonden Haaren."

"Ja, aber deine Haare und Augen europäisch. Von weit weg. Chubsuret," sagte Schirin und lächelte vielsagend.

"Danke. Meinst du, ich kann mich ein wenig frischmachen? Ich möchte im Dorf spazierengehen."

Schirin war von so vielen Worten schlichtweg überwältigt und ich musste alles langsamer wiederholen. "Ahó, waschen…"

Sie führte mich zu dem großen fensterlosen Raum mit Zementboden und Wasserpumpe. "Hier kann du waschen."

"Gibt es nicht irgendwo ein Klo?"

"Klo? Nein." Sie lachte. "Keine Klo. Mach kleine Ding hier…" Sie zeigte auf die Wasserrinne, die unter der Tür des Gästezimmers an der Wand entlang in die Straße lief. "Große Ding draußen im Feld. Heute Abend sind Frauen dran."

Oh je! Ich hatte die vage Vorstellung von Dorffrauen, wie sie vor einem Plumpsklo draußen im Feld Schlange standen. Im mittelalterlichen Deutschland hatte man das wohl auch nicht anders gemacht.

"Heute Abend?"

"Ja, immer so."

"Mein Bauch."

"Tut noch weh?"

"Nein, aber ich habe keine Tabletten mehr."

Ich gestikulierte und Schirin verstand. "Warte." Sie lief in den Hof und redete eine Weile mit Amma, dann kam sie wieder und meinte: "Mach' frisch. Wir gehen spazieren."

Ich folgte ihr aus dem Hof in die schmale Straße hinaus, durch's Dorf Richtung Fluss und durch ein anderes eisenbeschlagenes Tor hinaus. "Geh' hier. Ich passe auf."

Wie am Tag zuvor, boten die grünen Weizenpflanzen eine dürftige Privatsphäre.

"Besser?" fragte sie, als ich wieder zwischen den Pflanzen auftauchte. "Ja, viel besser! Schukria merbani."

Wir liefen den Pfad zum Tor hinauf, als ich einen sehr alten Mann sah, der oben im Schneidersitz auf einem mit Schnüren bespannten Bettgestell saß und die Nachmittagssonne genoss. Ein guter Aussichtsposten.

Der Greis hatte einen Henna-roten Bart und sah gebrechlich aus. Sein weißer Anzug war makellos sauber. Wir grüßten uns und lächelten. "Salam Aleikum."

"Aleikum e Salam, Batschi." Er nannte mich Töchterchen. Ein seltsames Gefühl stieg in mir auf, ganz so, als ob ich ihn kannte.

"Wer ist dieser Mann, Schirin?" Eine Schar neugieriger Kinder folgte uns. Die Mädchen wollten meine Hand halten.

"Oh, wir nennen ihn 'Baba Ali'. Er sitzt jeden Tag und wartet zu sterben."

"Er wartet darauf zu sterben?" wiederholte ich entgeistert.

"Ja, er ist alt. Seine Frau ist lang tot. Er will sterben," sagte Schirin, als sei es die selbstverständlichste Sache auf der Welt.

'Baba Ali' und ich freundeten uns in den folgenden Tagen an. Am Nachmittag saßen wir manchmal auf dem Bettgestell und unterhielten uns, auch wenn wir uns nicht verstehen konnten. Irgendwie verstanden wir uns trotzdem, auf eine Art, die nichts mit Sprache zu tun hatte.

Warum bist du besorgt ? schien er zu fragen, *es wird alles gut werden, du wirst schon sehen.* Die Dorfbewohner schüttelten nur die Köpfe über uns, aber das war unwichtig. Wir verstanden uns einfach. Wenn sein jüngster Sohn bei Sonnenuntergang kam und 'Baba Ali' behutsam nach Hause trug, war es auch für mich Zeit zu gehen.

Niemand wurde hier vernachlässigt, nicht einmal im hohen Alter.

Jemand machte sogar ein Foto, wie wir so auf seinem Bettgestell saßen. Ich neben 'Baba Ali'. Der alte Mann, wie er weltfern lächelte. Wie ein Heiliger...

Als Schirin und ich in den Hof traten, hielt Amma mir

eine kleine verstöpselte Glasflasche entgegen. Hakim hatte die Medizin gebraut und vorbeigeschickt. Das Pulver in der Flasche war grau-braun und schmeckte scheußlich. Mir wurde aufgetragen, es zweimal am Tag mit Wasser einzunehmen. Ich schluckte gleich die erste Dosis und mein Bauch erholte sich erstaunlich schnell.

Ein Problem war gelöst, aber das nächste Dilemma erwartete mich schon. Es gab keine Extrawurst mehr.

Das Badezimmer war strengstens für 'kleine' Geschäfte reserviert. Von mir wurde erwartet, daß ich es auf die gleiche Art machte wie der Rest des Dorfes auch.

Und die machten es nicht in ein Plumpsklo, sondern direkt auf ein brachliegendes Feld außerhalb der mittelalterlichen Dorfmauern. Dorthin gingen die Männer vor Sonnenaufgang und die Frauen nach Sonnenuntergang.

"Komm' Isabella, wir gehen." Schirin unterbrach die Lektüre meiner Zeitschrift. "Draußen auf Toilette."

Wir gingen den gleichen Weg durch das hintere eisenbeschlagene Tor genau wie am Nachmittag und schlossen uns dem Pulk anderer Frauen an, die das gleiche Ziel hatten.

Ich begriff erst was das bedeutete, als wir mitten auf dem Feld standen und die ersten weiten Hosen fielen. Das Feld war etwa so privat war wie eine Bushaltestelle.

"Das soll ich auch machen?" fragte ich Schirin, aber die war schon neben Mira in die Hocke gegangen. Das konnte doch nicht wahr sein! Aber was blieb mir anderes übrig? Entweder jetzt oder erst wieder beim nächsten Sonnenuntergang. Ich suchte mir eine Stelle so weit wie möglich am Rande des Feldes und beeilte mich so gut es ging.

Danke Altaf, vielen Dank auch! Dachte ich ärgerlich. Wo war mein Gastgeber überhaupt abgeblieben? Ich hatte ihn seit Hakims Besuch nicht wieder gesehen.

Mir war das alles ungeheuer peinlich. Über sowas wie Toilettenregeln hatte ich mir noch nie Gedanken gemacht.

Nur, wenn ich darüber nachdachte, kam ich zu dem Schluss, daß die alten Bertrands das auf ihren Gütern in Frankreich wohl auch nicht anders gemacht hatten. Wie verwöhnt ich doch war: Ich genoss den täglichen Luxus von heißem Wasser, das aus dem Wasserhahn lief, Toilettenpapier und Klos auf die man sich setzen konnte.

Altaf kam erst Stunden später wieder. Zwei Dorfmädchen bürsteten gerade meine Haare, während ich in mein Notizbuch schrieb. Davor hatte ich ihnen ein wenig auf meiner Gitarre vorgespielt. Sie kicherten als Altaf zur Tür hereinkam und verließen das Zimmer.

"Wo bist du denn die ganze Zeit gewesen?" legte ich los. "Ich hatte Glück, daß Schirin ein wenig Englisch spricht, sonst wäre ich aufgeschmissen gewesen."

"Ich musste ein paar Sachen erledigen. Die Mädchen kümmern sich doch um dich, oder? Es ist halt anders hier: Männer und Frauen verbringen nicht so viel Zeit miteinander."

"Ach ja? Schirin hat mich netterweise zur Dorftoilette mitgenommen."

"Also, dann du hast doch alles was du brauchst," sagte er ohne zu zögern. "Schirin ist meine Cousine. Sie ging in Jhelum zur Schule, deshalb spricht sie etwas Englisch."

"Oh, hat sie Abitur gemacht?"

"Nein. Sie wird bald meinen Cousin Sahir heiraten. Der Familienrat hatte beschlossen, daß sie lange genug auf der Schule war. Sahir wohnt auf der anderen Seite des Dorfes. Sie dürfen sich jetzt nicht mehr direkt begegnen, bis sie verheiratet sind," erklärte er.

Ich war baff. "Wer hat beschlossen, daß sie lange genug auf der Schule war?"

"Der Ältestenrat der Familie. Die beschließen solche Dinge."

"Und sie hatte nichts dabei zu sagen?"

"Sie mag Sahir."

"Mhmm. Noch eine Liebesheirat also? "

"Sozusagen. Der Ältestenrat hat das arrangiert."

"Die machen ja alles. Hat man denn auch was zu sagen?

Was ist zum Beispiel wenn Schirin es sich anders überlegt?"

"Weiß ich nicht." Das Thema schien ihn zu langweilen. "Was hast du noch so gemacht?"

Ich erzählte, daß Schirin mich seinem Vater und den Frauen im Hof vorgestellt hatte, und von 'Baba Ali'.

Es wurde an die Tür geklopft und Muschtak brachte ein Metalltablett mit Essen und Tschai ins Zimmer. *Mein Bauch kann das normale Essen jetzt sicher vertragen,* dachte ich und hätte mich fast an dem scharfen Saalen verschluckt. Fleisch und Kartoffelstücke schwammen in einer öligen Soße, die vor lauter Chilipulver ganz rot war.

Altaf gab mir Wasser zu trinken, bis ich wieder atmen konnte. Ich hätte es besser wissen müssen.

"Du solltest Joghurt essen, das mildert den scharfen Geschmack."

"Ich dachte, ich hätte mich an scharfes Essen gewöhnt, aber das ist ja unmenschlich," keuchte ich und nahm noch einen Schluck Wasser.

"So essen wir eben in Pakistan. Sabeda hatte extra mild gekocht, auch wegen der Kinder. Die bekommen Probleme von dem ganzen Chili."

"Mild? Warum muss denn dann so viel Chili ans Essen?"

"Wir sind das so gewöhnt. Vielleicht solltest du was anderes essen."

"Zum Beispiel? Ich will keine Diva sein, mit tausend Extrawünschen. Meinem Bauch geht es schon viel besser."

"Die Mädchen können die Fleisch- und Kartoffelstücke für dich abwaschen, dann sind sie nicht so scharf. Das machen sie sowieso für die Kleinen."

"Ok, wenn es keine Umstände macht. Ich will schließlich nicht, daß mich alle so ansehen wie Saïda."

Altaf sah verlegen aus. "Tut mir leid. Ich werde mit ihr reden."

Ich aß ein Stück Tschapatti. "Wieso nennt sie mich eigentlich 'Teufel'? Denkt sie etwa auch, daß westliche

Frauen so etwas wie Prostituierte sind - wie Chacha Kasim damals?"

"Reg' dich nicht auf, ich werde mit ihr reden," wiederholte er.

"Gut."

Es klopfte. Altafs Bruder Muschtak kam mit einem freundlich aussehenden Mann herein, der mir als Chacha Sardar, einem Onkel väterlicherseits, vorgestellt wurde. Er war gerade wegen der Hochzeit aus Islamabad angekommen. Chacha Sardar war um die fünfzig und trug einen ansehnlichen Schnurrbart, ganz so wie ein Radschput Edelmann in meiner Erinnerung. "Salam Aleikum."

"Aleikum e Salam."

Altaf erklärte ihm wohl, warum mir die Augen tränten und ich nach Luft schnappte, denn er fragte: "Was isst du denn normalerweise?" Gut, noch jemand, der etwas Englisch sprach.

"Oh, kein scharfes Essen, wie sowas," gab ich zur Antwort. "Wir essen eigentlich keinen Chili. Ich esse oft Brot mit Butter und Honig."

Chacha Sardar sah Altaf strafend an.

"Ich kann versuchen, meinen Bruder zu erreichen und ihn zu bitten, uns Honig zu senden. Seine Farm liegt bei Islamabad. Er hat Bienenstöcke und bestimmt genug Honig für unseren Bedarf. Es kommen jetzt viele Verwandte zur Hochzeit angereist. Ich bin sicher, jemand kann es mitbringen. Muschtak, kannst du bei den Frauen Butter organisieren?"

"Aho, Chacha Sardar," antwortete Muschtak gehorsam. Muschtak war schüchtern, aber sein Lächeln war genauso strahlend wie das von Altaf. Ich wusste, daß er Englisch im Internat in Jhelum lernte, sich aber nicht traute mit mir zu reden. Er hatte Sonderferien bekommen, wegen der Hochzeit.

"Chacha Sardar ist Regierungsbeamter in Islamabad," erklärte mir Altaf. "Er arbeitet im Militärministerium."

"Das ist sehr interessant," meinte ich. "Aber Soldaten machen mir Angst. Wie die in Karatschi."

"Es ist notwendig, um für Ruhe und Frieden zu sorgen," sagte Chacha Sardar. "Mein Job ist nicht sehr interessant.

Nur am Schreibtisch." Seine Augen waren sanft und glänzten ganz so wie die von Altaf.

"Onkels Frau ist letztes Jahr gestorben und er hatte keine Kinder. Jetzt ist er etwas einsam, so alleine in Islamabad. Er will nach seiner Pensionierung wieder nach Khadriala ziehen."

"Ich glaube nicht, daß die junge Dame das interessiert, Batscha." Er nannte Altaf Söhnchen. "Es wird Zeit für mich den restlichen Klan zu besuchen und deine Frau will doch sicher schlafen gehen."

"Ich bin nicht…" Altaf unterbrach mich mit einem Schwall von Pandschabi-Worten und verwickelte den Onkel in ein Gespräch als er ihn und Muschtak hinausführte. Als er wieder hereinkam, war er ungehalten.

"Du kannst hier niemandem erzählen, daß wir nicht verheiratet sind, Isabell!"

"Was, du hast deiner Familie erzählt, daß wir verheiratet sind?" Ich konnte es nicht glauben. "In Griechenland waren wir verlobt und nun sind wir schon verheiratet? Deshalb lassen sie uns hier im Gästezimmer schlafen. Was fällt dir ein so zu lügen?"

"Du verstehst das nicht," sagte er betreten.

"Ganz genau! Das verstehe ich nicht."

"Nein, du verstehst nicht, warum ich das gesagt habe."

"Na gut, dann erkläre mir das. Erkläre mir, warum du solche Lügen in die Welt setzt," forderte ich.

"Männer und Frauen, die nicht verwandt sind, können nicht so einfach durch die Gegend reisen. Du müsstest mit den unverheirateten Frauen im großen Zimmer hinten im Hof wohnen. Wir werden sowieso woanders einquartiert, sobald Nasra, die Braut von Faruk, hier in ein paar Tagen eintrifft. Ich dachte es ist am Anfang besser so," erklärte er.

"Du hättest mir wenigstens davon erzählen können. Heiraten ist eine ernsthafte Angelegenheit."

Es fiel mir nicht leicht, aber ich konnte ihn einigermaßen verstehen.

"Ja, ich weiß. Es tut mir leid. Sei nicht so böse. Die

Dinge sind eben anders hier. Vergeben?"

"Na gut, vergeben," sagte ich nicht sehr überzeugt. Ich beschloss verständig zu sein. Wie *anders* die Dinge wirklich waren, sollte ich noch herausfinden.

Am nächsten Morgen ging mein vermeintlicher 'Ehemann' schon früh aus dem Haus und kam zum Frühstück wieder. Monotoner Gesang aus knarrenden Lautsprechern hatte mich geweckt, aber der Krach hatte zum Glück aufgehört.

"Ok denn, was machen wir heute?" fragte ich unternehmungslustig.

"Ich dachte, du wolltest dich noch ausruhen."

"Es geht mir schon besser. Wenn ich nur rumsitze, fällt mir noch die Decke auf'n Kopf. Bist du beschäftigt oder kannst du dich von deinen Geschäften loseisen?"

"Wir können zum Fluss 'runtergehen," schlug Altaf vor. "Da weht meistens eine kühle Brise."

Wir gingen über das Kopfsteinpflaster an Häuserfassaden vorbei zum hinteren Tor hinaus. Es war erst später Vormittag, aber der Tag versprach wieder heiß zu werden.

"Meine Mutter sagt, ich muss Stoff kaufen, um dir eine leichte Schalwar Kamise machen zu lassen. Beim Schneider in Jhelum. Wir können später mit Sahirs Motorrad in die Stadt fahren." Das war ja besser als erwartet!

"Oh gut, dann sehe ich mal was von der Gegend."

"Ja, letztes Mal war es zu dunkel."

Wir liefen den gleichen Pfad hinunter, den ich mit Schirin genommen hatte. 'Baba Ali' war noch nicht an seinem Platz oben beim Tor.

"Wir können zu den Obstbäumen da unten gehen," schlug Altaf vor. "Ich will dir etwas zeigen." Die Obstbäume standen in ordentlichen Reihen nicht weit vom Jhelum Fluss und wir schlenderten auf dem Weg zwischen den Bäumen herum.

Altaf riss zwei grüne Zweige von einem Bäumchen ab und zog die Rinde von einem Ende ab. Er gab mir einen Zweig und fing an auf seinem Zweig herumzukauen.

"Wieso machst du das denn?" fragte ich erstaunt.

"Das ist wie eine Zahnbürste. Es gibt noch nicht so lange Zahnbürsten. Das ist wie die Leute sich schon immer die Zähne geputzt haben."

"Wirklich, mit Zweigen?"

"Ja. Es gibt spezielle Bäume dafür, aber Obstbäume tun's auch."

Ich kaute auf meinem Zweig herum, bis das Ende ganz faserig war und beobachtete das Ausmaß des breiten Flusses. Das andere Ufer war so weit entfernt, daß ich es nicht sehen konnte. "Der Fluss ist ja riesig," staunte ich.

"Ja, in der Monsunzeit wird's heikel. Das Dorf ist aber oben gebaut und der Graben fasst das Flusswasser, wenn es ansteigt." Ich konnte mir eine Regenzeit wie den Monsun nur schwer vorstellen, so heiß und trocken wie es war.

"Ich hoffe ich bin dann nicht mehr hier. Wir haben genug Regen in Deutschland. Im Urlaub ist es schöner, wenn die Sonne scheint."

"Ich werde sehen was sich machen lässt, Madam." Wir liefen weiter den Pfad an den Obstbäumen entlang. Es war friedlich am Fluss und die Luft war frisch. "Was sind das denn für Kühe?" fragte ich und betrachtete die Herde, die ein Kuhhirte ans Wasser geführt hatte.

Die Hörner der Tiere waren riesig und am Hals hatten sie einen langen Hautlappen.

"Das sind Brahmanen. Ich glaube, es sind mehr Büffel als Kühe."

"Denen möchte ich nicht allein auf dem Feld begegnen."

"Ach eigentlich sind sie ganz friedlich."

Wir kamen an ein paar Hütten vorbei, die außerhalb der Dorfmauern standen. Auf den Flachdächern hockten Frauen, die mit ihren Händen aus einer Masse runde Fladen formten und gegen die Dächer und Wände klatschten.

"Was machen denn die Frauen da?"

"Sie machen Fladen aus Kuhmist. Die werden in der Sonne getrocknet und dann zum Feuermachen benutzt. Es gibt nicht so viel Holz.”

“Sie fassen den Kuhmist mit bloßen Händen an?” fragte ich angeekelt.

“Aber ja, das macht man so hier. Sie waschen sich hinterher natürlich die Hände.” Altaf lachte über mein Unwissen. Eine Frau, mit einem Bündel auf dem Kopf, lief an uns vorbei.

“Die sieht aber sehr arm aus, nicht so wie die anderen Frauen im Dorf,” meinte ich.

“Es gibt hier auch arme Leute. Die Leute kümmern sich um das Vieh und bestellen die Felder. Sie arbeiten für die Leute im Dorf.”

“Haben Moslems auch ein Kastensystem wie die Hindus?”

“Nein, aber manche Leute sind eben reicher als andere.”

“Gibt es hier auch Hindus?”

“Nicht so viele. Als sich Indien und Pakistan getrennt haben, gingen fast alle Hindus nach Indien und die Moslems gingen nach Pakistan und Bangladesch. Es gab ja Bürgerkrieg, damals.”

“Wirklich, Bürgerkrieg?”

“Ja, wusstest du das denn nicht?”

“Nein, man kann nicht alles wissen. Ich habe schon mal was von Mahatma Ghandi gehört, und daß die Briten in Indien waren, aber damit hat sich‘s.”

“Ja, Indien war kein sehr friedliches Land. Im Moment verstehen sich die beiden Regierungen auch nicht. Manchmal gibt es wieder Krieg zwischen den Ländern.”

“Aber nicht jetzt, oder?”

“Nein, du kannst beruhigt sein.”

Wir kamen an Hütten vorbei, die dicht beieinander standen. Würziger Rauch, wahrscheinlich aus brennendem Kuhmist, stieg auf. In der Entfernung konnte man ein anderes Dorf sehen, und einen langen, schlanken Turm.

“Was ist das denn für ein Turm?”

“Der gehört zur Moschee. Die Muezzin sitzen da oben und singen und rufen zum Gebet auf. Ich war schon ein paarmal dort gewesen, seit unserer Ankunft. Das Dorf dort gehört übrigens auch zu unserer Familie. Es ist aber einfacher als Khadriala. Wir stammen von Moslems und Radschputen ab. Die sind ausschliesslich Moslems."

Ich wurde hellhörig. "Ihr stammt auch von Radschputen ab?"

Altaf hatte das *auch* nicht mitbekommen.

"Ja, das ist aber schon eine ganze Zeit her. Wir sind jetzt mehr moslemisch."

So, vor Jahrhunderten durfte die Edelfrau Nusrat nicht außerhalb ihrer Kaste heiraten und jetzt gab es tatsächlich Klans, die von Radschputen und Moslems abstammten! Altaf wusste natürlich nichts von meinen Regressionssitzungen bei Dr. Albrecht. Ich hielt es für besser, ihm nichts davon zu erzählen. Wahrscheinlich hätte er nur darüber gelacht.

Der dröhnende Gesang am Morgen, das war also der Muezzin gewesen, der zum Gebet gerufen hatte. Nach cincr Weile konnte ich mich an das Hintergrundgeräusch gewöhnen, aber ich wurde nie zum Gebet eingeladen.

Nur einmal hatte ich eine Gruppe Männer durch eine offene Tür beobachtet, wie sie sich auf kleinen Teppichen verbeugten.

Eine Stunde später saßen wir auf dem geborgten Moped und fuhren durch die bäuerliche Landschaft Richtung Jhelum. Es ging wieder am Kanal entlang, wo eine unvermeidliche Herde Ziegen den Weg blockierte.

Altaf rief dem Ziegenhirt etwas zu und der Mann trieb die Herde zur Seite.

Ich war froh, daß Altaf Zeit mit mir verbringen konnte. So hatte ich mir den Urlaub schon eher vorgestellt. Bald würde die Hochzeit stattfinden, ein wenig die Gegend anschauen und dann ging es auch schon wieder nach Deutschland zurück. Ich war froh, daß ich nicht auf Renates Warnungen gehört hatte und nach Pakistan gekommen war.

"Was passiert eigentlich bei der Hochzeit?" rief ich in Altafs Ohr und hielt den grünen Schleier fest, der mir vom Kopf zu rutschen drohte.

"Jeder kommt für ein paar Tage nach Khadriala, um an den Zeremonien teilzunehmen," rief er nach hinten.

"Was für Zeremonien denn?"

"Die Barat und Dholki vor der Hochzeit. Trommeln und Singen. Nasra hat wahrscheinlich eine Henna-Zeremonie... für die Frauen... und Faruk, naja Zeremonien für den Bräutigam eben."

Erwartete er, daß ich einfach wusste was ein Barat und Dholki war? Aber es war nicht gerade einfach solche Sachen auf einem fahrenden Moped zu diskutieren.

"Am Ende findet die eigentliche Hochzeit dann in Nasras Dorf statt."

"Ist das in der Nähe?"

Er drehte sich halb um und rief gegen den Fahrtwind. "Nein, wir müssen mit Rikschas dorthin fahren."

"Pass auf die Schafe da auf," lachte ich unbeschwert.

Die Stadt kam mir nach der Abgeschiedenheit auf dem Lande ungeheuer lebhaft vor. Wir besuchten eine von Altafs Tanten im Krankenhaus und sahen uns den Basar an. Im Stoffladen suchte ich mir aus aufgestapelten Stoffrollen zwei dünne Baumwollstoffe aus.

Wir brachten das Päckchen zum Schneider, der staunend Mass nahm, da ich größer war als die gewöhnliche Durchschnittsfrau. Wir bummelten an den Ständen vorbei und warteten auf die geschneiderten Panschabi-Anzüge.

"Hier ist ein Schuhladen. Die silberbestickten Pantoffeln da, probier' sie an. Ein paar ordentliche Schuhe, dann brauchst du nicht mehr in Turnschuhen herumlaufen."

Die Pantoffeln waren erstaunlich bequem und würden gut zu dem pfirsichfarbenen und dem violetten Anzug passen. In einem klimatisierten Restaurant assen wir milden Curry. Als wir nach draußen gingen, traf mich die heiße Luft wie ein Schlag ins Gesicht.

"Warum starren die Leute mich denn so an?" wollte ich wissen. "Ich trage doch brav meinen Dabatta." Ich hatte auch Zohras Rat befolgt: immer auf den Boden schauen und niemandem in die Augen sehen.

"Man kann deine Haare durch den Dabatta sehen."

"Aber es gibt doch andere blonde Frauen hier, warum werden die nicht angestarrt?"

"Die kennt man in der Stadt und sie kommen meist aus besseren Familien. Da wird nicht gestarrt."

"Ach, und ich bin die Fremde auf dem Präsentierteller?"

"Ignoriere sie einfach. Die werden sich schon an dich gewöhnen. Wir sollten dir aber eine Tjuni kaufen, ein undurchsichtiges Tuch, in das du dich einwickeln kannst."

"Wie ein Schador?"

"Nein, ein Schador ist mehr wie das." Ich sah eine Frau in einem braunen, bodenlangen Sack mit einem Gitter vor den Augen.

"Hier, schau', der Laden hat Tjunis." Altaf zeigte auf ein anderes Stoffgeschäft. "Wir kaufen dir sofort ein Tuch. Such' dir was aus."

Mir gefiel die Idee zwar nicht, aber eingewickelt in das lange, bedruckte Tuch, war es tatsächlich einfacher in der Menge zu verschwinden. Wir hielten vor einem Stand mit Bergen bunten Pulvers an. "Hier gibt's Gewürze. Meine Mutter will, daß wir Zimt und Chili-Pulver mitbringen." Die bunten Pulver wurden aus offenen Säcken in Papiertütchen geschaufelt.

"Oh nein, nicht soviel von dem scharfen Zeug," stöhnte ich. "Ich krieg' jetzt schon keine Luft mehr!"

"Uns schmeckt das Essen eben scharf. Wir sind daran gewöhnt. Ohne Chili schmeckt es langweilig." Anscheinend hatte ich kein Mitspracherecht, wenn's ums Kochen ging.

Mein Blick fiel auf einen anderen Stand. "Schau nur den Schmuck da drüben. Ich will ein paar Geschenke kaufen," rief ich entzückt.

"Am besten sagen wir, daß du aus Kaschmir kommst, dann gehen sie mit den Preisen nicht so hoch." Altaf hatte mir in Karatschi beigebracht, wie man feilschte - und ich feilschte was das Zeug hielt. Der Verkäufer schien von der fremden Frau mit dem starken Akzent eingeschüchtert zu sein und gab mir alles zum gewünschten Preis. Ein Armband und ein breiter Halsschmuck aus polierten Achaten in billiger Metallfassung. Ich war sehr stolz auf meine erworbenen Geschenke.

"Isabell, du musst fair sein und nicht so tief mit dem Preis 'runtergehen," ermahnte mich Altaf.

"Ich dachte das war die Idee," erwiderte ich verwundert.

"Ja schon, aber es gibt da Grenzen."

Danach wurden die mit hauchdünnem Silber belegten süßen Schnittchen angemessen bezahlt. Als wir am Nachmittag guter Dinge mit braunen Papierpaketen voller Kleidung, Gewürzen und Geschenken zurückkehrten, wartete schon eine Gruppe grimmiger, haariger Männer im Gästezimmer auf uns.

Schirin nahm mich zur Seite. "Komm' Isabella, du kannst mir beim Kochen helfen." Sie sah besorgt aus.

Saïda drängte sich triumphierend an mir vorbei, um den Männern Tschai zu servieren.

"Schertan!" zischelte sie im Vorbeigehen.

"Was sind das denn für Männer?" fragte ich Schirin erschrocken. Wurde Altaf etwa verhaftet?

"Saïdas Vater, Onkel und Brüder. Sie sind aus ihrem Dorf gekommen."

"Sie wohnt nicht hier?"

"Nein."

"Was wollen die Männer denn?"

"Saïda soll Altaf heiraten. Lange Zeit… verlobt. Sie sind zornig. Du bist hier. Du verheiratet zuerst."

"Was wegen mir sind die zornig?"

"Ja, jetzt muss Ältesten reden und was machen."

Au weia! Jetzt wurde mir erst klar, welche Verwicklungen Altafs Lüge verursacht hatte. Wollte er meine Anwesenheit nutzen, um sich aus einer arrangierten Heirat herauszuwinden?

"Das wusste ich nicht," meinte ich betreten. "Altaf hat mir nichts davon erzählt. Von Saïda."

Natürlich, deshalb war das schnurrbärtige Mädchen sauer auf mich. Ihr Langzeitverlobter hatte sie mit meiner Hilfe zurückgewiesen. Deshalb hatte sie mich 'Teufel' genannt. Sie war ja mit Altaf verlobt!

"Er hat nicht gesagt?" fragte Schirin nach.

"Nein. Ich wusste das nicht."

"Aber du doch verheiratet. Er will nicht mehr Saïda, auch nicht zweite Frau. Er mag sie nicht."

"Aber warum…"

"Ich mag dich besser," gestand mir Schirin, als sie Tschapatti klopfte und geschickt auf die heiße Pfanne warf.

Ich wollte ihr die Wahrheit sagen: daß Altaf und ich nur Freunde waren und er mich nur zur Hochzeit seines Bruders Faruk eingeladen hatte. Aber so etwas gab es in Pakistan wohl nicht.

Jeder hier war entweder verwandt oder verlobt oder verheiratet. Aus dem Gästezimmer drangen laute Stimmen. Ärgerliche Stimmen. Na großartig, meine Anwesenheit verursachte eine Familienfehde!

Die stummen Frauen an der Feuerstelle schienen nervös zu werden und Saïda war nirgends zu sehen. Ich versuchte mich mit Tschapattiklopfen abzulenken. Worauf hatte ich mich da bloß eingelassen? Renate hatte mich genau vor einer solchen Situation gewarnt. Ich konnte mir schon vorstellen, was sie dazu sagen würde.

Die Verhandlungen im Gästezimmer dauerten etwas über eine Stunde.

"Was besprechen die Männer denn nur so lange?" wollte ich von Schirin wissen.

Sie versuchte es zu erklären. Ich verstand, daß es um eine Entschädigung für die zurückgewiesene Braut ging. Und auf einmal hatte all das etwas mit mir zu tun!

Als die grollenden Männer endlich gingen, warfen sie mir verstohlene Seitenblicke zu. Saïda nahmen sie anscheinend mit, denn ich sah sie nie wieder. Die Männer von Altafs Klan hatten danach eine ruhigere Diskussion.

Sie standen offenbar hinter ihm. Die Frauen hielten sich aus der Sache heraus.

Ich hörte Schritte und sah auf. Chacha Sardar kam persönlich, um mir den Honig, den er auf mysteriösen Wegen organisiert hatte, in einer großen Glasflasche zu überreichen. Vielleicht wollte er mich aufheitern.

"Schukria merbani, Chacha Sardar," bedankte ich mich erfreut. Er rief Mira etwas zu und sie reichte ihm ein Schälchen mit weißer fast durchsichtiger Butter und einen Teller mit frischgebackenen Tschapattis. Chacha Sardar trug mir alles voran ins wiederum leere Gästezimmer.

"Khao, Batschi. Iss, Töchterchen," forderte er mich auf.

Und so aß ich Tschapattis mit Butter und Honig, während er mir zufrieden dabei zusah. "Danke, Chacha Sardar. Das war ausgezeichnet."

"Gern geschehen, mein Kind. Damit du uns nicht vom Fleisch fällst." Ich war zu Tränen gerührt von so viel Fürsorge.

Die Hochzeit stand bevor und draußen im Hof herrschte reges Treiben. Verwandte aus der ganzen Gegend trafen zu den Hochzeitsfeierlichkeiten ein und mussten untergebracht werden. Chacha Sardar ging hinaus, um die Sippschaft zu begrüßen. Irgendwann kam auch Altaf wieder. Aber diesmal machte ihm schwere Vorwürfe.

"Sag' mir, warum ich nicht sofort nach Hause fahren sollte? Es geht dir doch nur um dich, oder? Du wolltest doch nur Saïda loswerden. Deshalb hast du allen gesagt, daß wir verheiratet sind. Damit du sie nicht mehr heiraten musst, oder?"

Er sah schuldbewusst drein. "Ja du hast Recht, aber nur zum Teil. Können wir bitte woanders hingehen? Hier hört jeder alles und das kann peinlich werden."

"Peinlich? Was meinst du wie ich mich fühle? Außerdem reden wir ja Deutsch. Das versteht doch eh keiner."

"Trotzdem. Ich will lieber mit dir allein darüber sprechen und hier hat man keine Privatsphäre. Sämtliche Verwandten kommen jetzt an. Ich möchte ihnen die

Vorfreude nicht verderben.”

Ich war so wütend, daß ich nicht mehr an die Hochzeit gedacht hatte. Natürlich wollte ich nicht, daß die Stimmung meinetwegen umschlug. Ich hatte schon genug Ärger verursacht. Wir fuhren mit dem Moped in der Dämmerung zum Kanal hinunter.

Hoffentlich waren wir außer Hörweite, denn ich wollte meine ganze Frustration loswerden und brauchte dafür keine Zeugen.

Altaf parkte das Moped am Wegesrand und wir setzten uns auf die Kanalmauer. “Also, was hast du dir dabei gedacht?” griff ich ihn sofort an.

“Es tut mir wirklich leid,” begann Altaf. “Der Ältestenrat hatte die Verlobung beschlossen, als ich auf einem Frachtschiff Richtung Venezuela war. Das wurde einfach beschlossen. Ich konnte schlecht nein sagen. Alles was ich hatte war ein Foto von Saïda, auf dem sie noch sehr jung war. Als ich sie zum ersten Mal sah, konnte ich mir beim besten Willen nicht vorstellen sie zu heiraten.”

“Meine Güte, ich kann verstehen, warum sie nicht deine Traumfrau ist, aber das erklärt doch trotzdem nicht, warum du mich in den Schlamassel ‘reingezogen hast. Ging das nicht anders? Ich war so doof, dir zu vertrauen, dabei dachte ich, wir sind Freunde.” Ich schnaubte vor Wut.

“Du bist nicht doof und wir sind Freunde. Ich bin froh, daß du mit nach Pakistan gekommen bist und meine Familie kennengelernt hast. Du weißt doch warum ich sagen musste, daß wir verheiratet sind.” Es entstand eine Pause. Wir hätten es dabei belassen sollen, aber mein Zorn war noch nicht verraucht. “Ohne mir vorher die Wahrheit zu sagen?”

“Ich hatte Angst, daß du nicht mitkommen würdest, wenn ich dir die Wahrheit sage. Ich konnte es dir einfach nicht sagen.”

“Verdammt, natürlich wäre ich mitgekommen. Wir hätten gemeinsam einen Plan schmieden können. Aber du hast mich benutzt!”

"Ich habe dich nicht benutzt. Ich liebe dich."

"Wie bitte?" fragte ich entgeistert.

"Ich liebe dich. Ich will dich heiraten, und nicht Saïda." Das wurde ja immer besser.

"Wir sind Freunde und Freunde heiraten nicht. Wie kommst du auf den Gedanken, daß ich das will? Vielleicht hättest du mich mal fragen sollen, was ich davon halte?"

Altaf kaute auf einem Grashalm herum. "Du bist mein Freund. Meine beste Freundin. Ich war noch nie einer Frau so nahe wie dir. Für eine glückliche Ehe muss man doch nicht von vorneherein verliebt sein," sagte er. "Schau, es ist wie mit einem Topf Wasser: den stellt man kalt auf den Herd und das Wasser fängt an zu kochen. Wenn das Wasser schon kocht und man stellt es auf eine kalte Platte, kann es nur noch abkühlen."

"Hallo! Du redest von mir, Isabell. Ich bin Europäerin und will die Schule beenden und studieren. Ich besitze einen freien Willen und das ist, was ich möchte. Für die nächsten paar Jahre zumindest. Ich werde mich verlieben und dann heiraten. Später. Niemand entscheidet für mich. Ich bin nicht wie Schirin, die von der Schule abgehen und heiraten muss."

"Schirin will aber doch heiraten."

"Aah, das ist nicht der Punkt! Es geht darum, daß niemand für mich entscheidet. Nicht du, nicht der Ältestenrat oder meine Mutter. Niemand. Nur ich allein!"

Ich hatte mich so in mein Argument hineingesteigert, daß ich Altaf am liebsten eine Ohrfeige gegeben hätte. Ich holte tief Luft und sprach ruhiger weiter.

"Ich bin einfach sauer, daß du nicht mit mir gesprochen hast. Du hast die ganze Sache geplant ohne mir etwas davon zu sagen. Ich hatte dir vertraut." Renate hätte ihre wahre Freude daran gehabt.

Plötzlich fing Altaf zu heulen an. "Ich bin ein Idiot. Ich habe einen großen Fehler gemacht. Ich dachte, ich bringe dich hierher und du würdest mich zurücklieben. Ich dachte…"

"Ich bin aber nicht in dich verliebt. Schluss und aus. Wieso dachtest du, ich würde hier meine Meinung ändern?"

"Du bist anders als andere Mädchen. Stark. Und schön. Ich hatte gehofft…" Er tat mir fast leid.

"Ok dann – schluchz – gibt es keinen Grund weiterzuleben. Warum mache ich nicht einfach gleich Schluss? Es ist dir ja egal, ob ich lebe oder nicht," heulte er.

"Red' doch keinen Quatsch! Du wirst dich doch wegen sowas nicht umbringen." Ich rollte mit den Augen.

"Warum denn nicht? Du liebst mich nicht."

"Wie theatralisch! Schnapp mir bloß nicht über, mitten in Pakistan. Du willst mich unter Druck setzen, oder? Soweit kommt's noch!"

Mir schossen wilde Fluchtgedanken durch den Kopf, wie ich meine Sachen zusammenpackte und mit einer Rikscha fortfuhr. Aber wohin? Nach Islamabad etwa, zur deutschen Botschaft? Das war kaum realistisch. Ich musste ihn irgendwie beruhigen.

"Ich werde mich ertränken. Gleich hier im Kanal," rief er.

"Du spinnst wohl!"

Aber er meinte es ernst. Altaf setzte sich aufs Moped und fuhr langsam die schräge Kanalmauer hinunter. Ein Halbmond sah kopfschüttelnd auf die bizzarre Szene und zog sich wieder hinter den blassen Wolken zurück.

"Hör auf damit. Du bist ja wohl durchgeknallt!" kreischte ich.

Der Bewässerungskanal war natürlich viel zu flach, um sich darin ertränken zu können und das Vorderrad des Mopeds fuhr sich im Schlamm fest. Altaf setzte sich ans Ufer und heulte weiter.

Ich ließ ihn eine Weile heulen, dann half ich ihm das Moped wieder nach oben zu zerren. Irgendwo schrie ein Esel sein abgehacktes Iaah, Iaah. *Kopf behalten, Isabell*, dachte ich verzweifelt, *du musst den Kopf behalten*.

"Weißt du was… ich bleibe hier und nehme an der Hochzeit teil. Ich erzähle niemandem etwas von deiner Lüge. Das wird eh zu kompliziert. Dann machen wir alles wie geplant. Wir können nach Islamabad fahren und einen Ausflug nach Kaschmir machen," sagte ich kühl. Viel ruhiger als ich mich innerlich fühlte. "Du hast das bekommen was du wolltest: einen Grund Saïda nicht heiraten zu müssen. Und ich will was vom Land sehen. Können wir uns gegenseitig helfen?"

Vor mir saß ein verwirrter, schluchzender Junge, der nicht das bekam was er wollte. Irgendwie tat er mir aber auch leid. Er steckte fest zwischen den strengen Regeln seiner Kultur und dem Wunsch westlicher zu leben. Aber meine Reise in dieses faszinierende Land wollte ich mir nicht verderben lassen.

"Ja, ja, wenn du es so willst. Vergib' mir, Isabell. Ich bin schwach. Du machst mich schwach."

"Hey mach' mich gefälligst nicht dafür verantwortlich!"

"Sind wir noch Freunde?" Es leuchtete Hoffnung in seinen Augen.

Nein! Wollte ich rufen, wie kann ich noch dein Freund sein, nachdem was du gemacht hast? Kein Vertrauen, keine Freundschaft. Laut sagte ich: "Klar sind wir noch Freunde. Aber mach' sowas nie wieder, hörst du?!" Altaf versprach es mir und beruhigte sich.

Im Dorf wunderte man sich schon, wo wir abgeblieben waren. Die Braut hatte sich kurz nach unserem Verschwinden die Ehre gegeben. Nasra wohnte vor der Hochzeit aus Tradition bei der Familie ihres zukünftigen Mannes. Sie hatte sich aber mittlerweile im Gästezimmer schlafen gelegt.

Ich zog kurzerhand in den Schlafsaal der alleinstehenden Frauen. Hier teilte ich mir ein großes Zimmer mit fünf jungen Frauen und es war mir ganz recht. In der Nacht träumte ich wieder.

Ich sitze auf Kalyans Rücken. Mein Hengst galopiert den Hang hinunter. Ich lege mich flach auf seinem muskulösen Nacken und meine Haare wehen im Wind. Als die Villa sichtbar wird, geht er in einen Trott über.

Ich springe von seinem Rücken und werfe dem Stallknecht die Zügel zu. Ich bin frei. Frei und glücklich.

Am nächsten Morgen beschloss ich einen Spaziergang zum Fluss zu machen. Allein. So wie ich es in Karlsruhe immer gemacht hatte, wenn ich allein in den Park fuhr.

Ein bisschen Laufen würde mir guttun und ich konnte bis zum Frühstück wieder im Hof sein. Meine neue Kleidung machte die Morgenhitze fast erträglich.

Ich lief durch das hintere Tor den Fußweg zum Fluss hinunter, blieb am Ufer stehen und holte tief Luft. Das graue Wasser floss gemächlich dahin und auf einer Sandbank rasteten ein paar Kühe. Ruhe. Mein Alleinsein hielt allerdings nicht lange an.

"Isabellaa, Isabelaa!" Ich drehte mich um. Muschtak, Altafs jüngerer Bruder, kam hinter mir hergelaufen.

"Isabella, du kannst nicht alleine aus dem Dorf gehen. Das ist nicht erlaubt," sagte er außer Atem. Es war das erste Mal, daß er mich direkt ansprach.

"Warum denn nicht? Ich möchte einfach allein sein."

Er schüttelte missbilligend den Kopf. "Allein sein, nicht richtig für eine junge Frau wie dich."

"Ich muss aber nachdenken. Junge Frau oder nicht." Ich drehte mich wieder dem Fluss zu.

Muschtak dachte einen Moment lang nach. "Dann sitze ich hier und du denkst. Nicht lange! Ich warte." Es war ein Kompromiss.

Ich riss einen Zweig vom nächsten Obstbaum ab, genau wie Altaf es mir gezeigt hatte, und putzte meine Zähne. Ich ging am Ufer entlang und tauchte meine Zehen ins Wasser und dachte nach.

Erst dann war ich bereit ins Dorf zurückzugehen. Muschtak folgte mir den ganzen Weg in sicherem Abstand und verdrückte sich sofort als wir beim Haus ankamen. Amma wartete schon und hielt mir eine Gardinenpredigt. Die nette alte Dame stand mit ihren Händen auf den Hüften und Schirin, die hinter ihr auftauchte, musste übersetzen.

"Sie sagt du kannst nicht einfach aus dem Dorf gehen. Du bist eine junge Frau. Muss Amma fragen, ob in Ordnung."

Ammas Hände flogen wie zwei zappelige Vögel durch die Luft. Die ganze Aufregung, eine fremde Besucherin im Haus zu haben und eine Hochzeit vorbereiten zu müssen, strapazierte wohl ihre Nerven. Das verstand ich. " Sag' ihr bitte, ich bin sehr dankbar für ihre Gastfreundschaft, aber wenn ich allein sein will und zum Fluss gehen möchte, dann werde ich das auch tun."

Amma schien die Antwort nicht zu gefallen. Sie wackelte mit dem Kopf hin und her und gab einen kurzen Satz von sich.

"Du bist eine junge Frau. Die Männer werden dich mögen. Allein. Das ist Problem: schöne, junge Frau gefällt Männern."

"Das hat sie doch nicht gesagt, oder?" fragte ich zweifelnd.

"Nein, aber ich sage es dir, damit du weißt."

"Ich bin aber keine Pakistani und will spazieren gehen wenn mir es passt," meinte ich trotzig.

Schirin sprudelte einige Sätze hervor. Ich war mir ganz und gar nicht sicher, daß sie meine Worte richtig übersetzte, da Amma sehr selbstzufrieden dreinschaute und mich in den Hof winkte. Ein junger Mann, den ich noch nicht kennengelernt hatte, schritt durchs Tor und Schirin ging abrupt in eines der Zimmer, die auf den Hof führten.

"Salam Aleikum."

"Aleikum e Salam."

"Ich bin Sahir, Altafs Cousin. Nett dich kennenzulernen," begrüßte er mich. Da verstand ich. Schirin war mit ihm verlobt und durfte ihn vor der Hochzeit nicht sehen.

Die Mädchen hier schienen sich wirklich nur fürs Heiraten zu interessieren! Ich sah, wie Schirin auf das Flachdach nebenan kletterte und von dort aus auf die Dorfmauer. Sie stand oben und betrachtete heimlich ihren Verlobten. Angeblich machten das alle Mädchen so.

Ich zog mich zurück und stieg auch auf die Mauer, aber

der Ausblick in die Ferne interessierte mich mehr als der junge Mann, der sich unten mit seinen Cousins unterhielt.

"Das ist Mandiras Mann." Schirin deutete auf einen stämmigen jungen Mann mit kurzen, blonden Haaren.

Als ich wieder unten stand, traf ich Faruk, einen weltgewandten Mann, der aus England angereist war. Der Bräutigam wohnte bei einem Onkel im Dorf, war gutaussehend und sprach mit sanfter Stimme; und er sah Altaf kein bisschen ähnlich. Nur zwei Jahre älter als Altaf, war er mit zwanzig nach England gegangen.

Faruk war zweifellos sehr in Nasra verliebt. Sein Gesicht hellte sich jedesmal auf, wenn er wie zufällig nach ihr Ausschau hielt. Sein Job in der Schokoladenfabrik hatte endlich genug Geld eingebracht, um die Aussteuer für Nasra kaufen und ein kleines Haus in Khadriala bauen zu können.

Braut und Bräutigam durften sich während der Vorbereitungen anscheinend auch nicht sehen und Faruk ging bald wieder. Dann traf ich Nasra bei der Feuerstelle wo sie gerade etwas zu essen bekam. Sie blickte mir fest in die Augen und lächelte. Ich hielt es für das Beste, mich vorzustellen.

"Ich bin Isabell aus Deutschland. Nett dich kennen-zulernen."

"Ich heiße Nasra und bin die Braut. Komm, setze dich zu mir, dann können wir uns ein wenig unterhalten." Ihr Englisch war so gut wie akzentfrei. Ich setzte mich auf einen niedrigen Stuhl mit einem aus Schnüren geflochtenen Sitz und bekam auch einen Teller in die Hand gedrückt.

"Was war denn gerade mit Amma los?" fiel sie mit der Tür ins Haus.

"Du nimmst ja kein Blatt vor den Mund," staunte ich. Nasra und Renate hätten sich bestimmt blendend verstanden.

"Weißt du, ich habe lange Zeit in London gelebt. Da lernt man sowas."

Ich seufzte. "Ach weißt du, ich wollte allein spazieren gehen, aber anscheinend darf man als junge Frau so etwas nicht. Muschtak kam hinter mir hergelaufen und Amma war sauer."

Nasra kicherte. "Ach, nimm' es ihr nicht übel. Die ganze Sache mit Saïda hat sie mitgenommen und die Hochzeit, die 'Schaadi', ist für eine Familie immer sehr anstrengend."

Es war klar, daß Nasra eine willensstarke junge Frau war, die wusste was sie wollte. Wir verstanden uns auf Anhieb. Sie war keine Schönheit. Die Hakennase war zu groß für ihr zierliches Gesicht und sie hatte ein spitzes Kinn, aber Nasra hatte Mumm und sagte was ihr in den Sinn kam.

"All diese Leute," stöhnte Nasra und schenkte mir eine Tasse Tschai ein. "Es ist mir jetzt schon zu viel. Dauernd muss ich jemanden begrüßen und ich kenne die meisten sowieso nicht."

"Haben sie dich auch im Gästezimmer belagert?"

"Ja, als ich gestern ankam."

"Du bist eben der Ehrengast. Ist das nicht aufregend für dich?"

"Ehrlich gesagt kann ich es kaum abwarten, bis der ganze Zauber vorbei ist," sagte sie verschmitzt.

Nasra musste aufstehen, um ein altes Ehepaar und deren Sohn zu begrüßen. Als sie sich wieder gesetzt hatte, meinte sie: "Ja, ich bin der Ehrengast bei meiner Schaadi. Die 'Dulhan' - so nennt man die Braut. Ich muss mich dauernd umziehen. All meine Saris sind goldbestickt in rot und pink und kratzen, und ich muss sie vorführen."

"Du siehst aber sehr hübsch darin aus."

"Danke. Der violette Pandschabi-Anzug steht dir auch nicht schlecht."

Meine Hochzeit war anders gewesen, schoss es mir durch den Kopf. Ich trug einen Kanchi-Kurti, das zeremonielle Kleid für verheiratete Frauen. Züchtig mit langem Rock, Bluse und Weste und darüber einen halben Sari. Grün. Einen grünen, bestickten Sari. Ich schüttelte den Kopf, schüttelte die fremden Gedanken ab.

"Warum schüttelst du den Kopf, Isabell? Gefällt die der

Anzug etwa nicht?" fragte Nasra.

"Doch, doch…nur eine Fliege…"

"Ach ja, die Fliegen hier im Dorf. Du bist sowas ja nicht gewöhnt." Wir unterhielten uns noch eine Weile, dann wurde Nasra zu irgendeiner Zeremonie abgeholt.

Sie hatte viele Pflichten, so wie Geschenke annehmen oder sich mit einer gelben Paste von Amma einreiben zu lassen. Oder ihre Hände und Füße mit dunkelroten Henna-Mustern zu verzieren. Dazwischen hatten wir wenig Zeit uns zu unterhalten.

"Ich kann es kaum abwarten wieder nach London zu ziehen," vertraute sie mir an. "Gleich nach der Hochzeit fliegen wir nach England. Der Flug ist schon gebucht. Wir haben viel Familie in London, weißt du. Ich habe jahrelang bei meiner reichen Tante in Slough gelebt."

"Warum bist du denn wieder nach Pakistan zurückgekehrt, wenn es dir in London so gut gefällt?"

"Der Ältestenrat hatte beschlossen, daß ich heiraten soll. Meinen Cousin hatten sie ausgesucht. Ich mochte ihn nicht besonders und ging ihm aus dem Weg. So ähnlich wie bei Altaf und Saïda. Dann traf ich Faruk und die Verlobung wurde abgeblasen." Sie lächelte zärtlich. "Faruk ist anders. Er denkt modern. Er wird mir helfen mit den Babys, das haben wir schon ausgemacht. Willst du nicht auch Kinder?"

"Ja vielleicht später mal. Ich will erst meine Schule beenden und dann studieren."

"Du hast Mut, weißt du, Isabell. Ich wünschte ich könnte auch studieren, aber daraus wird jetzt wohl nichts."

Nasra hatte viele Fragen, was Deutschland anging und ich erzählte ihr von meinem eintönigen Leben in Karlsruhe und meinem Fernweh.

"Warst du schon mal in London, Isabell?"

"Ja, zweimal sogar. Einmal mit meiner Freundin Renate. Du würdest sie mögen. Und einmal war ich allein auf einem Campingplatz. Da hat es immer geregnet und mein kleines Zelt war morgens unter Wasser."

"Ja, das englische Wetter! Das ist natürlich der einzige Nachteil an der Sache, aber hier haben wir auch Monsunregen, die sich gewaschen haben."

Sie sah mich bewundernd an. "Ich wünschte ich könnte auch so frei sein wie du. Wenn ich Töchter habe, sollen sie auch solche Sachen machen dürfen. Studieren, reisen."

Ich zog Nasra sogar ins Vertrauen, was Altafs Verhalten anging und wie er mich in Schwierigkeiten gebracht hatte. Sie dachte einen Moment nach.

"Schau, Isabell, er ist kein schlechter Mann und hat einen Fehler gemacht. Ich wäre außer mir, wenn Faruk so etwas mit mir gemacht hätte." Sie schnaubte verächtlich. "Ich werde auch die einzige Ehefrau bleiben. Gib' Altaf noch eine Chance. Ihr könnt ja Freunde bleiben. Du darfst aber sonst niemandem etwas davon erzählen."

"Was passiert jetzt mit Saïda?" fragte ich.

"Die werden jetzt wohl neue Heiratspläne für sie schmieden."

Ich war heilfroh, daß das mürrische Mädchen nicht mehr in Khadriala war. Es würde hoffentlich keine hasserfüllten Blicke und gezischelte Beleidigungen mehr geben.

Nasra musste wieder zu irgendeiner Zeremonie und Schirin brachte mir gerade bei, wie man auf seinen Fersen saß, als Mandira weinend in den Hof gelaufen kam. "Was ist denn los mit dir, Mandira, ist was passiert?"

"Sie spricht nicht Englisch," sagte Schirin mit einem Unterton von Stolz auf ihr eigenes Wissen.

Schirin und Mandira sprachen miteinander. Anscheinend hatte Mandiras Schwiegermutter sie geschlagen, weil sie das Essen nicht mochte, das Mandira ihr vorgesetzt hatte.

"Ihre Schwiegermutter schlägt sie einfach? Was hat Mandiras Mann denn dazu zu sagen?" fragte ich entgeistert. Ein kurzer Wortwechsel brachte noch mehr Tränen zum Fließen.

"Ihr Mann sagt, daß sie seine Mutter respektieren muss.

Mutter hat Recht," sagte Schirin.

"So ein Feigling," rutschte es mir heraus. Ich fühlte wütende Hitze in mir aufsteigen. Schlagen war nicht angesagt. Ich musste Mandira helfen.

"Feig? Feigling?"

"Ach, egal. Wo wohnt Mandira denn?" Ich wollte mich ein wenig mit dem feigen Ehemann unterhalten. Dem blonden, blauäugigen Ehemann. Mandira und Schirin zeigten mir den Weg zu einem stattlichen Haus. Das größte im Dorf. Ich erfuhr erst später, daß es das Haus des Dorfältesten war. Dem Patriarchen der Khan-Familie.

Im Empfangszimmer fand ich allerdings nicht Mandiras feigen Ehemann vor, sondern eine alte Frau, die auf einer erhöhten Couch in einem vornehm möblierten Wohnzimmer lag.

Ein junges Mädchen servierte ihr ehrfürchtig eine Tasse Tschai. Als ich hereinkam, sah sie gelangweilt auf.

Mandira und Schirin hatten das Weite gesucht und ich hatte auf einmal keinen Dolmetscher mehr!

Ich sah mir die Frau, die Mandiras Schwiegermutter sein musste, genauer an.

Sie musste einmal eine ziemliche Schönheit gewesen sein, aber ihr Gesicht war hochmütig. Die Augen waren blau und die zurückgekämmten Haare waren einmal blond gewesen.

Die Frau hatte keine Zähne mehr, genau wie 'Baba Ali', war groß und kräftig. Es gab keinen Zweifel daran, das sie sich sehr wichtig vorkam. Na gut, jetzt war ich schon mal hier und konnte nicht gleich wieder gehen. Ich wusste, daß sie Englisch verstand.

"Was denken Sie sich eigentlich?" schimpfte ich los. "Sie können doch nicht einfach Ihre Schwiegertochter schlagen wie es Ihnen passt!"

Die alte Frau starrte mich an. Es hatte sicher noch nie jemand gewagt, so mit ihr zu reden. Und nun kam diese Fremde einfach in ihr Haus geschneit und forderte

Rechenschaft. Sie herrschte das eingeschüchterte Mädchen an und nach ein paar Augenblicken erschien Schirin in der Türöffnung. Anscheinend hatte sie mich doch nicht so ganz verstanden! Schirin blickte starr auf den bemalten Zementboden und wusste nicht recht was sie tun sollte. Ich redete instinktiv weiter, musste den Moment nutzen, den ich unabsichtlich geschaffen hatte.

"Es ist mir gleich was sie denken," sagte ich mit der ganzen Autorität, der ich fähig war. "Kein Grund ist gut genug, um Mandira zu schlagen. Sie sollte sich was schämen. Sie ist die Mutter ihrer Enkelkinder und eine erwachsene Frau."

Schirin stotterte herum. Die alte Frau hatte sich aufgesetzt und hörte der Standpauke steif zu. Es war bizarr. Die blauen Augen wussten nicht, wo sie zuerst hinsehen sollten, aber ich behielt sie fest im Blick. Es gab jetzt kein Zurück mehr.

"Wenn man Respekt möchte, muss man erst andere respektieren." Schirin schien auch nicht alles zu verstehen und übersetzte mit Sicherheit nicht das, was ich sagte. Schon mal gar keine Beleidigungen.

"Das ist alles was ich zu sagen habe. Sie schlagen Mandira besser nicht wieder. Chudafiss, auf Wiedersehen!" Der Bann war gebrochen und ich marschierte aus dem teuer dekorierten Wohnzimmer.

Ich hatte gegen sämtliche Höflichkeitsregeln verstoßen und mich nicht um die Konsequenzen gekümmert. Oh je. Ich hatte keine Ahnung welche Konsequenzen mein impulsives Verhalten nach sich ziehen würde. Ich konnte nur hoffen, daß die Schwiegermutter es nicht an Mandira ausließ. Aber ich fühlte mich beschwingt, wie ich so die Straße hinuntereilte.

"Isabella, Isabella, warte!" Schirin lief hinter mir her und wir gingen schweigend zu Altafs Haus zurück. "Du hast Mut. Wie Mann," flüsterte sie.

Die anderen Frauen, die das Mittagessen vorbereiteten sagten nichts zu mir. Vielleicht war ich jetzt in Ungnade gefallen, weil ich strenge Regeln gebrochen hatte.

Um nicht einfach herumzusitzen, begann ich eine goldene

Borte an meinen neuen pfirsichfarbenen Seidenschleier zu nähen. Mira konnte den Anblick nicht ertragen und sagte etwas in einem recht bestimmten Ton.

Sie nahm mir die Nadel aus der Hand und hatte die Borte in einem Zug an den Schleier genäht. Ich merkte wie die anderen Frauen mir Seitenblicke zuwarfen, als ich Mira bei ihrer Arbeit zusah.

"Isabella, warum bist du zu der Frau von *Agu* gegangen? Du bist sehr zornig," begann Schirin.

"Ja, ich weiß. Ich wollte mit Mandiras Ehemann darüber sprechen, wie seine Frau behandelt wird. Schlagen ist einfach nicht richtig. Man muss gut zu Menschen sein."

"Aber er war nicht da."

"Genau. Ich wollte keinen Ärger machen, aber ich musste was sagen, wo ich schon mal da war."

"Du bist wie Mann, Isabella. Warum nicht wie Frau?"

Ganz nebenbei klopfte Schirin perfekt geformte Tschapatti und buk sie in der Pfanne. Mira sprach kurz mit ihr und Schirin schien ihr zu erklären, worüber wir sprachen.

"Mira fragt, warum du so böse warst. Du kennst Mandira nicht mal."

Das war natürlich richtig. Wie sollte ich ihr erklären, daß ich als kleines Kind meiner Schwester nicht hatte helfen können, aber jetzt erwachsen war und es konnte?

"Frauen sind eben anders in Europa, weißt du," sagte ich deshalb einfach. Schirin übersetzte und Mira sah mich zweifelnd an. Sie wagte es anscheinend nicht, weitere Fragen zu stellen. Ich könnte ja wieder wütend werden.

"Willst du sorry sagen zu Frau von *Agu*?" fragte Schirin und ließ den fertigen Tschapatti auf einen Teller gleiten.

"Du denkst ich sollte mich entschuldigen? Aber sie hat doch Mandira geschlagen." Das verstand ich nicht. Aus Konvention?

"Ich kann nicht gut erklären, aber ja."

"Nein, ich werde mich nicht entschuldigen." Schirin konnte nicht verstehen was ich getan hatte, aber sie erzählte mir später, daß Mandiras Misshandlungen aufgehört hatten. Im Moment jedenfalls. Es dauerte nicht lange, bis Nasra und Altaf von der Sache Wind bekamen.

Ich sah nicht viel von Altaf, weil er seinem Bruder bei den Hochzeits-Zeremonien helfen musste. Das war in Ordnung, denn ich hatte ihm noch nicht ganz vergeben.

"Was hast du dir dabei gedacht, die Frau des Dorfältesten anzufahren?" wollte er wissen, als wir uns wieder einmal sahen.

"Ich wollte eigentlich mit deinem Cousin sprechen, aber traf nur seine Mutter an. Ich kann es eben nicht ertragen, wenn Menschen geschlagen werden." Wie oft musste ich das denn noch erklären?

Nasra nickte zustimmend. "Es ist nur sehr ungewöhnlich so zu handeln. Aber ich glaube, man wird dir vergeben. Du kannst schließlich nicht wissen wie die Dinge hier laufen. Eine Frau aus dem Dorf hätte es nie gewagt die Frau des Dorfältesten zurechtzuweisen."

"Ja, das war nicht sehr diplomatisch, aber falsch ist falsch. So sehe ich das."

Altaf schien da anderer Meinung zu sein. "Du musst versuchen nicht alles so europäisch zu sehen," versuchte er mir klarzumachen. "Wir leben anders hier. Es kann Ärger geben, wenn du einfach machst was du willst."

"Meinst du das ist nur hier so? In Europa ist das oft auch nicht anders. Und ich hatte ja schon gesagt, daß ich eigentlich mit Mandiras Mann sprechen wollte. Außerdem, wenn man nie was tut, ändert sich auch nichts zum Besseren. Das ist mir zu mittelalterlich!"

"Mütter von Söhnen sind halt sehr wichtig hier. Wenn eine Frau keinen Sohn hat, ist das ein Problem für sie. Ihre eigene Schwiegermutter behandelt sie nicht gut und jetzt ist sie wichtig und behandelt ihre Schwiegertöchter genauso."

"Das ist aber nicht richtig. Das geht ja immer weiter so. Mandira hat aber doch Söhne. Nicht, daß ich das Ganze richtig finde!"

"So ist das eben," sagte Altaf.

SIEBTES KAPITEL

Die Hochzeitsvorbereitungen kamen jetzt so richtig in Gang, was mich erst mal von meinen trüben Gedanken ablenkte. Die Hochzeit war schließlich der Grund gewesen, warum ich nach Pakistan gekommen war.

Ich trug mittlerweile ausschließlich die Pandschabi-Tracht, die trotz der vorgeschriebenen langen Ärmel und Hosen die Tageshitze erträglicher machte. In Ammas Augen war ich jedoch noch nicht anständig genug angezogen. Es fehlte jeglicher Schmuck und das musste sich ändern!

Ein fahrender Händler, der Glasarmreifen in allen Farben und Größen verkaufte, wurde gerufen, um Nasra und mich standesgemäß auszustatten. Der Mann hatte bei mir sozusagen alle Hände voll zu tun, da meine Hände kräftiger waren als die der einheimischen Mädchen.

Er massierte Vaseline in die Haut, um sie geschmeidiger zu machen und hielt sie zusammengepresst, bis die Reifen darüber passten. Er drehte Amma auch gleich noch billigen Halsschmuck und Hänge-Ohrringe aus violettem Glas an; erst dann wurde ich für ordentlich angezogen erklärt.

Von jetzt an war es mit der Ruhe vorbei. Die Musik der klirrenden Glasarmreifen begleiteten mich, was auch immer ich tat und ich musste vorsichtig sein, damit sie nicht beim leichtesten Stoß zerbrachen.

Es war auch sonst recht laut.

Die traditionellen Trommelumzüge zogen durch die Strassen und wiederholten immer die gleichen Rhythmen: Tomtomtomtom Tom Tom Tom Tomtomtomtom.

Den ganzen Tag lang marschierten die Trommler auf den Dorfstraßen auf und ab, immer gefolgt von einer Kinderschar.

Wenigstens zwei Trommler trugen die Trommeln waagerecht um den Hals und schlugen mit gebogenen Stöcken auf sie ein. Wenn sie sich irgendwo im Dorf trafen, gab es zwei Solos und sie marschierten in unterschiedliche Richtungen weiter.

Sie kamen in die Höfe und immer mehr Kinder folgten ihnen durch die Straßen, genau wie beim Rattenfänger von Hameln. Ich lief mit den anderen Mädchen mit und die Kleinen hielten sich an jedem Finger meiner Hand fest. Ich sang mit ihnen so gut es ging: "Oh Schaadi-i-i, oh Schadi-i-i, oh Schaadi-i-i."

Dann war es an der Zeit für den Bräutigam die Aussteuer offiziell an die Familie seiner Braut zu übergeben. Faruk kam auf einem Pferd ins Dorf geritten, mit einem Schleier aus goldenem Lametta vor dem Gesicht und einem gebogenen Schwert in der Hand. Offenbar war Faruk solch galante Betätigungen nicht gewohnt und er kam nicht ohne Hilfe seiner Brüder aus dem Sattel.

Eine Prozession wurde von den Trommlern angeführt und die Gäste kamen in den Hof, wo man schon auf seine Ankunft wartete. Alle saßen im Kreis um die auf Decken ausgebreitete Aussteuer herum.

Jeder Sari, jeder Armreif und jedes Stück Seife wurde vorgeführt und fein säuberlich in ein Notizbuch eingetragen. Die Familie heftete Geldscheine an Nasras Sari. Das Geld wurde später gezählt und der Betrag kam ebenfalls ins Notizbuch. Nasra saß die ganze Zeit unter ihrem goldbestickten Schleier in gespielter Teilnahmslosigkeit.

Genau wie bei meiner Hochzeit damals, dachte ich. *Nur, daß die Reiter geübte Kämpfer waren und meine Aussteuer prächtiger.*

Ach Unsinn, schalt ich mich sofort, *ich bin weder verheiratet noch habe ich eine prächtige Aussteuer.* Meine

Fantasie ging wohl mit mir durch. Und überhaupt; falls ich mich jemals dazu entschließen sollte zu heiraten, würde es mit Sicherheit nicht so wie hier vonstatten gehen. So war ich in meine eigenen Gedanken vertieft und ignorierte Altafs Blicke so gut es ging, um ihm keine Hoffnungen zu machen.

Zum Schluss kamen die kostbarsten Stücke der Aussteuer an die Reihe: eine ganze Juwelen-Garnitur aus Gold-gefassten Rubinen. Halsschmuck, Ohrringe, Nasenring mit Kette und schwere Armreifen! Die wertvollen Stücke wurden auf dunklem Samt herumgereicht, damit jeder sie bewundern konnte.

"Das ist ja ganz anders als bei den Hindus," sagte ich flüsternd zu Schirin. "Warum gibt der Ehemann ihr denn so teuren Schmuck?"

"Braut ist so viel wert. Wenn sie scheiden lassen, behält sie Schmuck."

"Wirklich?"

"Ja, wirklich."

Nach der langwierigen Zeremonie folgten wir den Trommlern zu Fuß zum benachbarten Dorf. Es ging querbeet auf Feldpfaden entlang. "Wir holen andere Familie," erklärte Schirin.

"Es gibt noch mehr?" fragte ich erstaunt, aber Schirin hörte mich nicht.

Im Dorf angekommen, begannen die Frauen sofort zum Trommelrhythmus mit Metallkannen auf dem Kopf zu tanzen. Jemand reichte mir eine solche Wasserkanne, und trotz meines Protestes blieb mir nichts anderes übrig als einen Tanz im Kreise rhythmisch klatschender Dorffrauen aufzuführen.

"Du nicht schlecht," lobte mich Schirin lachend.

"Doch ich war ganz schlecht," lachte ich jetzt auch.

Die Trommler führten uns durchs hintere Tor nach Khadriala zurück, wo schon Musikanten, Feuerschlucker, ein Elefant und ein Kamel warteten.

Die jungen Leute kletterten abwechselnd auf die Rücken

der Tiere und bevor ich mich weigern konnte, wurde ich auf den Nacken des Elefanten gehoben. Ich starb fast vor Angst, als sich das Tier langsam erhob. So hoch hatte ich es mir nicht vorgestellt.

Der Elefant wedelte mit den lappigen Ohren und stieg von einem Vorderbein aufs andere bis mir schier schwindlig wurde. Als er endlich wieder in die Knie ging, mussste mir jemand helfen, auf dem baumstamm-dicken Bein herunterzurutschen.

Die Trommler unterhielten die Dorfbewohner in Khadriala noch den ganzen nächsten Tag, an dem die Braut von weiblichen Verwandten gewaschen und geölt wurde. Nasras großer Tag - die Nikah - war da.

Am Vorabend der Hochzeit kam Schirin aufgeregt angelaufen. "Isabella, der *Agu* will dich sehen. Allein. Du musst... gleich... hingehen."

Oje, ich ahnte nichts Gutes. Vielleicht wollte mir der Klanführer wegen meines respektlosen Verhaltens seiner Frau gegenüber Vorhaltungen machen. Vielleicht wurde ich noch vor der Hochzeit verbannt.

"Warum denn nur mich?" fragte ich zurückhaltend. "Kann Altaf nicht auch mitkommen?"

"Er hat nicht gesagt warum. Nur, daß du musst allein kommen."

"Sollte ich mir deswegen Sorgen machen?" fragte ich Altaf. Die Sache schien ihm unangenehm zu sein. Ich gefährdete sein Ansehen im Dorf.

"Ich werde dich hinbringen. Geh' und sieh' was er will. Er ist der wichtigste Mann hier in Khadriala."

"Vielleicht will er mich ja aus dem Dorf ausweisen. Ich habe zu viel Ärger gemacht. Er will mir wahrscheinlich sagen, daß ich mich aus seinen Angelegenheiten 'raushalten soll."

"Das glaube ich nicht." Altaf sah nicht sehr überzeugt aus.

Ich nahm meinen Mut zusammen und lief hinter Altaf durch die Straßen zu dem eindrucksvollen Haus Er ließ mich vor dem mächtigen Holztor stehen und ich klopfte an. Der souveräne Agu öffnete höchstpersönlich und führte mich schweigend in den Wohnraum, den ich ja schon kannte.

Ich konnte mich schwach an den stattlichen Mann von etwa 60 erinnern: er war unter den ersten Besuchern gewesen, an meinem ersten Tag in Khadriala.

Groß und breitschultrig, in einem hochgeschlossenen Anzug, gab er eine würdevolle Figur ab. Im Licht der Gaslampen sah sein bärtiges Gesicht edelmütig und weise aus. Es war leicht zu sehen, warum dieser Mann der Anführer seines Klans war. Niemand sonst war zu sehen und ich erwartete das Schlimmste.

"Setze dich bitte," sagte er in bestem Englisch. Ich setzte mich auf einen bereitgestellten Schemel. "Tschai?"

"Ja bitte." Der Dorfälteste goss mir aus einer verzierten Silberkanne ein. Es war ungewöhnlich von einem älteren Mann bedient zu werden. Bisher hatte ich das nur mit Chacha Sardar erlebt. Ich wartete ab.

"Mir ist der Vorfall mit Mandira und meiner Frau zu Ohren gekommen," begann er. Oh je! Endlich kamen wir zum eigentlichen Grund meiner Vorladung. "Ich war auf Geschäftsreise. Noch nie hat es jemand gewagt, so mit meiner Frau zu sprechen. Noch nicht einmal ich."

Ich sah mich schon meinen Koffer packen und in Ungnade aus dem Dorf abreisen. Vielleicht konnte ich ja in Nasras Dorf wohnen…

"Es tut mir leid," entschuldigte ich mich, bevor er weiter reden konnte. "Es war nicht meine Absicht, sie respektlos zu behandeln. Eigentlich wollte ich mit Ihrem Sohn sprechen und ihm sagen, daß er sich mehr für seine Frau einsetzen soll. Ich kann Gewalt einfach nicht tolerieren."

"Ich will dir keine Vorwürfe machen," sagte der Agu. Ich brauchte einen Moment, um zu begreifen, daß mir keine Strafe drohte.

"Ich muss sagen, ich bewundere deinen Mut." Unsere

Konversation nahm eine ganz andere Richtung an.

"Wirklich?"

"Gewalt zerstört die Seele und Mandira kann sich nicht wehren. Sie ist die Mutter meiner Enkelsöhne. Ich bin nicht immer hier, um zu wissen was in meinem Haus passiert, aber der Ton wird sich ab jetzt ändern. Ich habe genug Gewalt erlebt, um zu wissen, wovon ich rede." Der *Agu* machte eine Pause, um seine Gedanken zu sammeln.

"Am Ende des Zweiten Weltkrieges..." fuhr er fort, "...nahmen die Briten viele junge Männer grundlos fest. Du weißt sicher, daß Indien ein britisches Protektorat war und Pakistan damals noch nicht existierte?"

Ich nickte wortlos.

"Sie zwangen uns in die Armee. Entweder in einem britischen Gefängnis hier leiden oder gegen die Deutschen kämpfen. Kanonenfutter! Wir hatten keinen Grund gegen die Deutschen zu kämpfen, aber wir hatten keine andere Wahl. Die meisten entschlossen sich mit den Briten in den Krieg zu ziehen." Der Dorfälteste seufzte. "Wir wussten kaum, was die Gründe für diesen Krieg waren. Bevor ich wusste wie mir geschah, befand ich mich auf einem Schiff nach Europa."

"Sie waren in Europa?"

"Ja, sogar in Deutschland."

Au weia, würde er mir jetzt vorwerfen, ein Nazi zu sein, wie Raymonds kleiner Bruder es getan hatte? Aber der Agu hatte nichts dergleichen im Sinn.

"Die Deutschen waren gut zu uns." Ich sah ihn überrascht an. "Wir wurden fast sofort gefangen genommen und bekamen keine Gelegenheit zu kämpfen. Ich verbrachte den Rest des Krieges in einem deutschen Gefängnis."

"Das tut mir sehr leid..."

Er unterbrach mich. "Der Gefängniswärter war gut zu uns. Er brachte mir deutsches Essen: Bratkartoffeln und Gulasch zum Beispiel. Er war ein guter Mann."

Ich saß mit offenem Mund da. Dieser noble Mann hatte

gute Deutsche getroffen - während des Zweiten Weltkriegs!

"Ich habe eine Überraschung für dich, Isabell." Der Agu stand auf und ging zu einer Kochplatte in der Ecke des Zimmers hinüber. Er nahm zwei Kochtöpfe und stellte sie vor mich auf den niedrigen Tisch. Mit einer Magiergeste nahm er die Topfdeckel ab.

Als der Patriarch meinen Gesichtsausdruck sah, hellte sich sein Gesicht auf. In den Töpfen befanden sich Bratkartoffeln und Gulasch. Natürlich gab es keinen gebratenen Speck, aber in Pakistan ging es wohl kaum deutscher als das Essen, das vor mir stand.

"Ich habe die Bratkartoffeln selbst gemacht," verkündete der Dorfälteste stolz. "Und sogar das Gulasch."

Das gab's doch nicht! Ein pakistanischer Mann in seiner Stellung?! Er würde mich nicht aus dem Dorf werfen und hatte sogar selbst für mich gekocht!

"Was soll ich dazu sagen, Herr Agu?" meinte ich etwas unbeholfen. "Das ist ja unglaublich! Dankesehr. Ich bin beeindruckt!"

"Ich habe lange darauf gewartet, die gute Behandlung, die ich erfahren habe, an jemanden weiterzugeben. Jetzt habe ich die Gelegenheit, einem Deutschen heimatliches Essen vorzusetzen."

Ich war vollkommen sprachlos. Wer hätte das gedacht?

Dem Dorfältesten gefiel der Effekt seiner Überraschung. Diese Säule mittelalterlichen Dorflebens, der dauernd von hinten bis vorne bedient wurde, hatte ein deutsches Essen für mich zubereitet. So langsam sank die Tatsache ein.

Wir assen mit Messer und Gabel und unterhielten uns über England und Deutschland und Pakistan. Es war nicht zu übersehen, daß dieser welterfahrene Mann sehr stolz darauf war, Pakistani zu sein.

Er war auch ein Fan des pakistanischen Cricket-Teams und konnte nicht verstehen, daß ich noch nie etwas von Cricket gehört hatte. Er nötigte mich mehr zu essen und schaufelte noch mehr Gulasch auf meinen Teller.

"Wissen Sie, Herr Agu," sagte ich. "Sie sind schon erstaunlich. Ich dachte daß etwas anderes passieren würde, weil ich mich gegen Ihre Sitten benommen hatte. Und jetzt sind sie so freundlich zu mir, kochen mir Essen aus meiner Heimat. Ich möchte mich bei Ihnen dafür bedanken."

Er nickte wohlwollend. "Wir führen ein einfaches Leben auf dem Lande, aber ich wollte nicht, daß du nach Deutschland zurückkehrst und denkst, wir seien grausam und rückständig."

"Das denke ich bestimmt nicht."

"Unser Zweig des Klans stammt von zwei noblen Vorfahren ab: von den Mogulen und den Radschputen," fuhr er fort. "Wir neigen jetzt mehr zu der moslemischen Seite, aber mein Großvater zitierte immer einen Vers im Mahabharata: 'Es gibt in allen drei Welten nichts, was außerhalb der Reichweite des Mutigen liegt'. Und du hast Mut, Isabell."

Ich hatte noch nie etwas vom Mahabharata gehört, aber der Spruch gefiel mir. Der Agoo war schon erstaunlich. Er hatte mir sogar ein ungewöhnliches Kompliment gemacht. Wer immer dieser deutsche Gefängniswärter in den letzten Tagen des Zweiten Weltkriegs gewesen sein mag, ich empfand im Moment nichts als Dankbarkeit für ihn.

Nachts träumte ich von einer Hochzeit, die vor langer Zeit stattgefunden hatte. Die Farben und Gerüche und Gefühle waren so echt als wäre ich tatsächlich dort und der Traum wollte gar nicht wieder enden.

Ich beaufsichtigte die Dienstboten bei den Hochzeitsvorbereitungen meines ältesten Sohnes. Er heiratete ein schönes Mädchen von gutem Charakter aus einem Jammu-Klan. Sie war hervorragend zur Ehefrau geeignet. Ich war in einen jadefarbenen Sari gekleidet und sah nach unten auf meine neuen goldbestickten Pantoffeln.

Die Horoskope waren vorteilhaft, die wichtigsten Zeremonien hatten stattgefunden. Jetzt würde mein Sohn in seinem langen goldenen Mantel auf einem Elefanten angeritten kommen, ein Schwert in der erhobenen Hand. Seine Braut würde noch mehr Schmuck tragen als er. Ein juwelenübersätes Halsband, goldene Armreifen und Ringe, Haarschmuck und Ohrringe und Zehenringe. Die schönste Radschputenprinzessin, die Dâstân je gesehen hatte.

Die Dholan Musiker kamen. Unsere Dienstboten rannten hierhin und dorthin und legten letzte Hand an die 'Mehfil' auf der geschlossenen Terrasse, die für die Frauen reserviert war. Hier würden wir uns abends in unseren leuchtenden Gewändern zu Musik und Tanz versammeln.

Das Essen wartete auf Platten in der Küche. Vegetarische und nicht-vegetarische Gerichte. Der Duft von Alu Gobi und Dal-bati, aus Linsen und gerösteten Knödeln mit eingemachten Beeren, den Lammbraten und die Fischgerichte.

Ein Festessen, das dem Status unserer Familie entsprach. Mansur hielt sich noch in seinen Gemächern auf, um wie so oft Schriftliches zu erledigen. Ich war glücklich, konnte die tiefe Freude spüren, die ich damals gefühlt hatte. Endlich Enkelkinder. Endlich!

Die Großmutter meines Mannes war von weit her angereist. Ihre schneidenden Bemerkungen taten weh, aber ich würde mich nicht mit ihr streiten. Nicht heute an diesem wunderbaren Tag. Ihre Gegenwart musste ertragen werden. Wir waren Krieger. Stark und mutig. Und duldsam.

Ich wachte kurz auf. Es war noch dunkel. Die Frau im Bett neben mir schnarchte leise.

Hilfe, so einen ausführlichen Traum hatte ich noch nie gehabt! *C.G. Jung, Sigmund Freud und Dr. Albrecht. Wo ist nur ein qualifizierter Psychologe, wenn man mal einen braucht?* Der flüchtige Gedanke kam und ging und ich schlief wieder ein.

Am frühen Morgen fuhren wir mit Rikschas und Minibussen zu Nasras Dorf, das etwa eine Stunde entfernt lag. Ich hatte immer noch ein dumpfes Gefühl Altaf gegenüber und ich setzte mich lieber neben Schirin. Seine Familie dachte wahrscheinlich, wir hätten einen kleinen Ehestreit gehabt, und sie ließen mich gewähren.

"Was wollte Agu gestern von dir?" fragte Schirin mich flüsternd.

"Er war sehr nett und hat mir Essen vorgesetzt," flüsterte ich zurück. Der Agu hatte mich gebeten niemandem von unserer Unterhaltung und dem selbstgekochten deutschen Essen zu berichten, da es seine Autorität untergraben könnte.

"Wirklich? Nicht so viel Chili?" Schirin überspielte ihr Erstaunen.

"Nein, kein Chili."

"Das ist sehr nett von ihm. Mandira ist eine gute Köchin."

"Ja."

Wir waren da. Nasras Zuhause war um einiges großartiger als das ihres zukünftigen Ehemanns. Das ganze Dorf war großartiger als Khadriala.

"Nasras Familie ist wohlhabend," hatte mich Schirin auf der Fahrt in die Tatsachen eingeweiht. "Ihr Vater ist Regierungsbeamt."

"Regierungsbeamter?"

"Ja, Regierungsbeamter. Wir dürfen keine Musik mache noch tanzen. Trommeln auch nicht," sagte die junge Frau resigniert.

"Aber warum denn nicht?" Ich verstand nicht. In Khadriala war die Stimmung doch so fröhlich gewesen.

"Das Militär hat verboten."

"Was hat das Militär mit Musik zu tun?"

Schirin zuckte mit den Schultern. "Ich kann nicht erklären."

Die Gäste der Braut saßen schon im Garten und taten sich an dem guten Essen wohl. Große Platten mit Tschawel - Reis mit würzigen Fleischstücken - waren auf langen

Tischen verteilt. Nasra war im Haus und zog sich um. Ich wollte mich gerade setzen, als Schirin angelaufen kam.

"Nasra möchte, daß du zu ihr kommst," sagte sie außer Atem und lief mit meinem Teller hinter mir her ins Haus.

In einem großzügig ausgestatteten Zimmer, unter dem wachsamen Auge von Präsident Zia ul-Haq, saß die Braut schleierlos auf ihrem Bett. Ihre Arme und Hände waren von dunkelroten Hennamustern bedeckt.

Nasras Mutter und ihre Schwestern strichen ihre Kleider glatt, frisierten sich die Haare und legten mehr Make-up auf. Die Frauen ignorierten mich und ich starrte fasziniert auf die Szene.

"Warum kommst du denn nicht nach draußen?" fragte ich Nasra unschuldig. "Faruk sitzt ja ganz allein am Tisch."

Eine vornehme Schwester verstand mich offenbar und schnaubte verächtlich.

"Sie ist nicht mal Moslem," zischelte sie und zeigte mit dem Kinn auf mich. "Sie sollte nicht hier drinnen sein. Sieh nur, wie ärmlich sie angezogen ist."

"Asma! Sie ist mein Gast," wies Nasra sie barsch zurecht. "Benimm' dich gefälligst. Entschuldige, Isabell, meine Schwester hat ihre Manieren vergessen."

Es war das erste Mal, daß ich kulturelle Feindseligkeit zu spüren bekam. Asma zog sich mit gesenktem Kopf zurück.

"Weißt du Isabell, bei uns ist das anders. Ich darf Faruk offiziell noch nicht sehen und auch nicht draußen mitfeiern. Wir haben vorhin getrennt den Ehevertrag unterschrieben."

"Wirklich, du darfst nicht mitfeiern? Bei deiner eigenen Hochzeit?" Ich hatte mir das anders vorgestellt.

"Naja, wir haben ja in Khadriala schon vorgefeiert."

"Da gab es wenigstens Musik," bemerkte ich. Das war wohl ein Fehler, denn die Frauen im Zimmer hielten sich auf einmal sehr steif. War ich wieder ins Fettnäpfchen getreten? Nasra schien das wenig zu kümmern.

"Khadriala ist in einer eher liberalen Gegend im Vergleich zu hier. Deshalb feiern wir hier anders," sagte sie offen.

"Aha. Wann ist denn die Zeremonie?"

"Oh, es wird keine Zeremonie geben. Wir mussten nur vor Zeugen den Vertrag unterschreiben. Vor männlichen Verwandten beiderseits. Das nennt sich Nikah-Naama. Um sicherzugehen, daß ich nicht in die Ehe gezwungen werde. Jetzt muss ich erstmal im Haus bleiben, bis die Feierlichkeiten zu Ende sind. Dann werden wir gemeinsam nach Khadriala zurückkehren." Sie trug etwas roten Lippenstift auf.

"Das ist alles, keine Zeremonie?" Ich war enttäuscht. Die anderen edel-gekleideten Frauen hielten sich sichtbar zurück.

"Ja, ist das bei euch nicht auch so?"

"Nein. Bei uns heiraten wir in weißen Kleidern in der Kirche oder auf dem Standesamt. Und danach wird groß gefeiert."

"Hmm, ich glaube in England ist das auch so. Aber ich hatte nie was damit zu tun. Es kam manchmal im Fernsehen."

Die Geduld von Nasras Mutter schien erschöpft zu sein. Ihrer Körpersprache nach zu urteilen und sie begann Kleidungsstücke herumzuwerfen. Ein klares Zeichen.

"Ok, vielleicht sollte ich nach draußen gehen und sehen was die anderen machen…" sagte ich unsicher.

"Danke, daß du gekommen bist, Isabell. Wirklich," sagte Nasra und ich ging. Draußen setzte ich mich verwirrt neben Schirin. Sie hatte mir einen neuen Teller mit Reis und Fleisch aufgefüllt. Den anderen Teller hatte ich im Haus vergessen.

"Warum sind die Frauen hier denn so feindselig?"

"Feindselig?"

"Ja, weißt du - unfreundlich."

"Ach so. Das ist Nasras Familie. Sie sind besser als wir. Sie denken. Viel Geld und Regierung. Mutter ist nicht glücklich, daß Nasra eine arme Familie heiratet."

"Sie denken, Nasra heiratet nach unten? Wie arrogant."

Schirin sah mich fragend an.

"Sie sind nicht nett," erklärte ich und sie nickte.

Meine Bewunderung für Nasra wurde von Minute zu Minute größer. Sie musste einen sehr starken Charakter haben! Es musste schwer sein, sich gegen so viel Widerstand durchzusetzen.

"Nein, aber Faruk und Nasra sind glücklich."

"Ja, das ist am wichtigsten. Ich wünschte nur, es gäbe Musik und Tanz wie in Khadriala."

"Ja." Schirin machte sich über den Nachtisch her, der jetzt gereicht wurde. Weiße Bällchen mit grünen Pistazien bestreut und orangene Gitter aus Teig, der in heißem Öl frittiert wurde.

Nach einiger Zeit erschien die Braut mit gesenktem Kopf, in einen goldbestickten dunkelroten Schleier gewickelt und setzte sich neben Faruk. Ihre Mutter öffnete den Dabatta, damit alle Nasras Gesicht sehen konnten. Faruks Gesicht strahlte unter dem seidenen Turban. Dann fingen die Gäste an, sich auf den Weg zu machen.

Die Hochzeit war abrupt vorüber.

Altaf tauchte auf einmal neben mir auf. "Komm' Isabell, wir müssen das Brautpaar begleiten."

"Wohin? Was passiert denn jetzt?"

"Wir begleiten sie auf die Straße," sagte er. "Dann fahren die beiden im Minibus nach Khadriala zurück. Wir gehen alle jetzt."

"Schon?" fragte ich überrascht.

"Komm' wir müssen uns beeilen."

Faruk und Nasra standen vor dem Haus und jemand hielt ein Buch über den Kopf der Braut. Dann hielt ein anderer Mann das Buch und jeder, der das Buch hatte, hielt eine kurze Rede.

"Altaf, was ist das für ein Buch?"

"Das ist der Koran. Sie beten, daß Nasra eine gute moslemische Ehefrau werden soll, die sich an die Regeln des Korans hält."

"Also doch eine kleine Zeremonie."

"Nur eine kleine. Sie sind sehr streng hier. Es ist besser, wenn wir auch gleich gehen. Ich will mich nicht mit Nasras Bruder anlegen."

"Wieso, mögt ihr euch nicht?" Aber Altaf hatte schon

eine Rikscha gestoppt und winkte mich zu sich. Ich saß den ganzen Rückweg zwischen einer dicken Frau und Altaf gedrängt. Die Sache mit Nasras Bruder hatte ich schnell wieder vergessen.

Während der nächsten paar Tage bekam man nicht viel von Nasra und Faruk zu sehen und ich vermisste die Unterhaltungen mit der eigensinnigen, jungen Frau. Altaf hielt sich an unsere Vereinbarung und machte Pläne für einen Ausflug nach Islamabad, Rawalpindi und nach Murree in Kaschmir.

"Chacha Sardar wird uns nach Islamabad begleiten. Er hat dort eine Wohnung und wir können bei ihm übernachten. Außerdem hat er noch eine Woche Urlaub und will mit uns Ausflüge machen. Ich habe noch eine Tante in Islamabad, aber die ist schon weg und ich konnte sie nicht erreichen."

"Ich überlasse dir das. Klasse, daß ich endlich mehr von dem Land zu sehen bekomme. Ist Islamabad weit weg?"

"Fast eine Tagesreise nach Westen. Montag früh geht's los. Wir können auf dem Weg beim neuen Tarbela Staudamm anhalten. Chacha Sardar ist sehr stolz darauf."

Das war in zwei Tagen.

"Ja warum nicht, ich sehe mir auch einen Staudamm an."

Am Wochenende sagte mir Altaf, daß eine Gruppe junger Leute zu einem Pferderennen ganz in der Nähe aufbrechen wollte. Wir waren eingeladen.

"Mamu Aschraf, der Bruder meiner Mutter, ist Teilhaber im Rennclub. Der Club hält ein Pferderennen außerhalb von Jhelum ab. Es ist formell und wir müssen uns schick machen. Wir werden sicher Spaß haben. Nasra und Faruk kommen auch mit."

Es war das erste Mal, daß die Neuverheirateten sich in der Öffentlichkeit sehen ließen. Nasra trug das obligatorische Rot einer jungverheirateten Frau und borgte mir einen ihrer vielen Saris. Eine rosa Saribluse zu einer langen hellrosa Stoffbahn mit silberbestickter Borte.

"Wie ziehe ich das am besten an?" wollte ich wissen

und sah stirnrunzelnd auf die Stoffbahn.

"Zuerst musst du die Bluse und den Unterrock anziehen." Nasra half mir in die Kleidungsstücke und nahm die rosa Stoffbahn in die Hand.

"Schau, du musst den Stoff über deiner Hand hin und her aufwickeln, um die Falten zu machen," wies sie mich an. "Nein, du hältst sie so zusammen. Dann steckst du die Falten vorne in den Unterrock. Hier, stecke sie mit einer Sicherheitsnadel fest. Ja genau so."

"Nasra," sagte ich, als sie mit der Sicherheitsnadel im Mund neben mir kniete. "Kannst du dir vorstellen, daß Amma dich jemals schlagen wird?"

Sie nahm die Sicherheitsnadel aus dem Mund und lachte hell auf. "Nein! Amma ist die netteste Schwiegermutter, die man sich wünschen kann. Warum fragst du das?"

"Ach, es ging mir nur einfach so durch den Kopf. Meinst du, daß deine Mutter ihre Schwiegertochter schlecht behandeln würde?"

"Das weiß ich sogar. Meine Mutter ist nett zu ihren Töchtern, aber die Frau meines Bruders hat es nicht leicht... so genug mit dem morbiden Gerede. Komm', du bist fertig. Die anderen warten auf uns."

Zunächst fühlte ich mich etwas unbeholfen in dem gewickelten indischen Gewand. Hemd und Hose waren besser. Der Sari wurde hier auch anders gewickelt, als die Verkäuferin in London es mir und Zohra gezeigt hatte und das Ende trug man über dem Kopf wie einen Schleier. Aber dann gewöhnte ich mich daran und nach einer Weile kam ich mir sehr feminin im Sari vor.

"Ach Isabell, du siehst wie eine Einheimische aus," lobte Altaf.

"Und du trägst einen Turban - ganz wie ein Radschput." Ich fühlte mich nicht mehr ganz so unbehaglich mit ihm.

"Ein Radschput?"

"Ja, ich habe das mal auf einem Bild gesehen," log ich.

Die Männer hatten sich alle fein gemacht und waren

sehr elegant im weißen Pandschabi Anzug, dunkler Weste und vorn gefächertem Turban. Als wir mit unseren Rikschas auf dem Rennplatz ankamen, führte uns Mamu Aschraf stolz seinen weißen Hengst vor.

"Sein Name ist Prïnda." Der Hengst neigte den Kopf auf und ab.

"Ja, Prïnda, du kennst deinen Namen, nicht war? Was für ein schönes Tier! Er ist doch sicher ein Marwari Pferd," sagte ich unbedacht.

"Du kennst dich mit Radschput-Pferden aus?" fragte Mamu Aschraf.

"Ein wenig. Mein Pferd Kalyan…" begann ich stolz und hielt erschrocken inne. Die Männer sahen mich erstaunt an. Wie sollte ich ihnen das erklären?

"Ach, nichts. Prïnda ist bestimmt einer der Favoriten, oder?

Mamu Aschraf sah mich noch einen Moment ungläubig an, dann war meine verwirrende Bemerkung vergessen. Der Marwari Hengst legte seine Schnauze in meine Hand und Mamu Aschraf gab mir ein Stück Zucker für ihn.

"Er scheint dich zu mögen."

"Ja, Prïnda ist so ein wunderschönes Tier. Nicht wahr, Prïnda?"

"Du wirst uns Glück bei den Rennen bringen, Isabell," lachte Altaf. "Kommt, wir stellen uns dort drüben an die Brüstung. Ich glaube, das erste Rennen fängt gleich an."

Die Reiter hielten Lanzen nach vorne und sausten auf Kommando los. Nasra und ich lachten vor Aufregung, als die prächtigen Pferde im vollen Galopp an uns vorbeistürmten. Wie gerne wäre ich mitgeritten!

So wie ich es schon oft getan hatte, dachte ich. Dabei war ich, Isabell, noch nie auf einem Pferd gesessen! Die Männer inspizierten die Pferde, bevor die Gewinner vorgeführt wurden. Prïnda war einer der Sieger.

Nasra und ich lehnten uns in der Pause gegen die Latten eines Holzzauns im Schatten, tranken Cola und assen unsere Snacks.

"Ich wollte dich etwas fragen," platzte ich heraus.

"Ja?" Nasra nahm einen Pakora aus der öligen Papiertüte.

"Warum gibt es eigentlich blonde Menschen in Pandschab?" fragte ich.

"Du meinst wie die beiden dort drüben?" Sie sah zu einer Gruppe Männer hinüber, dann schnell wieder weg.

"Ja, und die Frau vom Agu zum Beispiel. Ich habe noch andere in Jhelum gesehen," sagte ich.

"Gute Frage. Manche denken, es hat was mit den Engländern zu tun. Aber die alten Leute sagen, es waren Griechen, die sich im Norden angesiedelt hatten."

"Griechen?"

"Ja, Soldaten oder Händler. Keiner weiß das mehr so genau. Es gab über die Seidenstraße Kontakt mit dem Westen. Das muss aber schon ewig lange her sein."

"Wirklich, Griechen?" wiederholte ich verdutzt.

"Vielleicht. Die Frau des Agu kommt aus Kaschmir. Aus Jammu. Irgendeine Familienverbindung. Mein Bruder hat übrigens rötliche Haare."

Darüber musste ich erstmal nachdenken. Wir verbrachten den gesamten Nachmittag bei den Pferderennen und kamen am späten Nachmittag guter Dinge nach Khadriala zurück. Ich war todmüde und ging früh schlafen.

"Isabell, Isabell, aufwachen! Schlafmütze, es ist Zeit zum Aufstehen." Ich brauchte eine Weile, bis ich begriff, daß ich nicht mehr in den Hügeln des Pir Panjal auf meinem Pferd ausritt. Daß ich keine Zuchtpferde besaß und nicht die junge Edelfrau Nusrat war. Nur die Deutsche Isabell Bertrand im Urlaub in Pakistan, und daß Faruks Frau Nasra meine Schultern schüttelte.

Ich verabschiedete mich kurz von allen. Schließlich würde ich nur eine Woche fort sein. Eine Schultertasche genügte. Koffer und Gitarre bleiben in Khadriala. Altaf, Chacha Sardar und ich nahmen eine bestellte Rikscha nach Jhelum. Dort angekommen, wartete ich an der sandigen

Bushaltestelle, während die beiden Männer etwas zu essen kauften.

Ein Kreis neugieriger Menschen bildete sich um mich und ich begann nervös zu werden. Ich zog mir die Tjuni tiefer ins Gesicht und versuchte uninteressiert nach unten zu sehen. In ihren eigenen Häusern trugen die Frauen oft den Schleier auf den Schultern, aber ich hatte gelernt, daß dies in der Öffentlichkeit nicht ging.

Frauen trugen auch oft lange Gewänder und dunkle Burkhas mit gehäkelten Fenstern zum Durchsehen. Kinder traten plötzlich in den Kreis und fassten mich an. Ein Junge zog an meiner Tjuni.

Was um Himmels willen sollte ich tun?

"Ho, Chalo chalié!" hörte ich Chacha Sardar rufen. Ich atmete auf.

Der Onkel rief noch so einiges mehr, das ich nicht verstehen konnte. Der Ton seiner Stimme ließ aber keinen Zweifel zu, daß er es gewohnt, war mit Autorität zu sprechen. Der Kreis wich zurück, öffnete sich und ließ ihn ehrfürchtig gewähren.

Er trug eine Sandwichtüte mit gekochten Eiern und Tschapattis vor sich her, die er aus Khadriala mitgebracht hatte. Mit der anderen Hand bahnte er sich einen Weg. Chacha Sardar führte mich am Arm in den Schatten vor dem Laden, in dem Altaf noch für mehr Essen und Flaschen mit Sprite und Cola bezahlte. Die Menge löste sich auf.

"Was wollten diese ganzen Leute schon wieder von mir?" fragte ich einigermaßen beunruhigt.

"Eines der Mädchen dachte, du seist ein bekannter Filmstar."

"Ein Filmstar? Wird das jetzt immer so sein, wenn ich mich draußen sehen lasse?" seufzte ich.

"Ich hoffe nicht. Wir sollten dich aber nicht aus den Augen lassen."

Altaf kam und gab mir eine Sprite-Flasche, damit ich die bittere Medizin, von Hakim einnehmen konnte. "Du musst etwas essen," meinte er fürsorglich.

“Später vielleicht. Ich bin jetzt zu nervös.”

“Na gut, dann trink’ wenigstens mehr. Es wird heiß heute.”

Ich nahm einen Schluck aus der Flasche und schluckte die Medizin. “Was sollen wir machen, wenn Leute mich wieder anfassen wollen?” fragte ich ihn.

“Wenn jemand fragt, sagen wir einfach, daß du aus Kaschmir kommst. Das haben wir auf dem Basar doch auch gemacht. Das glaubt uns jeder. Es gibt hier noch andere Leute aus Kaschmir und in der Stadt ist es nicht ungewöhnlich so auszusehen wie du. Wir reden dann einfach Deutsch und sagen es ist ein Dialekt aus unserer Gegend.”

“Gut, wenigstens ein Plan. Solange ich nicht dauernd angefasst werde, soll es mir recht sein.”

“Du kannst die Tjuni im Bus abnehmen.”

“Bist du sicher?”

Altaf nickte. Chacha Sardar zeigte auf einen der Busse, die gerade parallel im Sand parkten. “Hier kommt schon unser Bus. Kommt, damit wir gute Plätze bekommen,” sagte er.

Wir fuhren gemächlich auf der Landstraße nach Westen in Richtung Islamabad. Die üblichen Zahnärzte und Bettler flanierten durch den Bus, aber ich fand sie diesmal nicht mehr so interessant wie am Anfang.

Nicht weit vom nächsten Dorf entfernt, kam der Bus auf einmal am Straßenrand zum Halten.

“Was ist los? Machen wir Pinkelpause?” fragte ich verschlafen.

“Ich glaube nicht. Zwei Männer, die beim letzten Stop eingestiegen sind haben sich mit dem Busfahrer gestritten. Vielleicht hat es was damit zu tun,” erwiderte Altaf.

Chacha Sardar lehnte sich zu Altaf über den Gang hinüber. “Da steht ein Kleinlastwagen vorm Bus,” meinte er besorgt. Ich saß am Fenster und konnte überhaupt nichts sehen.

Zwei Männer drückten die vordere Tür auf und ein paar Frauen schrien. Ich sprang auf und sah durch die Fenster, daß ein Mann auf der Ladefläche des Pickup-Trucks einen

Cricketschläger in der Hand hielt. Unser Busfahrer wurde hochgezogen und durch ein offenes Fenster in den Kleinlastwagen gestoßen. Unter den Passagieren herrschte Chaos. Alle schrien und redeten durcheinander.

Jemand öffnete die Türen und viele sprangen auf den Straßenrand hinaus.

"Isabell, bleib hier!" Ich setzte mich wieder neben Altaf.

"Was, was ist gerade passiert?" Es war mir unbegreiflich.

"Bleib sitzen," befahl mir Altaf ruhig. "Es ist zu heiß, um draußen in der Sonne zu stehen - und es ist nicht sicher."

"Was machen wir denn jetzt? Was ist, wenn sie uns auch angreifen?"

"Die haben ein Problem mit dem Fahrer, nicht mit uns."

"Was werden sie mit ihm machen?"

"Das weiß ich auch nicht. Wahrscheinlich werden sie ihn verprügeln."

"Verprügeln? Aber warum denn?" Mein Magen schmerzte.

"Ich konnte nicht verstehen worum es ging," sagte Altaf.

Er wendete sich seinem Onkel zu, der anfing mit ihm auf Panschabi zu sprechen. Die Busfenster waren weit geöffnet, um Luft hereinzulassen. Ich lehnte mich in meinen Sitz zurück. *Atmen, Isabell, atmen.*

Ich versuchte mich abzuregen, aber das war gar nicht so einfach. Wenn es doch nur nicht so heiß gewesen wäre...

Klaps. Meine Pobacke schmerzte. Eine Hand hatte mich durchs offene Fenster auf den Hintern geschlagen! Ich flog ärgerlich herum. Zwei junge Männer liefen zum vorderen Teil des Busses, sahen sich um und grinsten triumphierend.

"Hey, du Arschloch!" schrie ich hinterher. Ich wollte nach draußen stürmen und sie zur Rede stellen, aber Altaf und Chacha Sardar hielten mich zurück.

"Was ist denn passiert?" wollte Altaf wissen.

"Die beiden Kerle da draußen... einer hat mich auf den Hintern geschlagen. Durchs offene Fenster," berichtete ich gereizt.

"Setz' dich bitte wieder hin," ermahnte mich Altaf und sah nach draußen. "Bitte."

"Warum?"

"Es ist nicht sicher," meinte Chacha Sardar. "Die sind so aufgekratzt, wer weiß was sie sich noch einfallen lassen."

"Ich kann mir das doch nicht einfach gefallen lassen," fuhr ich auf.

"Glaub mir, es ist das beste," sagte Altaf eindringlich. Was blieb mir anderes übrig als meinen Stolz hinunter-zuschlucken? Ich hatte keine Lust, auf der Ladefläche eines Kleinlasters mit einem Cricketschläger verprügelt zu werden.

"Vielleicht sollten wir umkehren? Da kommen ständig Busse an uns vorbei," meinte ich, eine Colaflasche später.

"Wir sollten hier warten."

Vielleicht hätte ich heute Morgen gar nicht erst aufstehen sollen, dachte ich. Der Tag war noch nicht mal halb vorüber, und dauernd ging etwas schief. Es sollte nicht viel besser werden.

Die gleissende Sonne stieg höher. Ich wartete schwitzend im Bus mit all der Geduld, die ich aufbringen konnte. Was war, wenn kein anderer Bus anhielt und wir die Nacht an der Straßenseite verbringen mussten? Nach einer weiteren Stunde hatte die Warterei ein Ende.

"Komm' schnell, Isabell. Wir steigen in einen anderen Bus um," drängte Altaf auf einmal und nahm meine Tasche. Ich trottete hinter ihm und Chacha Sardar her.

Den gestrandeten Passagieren wurde geholfen, ihr Gepäck umzuladen, dann ging es weiter nach Islamabad. Ich bekam wieder einen Fensterplatz. Endlich frische, kühle Luft!

Den Rest der Fahrt verbrachten wir in Frieden, bis der Bus in eine breite Allee in Islamabad einbog. Ein VW-Bus fuhr langsam neben unserem Bus her und ein Mann begann den Busfahrer aggressiv zu beschimpfen. Gleich unterhalb meines Fensters. Das war einfach zu viel!

"Was zum Teufel ist jetzt schon wieder los?" brüllte ich

auf Deutsch zum offenen Fenster hinaus. Auf einmal sah der schimpfende Jungspund weit weniger selbstsicher aus.

"Lasst euch bloß nicht einfallen, uns Ärger zu machen! Soweit kommt es noch, daß ihr mir den Ausflug verderbt!" Ich kam jetzt so richtig in Fahrt. "Setz' dich gefälligst in dein verdammtes Auto und macht, daß ihr hier wegkommt!"

Altaf zerrte verzweifelt an meinem Ärmel. "Isabell, hör' auf! Das ist zu gefährlich. Setz' dich doch bitte hin."

Aber ich war so wütend, daß ich die baffen Männer noch ein wenig auf Englisch und Deutsch auszankte. Dann fuhren sie doch tatsächlich weiter.

Fort von dieser Verrückten, die offensichtlich keine Pakistani war und nicht wusste, wie man sich benahm. Gut. Ich setzte mich wieder.

Einige Leute lachten und klatschten in die Hände und ich beruhigte mich. Aber Altaf fand das Ganze nicht zum Lachen. "Bist du durchgedreht?" schalt er mich. "Das war gefährlich! Das hätte böse enden können."

"Böse? Du willst böse sehen? Also, du weißt genau wie das hier zugeht, und du hast mich trotzdem nach Pakistan gebracht. Und ich soll einfach nur brav dasitzen und mir alles gefallen lassen. Und warum hast du denn nichts gesagt?"

"Das macht man hier eben nicht. Was ist, wenn sie am Busbahnhof auf uns warten? Du hast doch erlebt, was sie mit dem anderen Busfahrer gemacht haben. Willst du, daß die Polizei sich einschaltet?"

Daran hatte ich nicht gedacht. Mein Ärger verrauchte. "Wenn die Bande was angestellt hätte, wäre die Polizei sowieso gekommen," sagte ich patzig.

Chacha Sardar hielt sich aus unserem Streitgespräch heraus. Ich hatte das Gefühl, daß er auf meiner Seite war, aber vielleicht verstand er uns auch nur nicht. Wir sprachen nämlich Deutsch. Niemand schien sich mehr darum zu kümmern. Solche Auseinandersetzungen waren wohl and der Tagesordnung.

Der Bus fuhr uns währenddessen unbekümmert an

modernen Gebäuden und gepflegten Rasenflächen mit Springbrunnen vorbei. In Islamabad gab es Menschen in westlichen Kleidern! In maßgeschneiderten Anzügen sogar. Islamabad war eine moderne Metropole.

Der Gegensatz zu dem was wir heute erlebt hatten war so krass, daß mir der Kopf schmerzte.

Einen Moment lang dachte ich an die deutsche Botschaft, die hier irgendwo sein musste. Dann gewann meine Abenteuerlust wieder die Oberhand. Eine Entscheidung, die später bereute. Wir fuhren in den Busbahnhof ein.

"Von hier aus können wir zu meiner Wohnung laufen," informierte uns Chacha Sardar, und wir trotteten die Straße hinunter und an mehreren Läden vorbei.

Der Schlachter arbeitete in einem offenen Raum. Ein großer runder Baumstumpf von einem Hackklotz war vor dem Eingang platziert. Fleischstücke hingen in einer unappetitlichen Auslage darüber. Es roch grässlich. Der Hackklotz was blutverkrustet und mit Fliegen übersät. Ich eilte schnell weiter.

"Von dem Schlachter möchte ich aber kein Fleisch essen," sagte ich angeekelt.

"Warum denn nicht? Alle Schlachter arbeiten so."

"Du willst mir erzählen, daß ich die ganze Zeit, Fleisch von so einem Schlachter gegessen habe? So schmutzig?" Ich schüttelte mich.

"Nicht in Khadriala, aber in Karatschi schon."

"Igitt. Das ist doch unhygienisch!"

Altaf warf Chacha Sardar einen Blick zu, der zu sagen schien: 'diese verwöhnte Göre aus Deutschland! Man kann es ihr einfach nicht recht machen.' Ich hatte mich heute schon genug mit Altaf gestritten und hielt meine Zunge im Zaum. Mein Pensum war voll. Außerdem wollte ich Chacha Sardar nicht beleidigen.

Seine Wohnung befand sich im zweiten Stockwerk des bescheidensten Gebäudes weit und breit. Klein und sauber. Die Wohnung hatte sogar ein richtiges Badezimmer! Ich bekam das Gästezimmer zugewiesen und Altaf schlief auf der Couch. Wusste der Onkel etwa Bescheid? Ich genoss den Luxus des Duschens. Heißes Wasser und endlich mal ein paar Minuten für mich! Ich schwor hoch und heilig, mich zuhause nie wieder über irgendetwas zu beklagen!

Der neue pfirsichfarbene Pandschabi Anzug fühlte sich angenehm sauber an. Danach schrieb ich die Sache mit den Buszwischenfällen in mein kleines Notizbuch.

Altaf klopfte an die Tür. "Isabell? Chacha Sardar macht uns etwas zu essen. Er sagt, wir sollen solange im Park spazieren gehen."

"Es gibt einen Park hier?"

"Ja, gleich die Straße 'rüber. Islamabad hat viele Parks." Er wollte aus dem Zimmer gehen.

"Warte Altaf, es tut mir leid, daß ich vorhin so impulsiv war." Es fiel mir nicht leicht mich zu entschuldigen, aber in diesem Fall fand ich es angebracht. "Ich hatte nicht daran gedacht, daß du ja einen gefälschten Pass hast und das alles..."

"Lass uns lieber im Park drüber reden."

Es war schon dunkel, als wir über die Schnellstraße eilten. Ein gepflegter Park lag direkt vor uns und ich war beeindruckt.

Der Mond schien hell auf die beschnittenen Hecken und Bäume und tauchte alles in ein silbernes Licht. Ein magischer Anblick. Springbrunnen sprudelten und Skulpturen leuchteten. Endlich wieder ein Park! Mir wurde bewusst, wie sehr ich den Schlossgarten in Karlsruhe vermisste. Familien und Paare spazierten die sauber gepflasterten Wege entlang.

"Kann man denn hier nachts in Sicherheit spazieren gehen?" Unsere heutigen Erlebnisse ließen ernsthafte Zweifel daran.

"Ja, Chacha Sardar meint, es sei sicher. Es gibt einen Haufen ausländischer Diplomaten in der Gegend, deshalb passt die Polizei besonders gut auf."

"Oh, deine besonderen Freunde."

Altaf blieb ernst. "Weißt du Isabell, ich muss dir unbedingt was sagen."

"Oh nein, nicht noch eine unangenehme Überraschung. Ich war gerade dabei mich zu entspannen." Hoffentlich wollte er nicht wieder heiraten!

"Ich muss dir aber die ganze Wahrheit sagen. Und du kennst noch nicht die ganze Wahrheit: Warum ich mit fünfzehn aus Pakistan weg musste und das alles." Ich hielt abrupt an der Skulptur eines langgestreckten Vogels an. Ein bärtiger Vater schob eine Zwillingskarre vor sich her.

"Ach, und warum kenne ich nicht die Wahrheit?"

"Weil ich dich nicht beunruhigen wollte." Altaf sah betreten nach unten.

"Ja, dafür ist der Zug wohl schon lange abgefahren bei all den Lügen! Erst erzählst du allen, daß wir verheiratet sind, dann bist du auch noch mit Saïda verlobt, dann willst du mich auf einmal wirklich heiraten. Nur ich weiß' nichts davon..." Ich konnte mir den sarkastischen Ton nicht verkneifen. Was konnte Altaf mir jetzt noch auftischen, das mich aus den Socken hauen würde?

"Also gut," sagte er. "Hier ist die Wahrheit: ich hatte mich mit dem Sohn eines Armeegenerals gestritten. Der Kerl kommt aus Nasras Dorf und ist ein Freund ihres Bruders."

"Ah, deshalb die ganzen unterschwelligen Feindseligkeiten."

"Ja, ich konnte mich nicht so lange dort aufhalten. Ich konnte nicht riskieren, daß mich jemand von seiner Familie erkennt."

"Und du hast ihn umgebracht, oder warum ist es so schlimm, wenn sich zwei Teenager streiten." Altaf sah mich trotzig an.

"Er hatte meine Familie beleidigt und ich habe ihm eine geklebt. Es kam zu einer Prügelei. Er ist hingefallen und hat sich am Kopf verletzt. Ich musste schnellstens verschwinden oder sein Vater hätte mir etwas angetan. Meine Familie musste mich beschützen. Deshalb wurde mein Vater verhaftet und Chacha Kasim hatte den Reisepass organisiert, damit ich das Land verlassen kann."

"Nein! Wer hätte das gedacht." Was besseres fiel mir nicht ein.
"Familie geht eben vor."

"War er schwer verletzt, der Junge?"

"Er war zwei Wochen im Krankenhaus. Im Koma."

"Und dann?"

"Er hat sich wieder erholt und jetzt ist alles in Ordnung, denke ich. Sein Vater ist aber immer noch ein General und der Sohn ist ein Oberst in Rawalpindi. Er hat viel Einfluss und hat noch immer etwas gegen meine Familie. Khadriala ist ihm sowieso zu unkonventionell."

"Unkonventionell? Es kam mir aber sehr traditionell vor."

"Politisch. Mein Bruder ist in der Armee und andere Verwandte auch, aber eigentlich unterstützen wir die Militärregierung nicht."

"Was kann der denn jetzt noch machen, der Oberst?"

"Das wissen wir eben nicht so genau. Als ich damals nicht zu finden war, warfen sie meinen Vater ins Gefängnis. Er sagte ihnen nicht wo ich war und wurde gefoltert."

Altaf sprach schnell und sein Gesicht sah im Mondlicht schmerzverzerrt aus. Ich hörte schockiert zu.

"Deswegen konnte ich lange Zeit nicht nach Hause zurückkehren. Ich bin das erste Mal seit langem wieder in Pakistan. Sogar jetzt darf nicht jeder wissen, daß ich hier bin. Der Agu sorgt dafür."

"Das tut mir so leid. Das mit deinem Vater. Aber jeder in Khadriala weiß doch Bescheid, und deine Verlobte Saïda hat jetzt jeden Grund dich zu verpetzen."

"Ja, Saïdas Familie ist sauer auf mich, aber sie gehören zum Klan. Sie werden mich nicht verraten. Mit Nasras Familie ist das eine andere Sache. Aber Nasras Ehre steht auf dem Spiel, ob sie wollen oder nicht. Deshalb dauerte es auch erst so lange, bis sie die Erlaubnis bekam, Faruk zu heiraten."

"Nasra scheint ihre Familie aber gut unter Kontrolle zu haben."

"Ja," Altaf lachte. "Sie hat ihnen erzählt, daß ich ein

entfernter Cousin mit dem selben Namen bin. Nach sieben Jahren weiß keiner mehr so recht wie ich aussehe. Angeblich sehe ich jetzt europäischer aus."

Europäischer, wirklich?"

"Ja." Wir gingen eine Weile schweigend weiter. Der Mond wanderte weiter den Nachthimmel hinauf.

"Aber was passiert, wenn die Leute Lunte riechen? Kommst du dann auch ins Gefängnis?" fragte ich. "Du gehst so viele Risiken ein. Ehrlich! Du hättest mich von Anfang an einweihen sollen."

"Dann wärst du ja vielleicht nicht mitgekommen."

"Tja und?! Das ist doch schließlich mein Leben, oder?"

"Tut mir leid. Ich musste einfach zur Hochzeit von Faruk hier sein. Und die Leute werden auch nichts herausbekommen. Außerdem habe ich dich bei mir. Was kann da schon passicren. Du wcißt doch, daß ich dich liebe." Ich sah mir die Statue des Vogels genauer an.

"Fang nicht wieder davon an! Wir verstehen uns gerade wieder einigermaßen."

Das war ja wie ein Marathonlauf ohne Ende!

"Wäre es denn so schlimm, mich zu heiraten?" fragte Altaf lockend und fasste mich am Arm.

Ich musste mir schnell eine gute Antwort überlegen. Schließlich wollte ich keine Wiederholung der pathetischen Szene am Kanal.

"Lass' mich mal überlegen… du bist einfach nur verknallt, oder?" antwortete ich und schüttelte seine Hand ab. "Für mich bist du aber nur wie ein Bruder. Ein ziemlich nerviger Bruder. Bestimmt kein Ehemann. Wieso kannst du das nicht begreifen? Ich will dich nicht heiraten und Schluss! Du kannst mir ja noch nicht mal die Wahrheit sagen."

Ich ging schnell aweiter und Altaf folgte mir.

"Aber ich habe dir doch jetzt die ganze Wahrheit gesagt. Ich liebe keine andere Frau wie dich. Wir könnten heiraten und dann wiß Freunde miteinander leben."

"Ja, da ist ein guter Plan," sagte ich schnippisch. "Wie

oft muss ich es denn noch sagen? Brüder und Schwestern heiraten nicht. Ich will noch so viel mit meinem Leben machen. Studieren und arbeiten und verreisen. Ich will nicht heiraten und ich will dich nicht heiraten.”

Mein armer Kopf tat weh. Das alles war ein bisschen viel für einen Tag.

“Vielleicht änderst du ja deine Meinung, wenn du mich richtig kennenlernst. Ich verspreche, ich werde auch nie eine andere Frau heiraten, nur dich.”

“Wie großzügig von dir! Alle Männer, die ich hier kennengelernt habe, hatten nur eine Frau. Sogar der Agu.” Jetzt hatte ich mich schon wieder auf das Thema eingelassen!

“Da gibt’s einen Mann in Khadriala, der hat zwei Frauen, weil die erste Frau keine Kinder bekommen konnte.”

“Und, ich hoffe er ist glücklich.”

“Seine zweite Frau hatte nur Töchter und schämt sich dafür.”

“Ogott, genug damit. Ich habe keine Lust über Heiraten zu reden oder mehr als eine Frau heiraten oder was weiß ich!”

“Jetzt ist wohl nicht die beste Zeit darüber zu sprechen. Oh, riech’ mal das,” sagte Altaf und hielt vor einem großen Busch an, der von weißen Blüten nur so strotzte. Die Blüten dufteten verführerisch.

“Das ist Jasmin. Chimelli. Genau wie du. Du bist meine Chimelli.”

“Verflixt und zugenäht! Hör’ endlich auf solche Sachen zu sagen. Hast du auch nur ein Wort von dem gehört, was ich gerade gesagt habe?” rief ich hitzig.

“Ja, ja natürlich. Habe ich,” sagte Altaf schnell.

“Dann lass uns endlich über was anderes reden.”

“Na gut, wie du willst.”

“Gut,” meinte ich kurz. “Genug davon. Was steht da unter der Vogelstatue?” Das Thema war für mich erledigt.

“’Nusrat’. Das heißt ‘Sieg’.”

“Wirklich, ’Nusrat’?” So ein Zufall!

“Ja, wieso?”

"Ach überhaupt nichts," sagte ich schnell. "Sollte Chacha Sardar nicht so langsam mit Kochen fertig sein? Es wäre unhöflich ihn warten zu lassen. Vielleicht ruft er noch die Polizei, wenn wir nicht bald wieder auftauchen."

Ich sah zufrieden wie Altaf zusammenfuhr. Er würde mir keinen ernsthaften Ärger machen, davon war ich jetzt überzeugt. Wir gingen zum Ausgang des Nusrat-Mondlicht-Parks.

"Du bist mir nicht böse, weil ich dir nicht alles vorher erzählt hatte?" fragte Altaf.

"Weißt du, mittlerweile überrascht mich gar nichts mehr. Aber es ist schließlich dein Leben. Es wäre besser gewesen, ehrlich zu sein, aber das hat nichts mit mir zu tun. Ich will nur wieder heil nach Hause. Und in der Zwischenzeit benimmst du dich gefälligst."

"Ich werde sehr brav sein."

Altaf sagte nichts mehr, aber ich konnte spüren, daß das Thema für ihn noch lange nicht abgeschlossen war.

"Ich habe noch ein paar Tage Urlaub," meinte Chacha Sardar beim Abendessen. Es gab mildes Hühner-Curry. Kein Rindfleisch. "Warum machen wir morgen nicht einen Ausflug nach Murree?"

"Wo ist denn Murree?" fragte ich kauend.

"Murree ist in Kaschmir. Wir können das an einem Tag mit dem Bus schaffen und uns sogar noch den Tarbela Staudamm ansehen."

Ich hatte den Staudamm ganz vergessen. Auf der Fahrt nach Islamabad war dafür keine Zeit gewesen.

"Gute Idee. Aber, daß Kaschmir so nahe ist... was passiert aber, wenn unser Bus wieder überfallen wird?"

"Unwahrscheinlich. Es war das erste Mal, daß mir so etwas untergekommen ist. Und dann gleich zweimal hintereinander an einem Tag. Aber du hast es den Gangstern in Islamabad ja gezeigt."

Der ehrwürdige Chacha Sardar kicherte doch tatsächlich und ich musste lächeln. "Mit meinem Glück, würde es mich nicht wundern.”

“Keine Ahnung was diese Kerle im ersten Bus eigentlich wollten. Sie sprachen einen komischen Dialekt. Vielleicht kannten sie ja den Busfahrer,” warf Altaf ein.

“Und beim zweiten Mal?”

“Der Fahrer von dem Auto wollte auf die Busspur wechseln, aber da war schon unser Bus. Das hat ihm und seinen Kumpanen nicht gefallen.”

“Deswegen machen die einen solchen Ärger? Ich glaube in Deutschland würde sowas nicht vorkommen. Die Leute sind da einfach anders.”

“Bist du dir da sicher?”

Ich überlegte. “Die Leute sind bei uns nicht so aggressiv, aber wer weiß...” Ich musste an die freundlichen, friedfertigen Menschen denken, die ich in Altafs Dorf kennengelernt hatte. Mit Aussnahme der Frau des Dorfältesten vielleicht.

“Ok, dann lasst uns morgen nach Kaschmir fahren. Das wird bestimmt interessant,” meinte ich fröhlich.

Wir brachen am nächsten Morgen gutgelaunt auf.

Es war endlich etwas kühler. Kein Traum und keine schnarchende Tante hatten meinen Schlaf gestört. Ich fühlte mich frisch und munter. Weit und breit keine Probleme.

Zuerst ging es mit dem Bus zum berühmten Staudamm nordwestlich von Islamabad, auf den Chacha Sardar sehr stolz war. “Ein Wunderwerk der Technologie”, übersetzte er die Aufschrift auf der Plakette, die an der Aussichtsplattform angebracht war.

“Der Damm wurde 1976 fertiggestellt, als Ergebnis eines Wasserrechts-Abkommens zwischen Indien und Pakistan. Er ist 143 Meter hoch und fast 3 Kilometer breit. Mit seinem Gesamtvolumen von 106 Millionen Kubikmetern ist er damit einer der größten künstlich angelegten Seen der Welt... die Kraftwerke liefern einen erheblichen Anteil an Pakistans hydro-elektrischer Kraft,” las Chacha Sardar vor.

“Der Damm ist ja riesengroß,” staunte ich. “Was steht

denn auf dem Schild da drüben? Die Schrift sieht nicht wie Urdu aus."

"Das ist Arabisch. Eine Stelle aus dem Koran: *'And HE hath made the rivers for service unto you'*."

"Mohammed war ja ganz schön modern." Die beiden Männer lachten.

"Das hat Mohammed vor mehr als 1300 Jahren geschrieben, als er etwa so alt war wie ich," meinte Altaf schmunzelnd.

"So lange ist das her?"

"Ja, so lange schon."

Chacha Sardar ging an den Rand der Aussichtsplattform. "Khadriala hat ja auch elektrischen Strom," meinte er stolz.

"Elektrisches Licht ist mittlerweile normal." fügte Altaf hinzu. "Wir haben nur nicht sehr viele Geräte. Es gibt genau einen Fernseher im Dorf. Ich will meiner Mutter einen Kühlschrank kaufen."

"Ja, das ist 'ne gute Idee. In Europa kennen wir das schon gar nicht mehr ohne Strom." Das hörte sich schon irgendwie arrogant an.

Eine neue Touristengruppe drängte sich auf die Plattform und wir stiegen in den nächsten Bus. Nach dem Staudamm ging es zu einer Art Marktplatz oder Busstation weiter, wo wir auf einen Kleinbus in die Resortstadt Murree warteten. Das war im Himalaya!

"Wir nehmen die Simly Damm Straße nach Murree," sagte Chacha Sardar.

"Noch ein Staudamm?"

"Ja, der Simly Damm. Der ist aber viel kleiner als der Tarbela und nur etwa 30 km östlich von Islamabad. Die Aussicht auf die Berge ist von der Straße aus wunderschön."

"Gehört Kaschmir nicht zu Indien?" fragte ich.

"Kaschmir ist zwischen Pakistan und Indien aufgeteilt. Murree liegt auf der pakistanischen Seite oben in den Bergen."

"Kaschmir ist aufgeteilt?"

"Ja, leider. Möchtest du etwas essen?" fragte Altaf

aufmerksam. Er gab sich Mühe, nett zu sein.

Wir assen schweigend aus einer Tüte Samosas und warteten. Am Himmel zogen ein paar Wölkchen dahin.

Der Marktplatz bestand aus grünen Zeltplanen unter denen sich die Verkaufsstände befanden. Ein Mann starrte mich an. Ich zog mir die Tjuni ins Gesicht, damit meine Haare nicht zum Vorschein kamen und sah nach unten.

Im Stadtbus von Islamabad hatte mich ein Mann im Frauenabteil auch die ganze Zeit angestarrt. Ich hatte ganz gegen Zohras Ratschlag zurückgestarrt. Zum Glück war der Mann mit seiner Frau bald ausgestiegen. "Sind die Leute hier nicht an Kaschmiri-Frauen gewöhnt?" fragte ich.

"Warum glotzt schon wieder jemand?" meinte Altaf.

"Ja, der eine Verkäufer."

Wir stellten uns unter das Zeltdach und Altaf trat schützend vor mich. Der Himmel schien sich immer mehr zu verdunkeln, als wir so unter der Zeltplane standen. Eine Gaslampe nach der anderen wurde angezündet. Ein kühler Wind zog auf.

Es war früher Nachmittag, aber es kam mir vor, als sei es mitten in der Nacht. Altaf schubste mich an. Endlich konnten wir in den Minibus nach Murree steigen. Wir saßen eng gedrängt, wahrscheinlich mehr als die erlaubte Last. Niemand scherte sich um solche Kleinigkeiten. Ich hatte wieder einen Fensterplatz und einen erstklassigen Blick auf die drohenden Wolken.

"Das ist ja unheimlich, Altaf," jammerte ich. "Ist das noch normal?"

"Es wird wahrscheinlich einen Monsunregen geben."

"Einen Monsunregen?"

"Ja, das geht normalerweise schnell vorbei."

"Na wunderbar."

Der Kleinbus kämpfte sich die steinige Teerstraße hinauf, und musste ständig Schlaglöchern ausweichen.

Von einer der vielen Kurven aus konnte man den Marktplatz sehen, den wir gerade zurückgelassen hatten.

Der Wind hatte die vielen Gaslaternen zum Schwingen gebracht. Ein Windstoß ergriff die Zeltplanen. Sie blähten sich auf und ein Zeltdach flog davon. Dann noch eins. Dann hatten wir die Haarnadelkurve erklommen und sahen die auftürmenden Felsen vor uns. Links neben der Straße gähnte eine Schlucht.

Auf einmal kam mir der Ausflug nach Murree nicht mehr wie eine gute Idee vor.

Regen schlug gegen die Autofenster. Es war unmöglich etwas zu sehen. Eine heftige Diskussion entbrannte. Der Fahrer hielt am Straßenrand an. Es blieb uns nichts anderes übrig als angespannt zu warten, während der Sturm auf unser kleines Fahrzeug eindrosch.

"Wie lange kann das denn dauern?" fragte ich Altaf leise.

"Was?"

"Wie lange kann das denn dauern?" rief ich lauter über den trommelnden Lärm.

"Das kann man nicht so genau sagen, aber man kann bei dem Regen nicht den Berg hinauffahren, sagt der Fahrer. Das Wasser kommt wie ein Fluss runter und könnte uns mitreißen. Vielleicht müssen wir sogar umkehren."

"Das hört sich ja gefährlich an."

"Ja, es kann durchaus gefährlich werden." Altaf sagte das einfach so, als wäre es etwas Selbstverständliches.

Einen so schweren Regen hatte ich noch nie erlebt.

Wir mussten die beschlagenen Fenster öffnen, damit die vielen Passagiere Luft zum Atmen hatten. Es war kühl draußen und meine Tjuni wurde an der Schulter nass.

Wir warteten.

Die Stelle, an der wir standen, wurde matschig und wir glitten ein wenig auf dem Schotter nach unten. Lautes Murmeln im Fahrzeug. Mein Magen schmerzte. Der Fahrer fuhr weiter und parkte auf einem Teerstreifen.

"Er hat Erfahrung," sagte Altaf anerkennend.

"Gottseisgetrommelt!"

Es dauerte keine halbe Stunde, dann klarte der Himmel

genauso schnell auf, wie er sich geöffnet hatte.

Wir fuhren weiter. Nach einer Weile konnte man sogar wieder durch die Fenster sehen. Ein Tuch machte die Runde, mit dem wir die Fenster abwischten. Die Straße sah chaotisch aus, aber der Fahrer kannte sich aus. *Was wohl aus dem Marktplatz unten geworden ist?* Dachte ich.

Bald waren wir hoch oben auf der Bergstraße und trafen auf andere Kleinbusse, die sich fröhlich zuhupten. Mir war kalt unter meinem feuchten Umhang. Dann wurde es wärmer. Die Sonne schien wieder, als hätte es gar keinen Monsunregen gegeben.

Wir kamen an bunten Teppichauslagen vorbei und man hatte einen atemberaubenden Blick auf das Tal und die Berge.

Uns blieb nicht viel Zeit in Murree. Wir spazierten durch die Gassen des Städtchens, über eine breite Brücke, auf der es von Touristen nur so wimmelte und genossen die frische Luft.

"Es gibt viele Ferienhäuser in der Gegend," sagte Altaf. "Im Sommer ist es hier oben sehr angenehm."

"Wir sollten uns das englische Theater ansehen," schlug Chacha Sardar vor und kaufte uns einen Snack. "Das wird Isabell sicher interessieren."

Es war ein richtig altmodisches Theater mit goldfarbigen Schnitzereien und einem samtroten Vorhang. Kurz danach waren wir auch schon mit einem anderen Minibus wieder auf dem Weg ins Tal. Es war später Abend, als wir wieder in Islamabad ankamen.

"Morgen fahren wir nach Rawalpindi," schlug Chacha Sardar unternehmungslustig vor. "Ich muss nach dem Wochenende wieder arbeiten und dann gibt es sicher lange keine Gelegenheit mehr."

"Wo ist denn Rawalpindi?" fragte ich. " Ist das weit von hier?"

"Nein, es liegt ganz nahe bei Islamabad, aber es ist vollkommen anders. Viel älter und war lange Sitz der Moghulen. Wir können dort auch zum großen Raja-Basar gehen. Da gibt es einiges zu sehen."

"Hört sich gut an, ich wollte sowieso noch ein paar Mitbringsel kaufen."

"Hast du noch nicht genug davon?" fragte Altaf mit gespielter Entrüstung.

"Männer verstehen sowas nicht," griff ich den gleichen Tonfall auf.

"Am besten gehen wir früh schlafen, dann können wir früh losfahren, wenn es noch kühl ist. Bevor der Verkehr anfängt."

Wir waren am Morgen dann allerdings so früh dran, daß der Basar und überhaupt alles von Interesse noch geschlossen war. Rawalpindi war tatsächlich ganz anders.

Die Straßen um den Raja-Basar herum waren von einer dicken Dreckschicht bedeckt und wir mussten auf erhöhten Gehsteigen laufen.

Es gab fast keinen Verkehr und ich verstand nicht, warum Chacha Sardar deswegen besorgt gewesen war. Ich bereute meine voreilige Einschätzung bald, als der Verkehr genauso chaotisch wurde, wie ich es aus Karatschi in Erinnerung hatte.

"Am besten gehen wir erst später zum Basar," meinte der Onkel. "Wir haben schließlich den ganzen Tag Zeit. Erstmal die Sehenswürdigkeiten anschauen."

Wir stiegen in einen völlig unverzierten Stadtbus und ich ließ mich wieder im Frauenabteil vorne nieder. Nur zwei lange Bänke rechts und links. Ein Mann setzte sich mir direkt gegenüber und seine Frau, die große Zahnlücken hatte, kauerte sich neben ihn.

Er starrte mich aufdringlich an. *Nicht schon wieder*, dachte ich und blickte diesmal an dem Mann vorbei aus dem Fenster. Wir fuhren an einem alten Schloss vorbei und Chacha Sardar winkte mir zu. Es war an der Zeit auszusteigen. Erleichtert ließ ich den Gaffer und seine Frau zurück.

"Komm' Isabell, ich kaufe dir eine Tüte Süßigkeiten. Sie heißen Jalebee. Du wirst die sicher mögen." Chacha Sardar war immer so großzügig. Das Schloss stellte sich als eine Art Moschee heraus.

"Es gibt so viele Moscheen und Parks in der Stadt," sagte Altaf. "Man weiß gar nicht was man sich zuerst ansehen soll."

"Wir bleiben besser in der Innenstadt, sonst bleibt keine Zeit, nachher durch den Verkehr zum Basar zu kommen." Chacha Sardar kannte sich eben aus.

Überall waren Touristen. Ich wünschte, wir hätten uns noch die Ruinen von Taxila außerhalb der Stadt angesehen, aber stattdessen fuhren wir mit einer Rikscha vom Armee Museum aus zum Raja-Basar zurück.

"Das war wirklich sehr schön, Onkel," bedankte ich mich. "Jetzt habe ich viel zu erzählen, wenn ich wieder zuhause bin."

"Wir werden dich vermissen, Batschi," meinte Chacha Sardar und suchte die Straße nach dem Eingang zum Basar ab. Der Verkehr machte es ihm nicht gerade leicht. "Wo war doch nur der Eingang zum Raja- Basar…" Der war gut versteckt zwischen grauen Mauern und Toren aus Metall.

"Ich war schon eine ganze Weile nicht mehr hier einkaufen. Meine Frau war immer groß im Shoppen, aber ich brauche nicht soviel für mich selbst," erklärte uns Chacha Sardar traurig.

Wir fanden den Eingang zu dem überdachten Basar - einen von vielen - und stürzten uns ins Gewimmel. Altafs Plan, mich als seine junge Cousine aus Kaschmir auszugeben, klappte zunächst hervorragend. Ein paar gewiefte Händler hatten uns zuerst nicht geglaubt und sprachen mich im Potohari Dialekt an. Altaf nannte es so. Ich sollte dann verständnislos dreinschauen, was noch nicht mal gespielt war.

"Nein, sie versteht das nicht," log Altaf dann was das Zeug hielt. "Sie kommt von weiter oben, aus dem Norden." Wir sprachen ein paar Worte Deutsch miteinander, um es ihnen zu beweisen.

"Ich hoffe, die verstehen hier kein Deutsch, sonst sind wir dran," sagte ich. Bisher hatte unsere Masche ganz gut funktioniert.

"Ach Isabell, lass mich mal machen. Wenn sie anfangen zu feilschen, werde ich sie schon 'runterhandeln."

Wir bekamen diesmal wieder einen guten Preis und meine beiden Begleiter halfen mir die vielen Plastiktüten zu tragen. Stoffe, Gewürze, Modeschmuck und Khol. Sogar ein Gemälde hatten wir erstanden. Es war schwül und heiß in dem überdachten Basar und ich bekam Durst.

"Wir können uns gleich was zu trinken kaufen. Da drüben an dem Stand da gibt's Cola," schlug Chacha Sardar vor.

"Gute Idee. Es ist ganz schön heiß hier in Rawalpindi. Ich wünschte wir wären wieder in Kaschmir!" seufzte ich. "Murree war viel kühler."

"Ja, die Luft war schön frisch dort," stimmte Altaf mir zu. Er hatte sich zu einem vorbildlichen Gastgeber gemausert. Die Unstimmigkeiten zwischen uns waren vergessen.

Wir kamen an einem Stand mit Teppichen vorbei. "Oh, was hältst du von dem Teppich hier? Ist der nicht einfach wunderschön?" Ich streichelte begeistert den weichen Wollflor.

"Frauen…" stöhnte Altaf und rollte mit den Augen.

Der Teppichhändler zoomte sofort zu uns herüber und zählte die Vorteile seines überragenden, wertvollen Produktes auf. Auf Pandschabi natürlich. Ich lächelte verständnislos und Altaf übersetzte.

"Er sagt der Teppich kommt aus Kaschmir. Handgeknüpft." Vieles hier im Basar kam aus Kaschmir, ich ja angeblich auch.

"Die Vögel sehen so richtig lebendig aus, und schau dir nur die Farben an, Altaf." Vielleicht sollte ich mich ein wenig zurückhalten. Keine gute Idee zu viel Begeisterung zu zeigen, wenn man um den Preis feilschte.

"Der ist doch viel zu groß, um ihn im Flugzeug mitzuschleppen. Du musst ja schon dieses Bild hier mitnehmen." Er hielt das Gemälde einer jungen Kaschmiri-Frau hoch, das er gerade spottbillig erstanden hatte. Er hatte ja recht, aber ich streichelte den Teppich trotzdem noch ein wenig.

"Kinnaa?" fragte Altaf den gerissenen Händler. Wie viel?

Der Mann nannte seinen Preis. Altafs aufgeregtem Gebaren nach zu urteilen, war der Preis viel zu hoch. Worte flogen hin und her. Nach ein paar ablehnenden Handbewegungen und verächtlichen Grimassen Altafs und Chacha Sardars gingen wir weiter.

"Was hat er denn gesagt?" wollte ich wissen.

"Er meinte, du kommst nicht aus Kaschmir, du siehst zu europäisch aus. Er wollte den normalen Preis haben, den er Ausländern immer abknöpft. Der meint wohl wir wären reich oder was."

"Schade," sagte ich und hatte mein Auge schon auf Seidenstoffe an einem Stand gegenüber geworfen. So langsam konnte ich die Kaufwut meiner Mutter auf ihrer Mittelmeerkreuzfahrt verstehen. In ein paar Wochen würde ich wieder nach Hause fliegen und das war wohl meine letzte Gelegenheit so richtig einkaufen zu gehen.

Wenigstens konnte ich mir die Preise hier leisten. Aber so sehr ich Teppiche und Messingvasen bewunderte, die Sachen waren wirklich zu groß und schwer, um sie nach Deutschland zu transportieren. Diese jade-farbene Seide würde aber Renate gut stehen; *Oh, und die Hänge-Ohrringe für meine Schwester Paula,* dachte ich und war schon wieder dabei, trotz Altafs Warnung, um die Preise zu feilschen.

"Können wir jetzt bitte endlich etwas zu trinken kaufen?" beschwerte sich Altaf. "Dann sollten wir langsam gehen. Es wird schon spät."

"Lasst uns dort drüben hin gehen," schlug Chacha Sardar vor.

"Erst was trinken, dann brauche ich wieder frische Luft," stimmte ich schwitzend zu.

Als wir dann so mit unseren Getränken durch die Gänge schlenderten, kamen uns zwei Männer in weißen Gewändern und langen Bärten entgegen. Der ältere der beiden trug ein gehäkeltes Käppchen, der andere hatte rötliche Haare. Ich senkte meinen Blick und sah gerade noch, wie der Käppchen-Mann mir blitzschnell mit der Hand zwischen die Beine fuhr. Ich war schockiert, aber bevor ich etwas sagen konnte, waren die beiden schon über alle Berge.

Ich stand stockstill.

"Isabell, was ist? Komm' lass uns gehen," drängte Altaf. Er hatte nichts mitbekommen.

"Der eine Mann da... hat mir gerade zwischen... die Beine gelangt, als er vorbeiging," stotterte ich.

"Bist du sicher? Vielleicht war es unbeabsichtigt."

"Das war sicher nicht unbeabsichtigt!" Ich sah ihn wütend an. "Wie oft passiert dir denn sowas?" Was musste ich tun, um ernst genommen zu werden?

"Tut mir leid. Es war kein Unfall. Wo steckt der Knabe denn jetzt, soll ich ihm die Meinung geigen? Nein, das ist wahrscheinlich keine gute Idee, wir sind ja nicht in Deutschland." Das hatte ich doch schon mal gehört.

"Er ist in die Richtung dort gelaufen." Ich zeigte es ihm, aber natürlich waren die beiden schon in der Menge verschwunden.

"Der ist wohl schon weg."

"Das kann ich sehen. Und sein Freund auch. Der hatte übrigens rote Haare," sagte ich beleidigt.

"Was sollen wir denn tun?" fragte Altaf seinen Onkel auf Englisch.

"Es ist wohl am besten, wenn Isabell zwischen uns in der Mitte geht. Da sollte sie vor Belästigungen sicher sein. Ich dachte es sei nur ein Gerücht, daß der Basar für Frauen so gefährlich geworden ist. Aber anscheinend stimmt es doch."

"Achte darauf, daß die Tjuni deine Haare bedeckt und sieh' niemanden direkt an," riet er mir. Wie oft hatte ich diesen Rat jetzt schon gehört?

"Wie soll ich denn etwas sehen können, wenn ich mich nicht umsehen darf?" fragte ich ihn.

"Du musst nur die Männer nicht direkt ansehen. Islamabad ist ziemlich modern, aber in Pindi sind die Sitten noch ziemlich veraltet."

"Ich will lieber schnell wieder nach Islamabad zurück."

"Wir gehen ja jetzt sowieso. Männer sollten Frauen überhaupt nicht belästigen, aber wie soll man sich dagegen wehren? Wir müssen jetzt einfach vorsichtig sein, bis wir wieder sicher im Bus sitzen," meinte Altaf.

"Wenn du wüsstest," sagte ich und dachte an die Männer, die mich im Frauenabteil der Stadtbusse angestarrt hatten.

Chacha Sardar wollte noch schnell ein paar Pindi-Süßigkeiten kaufen, bevor wir uns auf den Weg machten. In einer Ecke nicht weit vom Eingang. Ich stand nicht weit entfernt mit Altaf an meiner Seite, als das Licht plötzlich ausging. Für ein paar Momente wurde es in der Ecke dunkel.

Ich griff in Panik nach Altafs Hand und hielt sie fest. Die Lichter kamen wieder an und ich bekam einen Riesenschrecken. Als ich aufsah, schaute ich in das grinsende Gesicht des Käppchen-Mannes, der mir im Vorbeigehen zwischen die Beine gegriffen hatte.

"Da ist er wieder, Altaf," rief ich zitternd. "Der gleiche Mann, der mich angegrabscht hat!" Ich drängte mich zwischen Chacha Sardar und Altaf.

"Wo, wo ist der Mann?"

Als ich wieder aufsah war der Mann verschwunden. "Er war gerade hier, direkt vor mir. Ich schwör's dir! Der mit der gehäkelten Kappe und dem Bart. Er stand direkt vor uns."

"Bist du sicher?"

"Blöde Frage. Natürlich bin ich mir sicher. Wie machen die das nur, daß sie so schnell wieder verschwinden können?"

"Sie kennen sich hier aus. Wir sollten gehen." Chacha Sardar ließ die Süßigkeiten Süßigkeiten sein und wir gingen auf den Ausgang zu. Gerade als wir auf die Straße treten wollten, kamen die beiden Männer doch tatsächlich auf uns zugeeilt.

"Glaubst du mir jetzt?" Ich wollte davonlaufen, aber Altaf hielt mich an der Hand fest.

"Bleib' ganz ruhig. Lass Chacha Sardar und mich das machen."

Die bärtigen Männer verwickelten meine Begleiter in ein Gespräch. Es ging um Geld. Es ging um mich. Soviel konnte ich verstehen. Der Rothaarige zeigte auf mich und gestikulierte. Auf einmal war der Käppchen-Mann wieder verschwunden. Der reinste Houdini.

"Nejé, Nejé," wiederholte Altaf und schien ärgerlich zu werden.

Ich versteckte mich hinter ihm, so gut es ging. Chacha Sardars Gesicht war ernst. Er hatte wenig gesagt und zeigte jetzt auf die andere Straßenseite. Ein Polizist stand dort und beobachtete den Verkehr.

Ohne ein weiteres Wort zu verlieren eilte Chacha Sardar, das Gemälde der Kaschmiri-Frau unter dem Arm und mit zahlreichen Plastiktüten, über die Straße und unterhielt sich mit dem Polizisten. Er zeigte immer wieder auf uns. Der Rothaarige schien es nicht zu bemerken.

Altaf sagte etwas zu ihm. "Ahó, ahó," grinste der Mann, stieg in eine Rikscha und fuhr davon.

"Endlich. Jetzt sind wir sie hoffentlich los," sagte ich erleichtert. Altaf winkte seinem Onkel zu, daß er wiederkommen sollte. Aber der unterhielt sich immer noch mit dem Polizisten und sah nicht auf.

"Wir müssen gehen," sagte Altaf eindringlich, "und zwar schnell. Er will dich kaufen, dieser Schurke! Für seinen Chef. Er sagt er will schnell Geld holen und dann wiederkommen. Er denkt, er hat ein Geschäft gemacht. Ich musste ihn ja irgendwie loswerden. Ich hole schnell Chacha Sardar. Bleib hier wo man dich sehen kann."

"Was für Geld denn? Lass' mich doch nicht allein!"

"Wir sind gleich wieder da."

Ich wollte nicht kopflos hinter ihm her stürzen und zog mich instinktiv in eine Seitennische zurück. Von dort aus beobachtete ich zähneknirschend, wie Altaf sich einen Weg um die rücksichtslosen Rikschas herumbahnte.

Er stand bald neben Chacha Sardar und sprach erregt auf ihn ein. Er winkte mir zu, wahrscheinlich um mich zu beruhigen. Altaf, Chacha Sardar und der Polizist standen schon am Straßenrand und versuchten eine Lücke im Verkehr zu finden. Ich bewegte mich vorwärts, wollte ihnen lieber entgegengehen als hier beim Basar zu warten.

Ich hatte plötzlich Angst.

Dann ging alles ganz schnell. Jemand griff mich von hinten am Arm und ich wollte mich umdrehen. Ein grobes Tuch drückte sich mir über Mund und Nase. Ein ekliger Krankenhausgeruch.

Dann nur noch Dunkelheit.

ACHTES KAPITEL

Flugzeug, Meerschweinchen, Pecan Pie, Athen, Krankenhausgeruch... ich seufzte tief. Blöder Traum. Gedämpfte Geräusche und ranziger Körpergeruch rings um mich herum. War mir auf der Fähre nach Salamina schlecht geworden? Mein Gehirn schaltete sich wieder ein. Ich versuchte die Augen zu öffnen. Gar nicht so leicht.

Der Raum schien klein und dunkel zu sein. Ich schwitzte und die Wolldecke unter mir kratzte. Wo war ich? Jemand hustete leise neben mir und die gedämpften Stimmen sagten etwas. Ich verstand nichts davon. Da waren noch andere Mädchen im Raum. War ich im Frauen-Schlafraum in Khadriala? Oder in Dâstân vielleicht?

"Schirin, bist du das?" flüsterte ich. "Nasra?"

Wieder Kichern. Lauter diesmal. Was war los?

Ich setzte mich schlagartig auf. Oh je, war mir schlecht! Ich versuchte zu atmen. Die Luft war heiß und feucht. Ich selbst roch nach Krankenhaus! War ich etwa verletzt? *Jetzt bloß nicht loskotzen*, dachte ich.

Ein kleines Kippfenster irgendwo oben ließ ein wenig Mondlicht und Luft herein. Es kamen schwache Geräusche von der Straße draußen. Sonst war es still. Da war eine Tür am entfernten Ende des Raums.

Ich warf die Decke auf den Fußboden und ignorierte das ängstliche, dringende Geflüster.

Ich musste zur Tür. Auf meinem Weg dorthin hielt ich mich hier und da an Bettgestellen fest. Die Tür war verschlossen. Warum? Ich musste raus hier! Ich schlug gegen die Tür, hämmerte gegen das große hölzerne Brett, das mich von der Straße und der Welt draußen trennte. Hämmerte, hämmerte!

"Aufmachen! Aufmachen! Ich will 'raus hier!"

Niemand antwortete, niemand öffnete die Tür. Niemand.

Ich wurde schnell müde und sank zu Boden. Mir liefen Tränen hinunter, als mich die anderen Mädchen wieder zu meiner Decke zurückführten. Jemand hob sie vom Boden auf. Warum war ich hier? Eine Hand reichte mir ein Wasserglas und ich trank durstig.

"Schukria," murmelte ich schwach. Danke.

Altaf und Chacha Sardar und ein Polizist auf der anderen Straßenseite. Soviel Verkehr. Eine Hand auf meinem Arm. War das alles wirklich passiert? Wo waren Altaf und Chacha Sardar? Altaf wollte mich doch nicht aus den Augen lassen. Wenn das hier ein Krankenhaus war, warum war dann die Tür verschlossen?

Zu viele Fragen. Kein klarer Gedanke. Zum ersten Mal seit ich meine Reise nach Pakistan angetreten hatte fühlte ich mich allein. Völlig allein.

Ich legte meinen schmerzenden Kopf auf die Liege und deckte mich zu. Dann wachte ich wieder auf. Es war auf einmal heller oben an der Wand. Ein Schlüssel drehte sich laut im Schloss. Die Mädchen setzten sich verschlafen auf.

"Chalo, chalié! Ho chalo!" Raue Männerstimmen durchschnitten die morgendliche Ruhe.

Kein Krankenhaus also. Ich stellte mich auf wackelige Beine. Übelkeit stieg mir säuerlich in den Hals. Eine nach der anderen stolperten die verschleierten Mädchen aus dem dunklen Raum ins Morgengrauen hinaus. Ich zog die Tjuni fest um mich. *Haare bedecken*, dachte ich. Es war viel kühler als am Vortag. Ich blickte mich um. Wo waren wir nur?

Irgendwo hinter irgendwelchen Läden. Soviel war klar. War das noch der Raja Basar? Schwer zu sagen. Was wollten diese Leute von mir? Suchte man nach mir?

Um die Ecke warteten zwei Land Rover. In einer dunklen Seitenstraße. Nicht die neuesten Ausgaben, aber was wusste ich schon von Autos?

Mein Kopf war voll Watte. Der Druck in meinem Magen stieg mir bis zum Hals hoch. Ich bückte mich und erbrach mich gleich neben einem der bewaffneten Männer. Mir war so schwindelig, daß ich fast ohnmächtig wurde. Der Waffenmensch fluchte. Es sah ganz so aus, als ob er mich mit dem Gewehrkolben wegstoßen würde, weil ich seine Stiefel schmutzig gemacht hatte. Ein scharfer Befehl und der Bewaffnete trat zur Seite.

Mehr Worte, und eines der Mädchen kniete sich neben mich. Sie gab mir aus einer Blechtasse Wasser zu trinken. Ich würgte noch ein wenig. Dann spülte ich mit dem Wasser den Mund aus und stellte mich tapfer hin. Jetzt fliehen zu wollen hätte meine Kräfte überfordert, außerdem kannte ich mich noch nicht mal in dem Labyrinth des Basars aus. Geschweige denn hier draußen.

Trotzdem hätte ich nichts lieber getan als fortzurennen, statt in den wartenden Land Rover zu steigen. Oder um Hilfe zu schreien. Nur, wer würde mir schon zur Hilfe eilen? Die Verbindung zu Altaf und Chacha Sardar war unterbrochen. Woher sollten die beiden jetzt auch wissen, wo ich war?

Vielleicht suchte die Polizei ganz woanders nach mir - wenn überhaupt. Und wohin sollte ich rennen? Ich war ja schließlich kein James Bond, der eine über die Rübe bekam und danach gleich wieder die Welt retten konnte.

Kein Labyrinth wäre für James zu kompliziert gewesen. Er würde auf Dächern balancieren oder gefesselt auf einem Motorrad durch die Shops rasen. Aber ich war eben kein James Bond.

Die Waffen, die die Männer trugen, waren die ersten, die ich seit Karatschi gesehen hatte. Maschinengewehre. Der Anblick zermalmte in mir den letzten Rest von Heldentum. Die anderen Mädchen saßen dichtgedrängt auf den Sitzen, die Gesichter in Tjunis und Dabattas. Waren sie etwa auch auf die gleiche Art entführt worden wie ich? Entführt?!

Wie konnte Altaf mich nur an einen solchen Ort bringen? Er hatte sein Versprechen gebrochen, das er mir in Jhelum gegeben hatte. Ich war zornig, aber was sollte ich mit diesem Zorn anfangen?

Ich wollte meine Freiheit wiederhaben! Deshalb musste ich einen klaren Kopf behalten - wenn der jemals wieder klar wurde. Mein frühes Überlebenstraining als Kind klinkte sich wieder ein. Sich zusammenreißen und abwarten, bis sich eine Gelegenheit ergab. Ich hatte gelernt, meine Gefühle abzuschalten. Einfach so. Ich musste noch nicht mal darüber nachdenken und war mir sicher, daß sich bald eine Gelegenheit ergeben würde. Ergeben musste.

Irgendwann fuhren wir los. Wir fuhren rechts und links und wieder rechts durch die staubigen, verlassenen Straßen. Ich versuchte mir den Weg zu merken.

Dann wurde es zu kompliziert. Vielleicht waren es die Nachwirkungen des Chloroforms, aber mir war immer noch schummrig zumute.

Rechts von uns ging die Sonne auf. Das hieß doch Osten, oder? Die Hauptstraßen kamen mir irgendwie bekannt vor. Ein zweiter Land Rover fuhr direkt vor uns. Es ging aus der Stadt hinaus aufs Land. Mir wurde zum ersten Mal klar, daß ich mich in wirklicher Gefahr befinden könnte.

Wir waren gerade eine halbe Stunde auf der Landstraße Richtung Norden gefahren, als ich auch schon versuchte, die Männer auf den vorderen Sitzen davon zu überzeugen, mich laufen zu lassen. "Ich bin eine Touristin aus Europa," versuchte ich die Sachlage auf Englisch zu erklären. "Lassen Sie mich bitte irgendwo aussteigen. Ich werde schon meinen Weg allein zurückfinden. Hier drüben zum Beispiel."

Mir wurde befohlen die Klappe zu halten und mich hinzusetzen. Sofort! Sprachen die überhaupt Englisch?

"Wir fahren nach Peschawar. Peschawar." Soviel verstand ich.

Wo war das denn? Im Norden natürlich, blöde Frage. Wir fuhren die ganze Zeit so ziemlich nach Norden. Den

Rothaarigen und den Kerl mit dem Häkelkäppchen hatte ich seit gestern nicht mehr gesehen. Sie hatten ihre Aufgabe sicher erfüllt.

Warum bloß hielten diese Schurken es für eine gute Idee, eine deutsche Touristin zu entführen? Dann fiel es mir wie Schuppen von den Augen: sie wussten natürlich nicht, daß ich eine deutsche Touristin war. Altaf und ich hatten ja die glorreiche Idee gehabt, mich als seine Cousine aus Kaschmir auszugeben. Verdammt! Nur um etwas Geld zu sparen. Jetzt saß ich schön in der Patsche. Aber ich durfte mich nicht unterkriegen lassen, nicht daran denken, was alles passieren könnte.

Mit der Schönheit der vorbeiziehenden Landschaft konnte ich nicht das geringste anfangen. Ich saß auf meinem Platz und schrie innerlich: Ich will hier 'raus und zwar jetzt sofort!

Mein Magen schlug Purzelbäume. Wer war eigentlich der Schutzheilige allein-reisender junger Frauen? Keine Ahnung. Oma Heydenreich hätte das sicher gewusst. Egal. Wer immer du sein magst, hol' mich hier gefälligst raus, verstanden?!

Nach einer Weile saß ich nur noch dumpf da und wartete darauf, daß die Stunden vergingen. Die Land Rover fuhren immer weiter. Wir wurden auf steinigen Seitenstraßen durchgeschüttelt, auf denen die Menschenhändler uns nach Peschawar brachten.

Als ich so mit aufgestütztem Kinn am Autofenster saß, krabbelte draußen ein kleiner brauner Käfer an der Gummidichtung entlang. Ich beneidete ihn um seine Freiheit. Er konnte einfach davonfliegen, wenn ihm danach war und auf einem Busch oder Stein weiterkrabbeln.

Ich, die mächtige Menschin musste in einem Land Rover mit anderen Menschen sitzen, mit denen ich nichts zu tun haben wollte. Wie ironisch. Ich schloss meine Augen. Mein Kopf tat weh vom vielen Nachdenken.

Der kleine Käfer wurde vom Fahrtwind davongetragen.

Wenigstens war er frei. Ich seufzte unglücklich und brütete dumpf vor mich hin.

Es gab keine Hoffnung auf eine schnelle Flucht. In meiner Fantasie wäre ich am liebsten aus dem langsam fahrenden Auto gesprungen. Nicht sehr realistisch, wenn ich mir so die Maschinengewehre und die harten Gesichter der Wachen ansah. *Geduld*, ermahne ich mich.

Ich lehnte verdrießlich an die verhasste Sitzbank, in dem verhassten Auto, das mich von Minute zu Minute weiter von Islamabad und meiner Normalität forttrug.

Es war heiß und staubig. Wir Mädchen bekamen Wasser und etwas zu essen und durften sogar einmal auf die Toilette. Als wir wieder in die Land Rover einsteigen mussten, wurde ich gesprächig.

"So, ihr sitzt einfach nur hier und lasst euch das gefallen. Ihr kennt euch hier aus und ihr sprecht die Sprache. Ihr könntet flüchten, aber nein, ihr zieht es vor euch entführen zu lassen!"

Ein paar Mädchen sahen mit Tränen in den Augen hoch. Natürlich verstanden sie mich nicht. Wir teilten uns den gleichen Platz im Auto und damit hatte es sich auch schon. Zwischen uns klaffte ein riesiger Abgrund.

Trotzdem fühlte es sich gut an, etwas zu sagen, mich selbst zu hören.

"Ich habe keine Ahnung, warum ich hier bin oder wer diese Verrückten sind," quasselte ich weiter. "Ich bin eine Touristin aus Europa. Ich war mit meinen Freunden im Basar. Nein eigentlich waren wir gerade dabei den Basar zu verlassen. Und diese Schweine haben mich betäubt und fortgeschleppt, als Altaf und Chacha Sardar gerade nicht hingeschaut haben. Dabei sollten sie doch aufpassen."

Resigniert starrte ich wieder zum Fenster hinaus. Es war lächerlich mit mir selbst zu sprechen. Wie spät mochte es wohl sein? War es schon Mittag?

"Ach was soll's. Ihr könnt ja kein Wort von dem verstehen, was ich sage." Ich starrte die Mädchen herausfordernd an.

Eine sah mich geradewegs an. Sie war sehr hübsch mit

ihren durchsichtigen, hellbraunen Augen in dem dunklen Gesicht. Da war Intelligenz und etwas wie - Mut.

Strähnen dunkler, glänzender Haare hatten sich unter der Tjuni in die Stirn vorgearbeitet. Ihr Mund war entschlossen zusammengepresst.

"Manche von uns hier verstehen Englisch," sagte sie in einem traurigen Ton. "Die meisten nur ein bisschen. Wie ist dein Name?"

Ich sah sie verblüfft an. Sie sprach ausgezeichnetes Englisch.

"Ich heiße Isabell," hauchte ich.

"Isaba. Issabéel."

"Isabell," wiederholte ich fester.

"Isabé. Komischer Name." Ihr Gesicht verzog sich zu einem Grinsen. "Mein Name ist Schabnam Choudhury, aber alle nennen mich nur Banu. Die anderen heißen Lalli, Schabila, Nivin, Tarub…"

Sie zeigte nacheinander auf die anderen vier Gefangenen, die auf ihren Sitzen kauerten. Sie sahen ehrfurchtsvoll auf, als sie ihre Namen hörten. Ich war nur mittelgroß, aber im Vergleich zu ihnen musste ich wie eine blonde Riesin wirken. Die Mädchen sahen mich verstohlen an und kicherten ein wenig.

"Nett dich kennenzulernen, Banu. Salam aleikum. Ich wünschte wir hätten uns unter anderen Umständen getroffen, aber hier sind wir nunmal. Ich komme aus Deutschland."

"Oh, wirklich aus Deutschland?" Banu schien schockiert zu sein. "Ich habe vorhin gehört, wie der Anführer Bakhri-Schah sagte, du seist eine Kaschmiri." Sie sah schnell zu einem der Männer hin, die vorne saßen.

Dieser Bakhri-Schah saß neben dem Fahrer. Er war nicht sehr groß, hatte helle Haut, einen langen rotbraunen Schnurrbart und trug eine Filzmütze, der wie ein doppelter Pfannkuchen aussah, auf dem runden Kopf. Der sauertöpfische Ausdruck um die Mundwinkel ließ ihn noch hässlicher erscheinen als er ohnehin schon war.

Ich wusste, daß 'Bakhri' 'Ziege' bedeutete. Wie war dieser unsympathische Mann bloß zu diesem wenig schmeichelhaften Spitznamen gekommen?

"Nein, ich bin wirklich Deutsche. Ich war zu einer Hochzeit in einem Dorf bei Jhelum eingeladen worden. Deshalb flog ich mit einem Freund nach Pakistan. Wir wollten noch ein bisschen herumreisen, damit ich was von dem Land sehe. Er hat nur so getan, als sei ich aus Kaschmir, damit die Verkäufer im Basar uns nicht zu hohe Preise abknöpfen. Wir waren im Raja Basar, als ich gekidnappt wurde. Ich glaube ich wurde mit Chloroform betäubt."

"Das ist sehr schlimm. Es tut mir leid für dich."

Ich weiß nicht, was ich mir davon versprach, Banu das alles brühwarm aufzutischen. Sie war schließlich in der gleichen Situation und konnte mir nicht helfen.

"Tja, ich werde mich so bald es geht aus dem Staub machen, das steht fest," erwiderte ich trotzig.

"Ai, ai, ai. Ich weiß nicht, ob das so einfach geht. Hast du die Waffen gesehen? Einige der Männer sind Paschtun, denke ich. Meine Tante hat mir das gesagt," flüsterte Banu.

"Deine Tante?" fragte ich entgeistert und versuchte meine erneuten Kopfschmerzen zu ignorieren. Ich konnte mich noch wage daran erinner, daß Atesch die Paschtun mal erwähnt hatte.

"Ja. Ich kann sie nicht immer verstehen, aber manchmal sprechen sie eine Mischung aus Pandschabi und Urdu."

"Wieso weiß deine Tante denn das? Was hat sie mit der Sache hier zu tun?" flüsterte ich zurück.

An diesem Punkt erzählte mir Banu ihre ganze Geschichte. Daß ihre angeheiratete Großtante sie dazu überredet hatte zu ihr nach Islamabad zu ziehen, um an einem privaten College zu studieren. Banu kam aus einem entlegenen Städtchen, das Lalamussa hieß, und ihre Familie war sehr traditionell. Ihr Vater hatte bei ihr, der jüngsten Tochter, eine Ausnahme gemacht.

"Ich war so glücklich, weil ich nicht in Lalamussa

bleiben wollte. Ich studiere gerne, weißt du. Aber dann kam alles anders," sagte Banu mit trauriger Stimme.

Wir mussten flüstern, damit die Männer vorne im Land Rover uns nicht hören konnten. Die anderen Mädchen hatten mittlerweile auch zu reden begonnen und den Männern schien unser Getuschel nichts auszumachen.

"Chachi nahm mich mit zum Basar, um neue Kleider zu kaufen," sie knirschte mit den Zähnen. "Dann sagte sie mir einfach so nebenbei, daß sie mich an diese Leute aus Peschawar verkauft hatte. Als sei ich ein Büffel oder ein Schaf!"

"Deine Tante hat dich verkauft?" fragte ich entgeistert.

Banu nickte. "Die suchen nach hübschen Mädchen, um sie als Bräute zu verkaufen."

Bisher hatte ich mir noch keine Gedanken darüber gemacht, was man mit uns vorhatte. Als Bräute verkaufen? Soweit kam's noch!

"Alles was ich wollte war eine Ausbildung, und danach arbeiten. Selbständig sein, bevor ich heirate. Das sei nichts für Frauen, sagte Chachi. Sie will meiner Familie erzählen, daß ich einen jungen Mann kennengelernt habe und mit ihm davongelaufen bin. Sie weiß genau, daß das eine Schande ist. Meine Familie würde mir nicht glauben, wenn ich ihnen die Wahrheit sagen könnte."

"Stell' dir das vor, deine eigene Tante!"

Mir standen Tränen in den Augen. Tränen des Mitleids. Banus Geschichte war herzzerreißend. Aber eigentlich ging es mir im Moment auch nicht viel besser. Dann blitzte ein Gedanke auf. Hatte Altaf etwas mit der Sache zu tun? Mit der Entführung?

Hatte er die Männer im Basar etwa gekannt? Hatte er mich auch verkauft? Der Blitz verblasste. Nein, bestimmt nicht. Altaf hatte keinen Grund so etwas zu tun und Chacha Sardar…niemals. Der Sohn des Generals vielleicht?

"Wie furchtbar. Warum würde deine Familie dir denn nicht glauben?" fragte ich schnell.

Ehrlich gesagt, hatte meine Mutter es mir auch nicht

abgekauft, daß ich nach meiner Griechenlandreise krank geworden war. Es war das erste Mal, daß ich wieder an meine Mutter dachte.

"Chachi ist im Ältestenrat der Familie und die Frau des Bruders meines verstorbenen Großvaters. Aber sie liebt Geld mehr als mich. Sonst hätte sie das wohl nicht getan, oder?" Banu wischte eine Träne weg. "Ich kann nicht mehr zurück. Wegen der ganzen Lügen, die sie verbreitet. Ich habe geheult und geschrien im Basar. Dann habe ich versucht wegzurennen - aber mir hat niemand geholfen." Banu sah auf ihre geballten Fäuste.

"Sie haben mich gleich wiedergefunden, als ich mich in einem Schuhgeschäft versteckte. Chachi schlug mich. Die haben allen erzählt, daß ich ihre Nichte sei und versucht hatte wegzulaufen, um mit meinem amerikanischen Liebhaber zusammenzuleben. Danach wollte mich niemand auch nur anhören."

"War das gestern?" fragte ich leise.

"Ja, gestern. Sie haben ein Teppichgeschäft im Basar. Das Lager, wo sie uns hingebracht hatten, gehört auch zum Geschäft. Es liegt auf der anderen Straßenseite, links vom Basar."

Banu zeigte mit ihrer Hand nach links, als sie das alles wieder vor sich sah. Hier draußen waren aber nur Hügel und Felder zu sehen. Au weia, der Teppichladen!

Das musste der gleiche Stand gewesen sein, an dem Altaf und ich uns die schönen teuren Teppiche angesehen hatten, und ich hätte doch beinahe den Teppich mit den hübschen Vögeln gekauft!

"Aber wenn deine Familie das ganze Gerede glaubt, das heißt…"

"Ja, das heißt ich kann nicht wieder zurück. Sie sind um ihren guten Ruf besorgt. Ich wünschte ich könnte mit meinem Vater reden, um ihm alles zu erklären."

"Vielleicht ist das ja eines Tages möglich…"

Banu wechselte das Thema und zeigte auf ein schmächtiges Mädchen, das in einen schwarzen Umhang gehüllt still auf der anderen Seite unserer Bank saß. Ich sah genauer hin. Das Mädchen hatte asiatische Gesichtszüge.

"Ihr Name ist Nuwa. Sie tut mir wirklich leid," sagte Banu. "Sie kommt aus der Nähe von Gilgit. Das ist an der Grenze zu China. Sie versteht kein Urdu, nur Balti und Chinesisch. Sie hat mit Tarub gesprochen, die kann sie verstehen."

"An der Grenze zu China?" fragte ich erstaunt. So weit?

"Ja. Ihre Eltern sind in einem Erdrutsch in ihrem Dorf ums Leben gekommen. Jemand hat sie aufgegriffen, als sie versuchte in den Hügeln Überlebende zu finden. Die Bande hat sie billig von dem Kerl abgekauft. Tarub sagt, daß sie an ein 'Haus mit schlechtem Ruf' verkauft werden soll." Ich starrte sie an. Banu lächelte resigniert.

"Was ist mit deiner Familie, Isabé?"

Ja, was war mit meiner Familie? Das alles schien schon ewig lange zurück zu liegen. Ich versuchte mich zu erinnern.

"Oh, mein Vater starb vor zwei Jahren und ich habe noch eine Mutter und zwei Schwestern. In Deutschland. Die haben zu viel mit sich selbst zu tun, um sich darum zu kümmern was ich mache."

"Mit sich selbst zu tun?" fragte Banu.

"Ja, du weißt schon... ihr eigenes Leben. Meine jüngste Schwester ist jetzt fast sechzehn und lebt noch bei meiner Mutter. Meine älteste Schwester und ich sind ausgezogen."

Banu war völlig baff. "Ihr seid ausgezogen? Du meinst ihr lebt alleine?"

"Ja, das ist nicht ungewöhnlich wo ich herkomme. Ich war schon zu meiner Großmutter gezogen, bevor mein Vater starb. Es war schwer erträglich zuhause. Vor allem wegen meiner Mutter," versuchte ich zu erklären, aber es klafften Welten zwischen uns.

"Deine Mutter?"

Eigentlich wollte ich nicht über solche Sachen nachdenken, geschweige denn darüber reden. Der 'Zustand' meiner Mutter, die Schläge... das war einfach zu persönlich.

"Naja, sie ist nicht ganz richtig im Kopf, verhält sich nicht gerade mütterlich," sagte ich deshalb nur kurz angebunden. Meine neue Freundin starrte mich an.

"Aber du kannst doch nicht alleine leben, Isabé. Das ist zu gefährlich. Und was ist mit deinem Ruf? Was ist mit dem Rest der Familie, deinen Großeltern, Onkeln, Cousins?"

Komisch, ich hatte mich in meinem Dachzimmer immer am sichersten gefühlt. Und wen interessierte schon mein Ruf? Banu dachte, es sei gefährlich allein zu leben. Dabei war sie von ihrer Tante, die im Ältestenrat der Familie war, an Menschenhändler verkauft worden.

"Mir gefällt das. Ich habe gelernt, mich auf mich selbst zu verlassen. Den Rest der Familie kenne ich kaum. Die können mir mal gestohlen bleiben. Umgekehrt ist es wahrscheinlich genauso."

"Das kann ich nicht glauben, daß du wie ein Mann lebst – so frei. Und deine Familie macht sich keine Gedanken um deinen Ruf?"

"Tja, so ist das eben. Das Leben dort ist anders als hier."

Ich bemerkte, daß die anderen Mädchen, außer Nuwa, angeregt schwatzten. Aber wahrscheinlich waren wir jetzt zu laut. Einer der Bewacher auf den Vordersitzen drehte sich um und schlug einem der Mädchen, das ihm am nächsten war, mit der flachen Hand über den Kopf.

Sie kreischte überrascht auf und der übergriffige Mann bellte eine Warnung. Wir waren mit einem Schlag still. Die Mädchen rutschten dichter zusammen und außer Reichweite des Mannes. Mir brummte der Kopf. Ich lehnte mich an die schmutzige Fensterscheibe und musste kurz darauf traumlos eingeschlummert sein.

Als der Land Rover über eine unebene Dreckstraße zu rumpeln begann, wachte ich wieder auf. Ich schwitzte und hatte Durst. Zum Glück schmerzte mein Kopf nicht mehr so sehr. Banu starrte dumpf vor sich hin. Ich sah nach draußen. Wir fuhren durch ein Meer von grauen Zelten.

"Wo kommen denn die ganzen Menschen her?" fragte ich staunend.

"Ein Flüchtlingslager. Flüchtlinge aus Afghanistan. Die Russen führen dort Krieg, weißt du. Es ist gefährlich in den Dörfern im Norden Afghanistans. In den Bergen. Deshalb kommen sie hierher über die Grenze nach Pakistan."

Die hellen runden Zelte waren über die gesamte Ebene verstreut. Dazwischen herrschte eifriges Treiben. Die Frauen hatten schmutzige Kleider und Tjunis an und trugen schmutzige Kinder auf den Hüften. Wahrscheinlich hatten sie den Kampf gegen den Schmutz aus Wassermangel schon aufgegeben.

Viele waren unverschleiert. Die harten Gesichtszüge der Afghanen waren völlig anders als die der Pakistanis, die ich bisher gesehen hatte. Hier leuchteten keine Farben, überall nur schmutziges Grau.

Die Männer hier hatten unordentliche Turbane oder Filzmützen auf, die wie dicke Pfannkuchen aussahen. Genau wie die Mütze des Kerls auf dem Vordersitz.

"Aber das sind ja ungeheuer viele Flüchtlinge," flüsterte ich.

"Ja, es gibt auch öfter Probleme. Essensmangel und wenig Wasser. Die Leute werden krank. Die Männer wollen oft ihre Waffen nicht abgeben, und die Einheimischen beschuldigen sie der Kriminalität."

Kein Wunder also, daß Atesch aus Afghanistan nach Deutschland geflüchtet war! Eine Gruppe zerlumpter Jungs kam auf unsere Fahrzeuge zugelaufen, um zu betteln. Unsere Kidnapper schrien ihnen etwas zu und fuchtelten mit den Armen herum. Die Jungs wichen zurück und die Land Rover fuhren langsam weiter.

"Vielleicht sollten wir hier aus dem Auto springen? Wir fahren ja so langsam," meinte ich.

Banu schien erschrocken zu sein. Nicht die Reaktion, die ich erwartet hatte. "Und was dann?"

"Es gibt doch bestimmt Rotes Kreuz hier oder die UN. Wir rennen einfach los und du fragst dich durch."

"Hier? Die haben uns doch gleich wieder eingefangen. Da gibt es kein Durchkommen. Ich sehe auch keine UN Fahrzeuge und das 'Rote Kreuz' ist hier der 'Grüne Halbmond'. Ich sehe nur Afghanen. Alles was diese Menschen brauchen, sind noch mehr Neuankömmlinge. Die sprechen eine andere Sprache, die ich nicht verstehe. Sie werden uns sicher nicht helfen."

Oh nein! Ich sah sehnsüchtig und gleichzeitig entmutigt auf das Gewühl. Die Land Rover krochen im Schritt-Tempo vorwärts. Ich suchte die Ebene ab, aber Banu hatte Recht. Keine offiziellen Fahrzeuge oder Zelte zu sehen. Nur ein grauer Ozean.

Dann ließen wir auch schon das Flüchtlingslager hinter uns. Wir befanden uns wieder auf einer Landstraße und ich musste meinen wilden Fluchtplan fürs Erste aufgeben. Wir waren fast am Ziel angekommen. Am Ziel der Menschenhändler. Nicht an meinem Ziel. Peschawar war ungefähr so groß wie Rawalpindi.

Jedenfalls soweit ich das beurteilen konnte. Es schien aber recht primitiv zu sein; kein bisschen zivilisiert, so wie Islamabad und Rawalpindi. Die Stadt kam mir mehr wie ein riesiges Dorf vor. Es gab hier keine Busse und keine Parks.

Die Geräusche waren dumpf und die Gerüche anders. Ich konnte keine Europäer entdecken und kaum Frauen. Die meisten Männer hatten scharf geschnittene Gesichter mit Hakennasen unter Pfannkuchenmützen, ganz so wie die afghanischen Flüchtlinge in den Lagern.

Als wir durch die staubigen Straßen an Reihen einstöckiger Gebäude vorbeifuhren, begannen die Muezzin gleichzeitig von ihren langen Türmen zum Gebet aufzurufen.

Ich versuchte mir den Weg einzuprägen und irgendwelchen Merkmale.

Alles schien mit Staub bedeckt zu sein, sogar die Vorhänge vor den Türöffnungen und die geschnitzten Holzverdeckungen vor den Fenstern. Wir fuhren zum Stadtrand weiter. Die Land Rover bogen in einem großen Hof ein und hielten an.

Wir durften auf ein Plumpsklo, während die meisten unserer Bewacher sich zum Gebet aufmachten. Eine Frau unter einer schwarzen Burkha brachte uns Tee und Tschapattis.

Dann bekamen wir Zuwachs. Ein paar verschleierte Mädchen stiegen widerwillig in das andere Fahrzeug ein. Die Gangster waren sich so sicher, daß wir nicht davonlaufen würden, daß sie einfach nur die Autos abschlossen und uns allein ließen. Wir warteten.

Zwei weitere Geländewagen fuhren in den Hof und hielten auf der anderen Seite neben ein paar zerbeulten Autos. Die meisten Mädchen dösten vor sich hin. Ich sah zu, wie Männer in braunes Papier gewickelte Pakete von den Fahrzeugen zu einem Strohdach trugen und darunter aufstapelten.

Eines der Papierpakete riss auf und ein flacher Block, der wie brauner Teer aussah, kam zum Vorschein. Der Mann, der den Block trug, wickelte das Papier wieder grob darüber und legte das Paket auf den Stapel. Ich fiel fast um, als ich eine englische Männerstimme hörte.

"F*** you! Pass doch auf du Vollidiot! Hier das kommt da hin, du verdammter haariger Höhlenmensch. Wickle das gefälligst wieder richtig ein und binde es zu! Willst du, daß es rausfällt und am besten gleich in den Schoss von Interpol?"

Der englisch-sprechende Mann kam in mein Blickfeld. Wohl ein Engländer mit Bart und breitem Schlapphut - oder war das etwa ein australischer Akzent? Ein richtiger Indiana Jones. Was zum Teufel machte der denn hier? Heiße Hoffnung schoss mir mit einem Mal durch die Adern. Ich sprang auf. Dieser Mann würde mich retten. Er musste mich einfach retten!

"Ich muss mit diesem Mann sprechen!" zischelte ich in Banus Ohr. "Er wird mir helfen. Er wird mich mitnehmen…" Banu hielt mich an den Schultern fest.

"Isabé," flüsterte sie aufgeregt. "Bleib hier! Die stecken

doch alle unter einer Decke. Er wird dir nicht helfen. Er ist ein Drogenhändler. Sie werden dir Fußfesseln anlegen, wenn du versuchst fortzurennen. Was dann?"

Natürlich! Das war in den Paketen. Ein Haufen Drogen! Der Dealer-Freund meiner Schwester Paula hätte seine Freude daran gehabt.

"Ogott," ich sank mit einem Plumps auf das harte Polster zurück. "Du hast Recht. Oh nein!" Ich weinte vor Enttäuschung. Auf einmal hasste ich diesen Indiana Jones.

"Isabé, du musst stark bleiben. Vertraue auf Gott." Das hörte sich wie sinnloses Geplapper an.

"Nein, Banu. Es hat alles keinen Zweck. Sie werden mich an einen alten, hässlichen Waldschrat in den Bergen verscheuern. Dann ist es zu spät," erwiderte ich schluchzend.

"Allah beschützt uns. Allah u akbar. Gib' die Hoffnung nicht auf."

Banu hatte Recht: ich durfte mich nicht unterkriegen lassen. *Reiß' dich gefälligst zusammen*, schalt ich mich.

"Wo genau ist Peschawar, Banu, und wo sind wir hier?"

"Es ist an der Grenze zu Afghanistan. Im Hindukusch. Ein Teil der alten Seidenstraße von China nach Europa," sagte sie leise. "Man kann sicher das Pamir Gebirge im Westen sehen." Ich hatte ganz vergessen, wie gebildet Banu war.

"Meinst du sie bringen uns nach Afghanistan hinüber?"

"Hoffentlich nicht. Es herrscht Krieg in Afghanistan. Das weißt du doch. Die ganzen Flüchtlinge vorhin —"

Mir lief es kalt den Rücken hinunter, aber ich hatte keine Zeit für Politik und all sowas. Ich musste einen Plan schmieden und zwar so schnell wie möglich. Auf keinen Fall würde ich nach Afghanistan mitfahren.

Die Männer im Hof schienen irgend etwas zu feiern. Der Indiana Jones-Typ hielt eine Flasche Whisky hoch und goss jedem seiner Kumpane in Blechtassen ein. Sie riefen etwas, hielten die Blechtassen hoch und gossen sich das Zeug hinter die Binde als wäre es Wasser.

Ich sah dem Spektakel am Rand meiner Tjuni vorbei voller Verachtung zu. Der Ausländer trug jetzt auch die Landestracht und einen flachen Turban. Er war kaum von den anderen Banditen zu unterscheiden. Bald verließen ein paar Fahrzeuge den Komplex und als ich wieder raussah, war der Stapel mit den braunen Paketen nicht mehr da. Dafür lehnten Gewehre an der Wand unter dem Strohdach und davor Waffen, deren Namen ich nicht einmal kannte. Und Holzkisten.

Ich wurde des Beobachtens müde. Vielleicht war Dösen doch keine so schlechte Idee. Die Sonne begann schon zu sinken, als wir endlich losfuhren. Wenigstens wurde es kühler. Wir bewegten uns wieder durch staubige Straßen, an staubigen Geschäften vorbei Richtung Norden.

Als wir auf der Landstraße waren, schubste mich Banu an. "Schau' mal nach links, siehst du den Hindukusch?"

"Ja." Überall waren kahle Berge zu sehen, soweit der Blick reichte. Wahrscheinlich das Pamirgebirge. Nicht weit von uns quälten sich Männer mit beladenen Eseln auf einem schmalen Pfad Richtung Grenze voran, gefolgt von Frauen mit Bündeln auf dem Kopf und Babys auf den Hüften.

"Das ist Afghanistan. Der Khaiber Pass ist etwa hier," Banu zeigte auf irgendeinen Punkt zwischen den Bergen.

"Die Ärmsten! Das muss ja ungeheuer anstrengend sein."

"Ja."

"Wo fahren wir denn jetzt hin? Ich dachte, wir bleiben in Peschawar."

"Nein, ich habe gehört, daß wir über Mardan bis Dargai weiterfahren. Das ist weiter im Norden oben. Ein kleiner Ort. Sie haben da irgendwo ihr Hauptquartier. Jedenfalls wartet der Kopf der Bande dort auf uns."

"Na fabelhaft, der Kopf der Bande. Ich kann's kaum abwarten ihn zu treffen."

Vielleicht konnte man ihm verhandeln. Auf dem Weg sahen wir noch andere Flüchtlingslager mit geächteten Menschen, die uns verzweifelt und gleichzeitig stolz anstarrten. Aber keines der Lager war so groß wie das kurz vor Peschawar. Hier und da waren dunkle Gewehre auf den grauen Rücken der Männer zu sehen. Wir fuhren durch ein graues Städtchen und erreichten dann eine Ansammlung von Häusern, was man kaum als Dorf bezeichnen konnte.

Die Autos bogen in einen großen Hof ein, der wieder von Gebäuden eingerahmt war.

Der Komplex war von einer hohen Mauer geschützt und von bewaffneten Männern in afghanischer Tracht. Wie sollte ich denn von hier bloß wieder wegkommen? Die Land Rover parkten nebeneinander an der hinteren Mauer.

Das erste was ich sah, war eine Gruppe von Männern auf der rechten Seite des Hofes. Ich schauderte, als mein Blick auf einen stöhnenden Mann mit entblößtem Oberkörper fiel, der in einer Ecke des Hofes an ein hölzernes Gestell gebunden war. Sein Rücken war von langen roten Striemen durchzogen. Ich versuchte nicht hinzusehen. Ich hatte meine eigenen Sorgen!

Eine niedrige Mauer schirmte ein paar Zimmer auf der linken Seite des Hofes ab. Dunkel-verschleierte Frauen hockten dort um offene Kochstellen herum. Rechts befand sich ein verschachtelter Wohnkomplex. Wir mussten aussteigen und uns nicht weit von den Kochfeuern aufstellen.

Dann machte ich auch schon die nächste schockierende Feststellung: der Kopf der Bande war eine Frau!

Jeder Mann schien in ihrer Gegenwart ausgesprochen respektvoll, sogar unterwürfig, zu sein. Die grobe, untersetzte Frau, die sie Sadu-zai nannten, war etwa im mittleren Alter. Ihr war der bestickte Schleier vom grauen Kopf auf die Schultern gerutscht und sie hatte ein paar Goldzähne, die ihrem hellen von Fältchen vernetzten Gesicht einen Ausdruck von Wohlstand verliehen.

Sadu-zai umgab eine Aura unanfechtbarer Autorität, als sie uns - die neue Ware - begutachtete.

Als ich an der Reihe war, stupste mich die Anführerin

hier und da in den Arm und den Rücken, was mich sehr irritierte. Sie hielt mein Kinn hoch und besah sich mein Gesicht und meine Zähne. Am liebsten hätte ich sie gebissen, aber ich widerstand der Verlockung. Dann fuhr sie mit den beringten Fingern durch meine Haare. Vielleicht suchte sie nach Läusen.

Ich hasste es angefasst zu werden. Schließlich war ich kein Pferd oder preisgekrönte Milchkuh!

"Hey!" Ich schüttelte mich instinktiv.

"Qaschang dokhtar," sagte sie anerkennend und pfiff ein wenig durch die Goldzähne. Sprach sie denn kein Englisch?

"Ich bin Deutsche und verlange freigelassen zu werden," sagte ich ungerührt. "Sie haben kein Recht mich hier gefangen zu halten."

Ich hatte zwar etwas Urdu gelernt, aber für die Banditen wollte ich mir keine Mühe geben. Hier sprach ich nur Englisch. Warum sollte ich mich auch anpassen? Ich wollte so fremd bleiben wie es nur ging.

Die hartgesottene Sadu-zai blieb unbeeindruckt. Und sie verstand mich. "Ah, du sprichst Englisch! Qaschangi," gackerte sie. "Gute Bildung! Ein guter Körper und gute Zähne. Helle Augen und Haare. Die sind echt. Und sie spricht Englisch!" Sadu-zai blickte in die Runde und die Männer lachten als hätte sie einen guten Witz gemacht.

Die Frau sprach passables, wenn auch etwas stockendes Englisch.

"Wir werden einen reichen Mann für dich finden. Du bist dein Geld wert, Qaschangi."

"Da wäre ich mir nicht so sicher," müpfte ich auf. "Ich bin Deutsche und mein Name ist nicht Qaschangi!"

"Deutsche, he?" Sie runzelte die Stirn.

"Ja doch. Ich heiße Isabell Bertrand und sie werden mich sofort freilassen," sagte ich laut und eindringlich. Je mehr Leute meinen Namen hörten, desto besser. *Vielleicht gibt es hier ja Polizeispitzel, die Informationen weitergeben können*, dachte der James Bond in mir.

"Ho, ho, frech werden, wie?! Die Kleine hat Mumm. Wieso sollte ich ausgerechnet dich freilassen? Wir könnten da vielleicht noch ein ansehnliches Lösegeld 'rausschlagen. Du musst verstehen, ich bin Geschäftsfrau. All das hier kostet Geld. Die Familie kostet Geld. Meine Kinder müssen essen. Du willst doch nicht, daß meine Kinder verhungern, oder?"

"Meine Familie hat kein Geld."

"Aaah, aber deine Regierung, die hat 'n Haufen Geld. Deutschland ist doch ein reiches Land, nicht wahr?"

Die gerissene Geschäftsfrau zwinkerte mir aus hellen Augen zu. Vielleicht wäre das nichtmal die schlechteste Lösung. Besser als im Harem von irgendeinem reichen, lüsternen Mann zu landen. Nur so wie ich Sadu-zai einschätzte, würde sie beides versuchen. Aber was war, wenn die deutsche Regierung sich weigerte ein Lösegeld zu zahlen? Besser nicht daran denken.

"Werden sie mich hier behalten?"

"Hmm, hmm, hmm, lass' mich nachdenken, Qaschangi. Wir müssen dich sicher verwahren. Sicher vor den Augen von Männern mit schlechten Hintergedanken... hahaha." Das Gelächter hatte einen bösartigen Unterton. Ein paar der Männer zuckten zusammen.

Ich war durch Zufall in ihre Machenschaften geraten, aber irgendwann würde ich mich da wieder herauswinden.

"Man wird mich finden, egal wo sie mich verstecken."

"Oh, meine Hübsche, da wo wir dich hinbringen wird dich keiner finden. Das verspreche ich dir," sagte Sadu-zai voll Ironie. Ihr Atem roch nach Knoblauch und Ziegenkäse und Zahnfäule, als sie so dicht vor mir stand.

"Wo werden sie mich hinbringen?"

"Das möchtest du wohl wissen, was! Du wirst mit den anderen Mädchen gehen. Ich schicke euch in die Berge, bis der Staub sich gelegt hat. Ich kann mir schon ein paar gute Käufer vorstellen, die ihr halbes Vermögen für 'ne kleine

Frau wie dich geben würden. So 'n kleines Rennpferd wie dich. Hah, hah!" Sie rieb sich die rauen Hände.

Sadu-zai trug an fast jedem ihrer geschwollenen Finger einen dicken Goldring, um den Hals Ketten und große mit Juwelen verzierte Ohrringe.

"Ja, ihr halbes Vermögen. Oder die Deutschen werden für dich zahlen. Meine Leute in Rawalpindi haben gute Arbeit geleistet. Was für ein Glückstag!" Sie schnalzte mit der Zunge und lachte vergnügt.

Wahrscheinlich zählte sie schon das Geld, das sie für mich bekommen würde. *Freu' dich nur nicht zu früh*, dachte ich grimmig.

Der viele Schmuck trug nichts zur Schönheit dieser Frau bei. Er war wohl mit dem Geld gekauft, das sie mit dem Verkauf junger Mädchen gemacht hatte. Oder mit Waffen und Drogen. Sie widerte mich an, aber wenn ich überleben wollte, durfte ich mich nicht mit der Anführerin anlegen.

Sie stupste mir den Finger in die Schulter und winkte mich zu einer Gruppe Mädchen hinüber, wo Bakhri-Schah stand. Banu war schräg vor mir, fest in ihre graue Tjuni gewickelt. Sie sah auf ihre Füße.

"Hier noch eine für dich, mein Sohn." Sohn?

"Ta dza!" kläffte Bakhri-Schah mich ungeduldig an und winkte ungestüm. Ich sollte nach vorne treten. Sein griesgrämiges Gesicht reizte mich. Ich schoss ihm meinen giftigsten Blick zu und rührte mich nicht.

Sadu-zai klatschte in die Hände und schnappte "Sabadana. Samhal!"

Bakhri-Schah wich zurück. Daraus schloss ich, daß sie ihren Sohn zurechtgewiesen hatte. Vielleicht wollte sie, daß er nicht so rau mit uns umging. Teure Ware, Geld, viele Dollar...

Ich trat neben Banu und kopierte ihre Haltung. Sie bewegte sich unmerklich in stiller Unterstützung. Danach beobachtete ich durch meine Wimpern, wie Sadu-zai die restlichen Mädchen inspizierte und Gruppen zuteilte.

"Ta dza!" befahl Bhakri-Schah einer nach der anderen.

Zwei Mädchen wurden weggeführt. Sie klagten lautstark. Eine war stämmig, die andere recht klein. Ich kannte sie nicht. Banu erzählte mir später, daß sie mangels körperlicher Reize als Haushaltshilfen gleich hier verkauft wurden. Jetzt waren wir nur noch fünf in unserer Gruppe und drei in der anderen. Wir waren wohl die 'besser vermarktbaren' Mädchen.

"Kashar ror. Idris." Bakhri-Schah rief einen jungen Mann heran, der Pferde sattelte. Hübsche kastanienbraune Pferde.

Der junge Mann sah widerwillig auf, während er gemächlich einen Lederriemen anzog und die Stute beruhigte. Er war mir bisher noch nicht aufgefallen. Dieser Idris schien Bakhri-Schah nicht sehr zu mögen. Da konnten wir ja bald einen Club aufmachen!

"Ahó."

"Prede shabâne." Idris nahm sich Zeit mit der Antwort.

"Ahó."

Dann sah ich ihn unauffällig an. Ich war verwirrt. Ich kannte ihn. Wieso kannte ich ihn? Er war einer der Paschtun-Banditen, also war es ganz unmöglich, daß wir uns schon jemals begegnet waren.

Dieser Idris sah aber nicht wie die anderen Banditen aus, nicht so sehnig und halb-verhungert wie die meisten der Männer oder stämmig und gedrungen wie Bakhri-Schah. Er war hochgewachsen und muskulös und hatte hellbraune Haare. Jetzt fiel es mir ein. Er sah mehr aus wie Imran aus - aus Nusrats Leben.

Ich versuchte ihn nicht anzustarren. *Blödsinn*, schalt ich mich, *das bildest du dir nur ein! Das kann doch nicht dieser Idris sein. Deine Fantasie geht mit dir durch. All diese verrückten Träume von Nusrats Leben bringen dich noch um den Verstand!*

Ich war mir ziemlich sicher, daß dieser Idris helle Augen hatte. Fast grün. Imran hatte braune Augen gehabt, oder? Na bitte! Meine Fantasie hatte mir mal wieder einen Streich gespielt.

Wir wurden zu viert in Räumen hinter der niedrigen Mauer untergebracht. Es gab sogar einen Waschraum mit Handpumpe, den wir benutzen durften. Eine der Frauen gab uns Kleider zum Wechseln. Genau wie die, die man zu Nasras Hochzeit getragen hatte.

Wir mussten uns umziehen. Mein neuer Anzug war fuchsiafarben und die Goldstickerei kratzte.

Es gab jetzt auch wieder Verpflegung. Tee, Tschapattis und Eintopf. Ich musste an die Geschichte von Hänsel und Gretel denken, die von der bösen Hexe gemästet wurden. Aber ich hatte Hunger. Der Chili war nicht so schlimm und ich trank eine Menge Wasser dazu.

"Idris ist Bakhri-Schahs Halbbruder und die beiden können sich nicht ab," tuschelte mir Banu zu, nachdem sie sich eingehend mit Tarub unterhalten hatte. Die wusste es von einer der tief verschleierten Frauen, die uns das Essen hingestellt hatten. Tarub konnte nämlich unter anderem Paschto sprechen. Sie war ein richtiges Sprachgenie.

"Aha." Ich tat so, als sei mir das Ganze mit Idris egal.

Meine Gedanken liefen aber kreuz und quer durcheinander und verwickelten sich. *Er ist der Sohn der Banditenchefin*, dachte ich enttäuscht. Er ist nicht Imran. Man kann ihm nicht vertrauen, wenn er mit Sadu-zai verwandt ist. Welchen Grund sollte er schon haben, mir zu helfen?

"Was schwimmt da in der Soße herum?" wechselte ich das Thema so gelassen wie möglich. "Ist das etwa Fleisch?"

Ich hatte meine vegetarische Phase schon lange notgedrungen aufgegeben. "Das hier ist... Gehirn und das andere..."

"Gehirn?" Ich dachte an den gespaltenen Schafskopf, den Elephteria am Neujahrstag in Piräus zubereitet hatte, und war auf einmal nicht mehr so hungrig.

"Ja, schmeckt doch gut oder?" Banu sah mich fragend an.

"Vor einem Jahr hättest du mich prügeln müssen, bevor

ich das gegessen hätte." Ich verzog das Gesicht.

Banu sagte nichts und aß weiter.

"Was hatte denn der halbnackte Mann im Hof angestellt?" fragte ich sie nach einer Weile. Banu wusste es bestimmt.

"Der hatte versucht hatte sich an eins der hübschen Mädchen aus Peschawar heranzumachen. Man hat ihn erwischt und bestraft. Dann wurde das Mädchen von Saduzai auf ihre Jungfräulichkeit hin untersucht und schnellstens verkauft."

Oje. Ich schwieg einen Moment lang betroffen. Nur einen Moment lang. Banu aß hungrig weiter. Sie machte Zeichen mit ihrem Kinn: ich sollte auch weiter essen. "Wir müssen bei Kräften bleiben."

"Falls wir eine Gelegenheit bekommen fortzulaufen?"

"Ich glaube nicht, daß wir eine Gelegenheit dazu bekommen," seufzte Banu. "Der Komplex ist zu gut bewacht. Außerdem würden sie uns sofort wieder einfangen."

"Dann müssen wir eben später eine Gelegenheit abpassen, wenn sie uns in die Berge mitnehmen."

"Oh, Isabé, du denkst ganz so wie ein Mann! Hier, iß lieber was." Sie gab mir ein besonders großes Stück Schaffleisch und nahm sich das Gehirn von meinem Teller.

"Du solltest das lieber selbst essen," protestierte ich.

"Schon in Ordnung. Außerdem brauchst du Kraft. Ich habe nicht den Mut wegzulaufen, aber du schon."

"Ach Banu, sag' sowas doch nicht. Wir werden zusammen fortlaufen."

Banu zuckte nur mit den Schultern und aß schweigend weiter. Dann hatte ich eine Idee. "Wenn ich doch nur an ein Messer oder eine Schere kommen könnte."

"Wozu brauchst du ein Messer? Willst du dich hier etwa 'rauskämpfen?"

"Mit einem Messer? Gegen all diese schwer bewaffneten Männer? Sei nicht albern. Ich bin doch nicht *Indiana Jones*."

"*Indiana Jones*? Wer ist sie denn?"

"Ach, nicht so wichtig, Banu. Nein ich möchte mir die Haare abschneiden."

"Haare abschneiden? Nein, das kannst du nicht machen," sagte Banu ehrlich schockiert. "Du hast schöne Haare. Wie eine Kaschmiri. Das sagen alle hier."

"Eben! Wenn ich denen hier soviel wert bin wegen meiner Haare, werden sie mich vielleicht laufen lassen, wenn ich nicht mehr zu verkaufen bin. Welcher Mann will schon eine Frau mit abgehackten Haaren kaufen?"

Banu dachte nach. "Das wird nicht funktionieren."

"Warum denn nicht?"

"Sie behandeln dich gut, weil du helle Augen und Haare hast. Wenn du deine Haare abschneidest, werden sie dich schlagen und warten bis deine Haare nachgewachsen sind. Dann können sie dich wieder verkaufen." Sie schüttelte den Kopf und aß weiter.

"Was? Und mich die ganze Zeit durchfüttern?"

"Du musst natürlich arbeiten."

Mein Plan war dann wohl doch nicht so brillant. Ich musste mir etwas anderes einfallen lassen!

Nachts träumte ich wieder. *Ich ritt auf Kalyans Rücken und fühlte mich frei. Frei.*

Wir blieben zwei Tage in Dargai. Die Behandlung war nicht gerade schlecht, aber es bot sich keine Gelegenheit zur Flucht. Es war alles, woran ich noch denken konnte. Nachts träumte ich davon, wie Nusrat mit einem Schwert kämpfte. Erst mit ihrem Lehrer und dann mit Imran. Ich kämpfte an ihrer Stelle. Der Traum gab mir ein Gefühl von Stärke. Ich durfte mich nicht unterkriegen lassen!

"Was ist, wenn sie uns doch über die Grenze schaffen," fragte ich, während wir unsere alten Sachen im Waschraum einschäumten. Draußen schien die Sonne, aber meine Gedanken waren trübe.

"Ich glaube nicht, daß es eine gute Idee wäre, uns derart in Gefahr zu bringen," sagte Banu resigniert.

"Wieso, wenn die uns an ein paar Russen verscherbeln können, dann ist es ihnen wahrscheinlich egal wo das Geld herkommt."

"So etwas musst nicht einmal denken, Isabé," rief Banu erschrocken und die anderen Mädchen blickten auf. Sie fasste sich sofort wieder und schrubbte weiter an ihrer Hose.

"Du hast Recht, dann hätten sie uns sicher keine Hochzeitskleider gegeben. Den Russen wäre das egal," dachte ich laut nach. "Aber sie scheinen ja Paschtun zu sein, das heißt, sie haben wahrscheinlich Verwandte in Afghanistan."

"Ja, aber sie könnten hier überall Verwandte haben."

"Die helfen ihnen wohl die Drogen zu schmuggeln. Ich habe gesehen, wie sie hier letzte Nacht wieder Pakete in einen Land Rover gestapelt haben."

Banu sah nervös auf. "Es ist besser, wenn du mit niemandem über solche Sachen sprichst. Tu so, als wärst du einfältig," flüsterte sie. "Sadu-zai ist raubeinig und primitiv, aber dumm ist sie nicht. Es geht ihr nur um den Profit. Wenn sie merkt, daß du siehst was hier vor sich geht —"

"Ich verstehe. Aber sagte sie nicht, daß wir in die Berge gebracht werden. Welche Berge sind das dann?"

"Sie meinte wohl Kaschmir damit. Das Karakorum Gebirge ist östlich von hier. So ungefähr."

Ich musste an unseren Tagesausflug nach Murree denken. Wie unbeschwert wir durch die Gassen der Resortstadt geschlendert waren. Diesmal würde es anders sein. Die Bande wollte uns irgendwo zum Kauf anbieten. "Gibt es eigentlich auch Krieg in Kaschmir?"

"Das glaube ich nicht."

"Dann macht das mehr Sinn. Wenigstens wissen wir ungefähr wo wir sind, wenn wir uns dort aus dem Staub machen."

"Oh Isabé, deine Gedanken sind gefährlich."

"Diese ganze Situation ist gefährlich," fuhr ich auf. "Ich werde nie ein Sklave sein, Banu. Nie. Ich muss was tun." Schabila und Nivin sahen verwundert auf.

"Sshht. Sei vorsichtig," sagte Banu im Flüsterton. "Wenn Sadu-zai etwas davon erfährt, gibt es Ärger. Sie ist gerissen."

"Ja, das hast du schon mal gesagt. Sie wird aber nichts mitkriegen, wenn wir ein Codewort benutzen. Vergiss' Waffen und Drogen —"

Banu sah sich alarmiert um.

"Wenn ich über 'Fliehen' reden will, sage ich ab jetzt —" ich sah an mir herab. "Kniescheibe." Blödes Wort, aber im Moment fiel mir eben nichts Besseres ein.

"Ein Codeword, gut… aber warum Kniescheibe?" Banu schien von meinem Geistesblitz nicht sehr beeindruckt zu sein.

"Warum denn nicht? Kniescheibe ist so gut wie irgendein anderes Wort."

Banu dachte einem Moment nach. "Ja, in Ordnung," sagte sie einfach.

"Hervorragend." Ich schlug den Stoff begeistert gegen das Waschbrett, als ob sich durch das Codewort nun alle unsere Probleme gelöst hätten. Dann fiel mir etwas anderes ein. "Weißt du eigentlich was Sadu-zai heißt, oder ist das nur ein Name?"

"Ich glaube es heißt Stammesfrau oder so ähnlich. Warum fragst du?"

Ich wollte es mir einprägen. *Sadu-zai*. Vielleicht vom Stamm der Paschtunen. Gab es da noch mehr Stämme in der Gegend? Warum nur hatte ich in Karlsruhe Atesch nicht mehr über sein Land ausgefragt?

"Ach nur so. Wir müssen einfach gerissener sein als diese Sadu-zai," meinte ich und rieb kräftig an einem Fleck auf meiner pfirsichfarbenen Hose. Ich wollte saubere Sachen haben. Sauberkeit war wichtig. Als Erinnerung an die Zivilisation. Und die Klamotten konnte ich noch gebrauchen.

Ich sah auf den sonnigen Hof hinaus. Idris arbeitete an einem Auto. Seine blau behosten Beine staken unter einem der Land Rover hervor. Sicher wurde alles ordentlich repariert, wenn er sich damit befasste. Imran hatte trotz seines hohen Status' immer mit angepackt.

Nur was machte er hier?

Idris ignorierte uns Mädchen so gut es ging, aber ich merkte wie er ab und zu einen Blick in meine Richtung warf. Wenn ich hinsah, war er immer mit etwas anderem beschäftigt. Einmal trafen sich unsere Augen, als er nicht aufpasste. Sie waren voll Mitleid und verstecktem Zorn.

Er sah sofort wieder weg, aber wir schienen danach eine unsichtbare Verbindung zu haben. Sollte ich etwa versuchen mit ihm zu reden? Nein! Er war Bakhri-Schahs Halbbruder. Die Brut der kriminellen Sadu-zai. Warum dann fühlte ich diese Verbindung zu ihm?

Konzentriere dich gefälligst, warnte ich mich, *alles was du jetzt willst ist deine Freiheit, verstanden?! Er ist nicht Imran!*

In zehn Tagen war mein Heimflug von Karatschi nach Frankfurt gebucht. Den durfte ich nicht verpassen. Das war mein Ziel! Ich konnte mich da nicht in etwas hineinziehen zu lassen, sogar, wenn dieser Idris mich an Imran erinnerte. Den ich übrigens noch nie getroffen hatte. Au weia, war das kompliziert.

Dann, eines frühen Morgens brachen wir plötzlich auf. Wir mussten nicht viel packen. Nur die halbtrockenen Kleider. Und es regnete wieder. Kannst du dir das nicht endlich merken, blödes Wetter? Nachts Regen und tagsüber Sonne! Dieser Regen macht mich noch ganz kirre. In London hatte das doch auch geklappt.

Auf der ansteigenden Teerstraße lag eine schlüpfrige Schicht und es ging nur langsam voran. Wir fuhren Richtung Nordosten. Ins Karakorum Gebirge dann also. Ich wollte aber nicht nach Norden! Ich wollte wieder in die entgegengesetzte Richtung zurück. Am besten nach Islamabad. Vielleicht konnte ich mich ja wegdenken… Ich betrachtete mein Spiegelbild im Autofenster. Ok - so einfach ging das eben nicht.

Es war der dritte Tag meiner Entführung. Nein, warte, ich hatte die erste Nacht nicht mitgezählt. Meine Gedanken machten wieder was sie wollten.

Wenn ich hier 'rauskomme, mache ich Frieden mit meiner Mutter und meinen Schwestern, dachte ich. Wenn wir uns nie wiedersahen, würden sie sich nur an unsere endlosen Streitereien erinnern?

Je weiter wir in die Berge fuhren, desto deprimierter fühlte ich mich. Ich hatte begonnen mir wilde Fluchtwege auszudenken, immer dann, wenn wir aus der nächsten Kurve herauskamen. Dort zwischen den Felsen konnte man sich gut verstecken… dann waren wir auch schon wieder daran vorbeigefahren.

Bei den paar krummen Bäume da vielleicht… und dann am Felsen entlang von der Straße weg…

Wenn alles nichts half, konnte ich mich immer noch von einem Kliff stürzen. Davon gab es hier genug. Dann musste ich wenigstens nicht mit einem wildfremden Mann und hundert anderen Sklavinnen leben, nur weil der Geld hatte, mich zu kaufen.

Aber halt - soweit würde es gar nicht erst kommen! Es war nur eine Frage der Zeit bis sich etwas ergab.

Wir passierten ungehindert eine Polizeisperre. Was? Die Wagen hielten nicht einmal an! Banu musste mich ermahnen, ruhig zu bleiben.

"Später Kniescheibe, später," flüsterte sie.

Die beiden Land Rover fuhren von der Straße ab, was meine grimmigen Gedankengänge unterbrach. Die Banditen wollten sich in einer von der Straße verborgenen Schlucht ausruhen. Es hatte aufgehört zu regnen und der Boden war trockener hier.

Eine der Frauen aus Dargai, eine ältere Witwe die nie lächelte, war als Betreuerin mitgekommen. Wenn man das so nennen konnte. Sie sprach nicht viel mit uns und wir nannten sie nur Dosti. Freundin. Wirklich ironisch.

Ein junger Schafhirte kam mit seiner wolligen Herde an uns vorbei. Er warf einen kurzen Blick auf die Waffen und die im Schatten geparkten Fahrzeuge und beeilte sich weiter zu kommen. Die Mädchen setzten sich in den Schatten eines überhängenden Felsens und fingen an, gegenseitig ihre Haare zu flechten. Wenigstens gab es hier keine Moskitos.

Es fiel mir schwer stillzuhalten, als Lalli und Banu sich mit meinen Haaren beschäftigten. Ich zappelte hin und her. Dosti brachte uns Pakoras und Wasser und die Männer lungerten zwischen den Felsen herum, kauten an Grashalmen und spielten eine Art Brettspiel.

Auf einmal entstand ein Tumult.

Eines der Mädchen versuchte auszureißen und Bakhri-Schah stürmte ihr persönlich hinterher. Es war grotesk. Das Mädchen hieß Faridah. Sie war in Peschawar zugestiegen und sich wie das Baltimädchen Nuwa immer etwas verschlossen gehalten. Vielleicht hatte sie gehofft, den Hirten und seinen Klan zu finden. Ehrlich gesagt hatte ich auch zwei Sekunden lang daran gedacht.

Faridah hatte keine Chance. Ihr mutiges Verhalten wurde sofort bestraft. Bakhri-Schah hatte sie bald erwischt und schlug sie zornig mit einem dünnen Zweig, den er von einem Busch abgebrochen hatte.

Sein flacher Filzhut war ihm vom Kopf gerutscht und man sah rötliches, drahtiges Haar auf der Halbglatze. Die rauen Gesellen lachten dazu. Faridah kauerte schreiend auf dem Boden und hielt ihre Arme hoch, um den Kopf zu schützen. Das konnte ich nicht mitansehen!

Ich sprang auf. "Hör sofort damit auf! Bist du verrückt geworden? Aufhören," schrie ich den Anführer an. "Na kotak zadan!"

Ich wusste nicht, daß ich etwas auf Paschto gerufen hatte. Woher sollte ich auch diese Sprache kennen? Banu sagte es mir später. Zu meiner großen Überraschung hielt der grässliche Menschenhändler inne.

Faridah kroch weinend davon und wurde von den anderen Mädchen fortgeführt. Bakhri-Schah drehte sich um und starrte mich ungläubig an.

"So, du bist also doch keine Deutsche, Qaschangi," krächzte er und baute sich schweißgebadet von der Anstrengung vor mir auf. Er war eine Handbreite kürzer als ich. "Ich habe es ja gewusst!"

Er sog lautstark die Luft zwischen seinen Zähnen ein und blickte mich wichtigtuerisch aus hellen Schweinsäuglein an. Dann tat er etwas gänzlich unerwartetes. Bakhri Schah schlug mir ins Gesicht. "Das ist für's Lügen," knurrte er.

Ich stand wie angewurzelt da. Lalli und Schabila, die neben mit standen, bekamen auch gleich ein paar saftige Ohrfeigen. Fürs zusehen. Sie ließen sich zu Boden gleiten und heulten los. "Ai, ai, ai."

So einfach war das. Klatsch, klatsch und ein bisschen 'rumschreien und schon war der Mannesstolz wieder hergestellt. Ich schoss Bakhri-Schah den giftigsten Blick zu, der mir gelingen wollte. Er zuckte verwirrt zurück.

"Ich lüge also was?!" Die deutschen Worte flogen wie spitze Pfeile auf ihn zu. Ich spuckte auf den Boden. "Du kannst mich schlagen wie du willst, du schleimiger Mistkerl. Mich kriegst du nicht klein. Den Gefallen tu' ich dir nicht!"

Aus dem Augenwinkel sah ich, wie Idris und die schwarze Witwe sich neben ihn stellten. Verstärkung, oder was! Meine Backe schmerzte heiß, aber ich wollte keinen Millimeter nachgeben. Wollte Bakhri-Schah mit meiner Verachtung verbrennen.

Vielleicht hatte er die Hitze durch seine harte Schale gespürt. Er drehte sich abrupt um und stolzierte ohne ein weiteres Wort davon. Der Zweig, mit dem er Faridah geschlagen hatte, landete im Gebüsch.

Banu eilte auf mich zu. "Bist du in Ordnung, Isabé?"

Ich hasste es, wie mir die Tränen in die Augen schossen. Nusrat hätte keine Schwäche gezeigt. Aber ich war halt nicht Nusrat, sondern nur Isabell.

"Nein," stieß ich zwischen den Zähnen hervor. "Aber er hat sich mit der Falschen angelegt."

Ich plumpste auf einen Stein. Banu setzte sich neben mich und besah sich mein Gesicht.

"Es sieht nicht schlimm aus, nur ein wenig rot," meinte sie.

Idris kam auf uns zu. Seine rechte Hand war zu einer Faust geballt und er rieb sie in seine linke Handfläche. Sein Gesichtsausdruck war grimmig. Würde er mich auch noch schlagen? Aber er schien nicht auf mich wütend zu sein.

Idris winkte Banu zur Seite. Sie stand widerstrebend auf und setzte sich zu den anderen. Idris ließ sich neben mir auf dem Stein nieder und hielt mich am Arm fest, als ich aufspringen wollte.

"Wir müssen reden." Er entspannte seine Faust.

"Worüber? Es gibt nichts zu sagen. Ihr habt kein Anrecht auf mich."

"Ich weiß."

"Du weißt das? Warum lässt du mich dann nicht laufen?"

"Es ist zu gefährlich für eine Frau, sich alleine in den Bergen durchzuschlagen. Wir müssen eine Gelegenheit abwarten. Ich werde dir helfen." Seine Stimme war kaum hörbar.

"Ach wirklich. Und warum, wenn ich fragen darf?"

"Ich kenne dich irgendwoher." Idris zuckte ergeben mit den Schultern.

"Das ist unmöglich," log ich und hielt mein Kinn hoch.

Er legte seine Hand auf meine und zog sie sofort wieder zurück. "Das ist schon möglich," sagte er leise.

Meine Fassade fing an zu abzublättern. "Ich weiß. Ich kenne dich auch," gab ich flüsternd zu. "Aber ich verstehe es nicht."

Idris' Gesicht erhellte sich. "Unwichtig. Allah versucht mir zu sagen, daß ich dir die Freiheit zurückgeben muss. Er versucht mir schon lange zu sagen, daß es falsch ist, in der Bande zu sein." Er hatte also keine Ahnung, daß ich ihn an Nusrat erinnerte. Vielleicht besser so.

"Ich verachte, was meine Mutter seit dem Tod meines Vaters tut. Sie möchte, daß ich eines Tages alles von ihr übernehme. Nicht Bakhri-Schah."

"Und was willst du?" fragte ich.

"In England weiter studieren. Ich muss jetzt gehen." Er stand abrupt auf und ging fort. Ich sah, daß einer der Bewacher in unsere Richtung starrte.

Es sollte das letzte Mal sein, daß wir Gelegenheit hatten uns zu unterhalten.

Die Paschtun-Menschenhändler nahmen uns danach zu einem verlassenen Haus in den Bergen. Das Dach leckte an der hinteren Wand, über einem ehemaligen Raum. Der einzige, der noch nicht eingestürzt war. Die Land Rover wurden hinter dem Haus geparkt.

Warum sie die Autos überhaupt versteckten war mir ein Rätsel. Hier gab es weit und breit niemanden zu sehen. Ich wünschte, ich könnte mich in einem Schrank verstecken. Irgendwo, weit weg von dieser absurden Situation. *Mit mir allein sein*, dachte ich sehnsüchtig.

Aber es gab natürlich keinen Schrank, und von allein sein konnte ich nur träumen.

Die Männer stellten ihre Waffen an der Innenmauer ab und ruhten sich auf der breiten Treppe aus, die in den vorderen Raum führte. Dosti, die im anderen Land Rover voran gefahren war, hatte Feuer unter einem überhängenden Blechdach gemacht. Heißes Wasser brodelte schon in einem Topf. Es würde Tee und etwas Warmes zu essen geben.

Wir Mädchen wurden gleich in den dahinter liegenden Raum geführt. An den inneren Wänden waren schmutzige Matratzen ausgelegt. Unter den beiden barrikierten Fensteröffnungen hatten sich kleine Pfützen gebildet.

Es war fast dunkel. Die Holzlatten ließen gerade genug Sonnenlicht und frische Luft herein. Wir drängten uns unter den Wolldecken dicht aneinander, aber wir zitterten trotzdem. Es war klar, daß dies ein viel benutzter Unterschlupf der Bande war. Wahrscheinlich hatten sie schon mehrere Ladungen frischen Mädchenfleisches hier durchgeschleust.

Bald stieg Essensgeruch auf und es roch würzig nach heißem Tschai. Dosti gab uns zwei Aluminiumtöpfe mit dem

Tschai und wir wechselten uns ab, das bräunliche Getränk aus einem Schöpflöffel zu schlürfen. Mir wurde wärmer und ich streifte die Decke ab. Die Mädchen murmelten untereinander und aus dem großen Vorraum drang lautes Gelächter. Als wir von Dosti nach draußen ins Feld gelassen wurden, sah ich, wie Idris sich von den anderen abgewendet, gegen einen Pfeiler lehnte.

"Chalo, chalo...chalié!" Wir wurden in die Hausruine zurückgetrieben als die ersten Regentropfen fielen.

Idris stand noch genauso da, als wir wieder ins Hinterzimmer trotteten. Ich wollte mit ihm sprechen - einen Plan machen, was natürlich nicht ging.

Der Wind heulte durch die Ritzen und der Regen peitschte das leckende Dach, als wir endlich etwas zu essen bekamen. Zwei Metallschüsseln mit Reis und scharfer Fleischsoße wurden in die Mitte des Zimmers auf den Boden gestellt. Die Mädchen machten sich darüber her. Ich selbst konnte nur ein wenig essen und wusch meine Hände mit dem Wasser, das am Fenster heruntertröpfelte.

Hätte ich doch nur eine Zahnbürste oder wenigstens einen Obstzweig, um mir die Zähne zu putzen. Sogar der private Waschraum in Khadriala wäre hier reiner Luxus gewesen. Ich wusch mir noch notdürftig Gesicht und Hals. Wenn ich gefunden wurde oder entkam, wollte ich mich wenigstens sauber fühlen.

Wir krochen bald erschöpft unter die dünnen Decken, aber ich fand keine Ruhe. Mir ging zu viel im Kopf herum. Dieser Idris – würde er mir wirklich helfen zu entkommen oder hatte er nur so daher geredet? Was würde passieren, wenn ich davonlief? Nicht im Regen natürlich. Lebten hier irgendwo Menschen, die die Polizei benachrichtigen konnten? Oh, ich war so ungeduldig!

Tarub, das Sprachtalent, hatte sich bei Dosti vorne bemerkbar gemacht und wir durften noch einmal hinter die Büsche. Der Regen hatte glücklicherweise nachgelassen. Danach waren die meisten gegen Schultern und Rücken gelehnt eingeschlafen. Der Regen schlug monoton gegen das Zinkdach und ich musste auch gerade eingeschlafen sein, als ich lautstarkes Streiten hörte. Nicht mal schlafen konnte man hier!

Die hartgesottenen Bandenmitglieder kläfften sich gegenseitig an wie kämpfende Hunde. Wer wusste schon, warum sie sich stritten? Solange sie uns in Ruhe ließen. *Vielleicht soll ich mir die Unstimmigkeit irgendwie zunutze machen,* dachte ich. Aber ich war zu erschöpft.

Eine Männerstimme ging zwischen die Streitenden, sprach beruhigende Worte. Es war Idris. Dann ein scharfer Befehl von Bakhri-Schah und es war schlagartig still. Ich hasste alles an diesem Bakhri-Schah, sogar seine krächzende Stimme.

Mittlerweile lief immer mehr Wasser in einem Rinnsal an der Wand hinunter und wusch den schmutzigen Boden bis zur niedrigen Türschwelle hin und zum Vorraum hinaus. Dort, wo man die Banditen rumoren hörte. Ein leichter Klaps weckte mich aus einem leichten Schlaf. Ich war gerade auf meinem Hengst Kalyan durch die Landschaft geritten. Frei, frei wie ein Vogel.

"Isabé," flüsterte Banu.

"Ja?"

"Die Männer streiten sich wieder."

"Wieso weckst du mich? Ist doch was Gutes," meinte ich verschlafen. "Hoffentlich bringen sie sich gegenseitig um."

"Wir brauchen sie aber, um uns zu beschützen."

Ich schnaubte verächtlich. Uns beschützen! "Wenn sie sich nicht gegenseitig erschießen, dann würde ich es gerne für sie tun. Lieber verhungere ich in Freiheit und beschütze mich selbst in einer… einer Höhle oder sowas, als das ich mich von diesen stinkenden Sklavenhändlern beschützen lasse."

Ich konnte nur vermuten, wie viel die anderen Mädchen von meiner Rede verstanden hatten. Ich nahm eine Welle der Angst in der Gruppe wahr. Die Fremde war dabei verrückt zu werden: Sie will auf sich selbst aufpassen und in Freiheit verhungern? Selbst Banu nahm ein wenig Abstand von mir.

"So darfst du nicht denken, Isabé. Du wirst nicht verhungern. Wir werden - Ok sein."

"Vielleicht ist nur Ok sein nicht genug. Der Besitz von jemandem zu sein, der sich Ehemann nennt und das Recht hat alles mit dir zu machen was er will? Bloß weil ein paar Kriminelle, denen du sowieso nicht gehörst, dich an ihn verkauft haben?" Ich war ganz schön in Fahrt.

"Im Austausch für was? Ein Dach über dem Kopf und etwas Essen? Ist das vielleicht - in Ordnung?"

"Nein, das habe ich nicht gemeint."

"Oh." Ich wollte mich nicht mit Banu streiten. Es war schon genug, daß die Hitzköpfe draußen sich ankeiften.

Leider flaute der Streit ziemlich bald ab. Keine Toten. Naja, wenigstens bekam ich etwas Schlaf. Wir schliefen bis zum frühen Morgen. Neben dem Haus war eine Wasserpumpe und wir konnten uns dort immerhin mithilfe von leeren Blechbüchsen waschen. Wir durften sogar ein paar Stunden lang schwer bewacht in der Sonne verbringen. Die Mädchen flochten sich wieder gegenseitig die Haare.

"Ich vermisse meine Mutter," seufzte Banu.

"Ich wünschte ich könnte auf meiner Gitarre spielen. Dann fühle ich mich immer besser," meinte ich.

"Oh, du spielst Gitarre?" fragte sie.

"Ja, ich habe sie in Khadriala zurückgelassen. Ich wünschte ich könnte ein Lied singen und dazu auf der Gitarre zupfen."

"Die Mädchen kennen bestimmt das ein oder andere Lied."

"Besser nicht. Wer weiß, vielleicht werden die Kerle böse, wenn wir zu viel Lärm machen."

"Ja, besser nicht." Das Licht in Banus Augen erlosch.

Sie zog ihre Tjuni enger um den schlanken Körper und lehnte sich gegen Fahridas Schulter. Sie zuckte zusammen und Banu rutschte zu Lalli hinüber und lehnte sich bei ihr an. Fahrida tat mir leid, wegen der Fußfesseln und allem.

"Was für eine Zeitverschwendung hier 'rumzuhocken. Was ich in der ganzen Zeit nicht alles machen könnte," beschwerte ich mich.

Wie gern hätte ich in mein kleines Notizbuch geschrieben. Aber das lag noch in Islamabad.

"Versuche dich auszuruhen, Isabé. Du musst bei Kräften bleiben." Banus Augen waren geschlossen und ihre Gesichtszüge entspannt.

Wenn ich ein Junge wär'... summte ich in Gedanken vor mich hin, *wär' alles halb so schwer.*

Wir blieben genau zwei Tage in dem abbruchreifen Haus. Am letzten Morgen durften wir uns ein wenig die Beine vertreten. Leider konnte man sich hier nirgends verstecken. Das hielt mich aber nicht davon ab, diese kurze Freiheit zu nutzen, um einen Plan auszuhecken. Einen sehr einfachen Plan. Ich musste einfach nur aufmerksam bleiben und eine gute Gelegenheit abpassen. Bald. Sehr bald würde es soweit sein.

Wenn wir dort ankamen, wo die Bande uns verkaufen wollte - wo immer das sein mochte - was dann? Vielleicht war es ein Marktplatz für Menschenhandel im Himalaya. Wenn ich es schaffte zu flüchten, wie sollte ich nach Islamabad zurückfinden? Außerdem hatte ich keine Papiere dabei, nichts.

Solche Einzelheiten kannst du später noch ausklamüsern. Erstmal nur weg hier. Aber was ist mit Banu? fragte ein kleines Stimmchen in meinem Kopf.

Ich stand am Kliff und sah auf die spärlich mit Gras bewachsenen Hügel. In der Ferne hinter der Ebene leuchteten die schneebedeckten Gipfel der Berge. *Ein wohlbekannter Anblick. Mir war als stünde ich dort bei einem der großen Fensteröffnungen zwischen den roten Pfeilern und Seidenvorhängen, wie ich so hinaussah auf das grüne Tal.* Das konnte doch nicht sein...

Gekicher riss mich aus meiner Träumerei. Ich drehte

mich um und sah ein kleines Kaninchen bei einem Stein die Ohren spitzen. Braun und grau und Berg-erfahren. Es hoppelte hierhin und dorthin und kaute geschwind mal an dem harten Grass. Den Mädchen machte das Tierchen Spaß. Nuwa versuchte es mit einem Büschel Gras anzulocken.

Knall! Ein Schuss zerstörte die unbeschwerte Stimmung und das Kaninchen lief Haken schlagend davon. Einer der rauen Männer, den sie Shabir nannten, hatte auf das Häschen geschossen. Und daneben geschossen. Er hätte gut eine von uns treffen können!

Nuwa blieb geschockt sitzen. Nach einer Schreckenssekunde schrien die Mädchen angsterfüllt auf und liefen auseinander, nur um sich wieder an der Hausruine zu versammeln. Sofort entfachte sich wieder der Streit zwischen den Banditen. Bakhri-Schah riss Shabir wutentbrannt das Gewehr aus der Hand und brüllte wie ein Berserker. Sein Goldzahn blitzte. Die anderen mischten sich ein.

"Was für ein gescheites Kaninchen," lobte ich. "Die Idioten können noch nicht mal ein Kaninchen treffen. Pah! Nichts wie weg aus dem Zirkus hier."

Ich half Nuwa auf und ging mit ihr zu der Gruppe zurück. Unsere Bewacher trugen Kartons aus der Ruine in die Autos.

"Was passiert denn jetzt?" fragte ich Banu." Werden wir endlich zum Sklavenmarkt gebracht? Ich möchte meinen zukünftigen Ehemann kennenlernen."

"Isabé, nein, mach doch keine Scherze! Wir müssen aufbrechen. Nivin sagt, es gibt da ein Problem."

"Was denn für ein Problem?"

"Keine Ahnung. Vielleicht sucht die Polizei nach der Bande."

"Du meinst diese Clowns von der Straßensperre gestern?"

"Ich werde sie noch einmal fragen." Banu sprach kurz mit Nivin.

"Isabé, die Polizei sucht nach dir. Nivin sagt vielleicht

auch die Armee.”

“Nach mir? Das wird aber auch Zeit!” Vielleicht hatte Altaf die Botschaft eingeschaltet. Oder Chacha Sardar ließ seine Verbindungen spielen.

“Ja, es kam im Radio, daß eine deutsche Frau entführt wurde. Jemand kam und hat es Bakri-Schah gesagt. Die Polizei fordert die Bevölkerung auf sich an der Suche zu beteiligen. Kein Lösegeld.”

“Na super. Was machen die Verbrecher jetzt wohl?”

“Sie wollen uns tiefer in die Berge hinein verfrachten.”

“Dann muss ich so schnell wie möglich Kniescheibe machen, oder ich sehe Deutschland nie wieder.”

“Sei vorsichtig. Du hast ja gesehen, wozu Bakhri-Schah fähig ist.”

Ja, das hatte ich gesehen. Na und?! “Du kommst natürlich mit.” Banu ließ den Kopf hängen. “Ach, ich weiß’ nicht.”

“Keine Widerrede. Du kannst doch nicht bei denen bleiben!” flüsterte ich noch, bevor wir in die Land Rover steigen mussten.

Nach einem Stück steiler Fahrt machten die Waffenhelden wieder Pause. Ich setzte mich so weit wie möglich von der Gruppe entfernt an den Hang. Ich besah mir die Gegend. Mit einem Ruck begriff ich warum mir alles so bekannt vorkam. Wir waren in der Nähe von Dâstân. Dem Ort, wo ich als verheiratete Nusrat gelebt hatte! Ich kannte mich aus!

Es war mir egal, ob das einen Sinn ergab oder nicht.

Idris lag unter einem der Land Rover und reparierte irgendwas. Eigentlich hätte er mir helfen können, aber es ging auch so. Meine Gedanken rasten. Was ist mit Banu? Sie war zu weit weg und sah nicht in meine Richtung. Niemand sah in meine Richtung.

Du bist mir ja eine schöne Freundin, schalt ich mich. Das liess sich leider nicht ändern. Wenn der Pfad noch da war, wusste ich wo er hinführte. Der Pfad am Hang führte am Heldenschrein vorbei und dann an der Mauer entlang ins Dorf Dâstân hinein. Wer immer jetzt in unserer ehemaligen Villa wohnte oder in der Nähe davon, würde mich sicher verstecken.

Der Schleier störte mich und ich band ihn um die Taille, dann kletterte ich ohne zurückzublicken so schnell es ging den Hang hinauf. Der Pfad war noch immer dort wo ich ihn in Erinnerung hatte. Nach all dieser Zeit! Es gab nicht viel Gestrüpp, aber ich versuchte mich hier und da hinter Steinen und Erdwällen zu verstecken.

Unter mir wurden Stimmen laut. Man hatte mein Verschwinden entdeckt!

Bald war ich um die Mauer herumgelaufen und sah ein Haus vor mir, das zu meiner Zeit noch nicht existiert hatte. Ich lief darauf zu. Eine Frau stand vor dem Haus und pumpte Wasser in eine Schüssel. Ich versuchte ins Haus zu gelangen, aber die Frau hielt mich davon ab. Ich verstand nicht warum, und auch nicht was sie zu mir sagte. Ich versuchte zu gestikulieren.

Sie drängte mich auf den Pfad zurück. Ich sah über meine Schulter. Etwas stimmte einfach nicht. So hatte ich es mir nicht vorgestellt. Bakhri-Schah kam angerannt, so schnell wie es seine Körpermasse es eben zuließ. Idris folgte ihm auf den Fersen. Warum wollte mir diese dumme Frau nicht helfen?

"Geh mir aus dem Weg," schrie ich. "Was fällt dir ein? Du wirst mich noch den Verbrechern ausliefern!" Wenn ich es brauchte, fiel mir natürlich nichts auf Paschto ein.

Statt mir zu helfen, rief die alte Frau Bakhri-Schah etwas zu. Es hörte sich beinahe so an, als würden die beiden sich kennen. Oh nein, die Frau machte gemeinsame Sache mit ihm! Bakhri-Schah stand jetzt keuchend vor mir und sah mich triumphierend an. Er sah seiner Mutter ähnlich.

Idris war jetzt fast bei uns angelangt.

Bakhri-Schah holte aus, aber Idris stieß ihn zur Seite, so daß sein Halbbruder strauchelte. Ich schrie auf, hielt meinen Arm vors Gesicht und der Schlag zerbrach nur mehrere dünne Glasarmreifen.

Blut tropfte aus oberflächlichen Schnittwunden, aber ich bemerkte es kaum. Ich trat Bakhri-Schah so hart ich konnte zwischen die Beine.

Ganz wie ich es im Selbstverteidigungskurs gelernt hatte. Es erfüllte seinen Zweck. Der überrumpelte Mann krümmte sich vor Schmerz und ich empfand eine gewisse Genugtuung.

Bakhri-Schah schnaubte und wollte sich angriffslustig an Idris vorbeidrängen. Er war kaum zu bändigen, aber irgendwie schaffte es Idris mithilfe eines der anderen Männer der nun auch angekeucht kam. Die alte Frau rannte wehklagend ins Haus. "Ai, Ai, Ai!"

Bakhri-Schah stieß Flüche und Drohungen aus. Er drohte mir mit der Faust. Zum Glück verstand ich nichts. Ich stand noch immer in Angriffsstellung, bereit mich zu verteidigen. Als noch einer der Banditen ankam, wollte Idris mich am Arm wegführen, aber ich schüttelte ihn ab und würdigte ihn keines Blickes.

Ich hatte Idris eindeutig überschätzt. Er war genau wie die anderen Banditen, sonst hätte er mir jetzt zur Flucht verholfen und mich nicht aufgehalten.

"Was hast du dir dabei gedacht, Isabé?" fragte mich Banu leise, als ich mich wieder neben sie in den Land Rover setzte.

"Das ist mein Dorf. Mein Dâstân. Diese verdammte Frau hat mich nicht erkannt. Sie hat den Banditen geholfen mich wieder einzufangen. Ich hätte mich im Haus verstecken können…" stieß ich hervor und versuchte nicht zu heulen.

"Wieso ist das dein Dorf? Ich verstehe nicht," fragte Banu und blickte ratlos drein.

"Ach, vergiss es. Ich kann dir das nicht erklären," meinte ich kabbelig.

Banu wich ein wenig vor mir zurück. Ich kam mir selbst wie eine wütende Furie vor, aber das ließ sich nicht ändern. Der Bewacher auf dem Vordersitz starrte uns warnend an. Ich starrte zurück. Es war besser im Kampf zu sterben, als feige weiterzuleben. Einer der Banditen kam mit Fußfesseln an.

"Oh nein, du wirst es nicht wagen mich anzurühren!"

Der Mann erwiderte etwas.

"Bakhri-Schah hat es ihm befohlen," sagte Banu.

"Na und?" schrie ich. "Nimm' deine schmutzigen Pfoten von mir!"

Idris schaltete sich ein. Er schoss mir einen mitleidigen Blick zu, dann befahl er dem Mann etwas und der trottete davon. Bakhri-Schah schimpfte hitzig auf seinen Halbbruder ein, aber der hielt ihn mit einer Warnung in Schach. Ich war wütend auf alle um mich herum, einfach weil es sie gab. Idris war nicht der Verbündete, den ich mir erhofft hatte. Auch, wenn er mich jetzt offensichtlich in Schutz nahm.

Ich war auf die Mädchen wütend, weil sie so passiv waren. Vor allem war ich aber auf mich selbst wütend. Wie konnte ich mich nur wieder einfangen lassen? Ich hätte meine Strategie besser planen sollen! Was war, wenn ich keine Chance mehr zur Flucht bekam?

Ich presste all meine wütende Energie in einem großen wütenden Ball zusammen, den ich wegstecken musste und schmollte vor mich hin. *Kniescheibe*, dachte ich verzweifelt, *verdammt noch mal, Kniescheibe!*

Eine andere Gelegenheit zur Flucht würde sich ergeben - musste sich ergeben! Nur als die Gelegenheit dann tatsächlich kam, hätte ich sie beinahe verpasst.

NEUNTES KAPITEL

Ich verbrachte eine unangenehme Nacht an Banus Schulter. Nusrat hatte sich in meinem Traum mit Imran im Garten getroffen.

'Dann werde ich Mansur herausfordern müssen – zu einem Duell. Ich werde dich nicht aufgeben. Nicht an einen Mann, den du nicht liebst.'

Ich war erschrocken. 'Nein, Imran, das wirst du auf keinen Fall tun. Mansur ist ein guter Mann. Sie werden dich umbringen, sogar, wenn du das Duell gewinnen solltest. Dann kommt es zur Blutfehde. Willst du das?'

'Dann muss ich eben fortgehen und vor Einsamkeit sterben.'

Ich fröstelte unter der klammen Decke und verstand, daß ich nur geträumt hatte. *Ich will nicht mehr von Imran träumen, hör' endlich auf damit...* dachte ich noch im Halbschlaf. Dann schlief ich wieder ein.

Dosti weckte uns, als es hell wurde. Wir durften bei Bakhri-Schahs strenger Bewachung noch einmal hinter den Felsen verschwinden. Wie peinlich. Aber es ließ sich nicht ändern.

Die Luft war kühl und der Nebel lag träge zwischen den Hügeln. Wenn ich eine Fluchtmöglichkeit gehabt hätte, wäre ich jetzt wieder fortgerannt. Man konnte aber kaum etwas sehen und ich wäre wahrscheinlich gestolpert oder vom Kliff gefallen.

Nach dem Morgen-Tschai mussten wir in die Fahrzeuge einsteigen und es ging schleunigst auf der unebenen Straße Richtung Osten weiter. Idris fuhr wie immer im anderen

Fahrzeug mit. Besser so.

Die Decken halfen kaum dabei, uns warmzuhalten, aber eine Stunde später heizte die Sonne und wir brauchten die Decken nicht mehr. In den Bergen blieb es tagsüber trotzdem kühler als im Tiefland. Nach der Mittagsrast bezog sich der Himmel wieder und das Wetter vertiefte nur meine trübe Stimmung.

Oh, lass doch endlich was geschehen - irgendwas. Bevor ich noch verrückt werde! Bettelte ich.

Eine Polizeisperre tauchte vor uns auf. Hatte mich etwa jemand gehört? Bakhri-Schah hatte das offensichtlich nicht erwartet und redete aufgeregt auf den Fahrer ein. Der fluchte und hielt mit kreischenden Bremsen an.

Das war's. Endlich! Lass' jetzt was passieren!

Der Fahrer sprach gestikulierend mit den zwei Polizisten, die ans Fenster traten. Ich konnte nur Worte wie 'Schaadi' und 'Kaschmir' verstehen. Den Gesetzeshütern wurde wohl eine wilde Geschichte von einer Hochzeit aufgetischt, zu der wir angeblich unterwegs waren.

"Kniescheibe, Isabé, Kniescheibe…" flüsterte mir Banu durch unsere Schleier hindurch ins Ohr. Sie erinnerte sich an unser Codewort. So wurde das aber nichts!

Ich lehnte mich spontan nach vorne und ließ den fuchsiaroten Schleier herunter gleiten. Meine Haare schienen einem der Polizisten aufzufallen. Er zeigte auf mich und stellte Fragen. Na endlich!

"Neje. Neje. Family hé," beteuerte Bakhri-Schah eindringlich.

"Helfen Sie mir doch, ich komme aus Deutschland. Ich wurde in Rawalpindi gekidnappt. Bitte!" krächzte ich heiser vor Aufregung. Die würden mich jetzt retten, mich aus dem Land Rover holen und zur nächsten Polizeistation bringen!

Bakhri-Schah schoss mir einen Blick zu, der leicht einen Saurier erlegt hätte. Die Polizisten sahen sich an. Oh nein, das durfte nicht wahr sein - sie verstanden kein Englisch!

Bakhri-Schah lehnte sich über den Fahrer und quasselte drauflos. Er legte sich richtig ins Zeug, lachte und machte ausschweifende Handbewegungen.

Die Polizisten waren stumm.

"Weschta chubsuret hé," sagte dann einer unsicher. Hübsches Mädchen. Der grobe Mann in Uniform zwinkerte Bakhri Schah zu. Oh nein, nein, nein - der hatte die Polizisten überzeugt! Ich schauderte als er mir einen lüsternen Blick zuwarf.

Bakhri-Schah lachte und schwatzte lebhaft weiter als wären die Polizisten seine besten Kumpel. Er wollte sie wohl von der Ware ablenken, die für Besserzahlende bestimmt war. Wenn die Polizisten die Waffen hinten gesehen hätten, wäre das Spiel gleich aus gewesen. Ein Bündel Geldscheine wurde gierig in Empfang genommen und nach ein wenig Schulterklopfen ließen die Polizisten uns passieren.

Das gab's doch nicht - wieder nichts!

Banu sagte mir, daß er uns als Familie vorgestellt hatte, die auf dem Weg zu einer Hochzeit in Nanga-Parbat war. Die Helle sei zwar hübsch, aber hätte nicht alle beisammen.

Das muss für die unerfahrenen Polizisten ganz glaubhaft geklungen haben. Das Wort eines Mannes zählte sowieso ein ganzes Stück mehr als das einer Frau. Die Männer hatten sich geeinigt. Daran führte kein Weg vorbei.

"Altaf hat an allem Schuld," murmelte ich ärgerlich.

"Wieso?" Banu rückte näher an mein Ohr heran.

"Er hat mich eingeladen nach Pakistan zu kommen. Das wäre alles nicht passiert, wenn ich in Deutschland geblieben wäre," grollte ich.

"Aber du wolltest doch kommen. Es war deine Entscheidung, oder?"

"Das verstehst du nicht…"

"Ok." Sie lehnte den Kopf gegen die Scheibe.

Ich wollte jetzt nicht mal mehr mit Banu sprechen. Sie hatte sich ja anscheinend in ihr Schicksal gefügt. Ich wollte gemein sein - ärgerlich. Je ärgerlicher, desto besser, dann fühlte ich mich wenigstens nicht derart vernichtet. Ich starrte aus dem Fenster.

Dunkle Wolken zogen sich über den Bergen zusammen. Ein paar Blitze leuchteten hier und da hinter der Wolkendecke auf. Es wurde mit einem Mal stockdunkel. Der Donner kam näher und ein sirrender Blitz krachte. Dann noch einer.

Regentropfen begannen auf Straße und Autodach zu plattern. Die Scheibenwischer schafften es schon nicht mehr die Wassermenge zu bewältigen, was die Sicht nach vorne unmöglich machte. Alle duckten sich instinktiv beim ersten nahen Donnerschlag. Rindenstücke flogen gegen das Fahrzeug. Ein Baum im Feld flammte wie eine riesige Fackel auf.

Der nächste Donnerknall brachte die Mädchen zum Heulen. Der stechende Geruch brennenden Holzes stieg mir in die Nase. Dann war die Fackel auch schon wieder erloschen.

"Tufaan!" rief der Fahrer durch den trommelnden Lärm hindurch. Dann fluchte er und lenkte den Land Rover abrupt an die Bergseite, wo wir langsam weiter vorankrochen. Der zweite Land Rover, in dem Idris saß, kroch nicht weit entfernt hinter uns her.

Auf einmal hielten wir mit einem Ruck an. Es gelang mir, mich an Banu und dem Rücksitz festzuhalten. Der Fahrer rammte einen Felsbrocken, der auf die Straße gepurzelt war.

Das Auto schlitterte im Schlamm, rutschte auf die Seite und fiel gegen einen zweiten Felsen. Fluchen und Geschrei. Dann noch ein stärkerer Aufprall. Der andere Land Rover hatte uns von hinten gerammt. Ein Schuss löste sich und ich hörte mich schreien.

Lalli krabbelte in ihrer Panik über die Sitze und jemand bekam ihren Fuß ins Gesicht. Banu und Tarub hatten sich in Nuwa verkeilt. Banu schien bewusstlos zu sein. Ihre Augen waren geschlossen.

"Banu, Banu." Ich rüttelte an ihrer Schulter. "Banu, Kniescheibe. Banu, steh auf. Kniescheibe!" Sie regte sich nicht. Ich musste sie aus dem Fahrzeug schaffen! Zur Not tragen. Aber mein Arm tat weh und mein Kopf erst. Der Arm ließ sich bewegen. Also nicht gebrochen. Ich zerrte mit dem anderen Arm verzweifelt an Banus Ärmel. Der wurde rot und klebrig.

"Haussa billa hé…" begann Schabeela von irgendwo unter mir zu beten.

Türen wurden aufgerissen und Hände begannen uns nach oben zu ziehen. Ich spürte wie eine Naht meiner Kamise riss. Egal. Dies war meine Chance. Vielleicht meine letzte. Ich hatte nur einen Gedanken: nichts wie raus!

Also kletterte ich in Richtung kühle Nässe und stand auf einmal wild entschlossen im tosenden Regen. Vor lauter Regen konnte ich kaum was sehen.

Die Felsenwand ragte dunkel über mir auf und Bäche an Regenwasser schossen den Hang hinunter. Mein Kopf schmerzte und mein Arm. Was sollte ich jetzt tun? Wohin? Eine Hand zog mich herum.

Nein! Ich war bereit zu treten, zu beißen, zu kämpfen.

Dann sah ich Idris ins nasse Gesicht. Seine Augen erschienen mir unwirklich groß, flehten mich an ruhig zu bleiben. Er zog mich hinter sich her. Ich ignorierte den schmerzenden Arm. Er stieß mich in den anderen Land Rover. Der war leer und nur vorne etwas zerbeult.

Ich ließ es mit mir geschehen, kletterte auf den Vordersitz und schlug die Tür zu. Idris drehte den Zündschlüssel um.

Bitte spring an! Bitte! Bitte! Vor Erleichterung hätte ich gemeinsam mit dem Motor aufheulen mögen. *Kniescheibe,* schoss es mir wie irrsinnig durch den Kopf, *Kniescheibe!*

Bevor die anderen Menschenhändler merkten was los war, hatten wir auch schon die erste Straßenbiegung hinter uns gelassen. Jemand rannte hinter uns her, aber Idris sah sich nicht um. Schüsse krachten. Wäre die Straße nicht so glitschig gewesen, hätte der Mann uns sicher eingeholt; aber die Schüsse trafen nicht. Der strömende Regen war jetzt unser Freund. Mit jeder steilen Kurve entfernten wir uns weiter von der grotesken Szene.

Die rutschige Straße ließ sich schlecht navigieren, obwohl der Regen etwas nachgelassen hatte. Es ging stetig nach unten aufs Tal zu. Ich hielt mich am Armaturenbrett fest und betete. Nein wirklich. Ich betete wie nie zuvor. *Lass uns entkommen. Oh bitte, bring uns hier sicher raus!*

Es gab kein zurück mehr. Endlich Freiheit! Wie eine Droge schoss sie mir durch die Adern, machte mich hellwach. Ich wagte es nicht, Idris anzusehen. Wollte ihn nicht vom Fahren ablenken.

Wir waren jetzt ein Team. Er hatte sein Wort gehalten, war anders als die barbarischen Banditen! Anders als Bakhri-Schah, anders als seine Mutter. Er war mehr wie Imran, auch, wenn er es nicht wusste.

Wie lange die halsbrecherische Fahrt dauerte kann ich nicht sagen. Einmal wären wir fast von der Straße abgekommen, als Idris zwei verlaufenen Schafen ausweichen musste, die plötzlich hinter einer Kurve auftauchten.

Der triefend nasse Schafhirte stand erschrocken am Straßenrand. Ein älterer Mann. Ich sah uns schon an ihm vorbei ins schlammige Feld stürzen.

Idris schwang das Steuerrad herum und gewann wieder die Kontrolle über das Fahrzeug. Er konnte es nicht verhindern, daß eines der Schafe vom Kotflügel gestreift wurde. Wir schlingerten in Schlangenlinien auf der falschen Straßenseite weiter.

Ich betete noch mehr, als wir knapp an einem Haufen Steine und Schlamm vorbeifuhren. Wären die dummen Schafe nicht gewesen, hätte es uns spätestens jetzt erwischt. Der Regen nahm wieder zu, als wir so den Berg hinunterzoomten.

"Das hätte schiefgehen können. Inschallah. Allah u Akbar. Gott ist groß." Idris schrie die Worte über das

Gepladder hinweg. Es waren die ersten Worte, die er seit dem Unfall gesprochen hatte. Ich konnte ihn immer noch nicht ansehen.

"Ja, gottseidank kannst du gut Autofahren." Ich wischte mir über die nasse Stirn. Da klebte Blut an meinen Haaren!

"Je schneller wir aus dem Regen herauskommen, desto besser. Aber wir wollen lebend hier raus, oder?"

"Absolut." Idris drosselte die Geschwindigkeit. Ich glaubte ihm und beruhigte mich.

Mit einem Schlag fiel mir wieder Banu ein. War das Blut gewesen an ihrem Arm? War sie verletzt oder...? Warum hatte ich sie nicht mitnehmen können? Es gab mir einen Stich. Aber welche Wahl hatte ich schon gehabt? Es war alles so schnell gegangen. Mein Arm tat weh und ich lehnte mich zurück, um eine bequemere Stellung zu finden.

Als ich wieder zu mir kam, hörte ich aufgeregte Stimmen. War ich eingeschlafen? Hatten uns die Menschenhändler eingeholt? Ich rappelte mich hoch. Meine zerlumpten Kleider und die Haare waren einigermaßen getrocknet. Den Schleier hatte ich unterwegs verloren.

Es waren Soldaten mit denen Idris draußen stand und redete. Der Land Rover stand an einer Schranke. Dahinter hoben sich in der Dunkelheit einförmige Gebäude ab. Zwei Soldaten führten meinen Retter zu einem Auto und fuhren mit ihm davon. War er festgenommen worden?

Warum ließen sie ihn nicht einfach laufen? Idris hatte doch sein Leben riskiert, um mich in Sicherheit zu bringen!

Die Beifahrertür flog auf und ich wurde in ein Büro geführt. Jemand redete auf Englisch mit mir. Ich antwortete mit schwerer Zunge.

Ich bekam etwas zu trinken. Ein Sanitäter behandelte meinen Arm, meinen Kopf. Frauen halfen mir beim Waschen und Umziehen. Schlaf. Ein Fahrzeug. Bringen Sie mich bitte zu meinen Bekannten. Ich nannte die Namen, die Adresse. Meine Erinnerung daran, wie ich dann wieder nach Islamabad gebracht wurde, war ziemlich verschwommen. Da war noch irgendwie ein Botschaftsangehöriger im dunklen Anzug. Nein danke, ich komme schon zurecht...

*

Dann saß ich auf Chacha Sardars Couch, roch den polierten Linoleumboden, und versuchte zuzuhören. Irgendwie war ich wieder in die Wohnung gelangt. Chacha Sardar hatte mich väterlich umarmt und Altaf betastete den Verband. Ich zuckte zusammen. Er machte sich Vorwürfe, daß er mich am Raja Basar hatte stehen lassen, um Chacha Sardar auf der anderen Straßenseite zu holen. Immerhin.

"Als ich mich umschaute warst du verschwunden. Warum hast du denn nicht geschrien? Ich wäre sofort zurückgerannt. Der Polizist hat auch gleich Verstärkung geholt, aber du warst wie vom Erdboden verschwunden."

"Wie macht man sich bitte bemerkbar, wenn man ein Tuch mit Chloroform im Gesicht hat? Da war nichts, was ich hätte tun können."

"Ich hatte die Männer dazu gekriegt fortzufahren, um Geld zu besorgen. Sie wollten dich ja kaufen." Sein Gesicht verdunkelte sich. "Es war das einzige was mir einfiel. Ich dachte wir hätten genug Zeit, eine Rikscha zu finden und abzuhauen. Aber da müssen noch andere gewesen sein."

"Schon Ok. Das sind eben Professionelle," sagte ich ergeben. "Die Kerle waren nur die Scouts. Da steckt eine ganze Bande dahinter. Ich war auch nicht das einzige Opfer. Wir waren viele."

"Das ist nicht Ok." Altaf fing an Tränen hinunterzuschlucken. Wirklich?

Ich sagte nichts, aber so langsam begann ich aufzutauen. Vor allem, wenn ich ihn so emotional werden sah.

"Uns wurde gesagt, daß du ein Hochzeits-Outfit anhattest."

"Na ja... der Plan war uns als Hochzeitsgesellschaft auszugeben. Die anderen Mädchen und ich sollten irgendwo als Bräute an meistbietende Männer verkauft werden. Sie haben uns in den Bergen versteckt. In einem Haus. Meinen schönen Pandschabi Anzug habe ich auch verloren."

Hatte ich wirklich so viel gesprochen? Mir standen Tränen in den Augen. Banu.

"Mach' dir nichts daraus. Wir können neue Sachen kaufen," meinte Chacha Sardar beschwichtigend. "Das ist nicht wichtig."

"Bist auch wirklich in Ordnung? Haben die dich nicht angerührt? Ich meine…du weißt schon…"

"Was? Nein! Das heißt…was geht dich das an,…" fauchte ich. "Du wolltest mich doch nicht aus den Augen lassen. Jetzt willst du sowas wissen."

"Oh das geht mich gar nichts an. Es tut mir nur so leid. Ich bin froh, daß du heil zurück bist," stammelte Altaf.

"Wirklich?" fragte ich misstrauisch.

"Aber ja. Ich habe die letzten paar Tage kaum geschlafen."

"Aha. Danke übrigens, daß du fragst wie ich mich fühle."

"Sorry." Ich rutschte ein wenig zur Seite, wollte ihm nicht zu nahe sein.

"Altaf, lass' Isabell wenigstens Luft holen. Sie hat ziemlich viel mitgemacht und soll sich erst ausruhen," mahnte ihn Chacha Sardar.

Aber zuerst musste ich noch mit der Polizei sprechen.

Drei Polizisten kamen durch die Tür stolziert. Der Detektiv legte mit ein paar Höflichkeiten los. "Ich möchte zum Ausdruck geben, wie sehr ich im Namen der pakistanischen Regierung diese… diese Entführung bedaure, während sie unser wunderschönes Land besuchten…"

"Danke," erwiderte ich nur. Konnte ich ihnen vertrauen?

Er fragte mich nach allen möglichen Einzelheiten und ich gab Auskunft so gut es ging. Wo etwa der Raum neben dem Basar war, in dem wir gefangen gehalten wurden. Wie die Bandenmitglieder aussahen, wie sie hießen, unsere Wegstationen, wie lange wir jeweils dort gewesen waren, die

Namen der Mädchen, wo genau Idris und ich die anderen nach dem Unfall zurückgelassen hatten…

"Wir haben den beschädigten Land Rover an der Straße gefunden… genau wie Idris Schah es uns beschrieben hat," meinte der Detektiv in seinem gutturalen Tonfall. "Aber niemand weit und breit. Wir nehmen an, es gab Verletzte und suchen noch die Berge ab - und Sie sagen, daß der Kopf der Bande eine Frau ist? Eine Frau mit dem Namen Sadu-zai?"

Schon wieder die gleiche Frage. Was wollte der von mir? Ich hatte ihm schon erzählt, wo in Peschawar ich das Hauptquartier vermutete, wo etwa beiden Moscheen mit den langen Türmen standen. Der eine blau, der andere rosa. Hatte die Gebäude beschrieben und den Innenhof.

"Ja, und ihr Sohn heißt Bakhri-Schah, das habe ich Ihnen auch schon gesagt," sagte ich patzig.

Die zwei Polizisten, die sich auf der Couch gegenüber ausgebreitet hatten, grinsten schelmisch. Die Schirmmützen saßen keck auf dem Couchtisch, zwischen leergetrunkenen Tschaitassen und Notizblöcken.

Der Detektiv verzog keine Miene. "Reine Routinefragen. Wir müssen Idris Schahs Aussage mit ihrer vergleichen. Er hatte diese Personen nicht erwähnt."

Weil das seine Familie ist, natürlich!

"Wirklich? Vielleicht habe ich das falsch verstanden. Ich spreche schließlich kein Urdu."

"Ja, ich sehe. Welche Rolle spielte dieser Idris Schah in der Bande?"

"Keine. Er reparierte die Autos. Ich glaube er war gezwungen worden dabei zu sein, weil er mit jemand dort verwandt ist. Er hatte immer versucht uns Mädchen zu beschützen."

"Ja - warum hat er nur sie gerettet, Miss Bertrand?"

"Woher soll ich das wissen?" stöhnte ich. Wann hörte diese Fragerei endlich auf?

"Das war ein Riesen-Durcheinander. Das war ein Riesen-Durcheinander. Die meisten Mädchen in unserem Fahrzeug waren entweder verletzt oder bewusstlos. Ich hatte mir nur den Kopf gestoßen und stand schon draußen auf der Straße. Er wollte eben jemanden mitnehmen und nicht allein fliehen.”

Das stimmte zwar nicht so ganz, aber was ging es diese naseweisen Polizisten an, daß Idris und ich eine spezielle Verbindung zueinander hatten? Zudem noch aus einem anderen Leben; als Nusrat und Imran. Mehr Einzelheiten würden ihn sowieso nur noch mehr in Schwierigkeiten bringen. Also schwieg ich.

“Hatten Sie eine Beziehung zu Mr. Schah?” Wie eine Schlange hackte der Detektiv nach mir. Ich wich zurück.

“Nein, natürlich nicht. Ich sagte Ihnen doch, es war reiner Zufall. Sollten Sie nicht da draußen nach der Bande suchen, statt mich mit unverschämten Fragen zu löchern?”

“Das machen wir, Miss Bertrand, das machen wir. Wie viele Männer waren in den Autos außer Mr. Schah?”

“Da waren drei Bewaffnete in unserem Land Rover. Den Fahrer eingeschlossen. Sie saßen vorne. Und vier in dem anderen Land Rover. Dann war da noch Dosti, die schwarze Witwe. Sie war unsere ‘Betreuerin’.” Der Polizeibeamte schrieb meine Antwort auf.

“Und war Mr. Schah auch bewaffnet?”

“Nein. Als wir flüchteten, feuerten die anderen Schüsse auf uns,” sagte ich.

“Aber keiner von Ihnen wurde verletzt?”

“Nein, es regnete zu stark. Man konnte kaum was sehen.” Waren wir denn noch nicht fertig mit der Fragerei?

“Trotzdem konnte Mr. Schah genug sehen, um die Straße hinunterzufahren?”

“Ja, anscheinend. Alles ging so schnell…”

“Mr. Schah ist also auch nicht verletzt?”

“Das weiß ich nicht. Warum untersuchen Sie ihn nicht?”

“Oh, er wird untersucht, glauben Sie mir.” Er klang so selbstgefällig, daß ich misstrauisch wurde.

“Bitte tun Sie ihm nicht weh. Schließlich hat er mir das Leben gerettet. “

“Warum sind Sie denn so besorgt um ihn? Er ist doch einer

der Kidnapper." War das etwa eine Fangfrage?

"Er hatte doch überhaupt nichts mit der Entführung zu tun. Wahrscheinlich haben die anderen ihn nur mitgenommen, weil er Autos reparieren konnte." Ich änderte das Thema, bevor ich mich verplapperte. "Haben Sie die anderen Mädchen gefunden? Da war dieses eine Mädchen, Banu… sie war bewusstlos."

"Nein, noch nicht. Wir suchen noch nach ihnen."

"Ist das nicht viel wichtiger als mich hier zu beschuldigen, etwas mit dieser Bande zu tun zu haben?" Ich war direkt. Er irritierte mich so langsam.

"Sie machen sich Sorgen um die Mädchen?"

"Ja natürlich, ich bin frei und sie nicht. Sie sind meine Freunde."

"Aha, Ihre Freunde… ich sehe."

"NEIN, das sehen Sie nicht. Ich möchte, daß sie wohlbehalten aus der Sache herauskommen," fuhr ich ihn an.

"So, und Sie haben sonst nichts mit diesen Leuten zu tun, können kein Urdu sprechen und nichts? Sie wollen nur einfach, daß diese 'Freunde' - und Mr. Schah - aus dieser Sache wohlbehalten herauskommen?"

Chacha Sardar sah den Mann stirnrunzelnd an. Altaf hatte die Wohnung mit einer gemurmelten Entschuldigung verlassen. Er hatte wahrscheinlich Angst, daß man auf ihn aufmerksam werden und ihn verhaften könnte. Dabei war doch die ganze Aufmerksamkeit auf mich gerichtet.

"Was wollen Sie damit sagen?" fauchte ich das hämische Gesicht an. "Wieso wiederholen Sie ständig meine Antworten als Fragen? Ich kenne den Mann kaum. Er hat uns vor den anderen beschützt, oder es zumindest versucht. Und er hat sein Leben riskiert, um mich in Sicherheit zu bringen. Warum zum Teufel sollte ich also nicht wollen, daß er gut behandelt wird?"

"Wir tun nur unseren Job, Madam." Die Polizeibeamten waren von der Heftigkeit meines Ausbruchs milde beunruhigt. Einer rutschte ungemütlich auf seinem Sitz hin und her. Der andere zündete sich eine Zigarette an.

"Ach wirklich?" Ich fixierte den Detektiv mit einem giftigen Blick, der bei Bakhri-Schah so gut gewirkt hatte. "Das nennen Sie ihren Job tun? Die Polizisten in den Bergen haben wohl auch nur ihren Job getan, was? Wo bleibt eigentlich der Mann vom Deutschen Konsulat?"

Seine Augen zuckten. "Bleiben Sie bitte ruhig, Miss Bertrand. Wenn Sie unsere Fragen beantworten, sind wir hier bald fertig." Es ging mir jetzt auf die Nerven, wie er immer das 'r' rollte und seine Sätze auf einer hohen Note beendete.

"Ich habe alle Ihre Fragen beantwortet. Deswegen sitzen wir hier schon seit einer guten Stunde!" Es waren wohl die einsilbigen Antworten, die den Detektiv dazu veranlassten seine Befragung fürs erste einzustellen. Ich fühlte mich zerschlagen und hundemüde.

Der deutsche Konsularangestellte kam an, als die Polizisten sich gerade zur Tür hinausgedrängt hatten. Altaf kam hinter ihm hereingeschlichen. *Feigling*, dachte ich.

"Der Fahrer konnte die Adresse nicht finden, die Detektiv Tahir ihm gegeben hatte," beschwerte sich der schwitzende, pinke Mann mit der Halbglatze. "Stellte sich raus, daß der Straßenname nicht richtig…"

"Das Verhör ist schon vorbei," sagte ich tonlos.

"Sie sollten doch nur in meiner Anwesenheit mit der Polizei sprechen."

"Tja, dafür ist es jetzt zu spät."

Warum ging dieser Mensch nicht? Alles was ich wollte, war ein heißes Bad, frische Klamotten und dann eine Ewigkeit lang schlafen. Vielleicht noch eine letzte Anstrengung…

"Es tut mir leid, Herr, Herr…"

"Wiederhofer." Seine Nasenflügel waren viel heller als der Rest des Gesichtes und die Haut um seine Augen herum auch, fast wie eine Brille.

"…Herr Wiederhofer. Ich bin aber wirklich zu müde, mich weiter zu unterhalten. Gehen Sie bitte, wir können morgen miteinander sprechen.”

“Ja aber, mein Bericht...”

“Bitte!”

Der pinke Mann ging. Endlich Ruhe.

Chacha Sardar hatte Essen vorbereitet. Ich war nicht sehr hungrig und aß nur Chacha Sardar zuliebe ein paar Bissen. Altaf hatte sich schon wieder verzogen und ich saß mit dem gütigen Onkel allein am Esstisch.

“Vielen Dank, Chacha Sardar. Ich glaube ich möchte jetzt schlafen. Kann ich bitte später weiteressen?”

Er sah mich besorgt an. “Waren die Kidnapper schlecht zu dir, Kind?”

“Manchmal.”

“Es tut mir so leid. Deine Reise sollte doch eine gute Erinnerung werden,” sagte er, als sei es seine Schuld gewesen.

“Da kann man nichts machen. Ich werde mich immer an die guten Dinge erinnern, wenn ich wieder zu Hause bin. Nicht nur an die schlechten.”

“Danke, Batschi. Wir werden dich auch nicht vergessen.”

”Kann ich vielleicht doch noch was zu essen bekommen?” Ich wurde wieder munter. Adrenalin wahrscheinlich.

“Aber ja doch, es ist alles noch warm.”

“Chacha Sardar?” fragte ich als er mir das Essen auf einen Teller häufte.

“Ja?”

“Darf ich Sie etwas fragen?”

“Sicher, Kind. Was gibt es denn?” antwortete er sanft.

“Haben Sie schon einmal etwas von Dâstân gehört?” Ich wusste nicht, warum ich ihn das fragte. Ich wollte nur einfach über meine vergangene Heimat im Hindukusch reden. Der Onkel dachte nach. “Nein wo ist das denn?”

“Wir waren dort, mit den Banditen. Ein Dorf in den Bergen.”

"Ach wirklich? Es gibt dort so viele versteckte Dörfer. Die Banditen dachten wohl man würde sie dort nicht entdecken."

"Ja," meinte ich etwas enttäuscht. "Chacha Sardar, kennen Sie den Pir Panjal?" Das kam unbeabsichtigt impulsiv heraus. Chacha Sardar ließ den Löffel sinken. "Wie kommst du denn darauf?"

"Es fiel mir gerade so ein. Ich habe mal etwas davon im deutschen Radio gehört. Einen Bericht über Radschputen und Zuchtpferde und so weiter." Es fiel mir nicht leicht den guten Onkel anzulügen, aber es war einfacher so.

"Ja, ich kenne den Pir Panjal."

"Wirklich?" Ich fiel fast vom Stuhl. Das hatte ich nun überhaupt nicht erwartet. Mir wurde innerlich ganz heiß, aber ich behielt die Fassung.

"Der Pir Panjal war ein wunderschönes Tal. Dörfer, Radschputen-Paläste. Es gab viel Vieh dort und Zuchtpferde. Ein paar Mogulenfamilien aus dem Westen hatten sich dort nach der Invasion von Babur niedergelassen."

"Woher wissen Sie das alles, Onkel?" fragte ich leise.

"Mein Vater war dort aufgewachsen. Er war Schmied in seinem Dorf. Wir können noch immer Farsi sprechen. Das ist Persisch."

Ich war zu fasziniert, um Fragen zu stellen und der Onkel fuhr fort.

"Der Krieg hat alles durcheinander gebracht. Wir zogen fort. Nach Süden. Nach Khadriala. Ein Teil der Familie lebte schon dort. Als der Staudamm die Gegend überfluten sollte, kamen die anderen auch nach."

"Der Staudamm?"

"Aber ja. Wurde das nicht im Radio erwähnt? Die Täler wurden überflutet. Der Pir Panjal ist nun unten am Boden des Stausees, zusammen mit vielen anderen Tälern und Dörfern."

"Nein. Oh nein, das... ist ja... schrecklich." Ich war schockiert. Die Felder, auf denen ich mit Kalyan ausgeritten war. Die Aprikosenbäume im Garten meines Vaters. Das

Haus… das alles war auf dem Boden eines Stausees?

"Ja, es traf meinen Vater sehr schwer. Meine Großmutter weinte pausenlos, als wir davon erfuhren. Ich kann mich kaum noch an die Heimat erinnern, aber ich würde sie manchmal doch gerne wiedersehen."

Wie konnte das Zufall sein? Wie konnte Chacha Sardar davon wissen? Vom Pir Panjal, der Heimat meiner Jugend – nein Nusrat's Jugend? Mein Herz schlug mir im Hals. Wie gerne hätte ich ihm von meinen Erinnerungen erzählt. Ihm genau beschrieben, wie schön das Tal gewesen war, das uns verband. Ich hätte es beinahe getan. Nur dann kam Altaf wieder zur Tür herein.

"Wo warst du denn so lange?" wollte ich wissen. Der Augenblick war vorüber.

"Ich bin in der Gegend herumgelaufen. Dann war ich im Park. Wollte sichergehen, daß die Polizei auch wirklich fort war."

"Die haben mich ausgequetscht wie eine Zitrone. Hattest du Angst, daß sie dich erkennen? Das glaube ich nicht. Wir haben schon mal angefangen zu essen. Es ist sehr gut."

"Möchtest du auch einen Teller?" fragte Chacha Sardar.

So saßen wir beisammen und sprachen über alles. Den Basar und wie ich auf einmal verschwunden war. Wie die Polizei alles abgesucht hatte und mich nicht finden konnte. Als sei ich vom Erdboden verschluckt worden. Einfach alles. Ich erzählte ihnen von Banu und den anderen Mädchen und meinen ständigen Fluchtplänen.

Insgeheim dachte ich an Nusrat und Imran, und wo sie aufgewachsen waren. Es war nicht leicht mich an den Gedanken zu gewöhnen, daß das Pir Panjal nicht mehr existierte. Ich hatte mir vorgestellt, einmal dorthin zu reisen und mich davon zu überzeugen, daß es das Tal meiner 'Kindheit' tatsächlich gab.

Aber dafür war ich in Dâstân gewesen! Dort, wo ich mit Mansur glücklich gewesen war. Ich hatte mir das Ganze nicht eingebildet oder geträumt. Es musste passiert sein!

Vielleicht hatte ich das herausfinden müssen – daß es eine Verbindung gab zwischen mir und den Menschen in Khadriala, daß ich mit meinen erträumten Erinnerungen Frieden machen konnte.

Dann waren Altaf und ich auch schon wieder auf dem Weg nach Khadriala. Im Dorf wurden wir schon erwartet. Man umarmte mich und Amma tastete mich ab. Alles in Ordnung, nur mein Arm tat noch etwas weh. Hakim, der Medizinmann, wurde trotzdem gerufen, und gab mir ein stärkendes Mittel.

"Baba Ali ist gestorben, als du fort warst," berichtete Schirin. "Er schläft ein. Einfach auf seine Bett draußen. Nach Sonnen… untergang?"

Es machte mich traurig, daß ich mich nicht von dem alten Mann verabschieden konnte. Hoffentlich hatte er seine Frau im Jenseits wiedergefunden. Wo immer das auch sein mochte.

Die Neuigkeit, daß Faruk und Nasra schon vor Tagen nach London abgeflogen waren, war keine Überraschung.

"Faruk hatte keinen Urlaub mehr bei der Schokoladenfabrik in Slough. Sie mussten nach England und sie werden bald in ein neues Haus ziehen. Nasra konnte es nicht abwarten all ihre Verwandten in London zu sehen," erzählte Altaf mir später. Er hatte es von seiner Mutter erfahren.

Ich hatte das Bedürfnis, allein zu sein und der beste Ort dafür war der dunkle Waschraum. Ich verriegelte die Tür hinter mir und wusch mich ausgiebig, trocknete mich ab und zog einen frischen Anzug an. Den violetten, der auf meinem Bett im Frauenschlafzimmer gelegen hatte.

Der Spalt unter der Tür ließ nur wenig Licht hinein. Gut so. Ich hockte mich hin und lehnte mit dem Rücken gegen die Wasserpumpe. Heiße Tränen liefen mir die Wangen hinunter. Ich ließ sie einfach laufen, wusste nicht so genau warum ich heulen musste. Aber ich begann mich besser zu fühlen. Jemand klopfte an die Tür. "Bist du in Ordnung?"

Es war Schirin.

"Ja, ich komme gleich." Ich schneuzte mich.

"Gut, wir wollen essen."

"Ich komme."

Ich verbrachte zwei erholsame Tage im Dorf und Amma hielt jede Aufregung von mir fern. Ich durfte sogar allein im Gästezimmer schlafen und sie hielt mich nicht davon ab, am Fluss entlangzuspazieren. Muschtak passte aus der Ferne auf. Altaf war mal wieder mit anderen Dingen beschäftigt und es war mir ganz recht so.

Wie hätte ich auch mit ihm ausführlich über all das reden sollen, was mir widerfahren war? Ich gab sogar ein kleines Ständchen für die Männer im Dorf. Warum die Frauen nicht dabei sein durften, wusste ich nicht und fragte auch nicht nach.

Kurz vor meiner Abfahrt nach Karatschi wollte der Dorfälteste mich nochmal sehen. Allein. Schirin brachte mich zu dem eindrucksvollen Stadthaus und ging dann zitternd fort. Vielleicht dachte sie, ich würde bestraft werden, weil ich seit meiner Ankunft vor fast zwei Monaten soviel Aufruhr verursacht hatte.

"Es tut mir aufrichtig leid, daß du von unseren Landsleuten so schändlich behandelt wurdest," entschuldigte sich der stolze Mann stattdessen bei mir. "Ich hoffe, daß dies dein Bild von unserem wunderbaren Land nicht verdunkelt."

Der Agu hatte diesmal nicht gekocht. Es standen nur eine Kanne mit Tschai und zwei Tassen auf dem geschnitzten Tisch zwischen uns.

"Alles was zählt, ist, daß ich meine Freiheit wiederhabe. Ich habe seltsamerweise auch Freunde gefunden. Die anderen Mädchen, zum Beispiel, und ein junger Mann hat mich gerettet. Das werde ich nicht vergessen," sagte ich.

"Sicherlich. Ich habe erfahren, daß dieser junge Mann in Gewahrsam ist. Aber er soll als Zeuge der Anklage freigelassen werden. Viele der Verbrecher wurden aufgrund seiner Aussage dingfest gemacht. Das ist erstaunlich, weil

Familienbande das wichtigste sind für die Paschtun. Sie warten auf den Prozess in Islamabad. An ihrer Stelle möchte ich nicht sein. Von den Mädchen fehlt aber noch jede Spur."

Ich war erleichtert für Idris - und hätte gleichzeitig heulen können. Banu, Tarub, Lalli, Shabila, Nivin und Nuwa. Wo seid ihr nur? Seid ihr in Sicherheit und wird Idris sicher sein?

"Danke, daß Sie mir das erzählen. Ich wünschte, ich könnte etwas dazu beitragen, sie wiederzufinden."

"Das wird nicht notwendig sein. In solchen Fällen regeln die Paschtun-Stämme sich selbst. Den Mädchen wird schon nichts geschehen. Zu viel Aufmerksamkeit durch die Armee ist unerwünscht," meinte der Agu zuversichtlich.

"Ich hoffe man wird sie bald finden."

Solange sie nicht mehr verkauft wurden - oder schlimmeres.

Ich verabschiedete mich am folgenden Tag von den Dorfbewohnern und gab Amma eine Brosche, die ich eigentlich für Doris gekauft hatte. Sie hielt eine kleine Abschiedsrede auf Urdu und drückte mir ein Lunchpaket in die Hand.

Altaf klemmte sich das gut verpackte Gemälde der Kaschmiri-Frau unter den Arm und nahm mir den roten Koffer ab, damit ich meine Gitarre tragen konnte. Ich hatte noch ein paar Sachen in die Hülle gesteckt, um Platz im Koffer zu sparen. Einige hatten Tränen in den Augen. Schirin blickte traurig drein.

Sie kam mit Altafs Bruder Muschtak zur Bahnstation und fasste immer wieder nach meiner Hand. Muschtak half stolz beim Tragen des Gepäcks. Diesmal ging es nach Islamabad, wo Chacha Sardar uns zum Flughafen bringen würde. Eine Zugfahrt hätte fast zwei Tage gedauert, und die Zeit hatte ich nicht mehr.

Die Zugfahrt hätte fast zwei Tage gedauert, und die Zeit hatte ich nicht mehr. Der Flug von Islamabad nach Karatschi, auf dem Altaf mich begleitete, war auch viel angenehmer. Die bequemen Sitze waren schierer Luxus und die freundliche Behandlung tat mir wohl, aber die innere Stumpfheit wurde ich nicht los. Zu sehr war ich noch mit dem Geschehenen verbunden.

Auf dem Flughafen in Karatschi verabschiedete sich Altaf von mir. Er wollte noch in der Stadt bleiben und sich um irgendwelche Angelegenheiten zu kümmern, dann mit der Bahn nach Jhelum zurückkehren.

"Pass auf dich auf und lass' dich nicht von der Polizei schnappen," sagte ich noch und klopfte ihm auf die Schulter. Umarmen durften wir uns nicht.

"Werde ich schon nicht. Bis in zwei Wochen, dann. In Karlsruhe."

"Ja, bis dann." Daß ich erleichtert war, ihn zwei Wochen lang nicht zu sehen, sagte ich ihm nicht. Ich ging durch die Passkontrolle ohne mich umzusehen.

"Ah, Miss Bertrand, Sie sind Moslemin?" fragte die verschleierte Frau hinter dem Schalter und stempelte meinen Pass. Ich trug meine weißen Jeans und die hellblaue Tunika, die ich gleich nach meiner Ankunft in Karatschi gekauft hatte. Den passenden Dabatta hatte ich mir aus Gewohnheit über die Haare gelegt.

"Nein, das bin ich nicht. Ich habe mich nur an die Kleidung hier gewöhnt," sagte ich freundlich.

Sie sah mich prüfend an, aber diesmal wurde ich ohne Schwierigkeiten durchgelassen.

Kein Glaskasten, kein Verhör, kein langes Anstarren und schon gar kein Schmiergeld. Dazu hätte ich auch keine Energie mehr gehabt. Ich ging den Gang entlang zum Flugfeld. Ein Mann hatte es besonders eilig und stürmte an mir vorbei. Ich blieb stehen. Mein Spiegelbild lächelte mir aus dem großen Glasfenster entgegen, als ich die Flugzeuge draußen betrachtete; wie sie starteten und landeten.

War das wirklich noch die gleiche Isabell Bertrand die mich da ansah? Die abenteuerlustige Schülerin aus die Karlsruhe, die zu einer Reise nach Pakistan aufgebrochen war? Oder steckte da etwa noch jemand in meiner Haut? Die Kaschmiri Nusrat vielleicht oder Isabella oder Isabé, das Entführungsopfer? Das Gesicht blickte mir jetzt todernst entgegen.

Ogott, ich werde noch schizophren, dachte ich, und gleich darauf: *Ach Quatsch, reiß' dich zusammen!*

Zusammenreißen konnte ich gut.

Unser Flug wurde aufgerufen.

Ich betrachtete mich noch einen Moment lang eingehend in der großen staubigen Scheibe, seufzte tief und reihte mich in den schier endlosen Strom der Flugpassagiere ein.

ZEHNTES KAPITEL

"Hab' ich es dir nicht gleich gesagt - daß es zu gefährlich ist in ein moslemisches Land zu fahren? Die sind einfach anders als wir. Aber nein, du musstest mal wieder mit dem Kopf durch die Wand…" Meine Mutter war voll in Fahrt.

Ich ließ sie reden. "Der Stress mit dir wird mich noch umbringen… andere Kinder tun normale Dinge, weil sie eben… normal sind. Aber nicht du. Nein, du lässt dich entführen. Oh, was werden die Leute sagen, wenn sie das lesen?"

Sie meinte damit den kurzen Artikel, der heute in der Provinzzeitung stand. Die Überschrift lautete 'Entführte Karlsruherin wieder sicher zurück in der Heimat'. Sie konnten nicht viel schreiben, weil sie nicht viel wussten.

"Du hättest das Interview ruhig geben sollen, dann wäre wenigstens ein Bild dabei gewesen. Von der Familie." Meine Schwester Paula posierte und drehte eine hellblonde Haarsträhne um den Finger.

"Kommt gar nicht in die Tüte. Außerdem habe ich mich nicht absichtlich kidnappen lassen. Also bitte. Wer lässt sich schon freiwillig entführen? Wir waren in einem Basar und die Kerle haben mich mit Chloroform betäubt."

Ich sah meine Mutter an, konnte aber kein Mitleid entdecken. Ausnahmsweise waren meine beiden Schwestern anwesend. Wegen dem ganzen Drama und wegen des Kuchens, den meine Mutter gebacken hatte. Und sie waren diesmal sogar fast auf meiner Seite.

"Cool, Chloroform. Das ist ja wie im Film," staunte Paula.

"Ja, ich habe in Peschawar sogar Indiana Jones getroffen.

Einen richtigen Drogenschmuggler," gab ich ein wenig an.

"Das war aber nicht wirklich Indiana Jones, oder?"

"Sei nicht albern, Paula. Das ist doch nur ein Film. Ich glaube er war Engländer oder Australier."

"Cool."

"Wo ist eigentlich Peschawar?" wollte Evelyn wissen.

"An der afghanischen Grenze. Da gab es einen Haufen Flüchtlinge wegen dem Krieg in Afghanistan. Die kommen da ständig über die Grenze und werden in Zeltlager gesteckt."

"Krieg?"

"Ja, mit Russland. So genau wusste ich das vorher auch nicht."

"Du hättest da gar nicht erst hinfahren sollen - und Schluss! Und was ist mit deinen Prüfungen?" tobte meine Mutter noch ein wenig. "Du bist ja völlig abgemagert," meinte sie dann. "Hier nimm' noch ein Stück Käsekuchen. Ich habe ein neues Rezept ausprobiert. Ich werde gleich noch ein paar Stücke zu Frau Speidel hochtragen; ihr Mann ja mag Käsekuchen ..."

Ich verbiss mir eine ironische Bemerkung. Zwischen uns herrschte Waffenstillstand und das war gut so.

"Hier ich hab' euch auch was mitgebracht." Ich zog stolz meine Mitbringsel aus der Tasche. "Der Sari ist für dich, Evelyn." Ich gab ihr den dunkelroten Sari, den ich in Rawalpindi erstanden hatte. Kurz bevor... ich verjagte die Erinnerung an den verhängnisvollen Tag. "Und das bestickte Tuch ist für Paula." Paula riss mir das Tuch fast aus der Hand.

"Was ist denn ein Sari?" Evelyn beäugte den dunkelroten Stoff misstrauisch, bevor sie ihn annahm.

"Das ziehst du zusammen mit einem Unterrock und der Bluse hier an. Der Stoff wird gewickelt. Wie ein Kleid," erklärte ich.

"Aha." Evelyns Miene sprach Bände. Vielleicht würde sie den Sari doch lieber wie einen Vorhang übers Fenster hängen.

"Ich zeig's dir mal, wenn du möchtest."

"Ok."

"Violett ist aber nicht meine Farbe," beschwerte sich

Paula und hielt das Tuch gegen das Licht.

"Sei froh, daß du überhaupt was kriegst," meckerte ich zurück.

"Danke für den geblümten Seidenstoff, Isabell," warf meine Mutter schnell ein. "Ich werde ihn zu einer Schneiderin geben. Die kann mir dann ein Kleid 'draus nähen." Sie sah zufrieden aus. Gut.

Überhaupt war meine Mutter verträglicher geworden. Es gab noch ab und zu Rückfälle wie eben, aber wenn ich meinen Schwestern Glauben schenken durfte, war sie nicht mehr ganz so neurotisch. Es half auch, daß Paula sich nicht mehr in der Drogenszene herumtrieb. Und die neuen Tabletten. Evelyn hatte zudem einen netten Freund gefunden und war mit ihm zusammengezogen. Es war die Rede von Heirat.

"Gern geschehen. Ich hatte die Sachen besorgt, bevor…na ihr wisst schon."

Ich konnte mit meiner Familie nicht darüber zu sprechen was passiert war. Wie sollten sie auch verstehen was ich erlebt hatte? Davon abgesehen fiel es mir auch nicht viel leichter mit meinen Freunden darüber zu sprechen. Die wussten meist nicht was sie sagen sollten.

Es war ganz so, als wäre ich durch eine Tür in eine fremde Welt spaziert.

Die Tür war wieder fest geschlossen und keiner konnte sich so richtig vorstellen wie es hinter dieser Tür aussah. Egal wie genau ich versuchte es zu beschreiben. Ich sollte einfach wieder da weitermachen, wo ich aufgehört hatte.

Klar, ich hatte nicht erwartet, von der Queen geadelt zu werden, aber niemand schien sich so richtig zu interessieren. Die Welt hinter der Tür war ihnen zu fremd. Am liebsten hätte ich mich mit Atesch unterhalten, hätte ihn gern über die Paschtunen ausgefragt, mehr verstanden. Aber Atesch war gerade bei seinem Onkel in Chicago.

Ich fuhr zu meiner WG. Ingmar und Manfred waren mit 'ner kurzen Reisebeschreibung zufrieden und hatten sich dann wieder um ihren eigenen Kram gekümmert.

Das passte mir gut. Ich wollte meine Ruhe und für diesen Zweck war das eigene Zimmer Gold wert. Ich hatte viel geschlafen in den letzten Tagen. Wenn ich doch nicht ständig an Nusrat denken müsste!

Nach meiner Rückkehr hatten die Träume von diesem früheren Leben wieder angefangen: wie Mansur und ich auf runden Kissen sitzen, an einem niedrigen Tisch mit unserem Mittagessen, zum Beispiel.

Ich war mit meinem zweiten Kind schwanger. Es ist ungewöhnlich für Eheleute so vertraut miteinander zu speisen. Mansur füttert mich mit Leckerbissen. Eingelegte Beeren, geröstete Nüsse, kleine Pilzklösschen. Sein liebevoller Blick wärmt mir das Herz.
Ich erwache auf einmal. Der Traum beunruhigte mich. Warum hörten diese verdammten Träume nicht einfach auf? Wenigstens war ich jetzt wieder zu Huse in Sicherheit. Vielleicht sollte ich einfach Geduld haben und abwarten, bis sich alles in Wohlgefallen auflöste.

Ich schob den Traum erstmal beiseite und fuhr mit dem Fahrrad zum Park, um meinen grünen Jugendfreund wissen zu lassen, daß ich wieder im Lande war. Außerdem traf ich mich mit Doris am See.

Es war fast schon Sommer und frische Blätter sprossen aus Büschen und Bäumen hervor. In der Ferne blitzte der Schlossgartensee.

"Und die haben dich nicht angefasst oder so?" wollte Doris wissen, als wir so zwischen dem See und der Botanik herumspazierten. Ich schob mein Fahrrad und genoss das frische Grün um mich herum. Es war zu feucht, um sich auf den Rasen zu setzen.

"Nein, das hab' ich dir doch schon gesagt," brauste ich auf. "Nur das eine Mal, als mir der Aufseher eine gewaffelt hat. Der hörte aber gleich wieder damit auf. Fahrida hatte nicht so viel Glück. Er schlug sie immer wieder mit einem Zweig…"

"Wahnsinn…" staunte Doris.

"… und Idris, der andere Sohn von Sadu-zai hat ihn ordentlich ausgeschimpft," fuhr ich seufzend fort. "Die Kunden sollten ja für unbeschädigte Jungfrauen so viel Geld zahlen."

"Da hätten die sich bei dir aber gewundert," grinste Doris.

"Ja wahrscheinlich." Ich lachte halbherzig. Was wusste Doris schon von mir?

"Mensch, das ist ja wie im Film! So aufregend."

Ja, ja, genau wie im Film, dachte ich. Doris starrte mal wieder in die Ferne. Wahrscheinlich stellte sie sich das ganze im Hollywood-Format vor. Ich wedelte mit meiner Hand vor ihrem Gesicht hin und her.

"Hallo, ich bin noch hier!"

"Hey, weiß ich doch." Sie sah mich anklagend an. "Man wird ja wohl noch 'n bisschen träumen dürfen."

"Für mich war das ganze aber kein Traum. Ich dachte, ich kriege 'ne Krise da in den Bergen," meinte ich. "Kaum zu glauben, daß ich tatsächlich wieder hier im Park bin! So als wäre nichts geschehen." Ich holte tief Luft. "Manchmal wache ich nachts auf, weil ich den Baum vor mir sehe, wie er vom Blitz getroffen wurde und so weiter. Wenn der Sturm nicht gewesen wäre…"

"Ja, was dann? Wärst du dann jetzt eine Haremsdame in Kaschmir oder so?" fragte Doris verschmitzt. Sie stellte sich das wohl irgendwie sexy vor.

"Wer weiß."

"Cool." Doris machte einem langhaarigen Kerl, der mit ein paar Freunden auf einer Decke saß, schöne Augen.

"Ich finde das gar nicht cool," schalt ich sie.

"Sorry, natürlich wäre das schlimm gewesen, wenn…"

"Meine Mutter ist natürlich gleich auf die Palme geklettert, als ich ihr erzählte, was passiert war. Dabei weiß' sie nicht mal die Hälfte. Typisch," meckerte ich ein wenig.

"Ich weiß nicht, was meine Mutter tun würde bei sowas. Sie liest immer so viele Bücher über alles mögliche. Aber wenn es dann echt passiert… Also wie war das nochmal mit deinem Altaf? Er hätte sich fast in den Kanal gestürzt, weil du ihn nicht heiraten wolltest?"

"Er ist nicht mein Altaf..."

Doris wollte trotzdem nochmal die Höhepunkte hören, so als hätte ich ihr von meinem neuesten Lieblingsfilm erzählt. Wie sollte ich Doris nur beiklopfen, daß das alles kein Spielfilm für mich gewesen war, sondern Realität... bitterer Ernst?

Es war wohl einfach zu viel verlangt zu erwarten, daß irgend jemand sich in mich hineinversetzen konnte.

Herr Mandel, meine Mutter, sogar Tarek, Angie oder Walter. Ich würde eben einfach selbst irgendwie damit zurechtkommen müssen. Aber zum Glück gab es da noch Zohra!

Wir hatten miteinander telefoniert. Es hatte wieder wie verrückt in der Leitung geknackt, aber wir hatten es fertiggebracht einen Plan auszuhecken. Es war so gut wie beschlossene Sache, daß ich sie nach dem Abitur in Marokko besuchen würde.

Zohra würde mich verstehen. Sie war schließlich Moslemin. Und um ehrlich zu sein, sehnte ich mich irgendwie danach wieder in ein solches Land zu reisen.

Ohne das ganze Drama einer Entführung und das ganz Drumherum. Nur einfach um Urlaub zu machen. Warum auch nicht? Ich behielt meine Gedanken aber lieber für mich.

Am Abend ging es mit der Clique in die Kneipe. "Nein danke, ich nehm' lieber 'ne Cola," sagte ich zu der Bedienung.

"Was keinen Weißwein? Das trinkst du doch sonst immer," sagte Angie überrascht. Ganz so, als ob ich nie was anderes trinken würde. "Bist du etwa krank? Du bist so anders seit du zurück bist."

"Was'n Wunder," kam mir Tarek zur Hilfe. "Klar ist sie anders."

"Ich muss die ganze Sache doch erst mal verdauen und außerdem schmeckt mir Alkohol im Moment nicht. Vielleicht weil ich noch Chinin-Tabletten nehmen muss, damit ich keine Malaria kriege. Mir ist eben nach Cola."

"Ich nehm' dann auch eine," sagte Tarek.

"Ich auch," schloss sich Walter an.

"Also dreimal Cola und einen Weißwein." Die Bedienung schrieb die Bestellung auf.

"Ihr lasst mich hier allein Wein trinken? Was ist das denn für 'ne neue Mode?" fragte Angie beleidigt.

"Das kannst du halten wie die Dachdecker." Walter grinste und zwinkerte mir zu.

"Wollt ihr jetzt alle Moslems werden oder was?"

"Muss man gleich Moslem werden, nur weil man keinen Wein mag?" fragte ich pikiert.

"Nein, aber früher warst du einfach anders."

"Früher? Das ist doch gerade mal zwei Monate her."

Wieso meinten alle auf einmal, daß ich mich so wahnsinnig verändert hätte? Das war sicher nur Einbildung. Ich war doch immer noch die Alte…

"Hallo!" Renate stand auf einmal hinter mir. "Träumst du etwa von einem gutaussehenden pakistanischen Muskelmann?" Ich fuhr auf.

"He, ach Quatsch. Bin einfach nur müde. Ich glaub' ich geh' besser nach Hause und leg' mich schlafen."

"Ja, ja…" Walter dehnte die Worte auf so eine wissende Art. "Du machst ja kaum noch was anderes außer Schlafen."

"Das würde dir sicher auch nicht anders gehen," antwortete Renate aus Solidarität. Gestern hatte sie mir das gleiche vorgehalten.

"Was ist mit deiner Cola?" fragte Angie spitz.

"Die kann ja Renate trinken."

"Ok, kein Problem. Geh' nach Hause und ruh' dich aus. Wir können ein andermal reden. Ich ruf' dich an." Renate setzte sich auf meinen Stuhl und machte es sich bequem. Früher wäre sie mitgegangen.

Ich mochte die rauchige Kneipenluft nicht und die dröhnende Musik noch weniger. Wie sollte man sich dabei unterhalten? Und die Leute waren auch so laut und aufdringlich. Der dicke Zigarettenqualm allein gab mir schon die Motten.

"Hah, des gibt's doch net!" grölte jemand.

Ich vermisste den Geruch von Holz- und Kuhmistfeuern. Vermisste die friedliche Stille in Khadriala und am Fluss unten…

"Außerdem schreib' ich Biologie am Montag und muss noch das ganze Buch in meinen Kopf 'reinkriegen." Die Ausrede war durchaus akzeptabel.

"Was jetzt noch nicht drin ist, geht auch bis Montag nicht mehr rein," belehrte mich Angie.

"Werden wir ja sehen."

"Ich bin froh, daß ich nicht Biologie schreiben muss," sagte Walter erleichtert. "Sonntagnachmittag kommt das Fußballendspiel in der Glotze."

"Oh Männer sind so einseitig. Gut, dann bis nächste Woche," entließ mich Angie und nippte an ihrem Weißwein.

"Klar bis dann. Machts gut."

Ich zog meine Jacke an und kam mir komisch vor ohne einen Schleier. Wenigstens trug ich ein buntes Halstuch. Es war kühl draußen.

"Oh, da drüben ist ja Martina." Renate drängelte auf die andere Seite der Kneipe, um ihre Freundin zu begrüßen. Auch gut. Ich bezahlte für die Cola und umarmte die Clique und konnte es kaum abwarten frische Luft in die Lungen zu bekommen.

Ich muss unbedingt noch Geld verdienen, bevor ich nach Marokko fahre, dachte ich, als ich das Treppchen auf die nasse Straße hinunter stieg. Es hatte wieder geregnet.

"He, bist du nicht Isabell, Altafs Freundin, die gerade in Pakistan war?"

Der Akzent war zweifelsohne un-Deutsch. Ich drehte mich um und sah zwei pakistanische Männer, die mich um die Wette breit angrinsten. Endlich mal wieder jemand in Panschabi-Klamotten. Aber die beiden hatte ich noch nie gesehen.

"Wer will denn das wissen?" fragte ich unmutig.

"Oh Verzeihung, ich bin Moh aus Jhelum und das hier ist mein Freund Assaf."

"Guten Tag, Moh aus Jhelum und Assaf."

"Möchtest du in eine Kneipe gehen oder ein wenig in der Stadt spazieren?" Ganz schön aufdringlich.

Versuchte er nur einfach freundlich zu sein? Eine Frau in Pakistan würde so ein Vorschlag als Beleidigung empfinden. Aber wir waren ja nicht in Pakistan. Ich wollte die beiden nicht einfach stehen lassen, und beschloss höflich zu sein.

"Ich muss zur Straßenbahn. Ihr könnt ja mitkommen."

Wir trotteten durch die nassen Straßen nebeneinander her zur Hauptpost. Es fing wieder zu regnen an und wir suchten Schutz unter dem Dach vor einem Blumenladen.

"Also, du warst in meiner Heimatstadt," sagte Moh aus Jhelum eifrig.

"Ja genau. Hat man die Trommeln schon bis hierher gehört?"

Er schien den Scherz nicht zu verstehen.

"Willst du Altaf Khan heiraten?" Das ging nun aber doch zu weit!

"Wie bitte? Was geht dich das an? Ich kenne dich doch überhaupt nicht," wies ich ihn zurecht.

"Wenn du ihn nicht heiraten willst, können wir beide ja miteinander ausgehen," sagte Moh.

"Ach so geht das! Wieso sollte ich ausgerechnet mit dir ausgehen?"

"Ich bin ein besserer Freund als Altaf und du bist chubsuret. Very pretty," sein Ton wurde fordernd. Na wunderbar, jetzt hatte ich auch noch einen schlechten Ruf weg.

"Weißt du was Moh aus Jhelum, verpiss' dich lieber, bevor ich mich vergesse. So redet man nicht mit Frauen. Weder in Pakistan noch in Deutschland. Ich werde nie und nimmer mit dir ausgehen. Verstanden?"

Moh grinste noch immer. Da half nur eins.

"Altaf wird es wohl nicht gefallen, daß du mich so belästigst. Er kommt nächste Woche nach Deutschland zurück." Mir fiel einfach nichts Besseres ein.

Ich erwähnte natürlich nicht, wie Altaf sich in Khadriala

verhalten hatte, aber dieser Moh ging mir auf die Nerven.

Dann sagte ich zu seinem Freund Assaf in bestem Paschtun: "Haga bad xrab sare de." Er ist ein schlechter Mann. Die Männer zuckten zusammen.

Tarub hatte das öfter mal über Bakhri-Schah gesagt. Ich hatte allerdings nicht erwartet, daß die beiden mich verstehen würden. Nicht schlecht, Herr Specht.

"Oh, sorry, sorry. So war das nicht gemeint." Assaf rieb seine Ohrläppchen zwischen Daumen und Zeigefinger. Das kam einer Entschuldigung gleich. *Komm' schon Nummer 5, komm' schon*, dachte ich ungeduldig.

"Solange wir uns verstehen. Da ist ja schon meine Straßenbahn, die Nummer 5. Chudafiss." Ich lief in den Regen hinaus.

Straßenbahn Nummer 5 kam kreischend um die Ecke und hielt vor mir. Die Türen flappten auf und ich stieg ein. Erleichterung. Hatte ich die falschen Signale ausgesendet oder gab es da irgendwelchen Tratsch, von dem ich nichts wusste? *Ach, was soll's*, dachte ich, *wer weiß, was Männer sich so denken*.

Wenn ich die Antwort darauf hätte, wäre das Leben leichter. Andererseits hatte ich manchmal das Gefühl, die Ehre der Pakistanis verteidigen zu müssen. Vor Frau Speidel zum Beispiel.

"So Isabellsche, du warsch ja in derre Zeitung gschtande!" hörte ich ihre Stimme im Treppenhaus über mir schrillen, gerade als ich über die gebrochene Stufe sprang. Ich hatte bei meiner Mutter Wäsche gewaschen, genau wie früher.

Sollte ich die Klatschtante einfach ignorieren?

"Huhu! Isabellsche," rief sie aufdringlich. "Wart' doch e Momentle." Da hatte sie mich auch schon eingeholt.

"Guten Tag Frau Speidel," sagte ich lahm. "Tut mir leid, ich muss mich beeilen."

"Aah, du bisch immer so in Eile. Du wirsch doch e Minütle für mich habbe? In derre Zeitung schtand, daß du entführt wurdescht. In Pakischtaan. Dei arme Mudda hat sich

Sorge gmacht," bohrte sie weiter, aber ich biss nicht an.

"Ja, ich bin sicher meine Mutter hat Ihnen schon alles brühwarm erzählt. Halb so schlimm. Entschuldigen Sie bitte, ich hab's wirklich eilig."

Aber Frau Speidel ließ nicht locker.

"Des muss ja da ganz furchtbaar schmutzig gwäse sei, da in Pakischtaan. Habbe se dich ohgfasst, die Entführer?" Sie schüttelte sich beim bloß en Gedanken. "Ma hört da ja so einiges. Die sinn ja net so zivilisiert wie wir. Und in de Nachrichte habbe se neulich gsaagt…"

"Ich bin sicher, Sie hören so einiges. Und erzählen sogar noch mehr. Und Sie würden sich wundern wie viele Pakistanis zivilisierter sind als so einige Deutsche, die ich kenne."

"Aah wirklisch?! Des hätt' ih net dacht. Frau Pfeiffer aus'm obberschte Schtockwerk hat erscht am Dienschtag zu mir gsaagt…"

"Wie schon gesagt, ich hab's eilig. Einen schönen Tag noch."

Ich schaffte es nach unten und zur Haustür hinaus zu flüchten, bevor sie noch mehr dummes Zeug daher reden konnte und mich zu spitzen Antworten reizte.

Das Fahrradschloss wollte sich aber nicht öffnen lassen. Verdammt, hatte ich den falschen Schlüssel? Die schwere Eingangstür öffnete sich gerade als sich das Schloss auseinanderziehen ließ . Ich stürzte mich aufs Fahrrad und war auch schon auf der Straße und knapp an den Mülleimern vorbei, die am Gehweg aufgereiht waren.

Dann war da noch Rüdiger, den ich schon einmal hatte abblitzen lassen. Jetzt fing er wieder damit an.

"Na Isabell," säuselte er charmant, als ich gerade auf dem Weg zum Geschichtsunterricht war. "Da bist du ja wieder."

"Ja, da bin ich wieder." Ich stieg schnell die Treppe zum Kunstraum im dritten Stockwerk hinauf. Rüdiger holte mich ein.

"Sag' mal, da hast du ja ganz schön was mitgemacht in Pakistan. Ich hab's in der Zeitung gelesen."

"Du solltest nicht alles glauben, was in der Zeitung steht," versuchte ich ihn abzuwimmeln. Ich hatte nur noch zwei Arbeiten nachzuschreiben.

Kunst und Geschichte. Ich würde Herrn Mandel gewiss nicht den Gefallen tun und durchs Abitur sausen, nur weil mir noch ein paar Noten fehlten. Das letzte was ich brauchte war Rüdiger, der mich vollquasselte.

"Ich dachte wir könnten heute Abend vielleicht mal ausgeh'n. Nur auf'n Bier oder so. Dann kannst du mir ja alles selbst erzählen."

"Ich habe keine Zeit zum Ausgehen. Ich muss übermorgen noch die letzte Kunst-Klausur nachschreiben und dann fangen auch schon die Prüfungen an. Schade."

"Na gut, dann gehen wir eben in der Freistunde ins Café Wolff. Oder ich könnte zu dir nach Hause auf'n Kaffee vorbeischauen."

"Soweit kommt's noch. Lass' mich bitte zufrieden. Ich will mich aufs Büffeln konzentrieren. Wir können ja später mal drüber sprechen, aber nicht jetzt."

"Also so behandelst du mich, nachdem wir beinahe was miteinander hatten," rief er bissig. Ein paar Fünftklässler kicherten.

"Wir hatten nie was miteinander," rief ich empört. "Du hast mir mal mit Physik geholfen, das war alles. Danke übrigens."

Ich rollte mit den Augen, als ich Walter an der Tür stehen sah. Walter rollte auch mit den Augen und machte mir die Tür zum Klassenzimmer auf. Rüdiger fiel zurück. "Du bist immer noch so hochnäsig wie früher. Die Pakis gefallen dir wohl besser als deutsche Jungs, was?" meinte er spitz. "Du weißt ja gar nicht, was du verpasst!"

"Aaahh!" Ich knallte ihm die Tür vor der Nase zu.

"Reg' dich nicht auf," sagte Walter gutmütig. "Du bist im Moment halt so 'ne Art Berühmtheit an der Schule. Der stellt sich nur an. Du weißt doch wie der ist."

"Klar. Berühmt aus den falschen Gründen. Wie kommen solche Typen wie Rüdiger bloß darauf, daß ich mit ihnen ausgehen möchte? Neulich kam Stefan auch schon an," klagte ich. "Nur der war nicht so hartnäckig."

"Ignorier' die doch einfach. Schule ist ja sowieso bald vorbei."

"Ja, endlich, " stöhnte ich. "In vier Wochen und drei Tagen haben wir's geschafft. Und dann – endlich Freiheit!"

Zwei Wochen später hatten wir die Abiturprüfungen hinter uns. Das musste im 'Krokodil' gefeiert werden. Alle aus der Clique waren da. Diesmal gab's keine Diskussion mehr um Alkohol.

"Wann bekommen wir eigentlich die schriftlichen Noten?" fragte Tarek.

"Am nächsten Dienstag, hat der Mohlmann gestern gesagt."

"Dienstag. Das heißt, danach geht's in den Endspurt. Mündliche Prüfungen."

"Ich habe kein gutes Gefühl mit Englisch. Ich muss mich wahrscheinlich aufs Schlimmste gefasst machen," sagte Walter.

"Ach, mach' dich nicht verrückt. Warte lieber ab wie's geht, dann kannst du immer noch weiterlernen." Tarek liebäugelte mit seiner Cola Korea. Cola mit Rotwein. Wenn überhaupt, trank er immer noch sehr wenig.

"Was machst du am Montag, Isabell? Sollen wir wieder bei dir kochen oder willst du deine Ruhe haben? Wir können ja gern mal was Pakistanisches ausprobieren," wechselte Angie das Thema.

Sie trug die Ohrringe, die ich ihr geschenkt hatte. "Ich brauch' mal wieder 'ne Abwechslung. Wie schreibt man eigentlich Tschapatti? Ich kenne nur italienisches Fladenbrot. Ciabatta. Ist das so ähnlich?"

Eine Vision von Tschapattis und Curry mit Garam Masala zog an meinem inneren Auge vorbei. Ich konnte sogar den würzigen Duft riechen. Gab es sowas wie eine innere Nase?

"Ich glaube nicht. Ciabatta ist doch mehr sowas wie Pitta, oder? Tschapatti schreibt man auch anders. Mit 'T' vorne," antwortete ich. Die ähnliche Aussprache war mir noch nie aufgefallen. "Montag kommt Renate vorbei. Ich habe noch gar nicht richtig mit ihr gesprochen seit ich wieder da bin.”

Eigentlich war ich Renate mehr oder weniger absichtlich aus dem Weg gegangen seit unserem letzten Treffen. Ich hatte keine Lust auf noch eine ‘Ich-hab’s-dir-ja-gleich-gesagt’-Predigt. Renate war ja vollkommen gegen die Pakistanreise gewesen.

“Wie geht’s überhaupt damit? Mit der Sache, die du in Pakistan erlebt hast, mein’ ich. Hast du noch Albträume deswegen?” fragte Angie einfühlsam ohne das Wort *Entführung* zu erwähnen.

Aus den Lautsprechern schallte ein Fleetwood Mac Song dermaßen laut, daß ich näher zu ihr hinrücken musste. “Nein, eigentlich nicht. Das heißt, ich fühl’ mich noch komisch. Wie ein Traumtänzer oder so.”

Angie sah mich groß an. “Echt?” schrie sie über die Musik. Es war schier unmöglich in der Kneipe über solche Dinge zu reden.

“Ich werde schon drüber wegkommen. Aber Schule geht mir stark auf die Nerven.” Ein ruhigeres Lied übernahm die Schicht im Lautsprecher.

“Erst war der Mandel ganz feindselig und meinte mich mal wieder vor allen an die Wand klatschen zu müssen. Dann, als der Artikel in der Zeitung erschien, sagte er doch tatsächlich vor der ganzen Klasse, daß er meinen Mut bewundere und meine Ausdauer und all so ’n Quatsch. Echt ätzend. Doris hat sich vor lauter Kichern kaum eingekriegt.”

“Sei doch froh! Dann hat er endlich den Kriegszug gegen dich aufgegeben. Jetzt hast du wenigstens deine Ruhe.”

“Ich wär’ mir da nicht so sicher. Ich bin froh, wenn ich den Heuchler nicht mehr sehen muss.” Meine Cola und Pommes Frites wurden an den Tisch gebracht.

“Gibt’s da nicht Psychologen mit denen du reden kannst? Ich meine wegen dem Schock und so,” schaltete sich Tarek ein.

Keine so dumme Idee... Dr. Albrecht vielleicht...

“Ja, bestimmt. Aber im Moment hab’ ich sowieso keine Zeit für so was.”

Angie seufzte. "Und was macht ihr so nach der Schule? Also ich fahr' erstmal in die Ferien nach Italien. Zum Como See. Mein Onkel hat da 'ne Ferienwohnung. Ich brauch' jetzt unbedingt Ferien. Gib' mir zwei Wochen, dann bin ich wieder wie neugeboren."

"Mein Vater will, daß ich ihn in Hamburg besuche. Anscheinend gibt es dort gute Kunstakademien, die ich mir ansehen soll. Ich will ja Design studieren," meldete sich Tarek wieder zu Wort. Er erzählte ein wenig von seinen Plänen und von Hamburg.

"Hmm, sowas könnte mich auch interessieren," sagte ich. "Was machst du denn, Walter? Willst du auch verreisen?"

"Ach nein, ich mach' überhaupt nichts. Ich glaub' ich werde erstmal nur faulenzen und dann mal sehen was so passiert." Walter gähnte wie um seine Aussage zu bekräftigen.

"Meine Freundin Zohra hat mich nach Marokko eingeladen," warf ich ein. "Sie wohnt in Rabat. Ich fahre erstmal dahin. Ich glaube sie kann die ganze Sache mit der moslemischen Kultur ganz gut verstehen und mir Sachen erklären, die ich noch nicht ganz kapiere."

"Hast du noch nicht die Schnauze voll von exotischen Reisen?" staunte Walter Bauklötze.

"Klasse, ich würde auch gern mitfahren," sagte Tarek. "Dann könnte ich 'nen Abstecher nach Algerien machen. Die marokkanischen Kacheln sind auch toll —"

"Was kapiert du nicht?" wollte Angie wissen. Ich dachte einen Moment lang nach.

"Zum Beispiel, wieso Schwiegermütter so hässlich zu den Frauen ihrer Söhne sind, wenn sie selbst als junge Frau herumgeschubst wurden."

"Aber das ist doch kein moslemisches Problem, sind Schwiegermütter nicht überall dafür bekannt?" sagte Tarek.

Wir johlten. "Wieso, hast du etwa praktische Erfahrung damit?"

"Haha, sehr witzig."

Es tat gut über so unwichtige Dinge zu schwatzen und nicht dauernd über Schwerwiegendes wie Abitur und Entführungen in islamischen Ländern zu reden.

Am Montag kam Renate zu Besuch. Sie hatte sie schlechte Laune und fiel gleich mit der Tür ins Haus. "Was für ein beschissener Tag! Ich sag' dir, noch mehr solche Tage und ich kündige meinen Job," fauchte sie.

"Komm' erstmal rein. Was ist denn los?"

Renate warf ihre Jacke auf mein Bett und warf sich selbst auf eine der drei kleinen Rosshaarmatratzen auf dem Fußboden, die als behelfsmäßige Sessel dienten. "Hast du Saft da?"

"Orange, glaub' ich."

"Orange ist prima."

Ich goss uns zwei Gläser in der Küche ein, als Renate plötzlich mit grantigem Gesichtsausdruck neben mir stand.

"So, was war los heute?" fragte ich noch einmal.

"Dieser blöde Knacker in der Kneipe vorhin," knurrte sie böse. "Der hat mich die ganze Zeit so doof angestarrt. Als ich an ihm vorbeiging, lehnte er sich doch tatsächlich gegen mich und kniff mich ins Hinterteil. Ich hätte fast mein Tablett mit den leeren Gläsern fallen lassen."

"Was? Das ist ja ein starkes Stück. Was hast du gemacht?"

"Ich hab' das Tablett abgestellt und dem Arschkrampen eine geklebt."

"Bravo! Der hat bestimmt dumm geglotzt." Gut, ihr Zorn konzentrierte sich auf den Arschkrampen. Nicht auf mich.

"Ja, und dann hat er sich auch noch bei meinem Chef beschwert." Renate nahm einen Schluck Orangensaft.

"Blöder Knacker!" echote ich.

"Aber ich hab' mich nicht entschuldigt. Ist mir doch schnuppe ob der Knallkopf wiederkommt oder nicht." Renate begann sich zu beruhigen.

"Was, dein Chef wollte, daß du dich entschuldigst?" fragte ich ungläubig.

"Mhm."

"Meinst du er wird dich ‚rauswerfen?"

"Neh, der braucht mich. Ich arbeite immer andere Schichten, wenn jemand nicht zur Arbeit kommt. Passiert ziemlich oft."

"Sonst suchst du dir eben einen neuen Job."

"Genau. Gestern zum Beispiel habe ich die Schicht von Daniela übernommen. Da kommt doch diese Frau 'rein mit ihrer schreienden Göre. Zwei, drei Jahre alt. Der Kleine hört' nicht auf zu brüllen, egal was sie macht. Die Leute sind von ihren Tischen aufgestanden und 'rausgestürmt, um sich sterilisieren zu lassen."

Ich musste kichern. Typisch Renate; ihr trockener Humor war legendär.

"So, das ist meine traurige Geschichte. Was ist deine?" fragte sie übergangslos.

"Du meinst die Sache mit Pakistan?" Verdammt.

"Was denn sonst?"

"Tja, wo soll ich da anfangen?"

"Am besten am Anfang."

Also legte ich los. Erzählte ihr alles haarklein vom 'Hotel' in Karatschi, Chacha Kasim, Khadriala und Saïda, Altafs Verhalten, das Aufsehen, das ich Jhelum erregt hatte, bis zu der Busreise nach Islamabad, der Geschichte wie ich im Raja Basar gekidnappt wurde.

Dann die ganze Sache mit der Bande, Banu und wie Idris mich während des Sturms in Sicherheit gebracht hatte. Nur von meinen Träumen, und daß ich in Idris Nusrats Jugendliebe Imran wieder erkannt hatte, davon sagte ich nichts.

So lange hatte Renate noch nie geschwiegen. Und was noch besser war, sie ersparte mir eine lange Ich-hab's-dir-ja-gleichgesagt-Rede.

Unser Orangensaft war längst ausgetrunken, als sie ein paar Fotos von der Hochzeit, die Nasra mir aus London geschickt hatte, auf den Tisch zurücklegte. 'Komm' uns bald mal besuchen' hatte Nasra in ihrem Brief geschrieben. Ich hatte die Fotos sonst noch niemandem gezeigt.

"Klasse, die ganzen Klamotten und so. Die heiraten ja

mit allem Pipapo," staunte Renate.

"Wenn das mit der Entführung nicht gewesen wäre, hätte ich 'ne tolle Reise gehabt," beschwerte ich mich. Ich wagte den Ansatz einer Rechtfertigung für meine spontane Reise.

"Mensch, das ist ja vielleicht was. Altaf hat dich da ja ganz schön in was 'reingezogen." Das war ein Ansatz von Verständnis.

"Ja, aber Banu hatte Recht. Es war meine Entscheidung gewesen, nach Pakistan zu reisen. Nur manchmal, als wir so im Land Rover durch die Berge kutschiert wurden, dachte ich schon, daß ich im falschen Film bin."

"Mit Indiana Jones…"

"Genau." Wir lachten beide. "Und die Sache wie Idris mich da 'rausgeholt hat, das war schon was." Ich befühlte unbewusst meinen verheilten Arm.

"Ich bin nur froh, daß du wieder da bist. Also Idris, hmm? Und was ist mit Altaf?" fragte Renate und sah mich nicht an.

"Was soll mit dem sein? Im Moment bin ich froh, daß ich ihn nicht sehen muss. So ein Theater zu machen, weil er sich einbildet mich heiraten zu müssen." Ich rollte mit den Augen. "Wenn ich das gewusst hätte."

"Woher hättest du auch wissen sollen, was dich da erwartet." *Was denn, immer noch keine Vorwürfe?* Dachte ich verwundert.

"Tja, es war ja nicht alles schlecht da. Das meiste war wahnsinnig interessant. Anders als hier eben. Du hättest Nasra sicher gemocht. Die lässt sich nichts gefallen. Irgendwann werde ich mich nur noch an die guten Dinge zu erinnern."

"Guter Vorsatz. Als ich in Washington war, hätte ich Steve auch am liebsten an die Wand geknallt, aber so schlimm war es im Nachhinein nun auch wieder nicht. Vor allem, wenn ich so höre wie's dir in Pakistan ging. Wir gehen wahrscheinlich zusammen nach Hannover. Ich kann da Biologie studieren und er will 'ne neue Band gründen. Steve kennt 'n paar Musiker dort."

"Hannover? Aber das ist ja so weit weg. Was soll ich

hier ohne dich anfangen?" fragte ich entsetzt.

"Du wirst schon überleben. Außerdem kannst du mich besuchen, wann immer du willst."

"Gebongt!" Renate und ich waren schon so lange beste Freundinnen gewesen. Ich konnte mir die Welt ohne ihren witzigen Zynismus nicht mehr vorstellen. "Ich weiß' noch nicht wo oder was ich studieren will," fuhr ich fort. "Das ist mir im Moment einfach zu viel alles. Aber immerhin hab' ich's 6 Wochen lang ohne dich in Pakistan ausgehalten."

"Na siehst du. Natürlich wäre alles ganz anders gelaufen, wenn ich dabei gewesen wäre."

"Klar, ganz anders."

Das Telefon klingelte und hörte nicht wieder auf. Ich wusste, daß Manfred nicht zuhause war und fummelte den Schlüssel zu seinem Zimmer unter meinen Büchern hervor.

Es war Zohra, die sich mal wieder melden wollte.

"Oh bonjour, ça va?" grüßte ich sie. Renate steckte ihren Kopf durch den Türspalt. Es ist Zohra, bewegte ich lautlos meine Lippen. Renate antwortete mit Zeichensprache: Ich muss sowieso geh'n. Ich stand auf. Die Schnur reichte nur bis zur Tür.

Was soll ich machen? Gestikulierte ich. Sie warf mir eine Kusshand zu und war auch schon die Treppe hinunter verschwunden.

In der Nacht hatte ich wieder einen Nusrat-Traum. *Wir gehen gemeinsam zu einem Pferderennen. Mein Mann und ich. Wir haben unseren feinsten Staat angelegt... die Leute aus dem Dorf sollen stolz auf uns sein. Er drückt heimlich meine Hand, während er repräsentiert. Ich bin sehr glücklich.*

Am nächsten Morgen hatte ich endgültig genug von dieser verdammten Träumerei! Mich dauernd an Nusrats Leben erinnern zu müssen - das wurde einfach zu viel. Zwischen Arbeit, studieren und meinen Reisevorbereitungen blieb mir gerade noch die Zeit für eine Sitzung bei Dr. Albrecht. Ich hatte Glück: ein Termin war freigeworden. Wie zu erwarten, war der gute Doc von meinem Abenteuer in Pakistan ganz hingerissen.

Ich hatte ihm gerade oberflächlich von der Entführung erzählt. Natürlich hatte er nicht die Zeitung gelesen.

"Faszinierend! Daß ihnen so etwas passiert ist. Wie fühlen Sie sich jetzt, Isabell? Haben Sie noch Albträume oder Panikattacken?"

"Ich glaube schon, deswegen bin ich hier. Die Träume machen mich noch verrückt. Im Park herumspazieren hilft. Ich glaube, ich kann das alles am besten dort verarbeiten. Außerdem fahre ich bald für ein paar Wochen nach Marokko zu meiner Freundin. Ich will mich über alles mit ihr unterhalten. Hier versteht mich eh keiner so richtig."

"Deshalb wollten sie im März einen Termin machen. Weil sie sich dauernd erinnern mussten, nicht wahr? Und irgendwie hatte es nicht geklappt mit diesem Termin."

"Ich musste ständig von Nusrat träumen. Schon hier. Ich kann das nicht mehr abstellen. Ganz so, als wäre ich Nusrat und denke wie sie. Ich erkannte sogar den einen Kidnapper sogar als Imran wieder —"

Dr. Albrecht sah mich fragend an.

"Der Mann, mit dem ich im Garten gesprochen hatte…"

"Ah ja." Er sah auf seine Notizen und kritzelte herum.

"Der Ort, wo Nusrat die meiste Zeit gelebt hat, heißt übrigens Dâstân. Ein Dorf. Das liegt im Himalaya. Ich war nämlich da - mit den Kidnappern."

Es sprudelte jetzt nur so aus mir heraus. Je mehr ich sprach, desto größere Augen bekam Dr. Albrecht und vergaß sogar das Kritzeln.

"Faszinierend. Da muss mir irgendwo ein Fehler unterlaufen sein. Ich bin ja noch ganz am Anfang, Regressionen zu erforschen." Ich wartete. Jetzt würde er gleich sein Kunststück vollführen und mich von den Träumen befreien.

Der Doktor murmelte vor sich hin. "Aufwachphase. Bessere Suggestion am Ende der Sitzung." Er sah mich wieder an. "Und diese Tagträume, von denen Sie sprachen - die kamen ganz spontan und zusammenhanglos?"

"Es war mehr so, als ob die Hochzeit mich an meine eigene Hochzeit als Nusrat erinnerte - wenn man das so sagen kann - und ich war plötzlich Nusrat. Sie übernahm dann... ganz schön freaky."

"Das ist... einfach faszinierend, Isabell," murmelte der Doc und schrieb auf seinen Block. Dieses Lieblingswort schien alles für ihn auszudrücken. Ich konnte nur hoffen, daß er mich ernst nahm.

"Idris war Imran und ich habe ihn erkannt. Es ist der gleiche Mann und dann wieder nicht. Idris ist nicht so aufbrausend wie Imran. Wir haben uns nur kurz mal unterhalten. Das Ganze beruhte auf Gegenseitigkeit, glaube ich."

Ich erzählte Dr. Albrecht, woran ich mich noch erinnern konnte. Das war gar nicht so einfach. Irgendwie waren manche Dinge verschwommen.

"Das ist ganz normal, " sagte er sachlich. "Sie versuchen sich vor dem Trauma, das Sie erlebt haben, zu schützen. Vielleicht gibt es da noch etwas, was wir noch nicht entdeckt haben. Wir können jetzt gleich mit der Hypnose anfangen, wenn Sie wollen." Er sah auf die Uhr. "Wir nehmen uns einfach die Zeit."

"Ich will nur, daß die Träume aufhören."

"Ich werde mein Bestes tun," versicherte mir Dr. Albrecht und schaltete den Recorder ein. "Legen Sie sich zurück. Ja so ist es gut. Sie fühlen sich sicher. Der Stuhl ist warm und weich. Sie sinken tiefer in den weichen, gepolsterten Sitz hinein. Sie sind in Sicherheit. Hier ist niemand der Ihnen Schaden zufügen kann. Warm und sicher." Ich fühlte mich warm und sicher.

Er wollte, daß ich meine Hand gegen seine Hand nach unten stemmte. Dann ließ er plötzlich los und sagte bestimmt: "Schlafe ein!" Und ich schlief ein.

Später in der Aufnahme hörte ich mich von der Entführung erzählen, und davon wie Nusrat sich verhalten hätte. Dann war ich plötzlich wieder Jahrhunderte in der Vergangenheit. *"Ich bin in Dâstân. Meine Schwiegermutter ist böse. Oh nein!*

Sie schlägt ihre eigenen Töchter. Ich fürchte mich, aber Mansur lässt es nicht zu, daß sie mich schlecht behandelt!"

"Gehen Sie zum nächsten wichtigen Ereignis. Sie können sich an alles erinnern," sagte Dr. Albrecht sanft.

"Die Hochzeit... mein Mann... er ist so fröhlich... der Samaj Schwerttanz wird aufgeführt. Man muss sehr geschickt sein dabei. Am liebsten würde ich mitmachen. Das Essen ist gut. Mansurs Mutter stirbt kurz nach der Hochzeit an einer Krankheit. Ich freue mich insgeheim darüber," sagte ich aufrichtig. *'Ich muss mich nicht mehr mit ihr herumschlagen."*

"Und welches Gefühl haben Sie jetzt dazu?"

"Man muss niemandem etwas Schlechtes wünschen. Karma wird sich mit der Zeit um sie und ihre Missetaten kümmern. Meine Radschputen-Mutter strahlt, als sie mich wiedersieht."

"Kennen Sie denn ihre eigene Radschputen-Mutter?" Diese Frage hatte mit meinem gegenwärtigen Leben zu tun.

"Nein," sagte ich traurig, "ich kenne sie nicht."

"Gibt es noch einen Aspekt in ihrem Radschputen-Leben, den wir nicht erkundet haben? Irgendeine wichtige Sache, die noch aussteht?"

'Ich habe alles in diesem Leben erkundet, was wichtig ist.'

"Dann werden Sie jetzt aufwachen und sich frisch und ausgeruht fühlen. Dieses Leben liegt in der Vergangenheit. Sie werden jetzt nicht mehr von diesem früheren Leben träumen, es sei denn Sie wünschen es," summte Dr. Albrechts Stimme.

Als ich aufwachte, fühlte ich mich tatsächlich frischer - und ich konnte mich sogar noch an etwas anderes erinnern.

"Meine Schwiegermutter. Ich glaube ich kenne sie - nein ich bin mir ziemlich sicher...," stieß ich hervor.

"Faszinierend. Wir müssen etwas richtig gemacht haben. Wen erkennen Sie denn heute in Ihrer damaligen Schwiegermutter?"

"Es ist meine eigene Mutter."

Ich war ganz erschrocken und musste mich erstmal davon

erholen. Elisabeth brachte mir ein Glas Wasser herein, das ich langsam trank. Aber das war noch nicht alles.

"Da ist auch dieser Dienstbote meines Vaters - Pratap. Er hatte sich immer so liebevoll um mich gekümmert als ich noch ganz klein war. Ich fühlte mich immer sicher bei ihm – bei Pratap."

"Ja, und kennen Sie ihn denn, diesen Pratap?" fragte Dr. Albrecht.

"Ich denke er ist Oma Bertrand."

"Die Mutter Ihres Vaters?"

"Ja." Noch ein Stück des Puzzles am richtigen Platz.

"Faszinierend."

Nach der überlangen Sitzung verließ ich die Praxis voller Hoffnung und mit einer so schön nach Druckpresse duftenden Ausgabe von Dr. Albrechts Buch. Das Buch, in dem ich als Fallstudie vorkam. "Viele Träume - Viele Leben" war der Titel. Im Buch hieß ich Michaela und war 18. Alles andere war angeblich authentisch. Ich warf es in meine Tasche und beschloss es später zu lesen. Dr. Albrecht wollte, daß ich ihm sagte, was ich davon hielt. Schade, daß die heutige Sitzung nicht darin vorkam.

"Klar doch Doc," hatte ich gesagt. "Danke übrigens."

Zum Glück hatten seine Suggestionen den erhofften Effekt. Endlich blieb ich von Nusrat-Träumen verschont und ich hatte mein eigenes Leben zurück! Das Leben von Isabell Bertrand. Jetzt und hier in der Gegenwart. Nur meine Mutter würde ich eine zeitlang wohl nicht mehr besuchen bis ich mich an unsere frühere Verbindung gewöhnt hatte.

Als die Ferien näher rückten, sprachen Zohra und ich noch ein letztes Mal am Telefon. Ich saß auf dem Boden im Zimmer meines Mitbewohners Manfred, als ich mit ihr sprach.

"Du wirst meine Mutter bestimmt mögen," sagte sie. "Sie ist ganz lieb. Wir werden viel Tagine essen. Nur nachts natürlich, weil es ist ja der Fastenmonat Ramadan. Noch was… Kannst du mir Stoff mitbringen?"

Wie immer knackte es in der Leitung.

"Was? Stoff?" Die Kunst des Nähens war für mich ein Buch mit sieben Siegeln.

"Ja, Stoff !" rief Zohra über das Knacken hinweg. "4 oder 5 Meter… Pfirsichhaut. Besser noch 6 Meter."

"Pfirsichhaut?" Ich hatte keine Ahnung was das sein sollte.

"Ja, dann kann ich mir ein Hochzeitskleid daraus nähen."

"Ein Hochzeitskleid?"

"Ja, ja. Hatte ich dir nicht davon erzählt? Ich habe mich mit meinem Cousin Hassan verlobt." Knack, Knirsch.

Ich war baff. Pfirsichhaut? Hochzeit? "Nein... davon wusste ich noch nichts," stammelte ich.

"Oh, ich habe es dir geschrieben. Und ein paar Bilder in den Brief gelegt. Der ist… wohl noch auf dem Weg zu dir…" Knirsch, knirsch, knacks. Die Leitung spielte wieder verrückt.

"Herzliche Glückwünsche, Zohra! Wie aufregend! Wann wollt ihr denn heiraten?" fragte ich sie.

"Was?"

"Wann wollt ihr heiraten?" schrie ich in den Hörer, daß Manfred ganz erstaunt von seinem Schreibtisch aufschaute.

"Das wissen… noch nicht. Nächstes… vielleicht."

Knirsch, knirsch. "Ich kann dich kaum noch hören. Ich bringe dir diesen Pfirsichhautstoff mit, wenn ich sowas finde." Es kam keine Antwort mehr.

Also zog ich bei der nächsten Gelegenheit los, fest entschlossen irgendwie, irgendwo Pfirsichhautstoff zu ergattern. Am besten ging das während der Mittagspause. Im Moment musste ich nämlich jeden Tag arbeiten. Auf Reisen gehen kostete Geld.

Die Fahrt nach Spanien hatte ich schon organisiert. Heinz und seine Freundin Nelly wollten nach Avignon und ich konnte mitfahren. Von dort aus ging es mit dem Zug weiter. Die Fähre nach Tanger legte in Malaga ab. Alles geregelt.

Die Verkäuferin im Stoffgeschäft hatte noch nie was von Pfirsichhaut gehört. "Aprikose ist doch fast wie Pfirsich, oder?" meinte sie und ich ließ mich überzeugen.

Ein schöner, weicher Stoff. Soweit ich das wusste war er perfekt für ein Hochzeitskleid. Als ich mit meinem Einkauf aus dem Stoffgeschäft trat, lief ich Altaf direkt in die Arme. Altaf! Er schien weit weniger überrascht zu sein als ich.

"Du bist ja wieder in Deutschland!" rief ich erstaunt.

"Seit gestern," lachte er. "Ich habe versucht dich anzurufen, aber keiner hat das Telefon beantwortet."

"Manfred ist in Stuttgart und Ingmar ist mit seinem Motorrad nach Italien gefahren. Er hat 'ne neue Freundin. Die kommt da her. Tja und ich muss arbeiten und einkaufen."

Altaf sah erstaunt nach oben. "Ein Stoffgeschäft?"

"Ja, für Zohra. Sie hat mich gebeten ihr Stoff mitzubringen."

"Du fährst nach Marokko? Wann?"

"Nächste Woche. Für zwei Wochen. Vielleicht bleibe ich noch eine Woche in Spanien. Ich habe gehört, daß sie tolle Jugendherbergen dort haben sollen," schilderte ich ihm meine Reisepläne.

"Dann haben wir ja noch Zeit, uns zu treffen und zu reden. Wie wär's mit jetzt? Lass' uns Kaffee trinken gehen. Wir sollten uns auch mit Atesch und Eddie Adeyemu treffen. Amma hat mir ein paar Sachen für dich mitgegeben und alle richten Grüße an dich aus…"

"Ok, ok. Immer langsam. Erstmal vielen Dank an alle für die Grüße. Und was denn für Sachen? Wir können uns aber erst am Wochenende treffen. Im Moment habe ich wirklich keine Zeit." Ich sah auf meine Armbanduhr. Noch fünf Minuten. "Am besten am Samstag, zum Frühstück im Café Steinreich. Ich muss gleich wieder zur Arbeit. Mein Chef mag es nicht, wenn ich so lange Mittagspause mache."

"Gut, abgemacht. Bis zum Samstag dann."

Wir trafen uns wie verabredet. Für eine Stunde. Mehr hielt ich nicht aus. Altaf verbrachte die meiste Zeit damit, mir zu versichern, daß das Problem mit dem Oberst und seinem Sohn gelöst war.

"…der 'Agu' lässt dir übrigens ausrichten, daß die

Mädchen gefunden wurden. Die Anführerin der Bande allerdings nicht. Sie wird wohl vom Stammesgericht der Paschtun bestraft werden, denke ich. Es lässt sich nichts Genaues in Erfahrung bringen," meinte Altaf.

Er hatte mir bis ins kleinste Detail von den Geschehnissen im Dorf erzählt. Ich schluckte. Beinahe hätte ich ihn nach Idris gefragt. Amma hatte ihm eine bestickte Tischdecke mitgegeben, die jetzt zusammengefaltet neben meinem Frühstücksteller lag. Obendrauf waren neue bunte Glasarmreifen. Meine Gefühle waren querbeet.

"Was passiert denn jetzt mit den Mädchen?" fragte ich. "Sie können ja nicht zu ihren Familien zurück."

"Das weiß ich auch nicht. Der 'Agu' hat nichts dazu gesagt."

Na gut. Ich war dem 'Agu' für die Botschaft dankbar. Altaf versprach es ihm auszurichten, gleich zusammen mit dem Dank an seine Mutter für die Tischdecke und die Armreifen.

Er wollte sich wieder melden, wenn ich aus Marokko zurückkam. Kein Wort davon, daß er mich heiraten wollte. Wunderbar, er war wieder ganz der alte Altaf!

In der folgenden Woche bekamen wir endlich die Ergebnisse unserer Prüfungen mitgeteilt. Ich konnte es kaum glauben, aber ich hatte mit fliegenden Fahnen bestanden!

"Jeweils 13 Punkte für Bio und für Ethik. Englisch 12 Punkte. Da sind Sie wohl baff, was Herr Mandel?" rief ich entzückt.

"Jetzt muss ich doch zur mündlichen Prüfung. Verdammt," seufzte Angie. Ich stand mit Tarek und Angie auf dem Gang vor dem Lehrerzimmer.

"Ich auch, in Französisch. Kinderspiel. Dann ist nur noch die Abschlussfeier auszuhalten - und dann sind wir endlich frei!" jubelte Tarek.

"Da geh' ich nicht hin," sagte ich. Kurz und bündig.

"Aber Isabell, das musst du doch! Da bekommen wir unsere Abiturzeugnisse. Und außerdem gibt's was zu essen," beklagte sich Angie.

"Das ist mir total schnuppe," meinte ich hartnäckig. "Für mich ist der ganze Zauber endlich vorbei. Der blöde Mandel kann mir nichts mehr anhaben oder mich durchfallen lassen oder mir sagen, was ich zu tun und zu lassen habe. Ich fahre mit Heinz und Nelly am gleichen Tag nach Frankreich."

"Aber das kannst du nicht. Alle gehen da hin." Angie war entsetzt.

"Dann können mich alle eben mal kreuzweise. Sicher sind die Lehrer genauso froh, mich nicht mehr sehen zu müssen, wie umgekehrt."

"Warum kannst du nicht einfach nach der Abschlussfeier fahren?" Tarek machte einen letzten Versuch mich umzustimmen.

"Weil ich keine Lust dazu habe. Außerdem muss ich mit Heinz und Nelly mit und die fahren eben am gleichen Tag."

"Immer mit dem Kopf durch die Wand, was? Dann treffen wir uns eben, wenn du aus Marokko wiederkommst." Angie schien mit der Lösung zufrieden zu sein.

"Genau."

"Aber ich bin bis Ende September in Hamburg," meinte Tarek.

So war das eben. In der Schule wurden die verschiedensten Charaktere zusammengewürfelt und dann gingen irgendwann alle ihre eigenen Wege.

Am Morgen der Abschlussfeier war ich schon nach Spanien unterwegs. Auf der Fähre nach Marokko musste ich diesmal nicht die Fische füttern.

Ich ließ mir den frischen Meeresgeruch um die Nase streichen und genoss den Anblick der glitzernden Nachmittagssonne auf den Wogen. Das war doch so viel besser als die langweilige Veranstaltung, in der meine Freunde jetzt schmachteten!

Das Mittelmeer faszinierte mich und Marokko faszinierte mich noch mehr. Das bunte Treiben in Tanger, die Landschaft während der Busfahrt nach Rabat. Die Innenausstattung der

Häuser und die bunten Kacheln, die Tarek so begeisterten. Das Essen. Alles war so anders als in Pakistan. Und doch irgendwie ähnlich. Ganz besonders gefiel mir wie gastfreundlich die Menschen waren.

"Marhaban, marhaban. Salam Aleikum!" begrüßte mich Zohras Mutter herzlich und lachte erfreut über meine bescheidenen Gastgeschenke.

Leider hatte ich den falschen Stoff gekauft, weil ich am Telefon nicht mitbekommen hatte, daß der Pfirsichhautstoff *weiß* sein sollte. Zohra hatte die Enttäuschung schnell überwunden. Ihre Tante Fatima würde den richtigen Stoff fürs Hochzeitskleid eben aus London mitbringen.

"Weißt du, ich kenne mich mit Stoffen wirklich nicht aus," entschuldigte ich mich betreten. "Ich hatte mehr in Richtung Aprikosenfarbe gedacht. Das hatte es eben im Stoffgeschäft gegeben. Aprikose ist doch fast so wie Pfirsich, oder?"

"Macht ja nichts. Da mache ich was anderes draus. Ich werde dir trotzdem zeigen, wie du dir die Handflächen mit Henna bemalen kannst," lachte Zohra. "Nachher gehen wir in den Hammam."

"Was ist das denn?"

"La maison de bain. Das Badehaus, natürlich. Am besten ziehst du dir die alte Dschellabah von meiner Mutter über. Du kannst doch nicht einfach so mit mir durch die Straßen laufen. Vor allem nicht, wenn Ramadan ist. Wir müssen noch beim Markt vorbeischauen und Rassoul kaufen. Das ist graue Lava-Erde, die wir zum Haarewaschen brauchen," erklärte Zohra, als sie mein verdutztes Gesicht sah.

Wir schlängelten uns durch die Stände bis Zohra das Richtige gefunden hatte. Der Hammam lag außerhalb der massiven Stadtmauern, genau wie die Wohngegend, in der Zohras Haus stand. Der große Platz neben dem Markt war von unzähligen Straßenküchen umgeben. Auf großen Rosten wurden hier nachts köstlich duftende Fleischspieße gegrillt. Nachts, wegen Ramadan. Und nachts traten dort auch alle möglichen Akrobaten und Feuerschlucker auf.

Tagsüber durfte weder gegessen noch getrunken werden, bis der Halbmond wieder gesichtet wurde.

Im Hammam angelangt, saßen wir, wie die anderen Frauen auch, an einem Brunnen und unterhielten uns über Pakistan, während wir von 'Waschfrauen' geschrubbt wurden. Ständig holten sie in Eimern heißes Wasser, dann ging die Schrubberei weiter.

Anscheinend wurde jeder Eimer mit heißem Wasser getrennt berechnet. So sauber hatte ich mich noch nie gefühlt. Zohra sprach meist Französisch mit mir, was seine Tücken hatte. Mein Französisch war nicht gerade perfekt und ich wechselte immer wieder ins Englische. Wenigstens wurden wir nicht ständig von einer knackenden Telefonleitung unterbrochen.

Zohra hörte geduldig zu und begriff mich trotz der Sprachprobleme besser als irgend jemand bisher. "D'accord, Isabell. Wir haben in den Bergen auch Stämme, die ihren eigenen Gesetzen folgen. Viele davon sind Berber.Meine Familie ist ja auch Berber," erklärte sie. "Wir Berber sind anders als die Araber. Unsere Frauen haben mehr Rechte und Freiheiten. Wir sind aber Städter und ziemlich liberal. Wir müssen uns nicht verschleiern und tragen die Djellabah nur, damit wir nicht belästigt werden."

"Ach wirklich? Werden hier denn auch Frauen entführt?" Ein leiser Schauer kroch mir über den Rücken, der gerade massiert wurde.

Zohras Augen blitzten. "Nicht, daß ich wüsste. Zumindest nicht Touristinnen."

In Marokko gab es eine Menge Touristen. Die Frauen mussten sich aber weder verschleiern noch wurden sie aufdringlich angestarrt. Sogar im konservativen Rabat wurden sie einfach toleriert. Wie unterschiedlich doch zwei islamische Länder sein konnten.

Im Nu waren die zwei Wochen vorbei und ich befand mich wieder auf der Fähre nach Malaga. Zohras Mutter hatte ich zum Dank für ihre Gastfreundschaft einen Handspiegel geschenkt, den ich auf dem Markt in Rabat gekauft hatte.

Die gutmütige Frau erinnerte mich sehr an die mütterliche Amma in Khadriala. Sie sah ihr sogar ein wenig ähnlich.

"Du musst unbedingt zu unserer Hochzeit kommen," hatte Zohra noch gesagt. "Nächstes Jahr. Ich lass' dich wissen wann."

Wieder eine Hochzeit! Das würde diesmal aber sicher anders ablaufen als in Pakistan. Marokko war um einiges weltoffener, das hatte ich ja gerade erlebt.

Der Wind spielte mit meinen Haaren. Vielleicht sollte ich mir jetzt so langsam mal Gedanken darüber machen, was ich in den nächsten Monaten anstellen wollte. Studieren vielleicht? Anthropologie hörte sich ganz interessant an... oder Ethnologie.

Ich sah auf meine Armbanduhr. Noch eine halbe Stunde bis zum Anlegen.

Ich lehnte mich über die Reling und schaute auf die sanft wogenden Wellen. Der warme Fahrtwind streichelte mein Gesicht, trug meine Gedanken sanft dahin und dorthin. Dann, zum ersten Mal seit Monaten musste ich an nichts denken. Stille. Nichts.

"Entschuldigung, ich glaube, du hast deine Tasche auf der Bank da drüben liegenlassen," hörte ich eine freundliche Männerstimme hinter mir.

Ich drehte mich abrupt um. Ein junger Mann mit wind-zerzausten, braunen Haaren und sympathischem Lächeln hielt mir eine vertraute, grüne Schultertasche entgegen. Sie enthielt meinen Pass, mein ganzes Geld, sämtliche Tickets und Dr. Albrechts Buch ,Viele Träume - Viele Leben', das ich schon halb durchgelesen hatte. Alles war in dieser Tasche. Ich fühlte kurzlebige Panik in mir aufsteigen und blickte ihn flüchtig an. Sein hellblaues Hemd war sicher eine Nummer zu groß.

"Oh je - danke," stammelte ich. "Du liebe Güte, wie schusselig von mir! Ich muss wohl geträumt haben, als ich so aufs Meer gesehen habe. Vielen Dank nochmal."

Ich nahm ihm die Tasche ab. Die schöne handgewebte Tasche, die ich in Griechenland gekauft hatte. Sollte ich nachschauen, daß auch nichts fehlte? Ich sah ihn mir genauer an. Nein, er sah mir bestimmt nicht wie ein Taschendieb aus.

"Nichts verkehrt mit Tagträumen," sagte der junge Mann lachend und kleine Fältchen erschienen um die klaren Augen herum. "Ich sehe, du hast dir die Handflächen mit Henna bemalt. In Indien machen die Frauen das auch mit ihren Händen und Füßen. Ich war gerade drei Monate dort auf Reisen."

Er hatte schöne Zähne. Seine Bemerkung machte mich ein wenig verlegen und ich versuchte meine Hände hinter der Tasche zu verstecken, die ich immer noch wie ein Schild vor mich hinhielt. Aber seine Stimme war nett.

Sehr nett.

"Ach wirklich? Ich war auch vor ein paar Monaten in Pakistan gewesen. Bei einer Hochzeit. Das heißt… nicht nur bei der Hochzeit… ach egal. Das hier ist aber das Kunstwerk meiner Freundin Zohra aus Rabat." Ich besah mir meine linke Hand. "Ich habe sie gerade zwei Wochen lang besucht."

Der junge Mann schwieg einen Augenblick. "Sag' mal, kennen wir uns nicht von irgendwo her?" fragte er auf einmal.

Oh nein, nicht wieder so eine blöde Anmache, dachte ich. In Frankreich war mir ein Möchtegern-Gigolo mit einer ähnlichen Nummer im Zug auf die Pelle gerückt.

Dieser Mann hier hörte sich aber eher überrascht als aufdringlich an. Ich sah ihm zum ersten Mal direkt in die Augen. Mein Herz setzte aus. Sie waren jetzt zwar blau statt braun, aber ich bildete es mir bestimmt nicht ein. Ich kannte diese Augen. Kannte sie gut. Würde sie überall wiedererkennen.

"Ich… ich glaube nicht," stotterte ich und lächelte tapfer.

Ich versuchte mir meine Verwirrung nicht anmerken zu lassen. Konnte er es wirklich sein? Ich sah ihn wieder an, dann schnell weg. Kein Zweifel!

Ich merkte wie ich rot wurde, mich anders bewegte. Wiegende Bewegungen, als hätte ich Nusrats wohl gerundeten Körper, ihre juwelenbehängten Arme...

Der junge Mann lächelte zurück und meinte spontan: "Tja, da hab' ich mich wohl geirrt. Hast du nicht Lust auf 'ne Tasse Kaffee? Dann können wir uns über unsere Reiseerfahrungen unterhalten. Pakistan interessiert mich. Ich heiße übrigens Magnus Lundgren." Er machte eine leichte Verbeugung. "Ich komme aus Kopenhagen und habe gerade meine Schwester Agneta in Casablanca besucht. Ihr Mann arbeitet schon ein paar Jahre dort als Ingenieur."

"Isabell Bertrand aus Karlsruhe in Deutschland."

Händeschütteln. Ich versuchte ihn nicht anzustarren, dann seufzte ich leise und machte eine einladende Handbewegung in Richtung Kaffeebar. Wir gingen auf die schäbige Theke zu, wo ein paar Passagiere Schlange standen. Die Wanduhr darüber war stehengeblieben und der kurze Zeiger fehlte. Der Bartender schenkte gelangweilt aus einer dampfenden Kaffeekanne in die Tassen ein.

Ich spürte Magnus, wie er hinter mir ging, spürte eine warme Vertrautheit zu diesem Mann, den ich gerade erst kennengelernt hatte. Konnte es Zufall sein? Ich kannte seine Augen. Ganz bestimmt.

Es waren die Augen von Mansur!

Ende

Begriffserklärungen der Sprachen in Hinustan

Urdu/Pandschabi:

Shukria merbani = Danke vielmals
Mera naam = mein Name
Rikscha = Motorradtaxi mit Passagierkabine
Chubsuret = hübsch
Schaadi = Hochzeit
Nikah = Unterzeichnen des Heiratsvertrags
Salam aleikum = Guten Tag
Chudafiss = Auf Wiedersehen
Neje = Nein
Aho = Ja
Savaar = Morgen
Schalwar = weite Hose
Kamise = langes Hemd
Dabatta = Schleier
Tjuni = großes Stofftuch zum Verschleiern
Burkha = Schador-ähnlicher Umhang
Urdu bolti hum = ich spreche Urdu (weibliche Form)
Vaqt hé, chalo = Es ist Zeit, geht
Chalo, chalié! = Kommt schon, lasst uns gehen!
Pakoras = in würzigem Teig ausgebackenes Gemüse
Lassi = ein Joghurtgetränk
Tschai = gewürztes Teegetränk
Ghee = geklärte Butter
Tschapatti = pfannkuchenartiges Fladenbrot
Saalen = scharfer gulaschartiger Eintopf
Samosas = gefüllte, fritierte Teigdreiecke
Chacha/i = Onkel/Tante (väterlicherseits)
Mammu/i = Onkel/Tante (mütterlicherseits)
Agu = Dorfältester
Schertan = Teufel
Kinnaa = wie viel?

Radschput:

Sabadana, jawo! = Pass' auf dich auf, gehe!
Vamsch = Radschputen Klan
Chandra = Mond
Kul = Familienzweig
Mogulen = moslemische Invasoren im Mittelalter

Paschto/Farsi:

Qaschang(i) = hübsch(e)
Dokhtar = Mädchen
Kashar ror = kleiner Bruder
Haga bad xrab sare de = er ist ein schlechter Mann
Ta dza! = Geh!
Weshta = Haar

DIE AUTORIN

Evadeen Brickwood wuchs in Deutschland mit zwei Schwestern auf und studierte dort Sprachen und Kulturwissenschaften. Als junge Frau unternahm sie ausgiebige Reisen ins Ausland und viele ihrer Bücher basieren auf Erfahrungen, die sie bei diesen Gelegenheiten sammelte.

Die Autorin zog 1988 nach Afrika, mit einer Ausbildung zur Übersetzerin und einer ordentlichen Portion Abenteuerlust im Gepäck. Sie arbeitete zwei Jahre als Sekretärin und Sprachlehrerin in Botswana und beschloss anschließend, sich in Südafrika niederzulassen. In Johannesburg traf sie ihren deutschen Mann, heiratete und bekam zwei Töchter.

Evadeen Brickwood studierte Informatik und Training-Management, arbeitete als freiberufliche Software-Trainerin und Beraterin für Firmen, als Übersetzerin und Referentin an der WITS-Universität. Im Jahr 2003 begann sie mit dem Schreiben von Romanen.

Zunächst Jugendromane in der Serie „Erinnerung an die Zukunft", in der es um Abenteuer und verlorene Zivilisationen in der grauen Vorzeit geht, und wurde damit in Südafrika von zwei Verlagen veröffentlicht. „Abenteuer Halbmond" ist Evadeen Brickwoods zweiter Roman. Vier der Romane sind auf Deutsch erhältlich.

Wie Dieser Roman Entstanden Ist

Isabell Bertrand und ich haben vieles miteinander gemein. Ich wuchs genau wie sie in Karlsruhe auf und litt auch oft an Fernweh. Vieles an der Geschichte in ‚Abenteuer Halbmond' ist autobiografisch und anderes entsprang meiner schriftstellerischen Fantasie. Ich war in jungen Jahren in Amerika, und ja, auch in Pakistan zu einer Hochzeit eingeladen. Ich lebte fast zwei Monate in einer ländlichen Gegend im Pandschab. Es sollte eines der einschneidensten Erlebnisse meines Lebens werden, das ich nie so recht mit anderen teilen konnte.

Viele taten sich schwer damit, daß ich als Teenager in ein solch exotisches Land gereist war, bei den Einheimischen wohnte und in Stadt und Land erlebnisreiche Wochen verbrachte. Aber so war es eben und jetzt habe ich die Erfahrung in einem, wie ich hoffe, spannenden Buch verarbeitet.

Einiges war mir tatsächlich zugestoßen, und anderes... naja, eben nicht. Ich glaube es war damals im Flugzeug zwischen Moskau und Karatschi, in einer wackligen Aeroflot-Maschine, daß ich anfing Reise-Tagebücher zu schreiben. In Pakistan war es noch ein kleines schwarzes Büchlein, in das ich die, zum Teil schwer verständlichen Ausdrücke, phonetisch eintrug, da sie niemand für mich buchstabieren konnte. Daneben standen telegrammstilartige Eindrücke.

Damals schrieb ich noch nicht viel. Wohl weil ich noch dabei war viel zu erleben und daher keine Zeit zum Schreiben hatte. Es macht mich traurig, wie sich Pakistan jetzt der Welt präsentiert und deshalb oft missverstanden wird. Mir werden aber immer meine Erinnerungen bleiben.

Evadeen Brickwood

Bridget Reinhold ist nicht gerade abenteuerlustig, doch als ihre Schwester Claire im südlichen Afrika verschwindet, hält sie es in England nicht mehr aus...

Ein neuer Roman aus Südafrika. Diesmal erschüttern die Morde
an einem Ranger und einem seltenen Nashorn die ländliche
Gemeinde von Rutgersdrift...

JETZT IM HANDEL

Dieser Roman ist online und in jedem guten Buchgeschäft erhältlich

Das E-Buch gibt es bei den meisten Online-Stores, u.a. bei Smashwords, Kobo, Tolino, Neobooks, Kindle, Apple i-Store

Die Webseiten der Autorin:

http:/www.evadeen.wixsite.com/novels

http:/www.evadeen.wixsite.com/youngbooks

http:/www.evadeen.wixsite.com/charlieproudfoot

Man kann sich auch online mit Evadeen verbinden, und zwar u.a. bei Facebook, Amazon, Twitter, Pinterest, LinkedIn, google+ Goodreads und Instagram.